5대강을 따라

자전거길
걷기놀이 (하)

5대강을 따라
자전거길 걷기놀이 (하)

펴낸날 2021년 7월 5일

지은이 김종호
펴낸이 주계수 | **편집책임** 이슬기 | **꾸민이** 전은정

펴낸곳 밥북 | **출판등록** 제 2014-000085 호
주소 서울시 마포구 양화로 59 화승리버스텔 303호
전화 02-6925-0370 | **팩스** 02-6925-0380
홈페이지 www.bobbook.co.kr | **이메일** bobbook@hanmail.net

ISBN 979-11-5858-796-3 (04810)
     979-11-5858-794-9 (세트)

빌 브라이슨은 <나를 부르는 숲>에서 '발로 세계를 재면 거리는 전적으로 달라진다. 1km는 머나먼 길이고, 2km는 상당한 길이며, 10km는 엄청나며, 50km는 더 이상 실감할 수 있는 거리가 아니다. 당신이나, 당신의 얼마 안 되는 동료들이 경험하는 세계는 어마어마하게 넓다. 지구 넓이에 대한 그런 계측은 당신만의 작은 비밀이다'라고 했다.

2014년 은퇴 이후에 일탈이라는 작은 무모함으로 시작된 걷기라는 놀이가 영산강, 섬진강, 금강, 남한강, 북한강 그리고 낙동강 안동댐 인증센터까지 대략 1,011km나 이어졌다. 한 걸음 보폭이 60cm라면 우리는 168.5만 번의 발걸음을 옮겨서 이어온 것이다. 참으로 엄청난 거리다. 내 두 발로 직접 강을 따라 이어지는 자전거길을 걸었다는 사실이 믿기지 않는다. 이 글은 우리들이 걸었던 41일간의 기록이고, 5대강 자전거길에서 동료 샘들과 함께 했던 즐거움이자 행복이다.

차례

여섯 번째 여정
낙동강 자전거길

네 번째 여정
남한강 자전거길

2018/04/26 03:44 PM

남한강 자전거길 134km

충주호 - 팔당대교

　'화이부동(和而不同)' 논어에 나오는 말이다. '군자는 다양성을 인정하고 지배하려고 하지 않으며, 소인은 지배하려고 하고 공존하지 못한다'라고 신영복 선생은 해석한다. 걷기라는 놀이는 자연과의 아름다운 관계를 맺는 활동이다. 걷기는 자연과 대화하는 일이며 서로 간의 아픔을 보살피는 일이다. 이처럼 다양성을 인정하고 서로 공존하려는 행위, 그것이 바로 '화(和)'이다. 그 반대로 다양성과 다름을 무시하는 행위, 그것은 바로 '동(同)'의 오류이다.

　'화(和)'가 지향하려는 것은 바로 개별성을 존중하는 것 곧 개별이 개별일 수 있는 특성과 차이를 인정화면서 함께하는 가치와 문화이다. 걷기라는 놀이는 아픔을 지닌 자연의 상처를 보듬어주고 위로해주는 '화(和)'를 지향하려는 행위가 아닐까 싶다.

한강 자전거길을 여는 풍경

겨울이 지나고 날이 풀리자 우울했던 기분이 조금은 나아지는 듯했다. 갑자기 널찍한 공간으로 나아가고 싶어진다. 자전거길의 널찍한 공간에서 겨우내 꿈꾸었던 상상력을 여행하고 싶어진다. 알려진 것과 알려지지 않는 곳 사이의 문을 열고 밖으로 나가고픈 욕망이 꿈틀거린다. 아직 걷지 못한 자전거길에 펼쳐질 풍경을 상상했다. 누구보다도 걷기를 좋아하는 '다비드 르 브로통'이라는 철학자는 〈걷기예찬〉에서 '걷는 것은 자신을 세계로 열어놓는 것이다. 발로, 다리로, 몸으로 걸으면서 인간은 자신의 실존에 대한 행복한 감정을 되찾는다. 발로 걸어가는 인간은 모든 감각 기관의 모공을 활짝 열어주는 능동적 형식의 명상으로 빠져든다'라고 했다.

이 봄이 지나가기 전에 미완인 채로 남아있는 자전거길을 걸어보고 싶은 충동이 일어난다. 자전거길이 보여주는 풍경을 보고, 자전거길이 들려주는 이야기를 듣고 싶다. 자전거길에서 '걷다, 보다, 듣다, 맡다, 만지다, 그리고 묻다'라는 동작들을 통해 오감의 활발한 움직임을 느껴보고 싶다. 겨우내 움츠리고 있던 자아의 가능성을 넓혀보고 싶다.

봄이 이제 진짜 온 것 같다. 바람 끝에서 봄의 향기와 따사로운 기운이 느껴진다. 한강 자전거길을 걷고 싶다는 간절한 생각이 물밀 듯이 밀려온다. 2018년 4월 18일 수요일, 한강 자전거길 걷기 여행을 계획하고 여러 가지 의논을 나누고 함께 걷기 위해서 대회 샘과 만났다. 그리고 카톡으로 한강 자전거길을 함께 걸어갈 동료 샘들을 초대했다. 영산강 자전거길에서 시작된 걷기놀이가 섬진강, 금강에 이어 벌써 4번째로 접어든다. 그리고 새로운 봄이 되자 그 길들이 오래전 잃어버린 향기처럼 다시 그리워지기 시작했다.

무슨 일이든 시작은 처음이 중요하다. 한번 시작하면 언젠가는 끝이 보인다. 어떤 샘은 어렵게 시간을 낼 것이고, 어떤 샘은 시간 속에 헤맬 것이다. 선택은 자신의 자유의지에 달려있다. 자유의지는 찻잔을 부수는 데 사용할 수도 있고, 새로운 찻잔을 만드는 데 사용할 수도 있다.

한강 자전거길 걷기를 약속한 날이다. 하필 그날따라 비가 많이 왔다. 간간이 강풍도 불 것이라는 했다. 망설였다. 갈까? 말까? 결정을 번복하고 또 번복했다. 답답한 마음에 혼자 차를 몰고 빗속을 헤맸다. 그때 서울에 사는 민홍 샘에게 전화가 왔다. 한강을 걷고 있냐는 것이다. 그리고 그다음에 들려오는 '내일 오후부터는 비가 그친다고 하니 함께 걸을까요?'라는 한마디 말에 용기를 냈다. 도보여행에는 함께할 친구가 있으면 더욱 좋고, 없으면 없는 데로 또 다른 멋도 있다. 걷기놀이는 비록 같은 방향을 향해 걸어가지만 다른 생각을 할 것이고, 다른 감정이나 이야기를 마음에 담을 수 있어서 좋다. 또 함께했던 공간과 시간 속에 함께 공유했던 이야기가 있고, 훗날 그 이야기를 나눌 수 있다는 것이 좋다. 그

것이 걷기라는 놀이의 자유로움이고 즐거움이 아닌가 싶다.

　누구와 함께이든 아니면 혼자이든 걷기놀이에는 '느림'이라는 말이 반드시 필요하다. 내가 걷기놀이를 좋아하는 이유는 '느림'이라는 말 때문이다. 느림은 불필요한 것들을 다 덜어내고 꼭 있어야 할 것과 있어야 되는 것으로만 이루어진다. 이런 느림의 결정체가 바로 '단순과 간소'이다. '단순과 간소'란 그림으로 치면 먹으로 그린 수묵화의 경지이다. 그 먹은 한 가지의 빛으로 이루어진 것 같지만, 그 속에는 모든 빛이 다 갖춰져 있다. 명상적으로 표현하면 침묵의 세계이다. 또한, 텅 빈 공(空)의 세계이다. 여백과 공간의 아름다움이 이 '단순과 간소'에 들어있다.

　한강 자전거길에 '단순과 간소'가 가득 채워질 때 여행자의 마음은 즐거움으로 충만해지고, 마음이 충만한 여행자는 행복하다. 우리는 느림을 통해 마음이 텅 비워질 때 모든 집착에서 벗어나 자유를 느낄 것이다. 자전거길을 천천히 걷는 것은 단순하고 간소한 행위이다. 그리고 자신의 영혼이 자유롭다는 뜻이다. 나는 태어날 때부터 또래 아이들보다 조금 느렸다고 한다. 그런 이유 때문인지 '싸목싸목 또는 천천히'라는 말을 더 선호한다. '싸게싸게 또는 바로바로'라는 말들을 많이 낯설어했다.

충주댐에서 조정지댐까지

　모든 시작은 기다림의 끝이다. 우리는 모두 단 한 번의 기회를 만난다. 우리는 모두 한 사람 한 사람 불완전하면서도 필연적인 존재들이다. 호프 자런이 쓴 〈랩 걸(Lab Girl)〉이라는 책에 보면 '모든 우거진 나무의 시작은 기다림을 포기하지 않는 씨앗에 있다'라고 했다. 중국의 토탄 늪에서 연밥이 발견되었다. 그 연밥은 조사 결과 2,000년을 기다려왔다는 것을 깨달았다. 인간의 왕조가 흥망성쇠를 거듭하는 동안 이 씨앗은 미래에 대한 희망을 버리지 않고 고집스럽게 버틴 것이다. 그러다가 어느 날 그 작은 식물의 열망이 어느 실험실에서 활짝 피었다. 그 연꽃은 지금 어디에 있을까. 길고 긴 기다림 끝자락에서 꽃을 피워낸 이 연밥은 지금도 생명을 이어가고 있을까?

　남한강 자전거길 걷기 여행의 시작도 기다림을 포기하지 않는 씨앗처럼 묵직한 그리움의 끝자락에서 기적처럼 다가왔다. 망설이고 망설이기를 수차례 했다. 오후부터는 날씨가 좋아지니 걷기에 지장이 없을 것이라며 함께 하자는 말 한마디에 망설이던 마음이 일순간 열망으로 돌아섰다. 금강 자전거길을 걷고 나서 일 년을 기다렸다. '더 이상 미루는 것은 걷기놀이를 포기하는 것이다'라는 생각이 들었다. 오랜 기다림과 망설임

끝에 자전거길 걷기 여행이 시작된 것이다. 배낭은 최대한 가볍게 하고 몸과 마음은 씩씩하게 출발했다. 미리 준비하고 계획된 여행이지만 처음 찾아가는 낯선 공간이기에 많은 것이 불안하고 두려웠다. 반면 처음 가 본 길이기에 마음은 한없이 설렜다. 길을 걷는 일은 두 발을 통해 천천히 새로운 세상과 직접 마주하는 일이다. 그것은 결코 쉬운 일은 아니다. 남한강 충주 탄금대공원에서 민홍 샘과 만났다. 짧지 않은 여정이다.

도보여행은 언제든지 마음만 있으면 갈 수 있다. 하지만 막상 떠나려고 하면 준비할 것이 많아 머리가 무겁다. 준비할 것이 많다는 것은 여전히 낡은 생각, 낡은 생활습관을 버리지 못했다는 것이다. 은퇴 이후에도 여전히 많은 것을 버리지 못하고 망설이고 있다. 아직도 불필요한 많은 것들이 내 주변에 줄레줄레 남아있다. 버리고 떠난다는 것은 곧 자기답게 사는 것이다. 과연 남한강 자전거길을 걸으면서 얼마나 많은 것들을 버릴 수 있을까? 길을 걷는 것은 어떻게 해도 버릴 수 없는 것을 골라내기 위한 작업 같은 것이 아닐까? 인생과 여행에서 짐을 꾸리는 방법은 비슷하다. 배낭의 짐을 줄이는 만큼 걸음걸이는 가벼워질 것이다. 삶도 비우는 만큼 일상은 편안해질 것이고 여유로울 것이다. 삶도, 여행도 느긋하다는 것은 곧 낡은 틀에서 벗어나 새롭다는 것이고, 자유롭다는 뜻이 아닌가 싶다.
또 도보여행은 다른 이와 함께 걸을 수 있으나, 누구도 자신을 대신하여 걸어줄 수는 없다. 모든 것은 스스로 선택하고 스스로 결정해야 한다. 그리고 자기의 힘으로 자신의 진정한 자아를 찾아가야 한다. 걷는다는 행위는 지금까지의 자신을 반성하는 동시에 다음의 자신에게 다다르는 행위이기도 하다. 그런 변화를 불러일으키는 게 길의 독특한 매력이다. 길을 걷는 사람들은 여행이 끝났을 때 어딘가 새로운 경지에 다다를 걸은연중에 기대하며 걸음을 옮긴다. 실제로 거기에 도달할 수 있을지, 그것이 무엇인지 아무도 알 수는 없다. 다만 걷는다는 것은 나에게 더할 나위 없이 즐겁고 자유롭다는 것이다. 여정에서 잠깐의 고생이나 피로감 그리고 불편은 인생을 되돌아볼 때 무엇과도 바꿀 수 없는 좋은 경험이 된다. 자전거길 걷기놀이는 나를 오롯이 '참된 나'로 살게 도와줄까.

충주댐 아래 차를 세웠다. 댐 위에는 어떤 풍경일까. 금강의 대청호를 생각하면서 충주호 너머의 풍경을 상상한다. 댐 가장자리에는 당연히 수자원 공사의 물문화관과 전망대가 있을 것이고, 전망대에는 호수를 조망할 수 있도록 엘리베이터 시설까지 갖추고 있다고 들었다. 또 굽이굽이 이어지는 충주호 둘레길에서 만날 수 있는 아름다운 풍경들도 상상했다. '단양팔경'이라는 말이 생길 정도로 아름다운 풍경을 만들어낸다고 했다. 충주 계명산 아래에 건설된 충주댐에서부터 시작하여 멀리 단양 도담삼봉까지 이르는 광활한 인공호수인 충주호. 충주호의 그 아름다운 산천의 정경은 수몰민의 아픔이나 애환과 함께한다. 그 아픔 속에서 새로운 절경을 만들어내고 있다는 것을 잊어서는 안 된다. 충주호가 내려다보이는 곳에 계명산 자연휴양림이 있으며, 충주호에서 나온 남한강 물 흐름이 본격적으로 시작되는 목계교에서 팔당호 상류인 양평에 이르는 강변길은 서울 근교에서도 가장 호젓한 길로 손꼽힌다고 했다.

모든 강의 시원(始原)은 작은 물방울이다. 밤하늘의 별만큼이나 많은 물줄기가 모아서 소(沼)나 연못을 이루면 그제야 그 물줄기를 '발원지'라 부른다. 한강과 낙동강의 발원지는 강원도 태백의 검룡소와 황지연못, 금강의 발원지는 전북 장수의 뜬봉샘, 섬진강의 발원지는 전북 진안의 데미샘, 그리고 영산강의 발원지는 담양 용소라고 알고 있다. 한강의 충주호 너머에는 무엇을 있을까. 금강의 대청호 너머에도, 영산강의 담양호 너머에도, 섬진강의 옥정호 너머에도, 더 나아가 낙동강 안동호 너머에도 작은 물방울이 있을 뿐이다. 그 작은 물방울이 하나하나 모여 커다란 물줄기를 이룬다. 모든 시작은 작은 물방울처럼 미미하다는 것이다. 자전거길 걷기라는 놀이도 처음은 미미했다. 하지만 자전거길을 걷고, 그 길에서 놀다 보니 점점 희망 사항은 커져만 갔다. 과연 자전거길 걷기놀이 마지막에 나의 모습이 어떻게 변할지 궁금해진다.

남한강 자전거길 걷기는 충주댐 아래 첫 다리인 '충원교'에서 출발했다. 다리를 건너면 곧바로 나무로 만든 길을 따라 자전거길이 이어진다. 그 길은 강변도로를 따라 잘 정비되어 있다. 새로운 곳으로 나아감은 순조롭고 강바람은 상쾌했다. 독일어로 여행을 뜻하는 단어 'Reise'는 고대 독일어 'Risan'에서 유래했는데 이는 '일어나다', '몸을 일으키다', '길을 떠나다'라는 뜻을 지니고 있다. 여행이라는 단어 자체가 새로운 곳을 향해 길을 떠나는 출발의 뜻을 지닌 것이다. 그래서 모든 여행은 하나의 새로운 출발을 의미한다. 항상 처음이란 단어는 마음을 설레게 한다. 새로운 길에는 수많은 풍경이 우리를 기다리고 있기 때문이다. 영산강, 섬진강, 금강 자전거길을 통해서 무한히 확장되고 있는 새로운 세상을 보았다. 길을 걷는 것은 무엇을 이루고자 하는 것은 아니다. 거기에 길이 있어 그 길을 무심히 걷는 것이고, 그 길 위에서 낯선 세상, 낯선 풍경, 낯선 사람과 만나는 것이다.

또 여행하는 시간이란 다른 세계에 자신의 일부를 조금씩 두고 오는 것이다. 새로운 길을 걸으면서 '나는 왜 이 길을 걷지?', '인생에서 길은 무엇일까?' 스스로 질문을 하고 그 질문에 대한 답을 생각한다. 그 답을 찾기 위해 세상 끝까지 길을 걸어보는 것이다. 그러면 지나왔던 시공간 속에 조금씩 자신의 흔적이 남겨질 것이다. 그런 흔적은 추억으로 쌓이고 남아서 먼 훗날 희미한 기억들은 나를 즐겁게 해줄 것이다. 그리고 그 끝자락에 서서 지나온 길들에 대한 추억을 오래도록 남기기 위해 글을 써 보는 것이다. 글이 다 써질 때쯤에 또 다른 길을 찾아 그 길을 걸어갈 것이다.

'충원교' 주변은 다른 유원지처럼 화려하지 않고 수수하고 한산해서 좋다. 남한강 자전거길에 어울리는 분위기다. 자전거길 뒤로는 콘크리트 구조물인 충주댐이 보인다. 언뜻 보아서는 별로 크지는 않다. 심지어 한강의 이미지와는 다르게 너무 좁다는 느낌이다. 하지만 그 고개 너머에 얼마나 넓은 세상이 기다리고 있는지 그때는 알지 못했다. '충원교' 옆으로 산 중턱에는 듬성듬성 집들이 걸려있다. 남한강을 바라보고 있는 전원주택에서 윤택함이 느껴진다. 주변 환경도 크게 번잡하지 않고 그런대로 맑고 깨끗하다.

첫 이정표에 '목행교까지 7km'라고 적혀있다. 여행의 시작은 단조롭다. 도로를 따라 대략 7km 정도 이어지는 나무다리 길을 따라 걷는 것이다. 강변도로를 따라 식당들이 간간이 보인다. 남한강 상류 주변은 어디서나 볼 수 있는 익숙한 풍경이다. 길은 크게 화려하지 않고 청초했으며 물의 흐름은 완만하다. 남한강에 왔다는 사실만으로도 가슴이 벅찼다. 본래 명칭은 한강이나 경기도 양평군 양수리에서 북한강과 합류하므로 편의상 '남한강'이라고 부른다. 남한강 자전거길은 충주호에서 팔당대교까지 134km 정도이고, 대략 6일 정도 걸린다. 이 길은 오랫동안 걸어보고 싶었다. 충주댐으로 인해 생각만큼 멋진 길은 아니지만, 강폭이 넓고 물이 맑고 수량이 풍부해 제법 운치가 있다. 한참 나무다리 길을 따라 걸어가다 보면 다리 밑으로 악어 같은 바위가 인상적이다. 마치 앞에는 어미 악어가 그리고 그 뒤를 이어 두 마리의 새끼 악어가 헤엄치는 듯 물 위에 떠다닌다. 세 마리의 악어바위의 모습이 너무 다정다감했다. 어딘가에 예로부터 전해 내려오는 이야기 하나쯤은 가지고 있을 것만 같은 그런 묘한 분위기를 자아낸다.

자전거길모퉁이를 돌아서자 남한강 자전거길 주변에 펜션들이 하나둘 보이기 시작했다. '자연생태체험관'을 지나 단조로운 길이 조금 지루해질 때쯤 자전거길은 둑 아래로 만들어진 '중원문화길'과 나란히 한다. 자전거길과 비교하면 걷기에 운치가 있고, 흙과 접할 수 있어 걷기에 편했고, 강변에 가까이 다가갈 수 있어서 좋았다. '중원문화길'을 한참 걷다가 도로 위로 올라서면 사과의 고장답게 밭에는 사과나무가 하얀 꽃을 막 피우고 있다. 심지어 충주시 동량면 조동리에 속하는 이 마을에는 가로수도 오래된 사과나무가 심겨 있다. 또 강가에는 우연히 발아한 씨앗이 자란 사과나무도 꽃을 피우고 있다. 여기서만 볼 수 있는 풍경이다. 충주사과가 유명하지만, 가로수로 사과나무라니 좀 이색적이다. 여러 강변길을 걷다 보면 그 지방의 특색으로 대나무를 심은 곳도 있었고, 소나무를 가로수로 심어놓은 곳도 있었다. 우리 동네에서는 볼 수 없었던 낯선 풍경을 보는 재미가 쏠쏠했다.

충주댐에서 한 시간 반 정도 걸어서 목행교에 왔다. 목행교는 일방통행이다. 그 옆으로 목행대교가 건설되어 목행교의 역할을 대신하고 있다. 목행교는 소형차량이나 자전거 그리고 사람들만 통행할 수 있다. 평일이라 자전거길은 한산했다. 목행교 삼거리에서 가야 할 방향에 작은 혼선이 있었다. 결국, 두 길은 어느 쪽으로 가든 조정지댐 앞에서 만난다는 것을 나중에야 알게 되었다. 탄금대 앞 남한강은 조정지댐으로 인해 호수로 변해버렸기 때문이다. 그 호수가 바로 '탄금호'이다. 탄금대공원에서 자전거길은 두 갈래이다. 하나는 남한강 자전거길이고, 다른 하나는 세제 자전거길이다. 이 길은 바로 인천에서 부산까지 가는 대략 650km가 넘는 국토종주 자전거길이다. 그 중간 길목이 바로 충주 탄금대이다.

우리는 남한강 쪽으로 자전거길을 잡았다. 그 길에서 남한강의 '탄금대'에 대한 오래된 이야기를 만났다. 탄금대는 우륵이 가야금을 타던 산자 수려한 곳이다. 하지만 임진왜란 이후부터는 절경보다는 뼈아픈 역사의 현장이 되고 말았다. 당시 왜군과 싸워 패한 신립 장군과 그 부하들의 피가 서려 있는 곳이기도 하다.

탄금대는 원래 남한강과 샛강을 끼고 있는 해발 108m의 낮은 산이다. 지금 일부가 남아있는 토성의 흔적은 탄금대가 천연이 요새였음을 입증해준다. 탄금대 앞을 휘감고 돌던 샛강은 이제 포장된 도로와 농경지 아래로 사라져 버렸지만, 사람들의 기억 속에는 남아있다. 지금 탄금대는 공원으로 조성되어 야트막한 언덕은 숲을 이룬다. 제법 숲이 우거졌다. 사람의 손으로 가꾼 숲이다. 어쩌면 가꿀 수밖에 없었을 것이다. 우리가 건강하게 살기 위해서는 자연과의 사이에 있는 장벽을 낮춰야 한다. 가끔 '유달산둘레길'을 걷다 보면 숲이 우거진 길에서 건강해지는 그런 느낌을 받는다. 자연을 떠난 인간의 삶은 오래 지탱할 수 없다는 반증이다.

목행교는 목행마을과 운교마을 잇는 작은 교량이다. 6·25사변을 거치면서 목교의 9·28수복 이후에 미국이 목교를 건설하여 동행하다가 2차선의 콘크리트 교량으로 바뀌었고, 현재는 바로 옆으로 4차선의 목행대교가 건설되어 공용되고 있다. 과거 목행교의 흔적과 2차선, 4차선의 교량들이 세월의 흐름과 함께 공존하고 있다. 또 '금도랑과 목행교' 그리고 '귀신바위'에 대한 전설도 전해온다.

금도랑은 옛날부터 사금을 채취하던 곳이라 하여 부른 이름이다. 지금은 도랑 폭이 좁아서 사금을 채취하기 힘든 상황이고, 주변은 농경지가 네모 반듯하게 정비되어 있고, 도랑에는 석축과 옹벽을 설치해 논둑이 터지는 것을 예방하고 있다. 일 년 내내 농업용수를 공급하여 농사에 도움을 두고 있다.

목행교에서 위쪽으로 내려다보면 물 가운데 큰 바위가 보이는데 이것이 귀신바위다. 그 바위에는 다음과 같은 전설이 있다. 때는 임진왜란으로 민심이 혼란했으나 뜻 있는 사람들은 우국충정으로 목숨을 바치고 싸울 때였다. 신립 장군이 도순변사가 되어서 탄금대 배수진을 치고 왜병과 교전하다가 패한 직후의 이야기다. 그때 의병으로 지원해서 나간 한 청년이 있었는데 그는 결혼 후 며칠 안 되어서 출전하게 되었다. 그러니 그 새댁의 심정은 이루 말할 수 없었을 것이다. 그녀는 남편을 사모하여 날마다 강물만 바라보고 눈물을 흘리더니 하루는 '어지러운 세상, 나도 남편을 따라가겠다'며 앞 강에 높이 솟은 바위에 올라 몸을 던지고 말았다.

그 후 어느 날 왜병 대장이 이 바위 부근에 갔다가 이 여자의 죽은 혼령에 잡혀 죽은 일이 있다고 하는데 다음과 같다.

왜병 대장 한 명이 그의 부하들과 함께 목행강 건너 용대마을 부근을 거닐고 있었는데 그놈들의 머릿속에는 금은보화가 아니면 여자에 관한 관심만으로 가득 차 있을 때였다. 대장이 어느 지점까지 오더니 물이 흐르는 도랑을 향하여 달려가며 "금이다!" 하며 소리를 쳤다. 그리고는 그 도랑을 한참 들여다보다가 이번에는 강 가운데 있는 바위를 바라보더니 요염한 눈초리로 손짓하며 "여보시오! 여보시오!"를 연발하는 여인을 따라 물속으로 뛰어들어갔다가 물속에 빠져 죽었다.

그때 이 광경을 보고 있던 대원들은 한참 어리둥절하였으나 조선 땅엔 귀신이 많다는 이야기를 들었기 때문에 귀신의 소치로 단정하고 대장을 말리러 쫓아갔을 때 이미 대장은 바위를 부둥켜안다가 물속으로 빠져 죽고 따라 들어간 몇 놈까지 고기밥이 되고 말았다. 이것은 남편을 잃고 따라 숨진 그 여자의 혼이 왜놈들을 유인해서 죽인 것이라고 한다. 이 일이 있고 난 뒤로 왜놈이 금이야 하고 외치며 쫓아갔던 도랑을 '금도랑'이라 부르고 왜장과 왜병들이 붙잡고 죽은 바위를 '귀신바위'라 부르게 되었다.

이처럼 길에는 민초들의 질긴 삶이 있고, 아기자기한 신화와 전설 같은 재밌는 이야기가 있고, 가슴 아픈 애환이나 역사적 사건이 스며있다. 길은 항상 그들과 함께했다. 자전거길을 걸으면서 그 안에 숨어있는 사람들의 희로애락을 듣고, 옛날이야기를 상상하고 되살려 내는 일은 유익했다. 걷는 여행자만이 가질 수 있는 소소한 즐거움이다.

또 하나의 즐거움은 남한강 자전거길 근처에서 먹었던 점심이다. 남한강 강변도로를 따라 식당 입구마다 '점심 세트메뉴가 1인당 만 원'이라고 플래카드가 큼직하게 걸려있다. 점심 세트메뉴는 '송어 비빔야채회, 매운탕, 공깃밥'이다. '송어회'라는 달콤한 말에 현혹해서 들어갔다. 생각했던 것보다 싸고 푸짐했다. 깨끗한 1급수에서만 산다는 선홍빛이 선명한 송어살과 새콤달콤한 소스에 채소를 곁들어 막걸리 한잔했다. 반나절 피로가 싹 사라지는 듯했다. 이처럼 걷기 여행은 자전거길 위에서 다채로운 풍경을 보는 것이지만, 때때로 그 지방만의 토속 음식을 먹는 즐거움도 빠질 수 없는 자전거길 옆의 맛있는 풍경이 아닐까 싶다.

자전거길은 많은 이야기를 먹고 산다. 그 이야기가 열어주는 널찍한 공간에서 오래된 이야기를 듣고, 지금의 풍경을 보고, 앞으로 펼쳐질 이야기를 상상하면서 걷기 여행을 한다. 남한강 자전거길 도보여행 첫날은 충주호에서 조정지댐까지 걸을 계획을 세웠다. 목행교에서 거리가 15km쯤 되는 곳에 조정지댐이 있다. 첫날이라 이래저래 시간이 많이 흘렀다. 낯선 곳이라 그런가. 괜스레 마음에 조급해진다. 그래도 초조해지는 자신의 마음을 추슬렀다. 서두른다고 얻을 수 있는 것은 아무것도 없다. 오히려 소중한 걸 못 보고 그냥 지나치게 될 가능성이 크다. 필요한 것은 'Take your time' 그것뿐이다. 'Take your time'이라는 말은 직역하면 '네 시간을 가져라. 원하시는 속도로 오세요'이다. 하지만 의역하면 그 말은 '급할 것 없어 서두르지 말고 천천히 하다'라는 뜻이다. 이 말이 떠오르는 순간 초조함은 사라지고 기분이 맑아진다. 그래 나만의 시간을 만들어 자신이 원하는 속도가 가면 되는데 괜한 초조했구나 싶다. 자전거길 걷기는 놀이처럼 자신만의 속도로 천천히 걸어가야 한다는 사실을 잠시 망각했다.

 우리는 탄금대의 풍경을 바라보면서 강변 데크 길과 마을 앞 아스팔트 길을 번갈아 느릿느릿 걸었다. 자전거길은 점점 남한강에서 멀어지더니 이젠 남한강은 사라지고 보이지 않는다. '김생사지' 터가 있던 마을을 우회하고 아스팔트 도로를 따라 한참을 걸었다. 그런 길은 여행자에게는 한없이 지루하고 답답했다. 하지만 그런 길을 지나면 좋은 풍경을 보여주는 길도 나타날 것이라는 막연한 기대감이 있어서 좋다. 길은 항상 아름다운 풍경만을 보여주는 것은 아니다. 길에는 다채로운 풍경이 있고, 그런 다채로운 풍경이 그리워서 길을 걷는 것이다. 우리의 삶도 길의 풍경과 닮았다.
 황량한 아스팔트 작은 틈새로 삐죽 고개를 내밀고 피어난 노란 애기똥풀 꽃 한 송이가 애처롭다. 노란색 네 잎 클로버를 닮은 앙증맞은 꽃잎의 크기와 빛깔이 유난히 선명하다. 길을 걷는 우리에게 무슨 말인가를 하려는 듯이 연신 자그마한 고개를 흔들고 있다. 길을 가는 힘든 여행자들을 위로하려는 듯이 바람에 살랑거린다. '길에서 무엇을 얻으려고 하지마'라고 말하고 있는 듯했다. 걷기라는 여행은 길에서 누군가로부터, 어딘가로부터, 무엇인가로부터 위안을 받는 것이다. 여행자와 상대방은 서로에 대한 이런 세심한 관심을 '배려'라고 말한다. 그래서 세상은 살만한 것이 아닐까 싶다.

목행교에서 한 5km쯤 걸었을까. 아스팔트 우회도로를 벗어나 강 쪽 한적한 자전거길로 접어든다. 차량소음이 줄어들고 남한강이 다시 보이기 시작한다. 자전거길이 한적해지자 덩달아 마음도 여유롭다. 우리들은 '넉넉함, 느긋함, 편안함' 등 이런 단어가 그리워서 길을 걷는다.

강변 쪽으로 접어들자 시선이 편안해지고 풍경은 넉넉해진다. 눈에 처음으로 들어오는 풍경은 복사꽃이다. 한 시간 정도 이어지는 산책로 같은 오솔길은 평온하다. 자전거길은 복사꽃, 수수꽃다리, 그리고 이름 모를 하얀색 꽃 등 다채로운 꽃길이 이어진다. 올망졸망한 꽃들이 가녀린 줄기에 빈 틈새 하나 없이 줄줄이 피어나고 있다. 마치 하나의 거대한 꽃다발처럼 보였다. 복사꽃의 분홍빛 화사함과 수수꽃다리의 짙은 라일락 향기가 걸어가는 도보여행자들의 가슴을 울렁이게 한다. 남한강가로는 수양 버드나무의 너울거림이 남한강과 어우러져 춤을 추고 있는 듯하고, 길가에는 애기똥풀의 노란빛으로 물들어진 잔디밭 공원과 물안개 펜션은 화폭 속의 그림처럼 보였다.

또 하나의 느긋한 풍경은 탄금호 건너편 중앙탑과 공원의 풍경이다. 공원 앞에 놓은 해상다리는 일품이다. 특히 맑은 날 저녁에 보면 참으로 아름다울 것만 같다. 남한강 물빛에 비친 오색 빛깔이 아롱거릴 것이고 그 길을 건너는 연인들은 그 황홀함 때문에 사랑에 빠져들 것만 같은 그런 풍경이 그려진다. 아스팔트 도로의 삭막한 풍경 뒤에 따라오는 풍요로운 풍경이다. 자전거길에서의 풍경은 여러 모습으로 시시각각 변해간다. 옥에 티라면 간간이 울려 퍼지는 비행기 굉음이다. 근처에 충주 공군

비행장이 있어서 그런 모양이다. 귀가 멍할 정도로 소음이 심했다. 하지만 소음과는 다르게 걷는 길은 편안했다. 이제 길은 나에게 평범한 일상이 되어가고 있다.

산책로는 원포리 종포마을에서부터 찻길과 다시 합쳐진다. 방향을 왼쪽으로 틀면 [팔당댐 119km, 충주호 17km] 지점이다. 강가를 따라 수많은 유료 낚시터가 보인다. 남한강 완만한 공터에는 어김없이 여러 개의 천막이 보였다. 여긴 물고기가 많은 잡히는 모양이다. 도로 위 낮은 능선마다 곳곳에 식당이며 펜션 그리고 편의점들이 들어서 있다. 그들에게는 편리한 시설이지만 이곳을 지나는 도보여행자로서는 아름다운 풍경을 가리는 장애물이다. 남한강 주변 자연의 풍경을 사라지게 만드는 역할을 하고 있다. 가장 낮은 곳을 향해 흐르는 남한강의 풍경이 이리도 곱고 아름다운데 말이다. 또 조정지댐 근방에 가까워지자 공군기지의 철조망도 길게 나타나 남한강의 아름다운 풍경을 가르고 있다. 그리고 우리의 눈과 귀는 그런 풍경에 익숙해져 간다. 비행기소음에 익숙해질 무렵 조정지댐 다리를 건너고 있는 나를 발견했다.

자전거길을 걸으면서 매번 느끼는 것인데 길에서이 풍경은 우리가 사는 세상의 축소판 같다는 것이다. 다양한 사람들이 길을 통해 왕래하고 소통한다. 그 길을 걸으면서 다양한 사람들의 다채로운 모습과 서로 마주친다. 여러 사람이 모이는 곳이기에 자신의 모습이 확실히 떠오른 것이다. 길을 걷는 사람마다 걷는 법, 휴식을 취하는 법, 먹는 법, 숙소를 선택하는 법, 밤을 지내는 법 등 이런 크고 작은 차이가 쌓이고 쌓여 '나다운 나'라는 인간을 만들고 있다는 것이다. 모두 같은 모습이라면 분명 세상은 재미가 없을 것이다. 길에도, 길 위의 풍경에도, 풍경 속의 사물들도, 그리고 우리의 삶도 '다름', '다양성', '차이' 등 이런 말들이 있어 오늘도 더 활기차게 살아가고 있는 것은 아닐까 싶다.

또 '만월보다 달이 커지는 일은 없다'라는 말이 있다. 즉 한계를 뛰어넘은 선까지 커지고 싶어 한다면 반드시 어딘가 부족한 부분이 생길 것이라는 말이다. 인간사회도 무리하게 덧붙이면 분명 같은 결과가 나올 것이다. 과하면 세상은 또 다른 곳에서 화를 불러들인다. 누구나 자신에게 맞는 그릇의 크기가 있기 때문이다. 자신의 분수를 알고, 분수에 맞게 살아가라는 것이다. 과도한 욕심은 또 다른 화를 불러올 수도 있다는 것이다. 자신이 가지고 있는 그릇의 크기만큼만 가지면 편안해지고 행복해진다. 자전거길을 천천히 걷는 것도 '과유불급' 즉 중용의 중요함을 찾기 위해서가 아닐까 한다.

우리는 부족해도 살아갈 수 있다. 우리는 결여된 채로 계속 살아가려고 하고 있다. 결여되었어도 생명의 움직임은 멈출 수 없다. 더하는 것만이 생명을 향하는 방향은 아니다. 결여되었기 때문에 생겨나는 것도 많다. 길을 천천히 걷는 것은 걸어가면서 자신의 결여된 부분을 자연스럽게 깨닫게 되는 과정이다. 자전거길 도보여행은 결국 덧셈보다는 뺄셈이 더 많은 여정이 아닐까 싶다. 이 길의 끝자락에서 우리는 무엇을 만날 수 있을까.

조정지댐에서 강천마을까지

  자전거길은 가끔 끝이 보이지 않을 것 같은 단조로운 일직선 둑길을 만날 때도 있고, 한없이 이어지는 아스팔트 도로를 우회하는 길을 만날 때도 있다. 그런 길을 한없이 걸어가다 보면 모든 사물이 내 눈에는 지독한 고독 속에 빠져 있다는 느낌이다. 그런 길을 걷는 여행자는 낯선 이방인이 된다. 나른한 길을 걷고 있으면 자연스럽게 스스로 고독해진다. 그럴 때는 느릿느릿 걸으면서 평소에는 관심도 없었던 사물들을 세세히 들여다보는 것도, 고개를 들어 주변 산천의 풍경을 바라보는 일도 도보여행자의 소일거리 같은 즐거움이다.

  또, 길가에 앙증맞은 빛깔의 피어난 이름 모를 풀꽃을 바라보고 이름이 뭘까. 꽃말은 뭘까. 이름과 꽃말에는 어떤 사연이 들어있을까 하고 관심을 두는 것도 걷기놀이의 소소한 기쁨이다. 그리고 색다른 풍경을 만나 사진을 찍는 일도 걷기놀이의 즐거움 중 하나이다. 마지막으로 가장 큰 즐거움은 걷기 여행을 다녀온 후에 기록을 남기는 일이다. 기록을 남기는 일은 자기의 의견을 가진다는 것이고, 타인을 이해한다는 것이고, 서로의 생각을 공유하는 일이다. 그러면 자전거길 걷기라는 놀이는 한층 더 넉넉해지고, 더 많은 자유를 만끽하게 된다.

버지니아 울프는 '무슨 일이든 말로 바꾸어 놓았을 때 그것은 온전한 것이 되었다'라고 적고 있다. 나도 그런 경험이 있다. 많은 기억은 생각만 하고 조각으로 머릿속에 있다면 자신도 모르는 사이에 사라져 버린다. 하지만 사라지기 전에 그것들을 글로 기록하고, 그 기록들이 모여 하나의 책으로 만들어질 때 그 행위에서 '완성'이라는 말을 본다. 길을 걷는 것도, 기록하는 것도 모두 완성으로 나아가는 행위가 아닐까 싶다. 완성으로 나아가려는 작은 성취감이 버지니아 울프가 말하는 '온전함'이 아닐까? 그런 '온전함'이 내가 생각하는 걷기놀이의 마지막 즐거움이다. 여기서 '온전함'이란 그것이 나를 다치게 할 힘을 잃었음을 의미한다. 갈라진 조각들을 하나로 묶어내는 일이 커다란 즐거움을 주는 이유는 아마 그렇게 함으로써 내가 고통에서 벗어나기 때문일 것이다. 글을 쓰면서 여행에서의 힘든 기억들이 좋은 추억으로 변해갈 때 느끼는 희열도 그렇다. 그런 희열은 또다시 새로운 길을 걷게 하는 원동력이 된다.

조정지댐이 보이는 중앙탑 휴게소에서 새로운 하루를 시작된다. 휴게소에서 바라본 남한강의 풍경은 신선했다. 4월의 숲은 제법 울창해지고 있다. 연두 빛깔의 나뭇잎들은 마치 봄을 가득 머금고 있는 것처럼 싱그럽다. 온통 세상이 푸른 희망으로, 노란 행복으로, 환한 기쁨으로 가득 채워진 느낌이다. 걷는 내내 좋은 일이 생길 것만 같다. 휴게소 앞 갈림길에서 지도와 이정표를 본다. 이제야 탄금호의 모양이 선명해진다. 탄금대 앞 남한강이 조정지댐으로 인해 '탄금호'라는 호수로 변해 있음을 한눈에 알 수 있

다. 탄금대 주변으로는 '중앙탑'이 있다는 누암리 고분군, 조정경기장, 탄금
대공원, 충주세계무술공원 등 다양한 시설들이 한눈에 보인다.

충주 탄금대는 충주시 서북부 대문산에 있는 명승지. 한국의 3대 악
성 중 하나인 우륵이 제자들을 가르치며 가야금을 연주하던 곳이라 하
여 탄금대란 명칭이 붙은 곳으로 역사적 가치가 큰 명소이다. 남한강이
절벽을 따라 휘감아 돌고 울창한 송림이 우거져 있어 경관이 아름답고,
탄금대에서 조망되는 남한강과 계명산, 남산 및 충주 시가지와 넓은 평
야 지대가 그림같이 펼쳐져 절경을 자아내고 있는 곳이다.

남한강 자전거길은 찻길을 벗어나 강변으로 접어든다. 입구는 옛 '솔밭
나루터'라고 되어 있다. 이제는 사람의 발자취는 사라지고 이름만 남아있
다. 그 길에서 우리를 처음 반기는 한가로운 전원풍경은 '오미자 하우스 터
널'이다. 제법 많이 자라 터널 위까지 넝쿨이 올라와 있다. 시간이 흐르면
이 터널 안에는 작은 오미자 열매가 수도 없이 열릴 것이고, 초가을쯤 되
면 다섯 가지의 맛을 지녔다는 오미자 열매가 붉은빛으로 터널을 가득 채
울 것이다. 마치 마법의 터널처럼 볼만하겠다. 그 마법의 터널을 지나면 또
어떤 세상이 우리를 기다릴까. 자전거길을 걷는 것도 아직 경험하지 못한
마법 같은 세상을 마음속으로 그리며 미리 상상해보는 일이 아닐까?

우리가 걸어가고 있는 곳은 충주시 중앙탑면 장천리다. 강가에서 꽤 넓
은 늪지가 형성되어 있다. 이름하여 '장자늪'이란다. '장자늪'은 조정지댐
아래에 있는 남한강 구하도이다. 이전 남한강물이 흐르던 곳에 물길이
바뀌면서 구하도가 생기고 구하도 저지대의 물이 남아있던 지역이 습지
가 된 것이다. 이 구하도에는 장자늪, 찰음대늪, 산두늪 같은 습지가 이

어진다. 보기에도 꽤 넓다. 이중 '장자늪'은 충주 조정지댐에서 가장 가까운 습지다. 늪지 주변에는 물안개가 자욱하고 으스스할 것만 같은 '장자늪'의 풍경은 신령스러운 기운이 깃들 것만 같은 분위기다.

〈황금의 가지〉라는 책을 보면 '어느 나라나 이런 풍경에서는 전설 하나 정도는 내려온다'라고 했다. 여기도 예외는 아니었다. 그런 풍경에는 어김없이 전설이 있기 마련이다. '장자늪'에 대한 이야기도 전설의 고향 같은 드라마나 동화책에서 많이 들어보았던 이야기와 비슷했다. 이런 전설은 우리나라뿐만 아니라 세상의 많은 책에 나온다. 왜 이런 전설은 세상에는 많을까. 또 이런 전설은 대개 권선징악이나 인과응보로 결말이 난다. 세상은 그만큼 간절히 좋은 일이나 선한 일을 바라기 때문이다. 하지만 세상에는 옛날이나 지금이나 선한 일보다는 악한 일이 더 많다. 아마 앞으로도 그럴 것이다. 그래서 선을 권장하는 것이고, 반드시 선한 일이 이겨야 한다는 당위성을 강조하고 있는 것이 아닐까 싶다.

옛날 이곳 '장천리'에도 천석꾼인 '장자'가 살고 있었다. 그는 인색하고 몰인정하며 욕심이 많기로 유명한 사람이었다. 어느 날 스님이 시주하러 왔는데, 거름을 매던 '장자'는 노승 바랑에 쇠똥 한 삽을 넣어주었고, 또 목탁과 발을 빼앗아 때려 부쉈다. 노승은 합장을 하고 뒤로 돌아서 걸어가는데 뒤에서 '대사님, 대사님' 부르는 소리가 들려 돌아다보니 한 여인이 '저는 이 집 며느리인데 제 아버님 성격이 과도해서 대신 사과드린다'라며 쌀을 한 바가지를 가지고 왔다. 묵묵히 눈을 감고 여인의 말을 듣던 노승은 무거운 입을 열었다. '앞으로 3일 후 신시에 상좌승 하나가 동구 밖 느티나무 밑에서 부인을 기다릴 터이니 꼭 만나도록 해 달라'는 부탁을 하고는 사라졌다. 3일 후 동구 밖에 나가보니 상좌승이 기다리고 있다가 지금부터는 소승이 하는 대로만 하여야 한다고 했다. '입을 떼지 말고 무슨 소란이 있어도 그곳을 바라보지 말라'고 했다. 며느리는 상좌승을 따라가다 별안간 찬바람이 뒤에서 성벽을 향해 불어 올라오니 싶더니 하늘이 무너지듯 굉음이 울렸다. 무의식중에 며느리는 소리 나는 쪽으로 바라보자 '장자'의 집은 사라져 버리고 호수로 변해 장자가 비명을 지르며 물속으로 가라앉고 있었다. 그리고 며느리는 선 채로 한 개의 부도가 되어버리고 말았다. 그곳이 바로 지금의 '장자늪'이란다.

남한강 이곳에서 우연히 이런 전설을 듣게 된다. 과거의 비옥한 토지가 욕심으로 인해 모두 물에 잠기어 늪으로 변했다는 이야기다. 성서의 〈소돔과 고모라〉에서도 롯의 아내가 뒤를 돌아봐서 소금기둥이 되었다는 이야기가 나온다. 전설의 고향에서도 며느리가 돌기둥이 되었다는 이야기는 여러 곳에서 많이 나온다. 진실이든 거짓이든 모두 우리에게 올바른 생각, 착한 마음을 가지고 살아가라는 교훈을 준다는 것이다.

또 〈황금의 가지〉에서 '모든 신화는 서로 연관되어 있다'라고 했다. 세상의 모든 이야기는 서서히 발전되어 온 것이다. 진화처럼 말이다. 하늘에서 뚝 떨어진 이야기는 이 세상에 없다. 수천 년의 이야기가 사방으로 퍼져 다시 각색되고 그 지역에 맞는 이야기로 변해 새로운 전설이 된다. 그래서 비슷비슷한 이야기가 지역이나 시대를 떠나 세상에는 많고 많다. 소금기둥이나 돌부처에 대한 전설은 어디서나 종종 나오는 이야기다. 그런 전설을 남한강 자전거길에서 보고 듣는다. 길은 여행자에게 많은 삶의 교훈을 들려주고, 그 이야기를 통해 여행자는 삶의 의미를 깨달아간다.

늪지 가운데는 넓은 삼각주 같은 섬이 있고, 4대강 사업의 여파 때문인지 잘 정비되어 있다. 습지 너머에는 높은 망루가 하나 서 있고, 강의 수계 내에 있는 경작지치고는 정말 넓구나 싶은 밭들이 눈에 들어온다. 그 섬 앞으로 갈대밭 사이에 작은 바위가 하나 있는데 마치 등에 아기를 업고 서 있는 아낙의 모습이다. 저 바위가 전설 속에 나오는 며느리의 모습일까. 길에서 이런저런 상상을 하다 보면 어느 사이 걷기라는 놀이는 즐거워진다.

'솔밭나루터'에서 한 시간쯤 걸어왔을까. [중원문화길 52번] '목계나루와 충주 고구려 비'로 가는 길목이라는 밤색 표지판이 우리들의 호기심을 자극한다. 이곳은 장천리 늪 앞에 있던 '목계리섬'이 이곳까지 이어지는 모양이다. 문득 민홍 샘이 목계리 하면 신경림 시인의 「목계나루」라는 시가 생각난단다. 시인의 이름도, 시의 제목도 들어 본 적이 있다. 강 건너가 과거에 남한강에서 번성했고 역사가 깊은 목계나루인 모양이다. 유명하다는 목계나루의 풍경이 보고 싶어 자전거길 경로를 이탈했다. '목계리섬' 안으로 들어선다. 자전거길과 연결된 다리를 건너자 또 다른 풍경이 펼쳐진다. 낯선 곳에서 예지치 못한 놀라운 풍경을 본다. 이 섬에서는 해마다 5월 중순쯤 '카라반 캠핑카 대회'가 열린다고 했다. 우리나라에도 이런 대회가 있다는 것을 처음 알게 되었다. 걷기 여행을 통해 먼 나라 이야기로만 들었던 일들이 정말 꿈처럼 내 앞에 현실로 다가왔다. 우리나라가 그만큼 잘 산다는 이야기일까?

국토 중심에 위치한 충주는 전국 어디서나 접근이 용이해 카라반 동호회원들의 이동이 쉽고 주변에 온천과 더불어 가볼 만한 가족 단위 여행지가 많아 캠핑하기에 최적지라는 평가를 받고 있다. 넓은 섬은 잘 정비되어 있고 곳곳에 캠핑카가 꽤 보인다. 충주의 남한강 목계나루 건너편 목계솔밭 주변에서는 다양한 캠핑카들과 함께 하늘에서 찍은 사진을 보면 목계리섬 공간을 꽉 채운 카라반들의 모습이 마치 '타원형 비행접시' 모양이다. 지금은 대회전이라 차량보다는 빈 곳이 많았다. 만약 이 넓은 공간에 캠핑카가 가득 채워지면 어떤 모습이 펼쳐질까. 상상만 해도 마치 공상과학영화 속의 새로운 우주 공간을 보는 것처럼 짜릿했다.

목계나루까지는 생각보다 멀다. '목계리섬'에서 목계나루터 풍경을 바라보고 상상하는 것으로 만족했다. '목계리섬'을 나와 다시 남한강 자전거길을 걸었다. 비록 여행경로를 이탈해서 여행이 좀 더디고 느렸지만, 뜻하지 않는 곳에서 '목계나루'라는 뜻밖의 공간과 마주했다. 또 캠핑카 대회라는 낯선 풍경을 보고, 새로운 세상을 공상하는 재미도 쏠쏠했다. 진정 걷기 여행다웠다.

남한강 가의 '가흥정'이라는 정자에서 잠시 쉬어간다. 가흥(佳興)이란 '마음속으로부터 느껴지는 멋있는 흥'이라는 뜻이다. 아마 정자에 올라서서 남한강을 바라보면 마음속에서 즐겁고 멋있는 흥이 절로 일어나는 모양이다. 그래서 가흥정이라고 지었을까. 주변의 풍경은 정갈하고 단정하며 은은한 향기를 풍기는 듯했다. 남한강 주변은 바라만 보이도 질로 삼흥이 일어날 것만 같다. 뒤로는 남한강을 배경 삼아 아담한 마을이 있다. 몇 호 되지는 않지만, 집들이 모두 단정하고 정원들도 아기자기하게 잘 가꾸어져 있다. 밭 옆 마을 공터에는 낮은 돌담이 가지런히 쌓여있고, 그 옆으로 회양목이 정원의 테두리를 이룬다. 정원에는 솟대가 솟아 운치를 더해주고 있으며 크고 작은 반송, 은행나무. 벚나무, 소나무, 느티나무, 철쭉 등이 심겨 있다. 마을로 들어서는 길옆으로 밭 가운데는 복사꽃도 피어있고, 앞에는 남한강이 흐르는 전원 마을이다. 이런 풍경을 보면서 살면 흥이 저절로 일어날 것만 같고 마음이 살찔 것만 같다.

남한강에 와서 하루 반을 걸었다. 하지만 남한강 자전거길에 대한 자세한 설명이나, 거리에 대한 자세한 표시, 주변 좋은 풍경에 대한 설명 등을 기록한 이정표를 보지 못했다. 심지어 거리표시도 들쑥날쑥하고, 듬성듬성 이가 빠진 곳이 많았고, 걸어오는 내내 불편했던 기억이 난다. 모처럼 '가흥정'이라는 마을 정자 앞에 한강(남한강) 유래와 팔경에 대한 기록이 있다. '한강(漢江)'은 원래 우리말의 '한가람'에서 비롯된 '한'은 크다, 넓다, 길다는 의미이며, '가람'은 강의 고어로 크고 넓은 강이라는 뜻으로 사용되었다는 주장이 있다. 또한, 조선 시대에는 京江(경강)이라고 불렀으며 외국의 문헌에는 서울강(Seoul River)이라는 기록도 있다. 한강은 한반도의 중앙에 위치한 강으로 백두대간 금대봉 아래 '검용소'에서 발원하여 강원도, 충청북도, 경기도, 서울특별시, 인천광역시를 거쳐 서해로 유입되는 한반도 중부지역의 강으로 유량을 기준으로 할 경우 남한에서 가장 규모가 큰 강이다. 한강의 본류는 경기도 양평군 양수리에서 남한강과 북한강이 만나서 이루어진다. 한반도의 중앙부 평야 지대를 차지하는 한강 하류부는 신석기시대부터 문화발달의 터전이 되어왔으며 삼국시대 이래 쟁패의 요지가 되어왔다. 특히 조선 시대 태조가 이곳에 도읍함으로써 정치·경제·문화의 중심을 이루게 되어 오늘날에 이루고 있다'라고 했다.

남한강에도 아름다운 경치와 사연이 스며있는 좋은 풍경 8곳을 엄선해서 선정했다. 영산강, 섬진강, 금강을 걸으면서 8경을 보았다. 어찌 이곳에 8경만 있겠는가. 자전거길은 걸어가는 곳마다, 바라보는 풍경마다 모두 8경이 아닌 곳이 없었다. 남한강의 팔경을 살펴보면 단연 으뜸은 북한강과 남한강이 만나는 '두물머리'였다. 우리들은 남한강 8경부터 거꾸로 걸어가고 있다. 우리가 지금 남한강 8경을 지나 남한강 7경을 향해 걸어가고 있다.

* **1경은 두물머리**

  희로애락을 보듬어주던 남한강과 북한강이 만나 해후를 나누며 두 개의 물이 만나 나누는 화합과 느티나무 숲의 조화는 또 다른 이야기를 만들어 낼 것이다.

* **2경은 억새림**

  억새밭을 스치는 바람결 따라 넘실거리는 그리움을 안고 흐르는 한강, 잊었던 시심을 불러오는 강마을은 아련한 추억이 밀려오는 마음의 고향이 된다.

* **3경은 이포보와 초지경관**

  강과 더불어 사는 백로의 날갯짓은 물결의 흐름처럼 부드럽고 아름답다. 백로를 빼닮은 이포보는 물과 하늘을 이어주는 문화와 생명의 비상을 그리고 있다.

* **4경은 여주보**

  찬란한 한글 문화를 꽃피운 세종대왕의 안식처 영릉, 해시계를 형상화한 여주보와 생태하천 경관이 함께 어우러져 새로운 역사문화를 창조한다.

* **5경은 신륵사와 황포돛배**

  황포돛배가 줄을 이어 한강을 오르내리는 모습을 보며 선조들의 보람과 희망을 그렸다. 자비의 정신이 깃들어 있는 신륵사와 금은빛 모래터는 편안한 휴식처를 제공한다.

* **6경은 강천섬**

  연한 보랏빛 꽃잎과 노란 꽃술, 언제나 같은 시기에 같은 모습으로 우리에게 다가오는 쑥부쟁이는 우리에게 '기다림'과 '인내'를 가르쳐준다.

* 7경 능암리섬

다양한 수생 동식물이 불러들이는 철새들로 인해 이곳 능암리섬은 자연 학습장과 산책로로 적격이며 자연과 하나 되는 일상을 접할 수 있을 것이다.

* 8경은 탄금대와 용섬

묵묵히 흐르는 한강의 모습과 함께 우륵의 애틋한 가야금 소리가 탄금대에서 들리는 듯하다. 사람의 손길을 타지 않고 보존되어 그 어떤 곳보다도 아름답다.

자전거길은 마을을 벗어나자 길고 긴 둑길로 이어진다. 강 쪽으로는 길게 난간이 설치되어 있고 아스팔트 도로 위에는 끝없이 점(點)들이 이어져 길을 만들어낸다. 포장된 자전거길이 지루해 질 때쯤 둑길 아래로 이어지는 숲길을 발견했다. 곳곳에서 사람의 손길이 느껴지고 숲길의 색채가 선명하다. 강변 둔치 곳곳에는 수양버들나무들이 길게 자라나고 있다. 오늘 자전거길 걷기놀이는 녹색과의 만남에서부터 시작되었다. '중앙탑 휴게소' 앞산의 푸름에서부터 시작된 녹색은 연두 빛깔의 나뭇잎, 장천 늪지와 목계리 섬의 푸르스름한 녹색, 그리고 남한강 둑길 아래 수양버들에 가득 채워진 연한 초록빛과의 만남이다. 푸름은 산과 산으로 이어지고, 길은 산골짜기를 돌고 돌아 끝없이 이어진다. 산은 세상에서 가장 녹색이 많은 곳이다. 고개를 조금만 들어도 사방은 녹색으로 금세 채워진다. 다채로운 녹음이 세상 그 무엇보다도 효과적으로 우리들의 마음을 편안하게 해준다. 사람들은 혼란스러울 때마다 가끔 녹색이 그리워 도심을 벗어나 산으로, 들로 여행을 떠났다. 녹색은 우리에게 고향 같은 빛깔이라면, 녹음은 우리들의 안식처 같은 공간이 아닐까 싶다.

자전거길 걷기 여행은 우리에게 녹색이라는 선물을 준다. 사방이 녹색으로 충만한 길을 걷는 것은 도보여행자에게는 가장 큰 축복이다. 포장된 자전거길은 서로 다른 수많은 종류의 녹색을 광활한 풍경 속에 전략적으로 배치하는 데 도움을 주는 소품처럼 보였다. 멀리서 보면 사방은 옅은 녹색, 짙은 녹색, 누르스름한 녹색, 초록빛이 도는 녹색, 푸르스름한 녹색으로 가득 차 있다. 색깔은 명암에 따라, 거리에 따라, 햇살의 강약에 따라 다채로운 빛깔로 시시각각 변해간다. 자전거길 걷기놀이는 편안한 녹색의 풍경 때문인지 낯설지 않았고, 걷는 내내 지루하기도 않았다.

남한강 자전거길은 한포천과 만나는 지점인 대평교 앞에서 '할매바위(벼슬바위)'라는 이정표와 만난다. 그 앞은 갈림길이다. 하나는 파란색으로 연결된 자전거길이고, 다른 하나는 '철새전망대공원'으로 가는 길이다. 자전거길은 모두 포장된 길이고, 남한강을 우회하는 길이다. 또 방향이 정확하고 길을 잃어버릴 염려도 없다. 하지만 다른 길은 남한강과 가까이서 마주하는 길이지만 처음 가보는 길이다. 방향을 잃어버릴 수도 있고, 길이 막히면 되돌아 나와야 한다. 순간 갈등했다. 하지만 한 대화를 통해 용기를 낸다.

우리는 나이 든 남자를 앞질러 갔다. 그는 힘겹게 절뚝거리며 걸었다. 한참을 걸어가다가 우리는 다시 뒤돌아가야 하는 상황이 되었다. 다시 뒤돌아 걷고 있는데 저 앞에 그 나이 든 남자가 보였다. 그의 옆을 지나고 있는데 그 남자가 우리에게 말했다.
"아, 또 만나는군요."

"안녕하세요. 우리가 길을 잃었습니다."

멋쩍게 말하자 그는 이렇게 말했다.

"괜찮아요. 그 대신 다른 길을 알게 될 거예요."

여행은 언제나 선택의 연속이고, 여행자는 늘 남들이 가지 않는 새로운 길을 가고 싶어 한다. 그래서 처음 가보는 곳에서 길을 잃는 것은 당연하다. 가끔은 두려울 때도 있고, 힘들 때도 있다. 우리는 '길을 잃었다는 것은 다른 길 알게 될 것이다'라는 말에 용기를 낸다. 마치 우리들이 오랜 좌절과 방황을 겪은 후에 올바른 길을 찾아가는 것처럼 말이다. 종종 위기를 기회로 바꾸는 역발상의 자세가 살아가는 데 큰 힘이 될 때도 있다.

또, 길에서는 다양한 인생관을 접할 수 있어서 좋다. 길에는 여러 계층, 다양한 직종과 연령의 사람들이 모여든다. 길에서는 다양한 사람들이 각자의 출신이나 신분에는 전혀 아랑곳하지 않고 서로 돕고 도와주면서 함께 걸어간다. 자전거길에도 많은 여행자가 존재한다. 그 길은 누구나 안심하고 혼자 또는 여럿이 다닐 수 있는 곳이다. 누구와도 지나치면서 무리 없이 만나고, 무리 없이 말을 걸고, 무리 없이 떠나가는 곳이다. 혼자여도 좋고, 함께여도 좋은 곳이 바로 길이다.

매일 걷다 보면 자의든 타의든 혼자만의 시간을 갖게 될 때가 많다. 자연 속을 홀로 꾸준히 걷는 건 그야말로 '자신과의 대화'를 나누는 시간이다. 살면서 아무 목적 없이 천천히 몇 시간씩 걸을 일은 흔치 않다. 그 공백의 시간 속에서 평소 끌어안고 있던 고민이나 의문에 대한 답이 마음속 깊은 곳으로부터 두둥실 떠오르는 때가 있다. 우리는 평소 '이렇게 해야 한다'거나 '이런 모습이어야 한다'라는 '강박론'에 묶여 산다. 그러는 사이에 내가 정말로 바라는 것이나 고민하는 것에 대한 답을 놓치고 마는 것이다. 하지만 길에는 어떤 생각이나 감정에 사로잡혀 심리적으로 심하게 압박을 받는 느낌이 없다. 자신만의 보폭으로 걷고, 자신만의 보폭으로 보고, 자신만의 보폭으로 듣고, 자신만의 보폭으로 쉰다. 거기에 있는 건 자연과 자신뿐이다. 길에서 해야 할 일은 단지 하나 걷는 일이다. 어떤 길이라도 이게 '나의 길이다'라고 확신하며 계속 전진할 수 있는 자신감. 그저 그것뿐이 아닐까 싶다.

대평교 삼거리 바로 앞에 불쑥 솟은 '할매바위(벼슬바위)'는 일품이다. '할매바위'이면서 '벼슬바위'라고도 한다. 전혀 다른 어감이다. 어떤 아픈 사연이 있는 것일까. 할매바위(벼슬바위)는 커다란 수탉 볏처럼 생긴 바위가 있는데 이 바위는 아주 먼 옛날 마고할매가 수정을 치마에 싸서 들고 가다가 실수로 떨어뜨려 생긴 바위라고 전해지고 있다. 정말 꼭대기에만 수정을 닮은 바위가 우뚝 솟았다. 이 바위는 수정의 영험함을 지녀 벼슬에 오르고자 하는 이가 정성을 다해 기원하면 그 뜻을 이룰 수 있다고 전해지고 있었다.
먼 옛날 영남의 조 선비가 이 바위 이야기를 듣고 소원을 빌러 왔다가 밤이 너무 깊어 근처 김 진사 집에 하룻밤 기거하게 되었는데 김 진사의 딸에게 첫눈에 반해 사랑하는 사이가 되었단다. 하지만 과거시험이 임박해 조 선비는 서둘러 한양으로 향했고 김 진사의 딸은 매일 벼슬바위를 찾아 조 선비의 과거 급제를 기원했다. 그래서인지 조 선비는 장원급제하였고 함경도 암행어사에 제수되어 바쁜 나날을 보내다 김 진사의 딸을 잊고 만다. 조금 진부하지만 전설이다. 조 선비가 이렇게 승승장구하는 줄도 모르고 김 진사의 딸은 계속 벼슬바위에서 조 선비의 성공만을 기원하며 조 선비를 그리다 죽어갔다. 이 내용을 알고 있는 김 진사는 딸의 한을 달래주려고 꽃상여를 남한강에 띄웠는데 바람이 불어 그 꽃상여를 벼슬바위 꼭대기로 날려 보냈다. 뒤늦게 이 사실을 알게 된 조 선비는 젊은 나이에 영의정까지 오르게 된 것이 김 진사 딸의 정성 덕이었음을 알고 낙향하여 꽃상여가 멈추어 섰던 곳에 은거하여 바늘 없는 낚시로 소일하며 그녀를 기렸다고 한다. 그래서 아직도 이곳엔 조대마을이 있으며 김씨녀(김진사의 딸)과 조 선비의 성공을 기원했던 벼슬바위와 김씨녀의 상여가 올라갔다는 벼슬바위의 정상에 행상(상여)바위가 있다고 한다. 이정표에 쓰여 있던 '할매바위' 전설도 읽고, '할매바위'도 한번 쳐다보았다. 그리고 자식들을 위해 소원도 빌었다.

남한강 자전거길을 벗어나 '철새전망대공원' 가는 길로 접어든다. 할매바위를 따라 길이 휘어진다. 휘어진 길은 끝이 보이지 않았다. 남한강 앞에서 휘어진 길이 막다른 길은 아닐까. 아니면 남한강의 좋은 경치를 더 가까이서 볼 수 있는 또 다른 길이 있지는 않을까. 호기심에 끝이 보이지 않는 길을 따라 걸었다. 역시 막다른 길이다. 언 듯 보기엔 꽉 막힌 듯한 동네 '쌈지공원' 같았다. 한 바퀴 돌아보고 되돌아 나오려다가 끝자락에서 '비내둘레길'로 들어가는 출구를 발견했다. 덩굴에 둘러싸여 있어서 눈에 잘 띄지 않았다. 터널처럼 생긴 작은 입구는 마치 다른 세상으로 나아가는 출구처럼 보였다. 우리들이 사는 세상과 다른 세상 말이다. 아스팔트 세상에서 흙의 세상으로, 인공의 세상에서 자연의 세상으로 나아가는 길처럼 보인다. 이상한 나라의 앨리스에 나오는 그런 신기한 세상처럼 보인다. 그곳에는 푸름만 있었다. 너무 좋은 길을 발견한 것이다. 사람들의 흔적이 거의 없는 길이다. 앙성 온천에 온 관광객들을 위해서 만들었다는 '비내둘레길'은 생각보다 아름답고, 생각 이상으로 남한강의 멋진 경치를 보여준다. 혼자 걸어가도 또는 함께 걸어가도 편안한 길이다. 남한강에 좀 더 가까이 다가갈 수 있어서 좋았다.

또 '철새전망대공원'은 우연히 들어선 곳으로 길을 잃어버릴지도 모를 공간이었다. 공원의 크기에 비해 볼거리도 많고 풍경이 너무 아름다웠다. 그냥 지나쳤으면 후회할 뻔했다. 공원에서 바라본 남한강 경치는 일품이다. 이곳에 남한강 7경의 전망대가 만들어진 이유를 알 것만 같다. 2층 높이의 철새전망대에 서면 남한강 제7경인 '봉황섬(능암리섬)'이 한눈에 들어온다. 그곳은 해마다 겨울이면 철새들이 많이 찾아오는 먹이가 풍성한 장소란다. 작은 공간이지만 볼거리와 즐길 거리가 넘쳤다. 그곳에 남한강을 바라보고 서 있는 여러 마리의 오리 솟대들이 쌈지공원의 운치를 더해준다. 덩달아 그곳을 찾아온 여행자들의 마음 또한 자유롭고 편안해진다.

남한강을 바라보고 서 있는 솟대는 어디서나 많이 보는 익숙한 풍경이다. 오래전부터 있었고, 지금까지도 우리 곁에 있는 풍경이다. 하지만 막상 그 의미를 잘 알고 있는 사람들은 많지 않다. 나도 마찬가지다. 솟대란 마을 입구에 장대를 세우고, 그 위에 돌이나 쇠로 만든 새를 앉힌 것으로 마을의 풍요나 건강을 비는 상징물로 솟대 위에 앉힌 새는 대개 오리가 주류를 이루며, 일부 지역에서는 까마귀나 다른 새를 앉히기도 한다. 솟대는 하늘과 땅을 연결하는 신간 역할을 하여 화재, 가뭄, 질병 등 재앙을 막아주는 마을의 수호신으로 모시는 의미도 있다. 그리고 솟대는 풍수지리사상과 과거급제에 의한 입신양명의 풍조가 널리 확산하면서 급제를 기념하기 위한 화조대로 분화 발전되었고, 마을의 다양한 욕구에 부응하는 마을 지킴이로 존재하는 의미를 담고 있다.

솟대는 길쭉한 막대기 위에 새가 올라가 있는 모습으로 보통 여러 개가 한 곳에 세워져 있다. 솟대 위의 새는 어떤 종류일까? 나는 사실 새라고만 생각하고 어떤 새인지는 생각해 본 적이 없다. 우리와 친숙한 까치나 까마귀가 아니고 놀랍게도 솟대에 있는 새 모양은 '오리'라고 한다. 왜 많은 새 중에서 오리일까? 오리라는 새는 계절에 따라서 대한민국에 왔다 다시 어디론가 갔다 하는 새라 옛날 우리의 선조들은 오리를 보면서 저승을 갈 수 있는 새라고 생각했던 모양이다. 오리는 선조들에게 있어서 죽은 사람들을 저승에 잘 데려다준다는 것을 의미하는 것이라고도 할 수 있다. 마을 앞 부근에 세워 놓아 마을에 있는 사람들이 돌아가셨을 때 길 잃지 말고 잘 가시라는 의미에서 세워 놓았다고 한다. 토테미즘 믿던 시기나 자연신을 믿던 시기에는 충분히 할 수 있는 생각이다. 길에서 또 다른 생각을 하게 된다. 자유로운 영혼을 가지고 자유롭게 지상과 하늘을 노닐던 새. 이렇게 정의하고 나면 오리라는 새가 그냥 그런 새라는 느낌보다는 한층 우리와 가깝다는 느낌이 든다.

오리 솟대 옆으로 신경림의 「목계나루」라는 시가 책 모양의 조형물에 기록되어 있다. 이곳이 신경림 시인의 고향인가. 신경림 시인에 대해 잘 알고 있는 민홍 샘의 설명이 이어진다. 「목계나루」라는 시는 교과서에 나오는 유명한 시라고 운을 뗀다. 농민의 고달픔을 다루면서도 항상 따뜻하고 잔잔한 감정을 바탕으로 우리에게 감동을 주고 민중시라고 했다. 이 시의 배경은 근대화 이전 서울 가는 길목에 큰 장터가 섰던 목계나루이다. 이곳에 농민인 듯이 보이는 한 사내가 고달픈 삶에 떠밀리어 터전을 버리고 떠나려 한다. 들꽃처럼, 잔돌처럼 아니면 박가분 파는 방물장수가 되어 구름처럼, 바람처럼 떠돌며 어떻게 살지를 고민 중이다. 이러한 갈등을 민요적 가락으로 떠돌이가 될 수밖에 없는 민중의 운명과 고뇌를 진솔하게 표현하고 있다고 했다.

현대를 살아가는 우리도 비록 다른 시대, 다른 환경, 다른 모습이지만 여전히 똑같은 고민을 하면서 이 땅에서 살아간다. 그리고 '목계나루'라는 시 속 주인공의 고민과 갈등은 고스란히 지금도 계속되고 있다는 것이다. 이 시의 설명을 들으면 들을수록 정감보다는 짠한 아픔이 전해온다. 그리고 사는 것은 무얼까. 어떻게 사는 것이 잘사는 것일까. 우연히 자전거길에서 마주친 물음이다. 나는 자전거길을 걸으면서 그 답을 찾을 수 있을까?

쌈지공원의 끝자락에서 우연히 발견한 길은 일명 '충주비내길'이다. 남한강변을 따라 만들어진 숲길이고, 흙길이며 인적이 드문 오솔길이다. 우리들이 걷고 싶었던 길이고, 남한강을 가까이서 바라보면서 걷는 길이다. '충주비내길'은 울창한 숲이며, 시원한 강바람, 녹색으로 뒤덮인 숲길, 솟대와 남한강 시인들의 시(詩)들, 그리고 다양한 빛깔의 야생화를 구경하면서 걷는 길이다. 또 가까운 과거에 목계나루터에서, 목계장터에서, 목계주막에서 한양 가는 선비들, 장사치들로 북적이던 모습도 상상해보면서 걷는 길이기도 했다. 목계나루에서 황포돛배를 타고 남한강을 거슬러 한양으로 이어지는 진풍경은 어떤 모습이었을까.

내 상상의 나래가 오솔길 가에 서 있던 박재륜의 「남한강」이란 시에 고스란히 담겨있다. 남한강의 과거, 현재, 미래의 모습을 고스란히 담고 있다. 길은 같은 길인데 느낌은 그때의 그 느낌이 아니다. 그리고 매번 올 때마다 다를 것이다. 남한강 자전거길을 오래오래 추억하고 싶어 여기 남긴다.

그 옛적 高麗(고려)와 朝鮮朝(조선조)
뱃길이 발달하였다는 이 물줄기에

오늘은 다만 글자와 畵像(화상) 뭉겨진 彫像(조상)들만 남았고
곡식과 소금이 오르내리던 장삿배의 그림자는 그쳤다.
지난 한 때는 공산군과 대진하여
총탄과 포화가 서로 맞서던 곳
예 있던 집은 간곳없고
주추만 남은 빈자리에
지금은 배추꽃이 한창이다.
원포에는 돌아오는 돛단배가 있었다면
평사에는 기러기 짝지어 내려앉음도 있었으며
마음에 그려보는 부조의 멋
내가 그 멋을 아무렇지 않게 지낸 듯
강물이 흐른다.
내가 오늘을 목매어 하듯
흐르는 강물이 바위를 넘는다.

-

먼 옛날 남한강은 어떤 모습이었을까. 지금의 찻길과 같은 의미를 지녔을 것이다. 수많은 아픔과 애환이라는 사연을 듣고 봐 왔건만 아무런 내색을 하지 않고 오늘도 남한강은 고요하며 말없이 묵묵히 흐른다. 예전에 있었던 주막은 간곳없고, 주춧돌만 남은 빈자리에 노란 배추꽃이 한창이다. 그 당시의 풍경만을 그려본다. 옛사람과 흔적은 가고 없지만 가는 길에 보이는 남한강의 풍경은 너무 소박하고 서정적인 모습이다. 연두 빛깔로 물들어가는 마을과 목가적인 정서가 풍기는 풍경이 너무 좋다. 남한강을 따라 자연스럽게 만들어진 숲길인 '충주비내길'을 이런저런 생각을 하

면서 걸어가다 보니 마을이 보인다. 일명 '조대(釣臺)'라는 마을이다. 벼슬바위에 얽힌 전설 속의 '조 선비'가 낚시했다던 바로 그 마을이다.

'충주비내길'과 '남한강 자전거길'이 한 시간 만에 다시 만났다. 조대마을 삼거리에 도착하자마자 자신이 놓인 낯선 장소를 탐색하기 시작했다. 처음 와보는 새로운 곳이고 낯선 공간이다. 공간은 누구나 누린다는 점에서 보편적이다. 그 너머에 어떤 부가적인 차원도 허용하지 않고 이면에 어떤 배후도 거느리지 않는다는 점에서 근본적이다. 낯선 도보여행자들은 시간과 장소를 불문하고 저마다 서로 다른 공간적 체험을 한다. 이곳은 아무리 부풀리거나 짜부라뜨려도 벗어날 수 없는 삶의 현장이다. 그러기에 지금 이 순간, 이 공간에 있다는 것은 여행자에게 더없이 소중한 곳인지도 모르겠다.

마을 삼거리에는 '조대슈퍼'라는 작은 가게가 있다. 옛날로 치면 주막 같은 공간이다. 속이 출출했는데 반가웠다. '조대슈퍼'는 앙성온천 공원으로 가는 삼거리 안쪽에 위치한다. 할머니가 운영하는 구멍가게는 마을 사람들의 손때가 덕지덕지 붙어있고, 정이 듬뿍 들어있는 장소이다. '식사, 라면, 막걸리, 얼음, 아이스크림, 음료수' 등을 파는 동네 구멍가게지만 필요한 것은 없는 것이 없을 만큼 다 갖추고 있는 다용도 가게였디.

남한강 자전거길을 가는 여행자에게는 더없이 소중한 공간이다. 이곳은 식당이 아니고 간단히 간식 정도를 파는 가게이다. 식사는 딱 한 가지 라면뿐이다. 다른 메뉴는 할머니가 불편해서 휴업상태란다. 우리는 라면, 시원한 맥주와 막걸리, 그리고 과자를 사서 그늘에서 더위도 식히고 허기도 채웠다. 자그마한 구멍가게는 주인 할머니의 오래된 향기와 좋은 추억으로 가득 채워진 공간이었다.

이런 향기는 연상 효과가 있어 과거의 추억을 떠오르게 한다. 문득 늘 그막에 동네에서 작은 문방구를 했던 부모님에 대한 기억이다. 오래된 그 가게라는 공간에도 이런 묵은 향(香)이 있었다. 지금도 떠나지 않는 냄새이다. 아궁이에 불 땔 때 나는 연기 냄새 같기도 하고, 불 때고 나서 남는 재 냄새 같기도 하고, 쿰쿰한 메주 냄새 같기도 하고, 나물 무칠 때 뿌렸던 참기름 냄새 같기도 하고, 부모님의 살 냄새 같기도 했다. 모두 부모님과의 오래된 추억 속에 남아있는 향기들이다.

일상에서 우리가 기억이라고 부르는 것도 공간화한 기억이다. 공간화한 기억은 더 오래도록 남는다. 프루스트의 〈잃어버린 시간을 찾아서〉에서 끊임없이 유년의 마음과 길과 집과 방들을 소환하는 까닭도 추억이란 벌집 같은 공간 속에 특정의 시간들을 압축 공간화하기 때문이다. 바슬라르의 〈공간의 시학〉에서 한 말처럼 '기억을 생생하게 하는 것은 시간이 아니라 공간이다. 우리들이 오래 머무름에 의해 구체화된 지속의 아름다운 화석들을 발견하는 것은, 공간에 의해서, 공간 가운데서이다' 라고 했다. 유난히 조대마을 구멍가게에 대한 기억은 공간화된 기억 때문인지 여행 후에도 오래도록 남아있었다. 자전거길을 벗어나 남한강을 바라보면서 걸었던 '비내둘레길'과 삼거리에서 만난 구멍가게에 대한 추억들이 생생한 것은 그 공간에서 따뜻한 기운이 느껴졌기 때문이다.

조대슈퍼에서 자전거길은 마을 도로를 따라 쭉 이어진다. 비내마을도 보이고, 비내쉼터와 비내섬으로 들어가는 표지판도 보인다. 비내쉼터에는 빨간색 전화박스처럼 보이는 '비내섬인증센터'가 있다. 쉼터 주변은 한산하다

못해 을씨년스럽다. 남한강 자전거길이 생겼던 처음의 기대와는 다르게 장사가 안되는 모양이다. 비내쉼터는 문을 닫았고, 정원은 인적이 거의 없고 잡초만 무성하다. 이곳은 비내섬으로 둘러가는 길목이다. 비내섬은 다양한 영화의 촬영지였다. '억새 사이로 철새가 찾아드는 섬'이라는 문구와 함께 이곳에서 촬영했던 영화나 드라마의 제목들이 나열되어 있다. 비내섬의 분위기가 사극드라마를 찍기에 좋은 모양이다. '비내둘레길'은 비내섬까지 연결하고 있었다. 멀리 모이는 남한강 비내섬의 풍경은 파릇파릇한 봄이나 여름보다는 잿빛 가득한 가을이나 겨울에 더 어울릴 것만 같다. 주변의 분위기나 갈대숲과 백사장 그리고 남한강 물빛이 늦가을의 풍경과 많이 닮았다.

자전거길은 찻길에서 벗어나 남한강 깊숙이 들어간다. 남한강 풍경은 강가 버드나무의 연두 빛깔, 백사장의 누르스름한 색깔, 잿빛 물결, 푸른 하늘, 그리고 주변 산의 점점 짙어가는 녹음과 서로 간 원근의 조화를 이룬다. 이런 것이 자연의 색깔이 아닐까. 이런 자연의 색깔을 보고 싶어 천천히 걷는 것이 아닐까? 또 자전거길 옆으로 복사꽃이 한창이다. 가지가지마다 겨우내 움츠렸던 꽃망울을 머금고 있다. 주렁주렁 달린 꽃망울마다 수줍은 듯 하얀 바탕에 불그스름한 색깔을 띤다. 살며시 꽃망울을 피워내는 복사꽃의 모습에서 막 시집간 새색시의 맑고 순수한 아름다움을 보는 듯했다. 빠르게 움직이면 이런 자연의 색깔을 볼 수가 없다. 공간을 빠르게 이동하면 세상의 모든 색깔은 합쳐져 점점 짙어지고 결국 세상은 어둡게 변해버린다. 그러면 아무것도 볼 수가 없다. 우리들이 천천히 걷는 이유는 세상을 밝고 섬세하게 보려고 하는 것이다. 세상은 천천히 걸을 때만 가장 자연과 닮은 원색 즉 본디의 제 색깔을 볼 수 있을 것이다. '천천히 걷기'라는 느림의 삶도 결국 본디의 자기 자신 즉, '참된 나'를 찾아가는 과정이 아닐까 싶다.

새로 만든 자전거길은 도보여행자에게는 조금 부담스러울 때도 있다. 시멘트로 포장되어 있어서 걷기에는 결코 좋은 길이 아니다. 그러다 보니 가끔 강가에 오솔길이 보이면 그 길을 따라 걸어가고 싶은 충동을 느낀다. 누르스름과 파릇파릇함 사이로 난 갈대 숲길이 보인다. 우리는 누가 먼저라고 할 것도 없이 그 길로 빠져든다.

　그 길은 어디로 향하는지 그 끝을 잘 모른다. 길을 잃어버릴 수도 있다. 길을 잃음은 무얼 의미할까? 길을 잃음은 결코 길을 잃은 것이 아니라 다른 길을 얻음이라고 했던가. 또 짧은 순간이나마 길을 벗어남은 우리에게 자전거길에서는 볼 수 없는 낯선 공간과 새로운 풍경을 보여준다. 길을 벗어남으로써 자신이 알지 못했던 낯선 곳을 확대경으로 살펴보듯이, 세밀화를 보듯이 관찰하게 한다. 천천히 걷는 여행자가 아니면 볼 수 없는 포근하고 세밀한 풍경이다.

　남한강가에는 수초가 가득했다. 황량한 물가 자갈밭에서 극적인 장면이 눈길을 사로잡는다. 바로 회색 자갈밭 틈새에 숨어있는 물새알 4개였다. 보호색 때문에 자세히 보지 않으면 보이지 않을 것이다. 물새알은 회색 자갈 틈 사이 평평하고 작은 공간에 가지런히 놓여 있었다. 물새들이 어떻게 발로 이렇게 가지런히 새알을 정리했을까? 어미 새의 애틋한 사랑이 전해온다. 느리게 걷는 여행을 통해서만 볼 수 있는 자연의 오묘함이다. 자전거길을 벗어남으로써 또 다른 세상을 보고, 또 다른 세상을 통해서 자연의 이치를 알아간다. 도심을 벗어나 자연을 만나면 마음이 편해지는 것은 일상과 다른 경험을 전하는 생경함 때문일까? 아니면 다른 방식으로 살아가는 다른 생명과의 신기한 만남 때문일까? 이런 포근한 풍경은 마치 익숙한 리듬을 따라 숲 속을 맨발로 걷는 느낌이다. 결국,

걷기 여행은 남한강이 만들어내는 풍경에 내 발걸음의 궤적을 더하는 나만의 정신적인 '만트라' 같은 것이 아닐까 싶다.

'후곡마을'을 지나면 둑으로 연결된 자전거길은 다시 찻길과 연결된다. 남한강 둑길은 찻길과 자전거길의 경계가 없다. 다만 희미하게 자전거길 표시만 있을 뿐이다. 차량의 통행이 빈번하지는 않았지만, 이런 공간은 자전거 라이더에게나 도보여행자에게는 위험을 안고 가는 길이다. 남한강을 바라보면서 경사가 낮은 오르막길을 따라 천천히 걸었다. 한낮의 햇볕이 도로에 반사되어 뜨거운 열기가 온몸에 전해진다. 몸도 마음도 점점 지쳐간다. 그런 길을 따라 40분 정도 걸어 강천마을이 보이는 남한강 둑 위에 선다. 남한강 가까운 곳에 작고 도드라진 집들이 올망졸망하게 고샅길 사이사이에 한두 채씩 보인다. 그리고 마을 가운데 강천초교가 보인다. 남한강에 안겨있는 듯한 이 마을은 전형적인 강촌(江村)마을이다.

남한강 자전거길은 강천마을에서부터 찻길을 벗어나 오른쪽으로 방향을 튼다. 둑길 위에 파란 자전거길이 선명하게 보인다. 마을 입구에는 남한강과 접해있는 작은 쉼터가 하나 있다. 까거에는 이 공간이 나루터가 아니었을까. 이 쉼터에는 수백 년은 됨직한 느티나무가 자라고 있었다. 이 공간에서 오랜 세월 동안 남한강을 바라보면서 자랐을 것이다. 이 나무의 가슴속에는 수많은 남한강의 희로애락이 담겨있을 것이다. 기쁜 일도, 노여워할 일도, 슬픈 일도, 즐거운 일도 모두 가슴에 품고, 참고, 견디며, 성장했을 것이다. 그리고 지금 우리와 마주했다. 느티나무는 남한 강과 함께 너무도 많은 일을 경험했기에 이곳을 찾는 많은 여행자들에게 '그늘'이라는 우산으로 감싸주고 위로해주는 것이 아닐까 싶다.

느티나무 옆에는 [샘개우물 복원 유래]라는 내용이 적힌 표지판이 있다. 이곳 지명은 '샘개'라는 곳이다. 정식 명칭은 충북 충주시 앙성면 강천리의 현 강천마을의 남동쪽에 있는 마을 이름으로 물가에 '샘'이 있다고 해서 '샘가'로 불리다 '샘개'로 명명되었다. 샘개마을은 지금으로부터 약 100여 년 전만 해도 남한강 뗏목을 이용하여 소금 및 각종 농산물의 상거래 경제활동이 활발하게 이루어졌고 한양 이동로의 주막거리와 샘개 장(5일장)이 크게 형성되었던 남한강변의 제법 큰 마을이었다고 한다.

근까지도 샘개나루를 통하여 강 건너 원주시 부론면 정산리 솔미마을 주민과 나룻배를 이용해 왕래가 활발하게 이루어졌고, 나룻배와 뗏목을 정박해 놓았다고 전해지는 400여 년의 역사를 지닌 거목의 느티나무는 삶에 지친 많은 사람들에게 마음의 안식을 제공했다. 이곳 샘개우물은 과거 100여 가구의 샘개마을 주민의 젖줄 역할을 다하여 왔고, 나루터와 주막거리와 수많은 사람까지 충분히 만족시킬 수 있는 풍부한 수량을 자랑했다. 특히 극심한 가뭄이나 한파에도 아랑곳하지 않고 언제나 똑같은 수온과 일정한 수량의 맑은 생명수를 용출시키는 보기 드문 우물로 샘개 쉼터에 잠시 머문 여행자들을 위해 샘개우물을 복원한다는 내용이다.

지금부터 100여 년 전까지만 해도 수령 400여 년 느티나무가 있는 이곳은 샘개 나루터와 주막거리가 있었던 공간이었다. 왕래하는 사람들이 이곳에서 잠시 머물며 지친 삶을 잠시 쉬어가던 공간이었다. 멀지 않았던 과거에는 이웃과 소통하는 장소였다. 하지만 지금은 인적이 끊긴 한적하고 쓸쓸한 공간으로 변해버렸다. 지금은 바람 소리만 들린다. 가끔 자전거길을 찾는 여행자들만 쉬어가는 조용한 공간으로 변해버렸다. 이처럼 공간은 다양한 요인에 따라 수시로 변해간다. 하나의 공간은 사람의 필요에 따라, 교통수단의 발달과 편리함에 따라, 시간의 흐름에 따라 끊임 없이 변하고 있다. 길 따라 걸으면서 변하고 있는 새로운 공간을 본다. 공간의 표정은 그 공간에 깃들인 사람들의 표정을 바꾸기도 하고, 새로운 공간을 꿈꾸는 것은 그것만으로도 삶을 견딜만하게 해준다.

샘개 쉼터에서 우연히 자전거를 타고 원주에서 왔다는 중년 어른과 마주친다. 우리보다는 조금 어린 듯하다. 걸어오는 우리가 신기한 듯이 이 길은 자전거길인데 걸어 다니는 사람도 많이 보았다고 한다. 그러면서 자신의 겪었던 일을 이야기해준다. 처음 자전거길이 생겼을 때 호기심 반 욕심 반 때문에 원주에서 충주호까지 아주 먼 거리를 자전거로 다녀와서 엉덩이가 아파 2박 3일 누워있었다는 이야기며, 고등학교 2학년인 학생이 인천에서 부산까지 걸어가는 중이라면서 발에 물집이 생겼는데 주변에 약국이 없는지 물었다는 이야기를 해준다. 그 학생은 자전거길을 걸어서 인천에서 부산까지 대략 650km 가까운 길을 왜 걸어가려고 했던 것일까. 그는 젊은 나이에 무엇을 찾고 싶었던 걸일까.

나의 위시리스트에도 그런 내용이 적혀있다. 5대강 자전거길을 걸어보는 것이다. 특히 그중에는 인천에서 부산까지 국토종주 자전거길을 걸어가는 것도 포함되어 있다. 또 가장 멀다는 부산에서 고성 통일전망대까지 대략 760km의 '해파랑길'을 걸어보는 것도 들어있다. 누군가 '왜 길을 걷는가?' 라고 묻는다. 그 학생들처럼 특별한 의미는 없다. 거기에 길이 있어서 그냥 길을 걷는다. 길은 사람들의 다양한 삶이 살아 숨 쉬는 공간이다. 길을 통해 넓은 세상을 보고 싶고, 길 위에 깃든 사람들의 이야기를 듣고 싶을 뿐이다.

강천마을에서 강천보까지

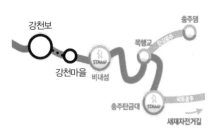

　걷기 여행은 늘 새로운 것투성
이다. 누구도 가보지 않는 길을 걸
어가는 것이다. 생경한 동네와 낯
선 이들 속으로 천천히 걸어 들어가는 과정이 불편하고 두려움도 있지
만, 동료들과 함께해서 걸어갈 수 있었다. 낯선 공간에 잠시 소속되어 그
들과 공간을 나누고 작은 추억으로 공유하는 사이가 되는 것도 너무 좋
았다. 걷기 여행은 길 위에서 자신만의 삶을 살아가는 사람들의 다양한
삶을 엿볼 수 있어서 좋고, 강가 살았던 옛사람들의 흔적을 만나서 좋고,
나에게는 살아있는 여행이기에 좋았다. 더 나아가 그 기억을 기록으로
남기면 즐거운 일에 또 즐거운 일을 더함과 같을 것이다.

　하지만 자전거길 도보여행에 대한 기록을 남기는 일은 처음으로 책 만
들기에 도전하는 나에게 고통스러운 작업이다. 이 작업은 혼자밖에 할
수 없다는 고독함이 그 안에 짙게 배어있다. 여행 후에 자신의 기억을 회
상하는 과정은 자아라는 작은 우주와 그 자아가 반향을 일으키는 다른
세계와의 교감이다. 홀로 상상의 길 속으로 들어가 자신이 마주친 미지
의 영역을 기록으로 남긴 것이기에 글을 쓴다는 것은 참으로 어려운 과
정이다. 동시에 스스로 되돌아보는 시간이고, 참 나를 알아가는 시간이
며, 자신을 단련시키는 시간이기도 했다. 더구나 홀로 하는 작업이기에,

혼자만의 시간이기에 고통스럽다. 글을 쓰는 것은 스스로 경험한 사실들을 바탕으로 상상하여 자신만의 작은 세상을 만들어내는 작업이다. 경험하지 않고는 훌륭한 상상력이 나올 수가 없다. 수많은 아픔과 고통의 경험을 할수록 상상력은 더 풍부해지며, 더 감동적인 작품이 나온다는 것이다. 혼자만의 시간이 많을수록 더 좋은 글감들을 상상하게 된다.

남한강 쪽으로 뻗은 강천마을 '샘개'라는 쉼터 앞에 다시 선다. 이곳 '샘개나루'는 남한강 주변에서 살아온 민초들의 삶과 아픔과 함께했던 장소였다. 과거 속의 공간이면서, 동시에 현재의 공간이고, 미래의 공간이기도 하다. 이 공간은 오래된 숲과 같은 장소이다. 오래된 숲은 낙엽의 부피와 다채로움으로 물기 없이 바람에 쏠리는 그 가벼운 버석거림으로 제 존재의 미래를 기약한다. 숲길을 걸으며 그 소리를 몸으로 공감하고 또 잃어버린 공간의 감각을 일깨우는 일이 되면, 좋은 공기 마시고 몸 건강 챙기는 일은 상수리나무가 도토리를 맺어 숲을 풍요롭게 하는 것처럼 부수적인 혜택일지 모른다. 그런 숲들이 외로운 섬처럼 우리 곁에 있다.

남한강가의 오래된 공간인 이곳은 마치 오래된 숲길과 같은 번영과 번창 그리고 영락과 쇠퇴 같은 시간이 함께 공존하는 공간이다. 떠나는 사람들과 돌아오는 사람들이 붐비는 공간이었고, 갈등의 공간이었다. 이곳은 묵직한 세월의 그림자가 겹겹이 쌓여있는 공간이자 누구도 쉽게 벗어날 수 없는 삶의 현장이었다. 자전거길에 서서 오래된 숲의 향기를 맡는다. 그리고 그 향기에 들어있는 많은 풍경을 상상했다.

남한강 자전거길 걷기 여행은 '샘개 나루터'에서부터 이어간다. 남한강 자전거길의 기점인 팔당대교까지는 92km 남아있다. 길 위에서 처음 마주친 풍경은 '자두나무 농장'이다. 자두나무를 보는 것은 처음이다. 아니 자두나무라는 말도 처음 듣는다. 자두라는 열매는 작은 토마토처럼 생겨 일년생 식물로만 생각했다. 처음 보는 자두나무는 사과나무나 복숭아나무처럼 여러 해를 사는 나무였고 크기도 제법 컸다. 처음에는 '복숭아나무인가' 하고 물어보았다. 농부는 '이 나무는 자두나무'라고 한다. 초여름에 나오는 새콤달콤한 자두를 아주 좋아한다. 하지만 자두가 이렇게 큰 나무에서 열리는지는 몰랐다. 길을 통해 세상을 알아가는 재미가 쏠쏠하다. 소소한 배움도 도보여행자에게는 큰 기쁨이다.

하지만 농부는 배나 복숭아나무처럼 키 큰 자두나무도 그냥 놔두지 않는다. 열매수확의 편리성을 위해 가운데 큰 가지를 잘라내고 곁가지가 옆으로 휘어지게 인위적으로 만들어 놓았다. 농부에게는 편리하겠지만 나무에게는 크나큰 고통이 아닐까. 모두 사물을 상품으로 본 결과물이다. 더 좋은 상품을 만들기 위해서, 더 편하게 열매를 수확하기 위해서, 그리고 더 예쁜 열매를 만들기 위해서는 나무에는 더 많은 고통이 수반된다는 것이다. 이런 결과가 동물에서는 광우병 같은 다양한 질병으로 이어지고 있는 것이 아닐까 싶다. 식물에서도 발병하지 말라는 법은 없다. 모두가 함께 살아가는 지구의 생명체들이다. 다른 생명체에게 최대한 고통을 줄이려는 노력이 필요하다. 동물이나 식물에도 최소한의 '복지'가 필요하지 않을까. 생산자나 소비자 모두 함께 노력해야 할 것이다.

해법은 '느림'이다. '느림'은 단순히 '천천히'라는 말만을 의미하는 것은 아니다. 잠시 멈추고, 호흡하고, 생각하라는 것이다. '느림'은 '속도에서 깊이'로 나아가는 것이다. 반 박자 느리게 살아가라는 말이다. 천천히 걷고, 먹고, 듣고, 느끼고, 제대로 생각하는 것이다. 채움보다는 비움의 마음으로, 욕심보다는 단순함의 마음으로 나아가는 것이다. 세상은 한쪽으로 치우치지 않고 균형을 이룰 때 모두 행복해지지 않을까. 그만큼 갈등도, 고통도 줄어들지 않을까.

아침부터 조용한 둑길을 따라 걸었다. 천천히 걸어가면서 자연과 꾸준한 만남을 통해 흔들리는 마음의 균형을 찾아간다. 강천마을에서 한 시간쯤 걸었다. 충주의 끝자락인 '남한강대교'가 보인다. 그 다리를 넘으며 원주시 부론면으로 접어든다. 까마득히 멀게만 느껴졌던 '강원도 원주'가 눈앞에 있다. 둑길 아래로는 넓은 둔치가 발달하여 있고, 위에서 보면 둔치에는 숲길의 흔적들이 선명하다. 대략 4km 정도 길게 둔치에 발달한 산책로이다. 공원처럼 사람의 흔적이 보인다. 너른 둔치의 흙길을 보자 모두 표정이 밝아진다. 포장된 자전거길의 딱딱함과 지열 때문에 흙을 밟고 싶은 모양이다. 함께 걷던 샘들이 둔치에 오솔길로 내려간다. 나는 순간 망설였다. 흙길을 걷는 것이 발에 무리가 덜 가서 좋다. 하지만 다시 올라와야 한다는 것과 자전거길을 한참 우회해야 한다는 부담감 때문이다. 내 몸이 많이 지친 모양이다.

내 마음은 두 갈래가 된다. 아래로 내려가서 남한강 둔치에 형성된 흙길을 따라 걸을 것인가. 아니면 그냥 자전거길을 따라 걸을 것인가. 안정을 바라는 마음은 변화에의 욕망보다 질기고 힘센 본능인 듯하다. 울퉁불퉁 덜컹거리는 너덜길보다 잔디나 우레탄이 깔린 산책로로 끌리기 쉬운 발길처럼 문명이 닦아온 편리함의 대로에서 벗어나는 것은 그것이 사소한 시도일지라도 모종의 의지나 강제적인 개입, 이를테면 빙판길 같은 비일상의 새로움, 외적 자극이 필요하다. 우리는 매일매일 살아가면서 두 갈래의 길에서 갈등하면서 살아간다. 그리고 결국은 안정과 편리의 관성에 따라 자신만의 길을 걸어가게 된다. 어떤 길을 선택하든 천천히 거니는 것은 일상의 사소한 의식이나 털실 뭉치로 장갑을 뜨는 일처럼 마음에 위안을 준다. 두 갈래의 길에서 자신의 선택한 길이 가장 행복한 길이 아닐까.

충청도와 강원도를 가르는 경계선 '남한강대교'에 왔다. 직선으로 뚫린 자전거길은 '남한강대교'에서 방향을 바꾼다. 다리 위에서 바라본 남한강은 주변의 산세며, 둔치의 한적함이며, 강 한가운데 떠 있는 아기자기한 삼각주의 여유로움이 어우러져 한층 품격을 높여준다.

'남한강대교'를 건너면 바로 원주시 부론면이고 입구에는 개치나루터가 있다. 개치나루터가 있던 작은 공원에서 잠시 쉬어간다. 개치나루터가 있는 이곳은 개치마을이다. 개치마을은 법천리 남서쪽 안에 있는 부론면의 중심 마을로 행정구역으로 법천1리이다. 충북 충주시 앙성면으로 통하는 나루터를 배경으로 발달한 마을이다. 개치라는 이름의 유래는 '개'는 강이나 내에 물이 드러나는 곳, 포구를 말하며 '치'는 고개이므로 물이 드나드는 고개라는 뜻을 지닌 것으로 유추된다. 잠시 쉬는 동안 민홍 샘이 개치마을로 들어가 간식을 사 온다. 오전 내내 쉬지 않고 걸었더니 체력이 많이 고갈돼서 힘들고 출출했다. 바나나로 허기를 달랬다.

이곳은 남한강과 섬강이 만나는 합류지점이기도 했다. 남한강대교에서 바라보면 남한강은 원주시 부론면을 거쳐 섬강이 유입되는 흥원창 앞까지 거의 정북으로 흐르다가 갑자기 서쪽으로 방향을 튼다. 남한강 자전거길은 절벽으로 이루어진 야트막한 산이 강 옆으로 가는 길을 가로막고 있다. 남한강 하류의 '강천리' 강변으로 가기 위해서는 우회도로를 따라 걸어가야 한다. 섬강교를 건너 창남이 고개 앞으로 개설된 아스팔트 도로를 따라 돌아간 후에 세말고개에서 '강천리' 강변으로 나아가면 된다. 섬강 제방길을 따라 일직선으로 뚫린 자전거길을 걸어가면 '흥원창'이라는 이정표가 있다. 고려 시대 강원도에 설치한 조창이다. 원주에서 남쪽으로 30리쯤 떨어진 섬강 북쪽 언덕에 있었다고 한다. 지금은 수심이 낮아 보이는데 과거에는 이곳으로 세곡선들이 왕래했던 모양이다.

또, [단양쑥부쟁이 서식지]라는 표시판도 보인다. 강천리 강변에서 굴암리 강변까지를 '바위 늪 구비습지'라고 한다. 이곳은 '단양쑥부쟁이' 대규모 서식지이다. 지금은 멸종위기에 있어 시·군에서 보호 관리하고 있다. '단양쑥부쟁이'는 국화과의 식물로 경기도 여주시, 충청북도 제천시, 단양군, 충주시에 분포하는 우리나라 고유종이다. 충주댐이 생기기 전엔 단양에 있는 남한강에 분포해 '단양쑥부쟁이'라는 이름을 얻었으나 단양지역이 수몰되면서 사람들 시야에서 잠시 사라졌던 식물이다. 그 뒤에 남한강 유원지가 있던 '바위 늪 구비습지' 일대의 자갈밭에서 '단양쑥부쟁이' 군락이 발견되면서 세인의 관심을 받기 시작했다. '단양쑥부쟁이'는 평소에는 물이 없는 강변 자갈밭에 뿌리를 내리는 식물로 장마철 물이 범람할 때는 잠기기도 한다. '단양쑥부쟁이'는 서식환경과 밀접한 관련이 있다. 자갈과 모래가 섞인 자갈밭이 4대강 개발과 함께 물에 잠기거나 골재로 채취해 버린다면 '단양쑥부쟁이'의 서식지는 영영 사라지게 된다. 서

식환경이 중요하므로 환경보존에 함께 힘써야 한다. 인간들의 무분별한 개발이라는 것이 다른 동식물의 생명을 빼앗아 갈 수 있다는 것이다. 최소한의 희생만으로 이루어지기 위해 많은 사전 노력과 계획이 필요할 것 같다. 식물도 사람처럼 사회를 이루고 살아간다. 모든 일에 원인과 결과가 있듯이 식물 간에 형성한 사회가 이곳을 찾는 작은 곤충에서부터 큰 동물, 더 나아가 인간의 삶에 이르기까지 영향을 미치는 기초 환경이 되기 때문이다.

남한강 자전거길에서 간간이 자전거 동호인들의 움직임이 보인다. 자전거에 실은 짐의 분량을 보면 며칠 여행을 가는 모양이다. 그들을 보니 자전거길을 걷기 위해 연습 삼아 자전거를 탔던 영산강 남창천 자전거길의 풍경이 머릿속을 스쳐 지나간다. 봄의 기운이 온 세상으로 펴져 나간다. 겨우내 움츠렸던 나무들은 가지마다 푸름이 가득하고, 메마른 땅에도 푸름으로 서서히 채워지고 있었다. 따사로운 햇살이 겨우내 숨어있던 생명의 기운을 끄집어내고 있다. 덩달아 겨우내 움츠렸던 몸과 마음도 한결 부드러워진다. 내 몸은 밖으로 나가고 싶어 안달이다. 오랫동안 창고에 보관했던 자전거를 꺼내 햇살을 맞으면서 남창천 자전거길을 달렸다. 따스한 햇볕이 몸속으로 빨려 들어온다. 건강해지는 느낌이다. 남창천 자전거길을 따라가면 너무도 아름다운 자연에 고마움을 느낀다. 세상이 내 마음처럼 모두 여유롭다. 어제와는 봄의 느낌이 다르다. 적적한 마음을 달랠 겸해서 '일로 회산 백련지'까지 3시간 정도 달렸다. 몸도 풀리고 새로운 봄기운도 느껴진다.

우리말에 '성실'이라는 말이 있다. '성실'이라는 말은 '정성스럽고 참되다'

라는 뜻을 품고 있다. 은퇴 후에 나는 매일 놀고 있다. 노동보다는 놀이에 집중하는 것이 지금의 내 모습이다. 그래서 가끔 '성실'이라는 말과 충돌할 때도 있다. 남들은 열심히 일하고 있는데 조금 미안함도 있다. 물론 은퇴라는 말로 스스로 변명하고 합리화했다. 문제는 어떻게 사는 것이 성실함인가. 누군가 '성실'이란 자신이 잘할 수 있는 일 또는 자신에게 어울리는 일을 찾아 그 일에 열중하는 것이 성실함이라고 말하고 있다. 성실하기 위해서는 무엇보다 자기 자신을 알아야 한다. 자기 자신을 알기 위한 노력을 게을리하지 않고, 능력의 한계를 넓히기보다 깊이를 더해야 한다. 이런 노력의 과정과 결과가 '성실'이라고 생각한다.

　나는 무엇을 잘할 수 있는가? 어릴 때부터 잘하는 게 한 가지도 없다면서 지금까지 자조 어린 마음으로 살아왔다. 모든 사람은 한 가지 이상 재능이 있다고 하는데 아무리 생각해도 없었다. 그래서 잘하는 일을 찾는 걸 포기했다. 그 대신 좋아하는 일을 찾으려고 했다. 누군가 '한 분야에 기꺼이 파고든다면, 성실이 나의 행동과 생각 속에 살아 숨 쉬게 된다'라고 했다. 은퇴 이후에는 무엇을 잘하려고 하기보다는 성실하게 내가 좋아하는 일을 즐기며 살아가려고 노력했다. 요즘은 남의 글을 베껴 쓰고, 그 글들을 모아 책을 만드는 일에 집중하고 있다. 책을 만드는 '북 디자인' 작업에 재미를 느낀다. 자전거길을 천천히 걸으면서 자연을 관찰하고, 길에서 만난 사물들과 대화하는 버릇도 생겼다. 가는 곳마다 더 넓게, 더 깊이, 더 멀리 바라보는 습관도 생겼다. 이제는 그것들을 상상하면서 글을 쓰는 일이 오전 일과가 되었다. 뭔가 부족해도, 조금 서투르더라도 조금씩 지면을 채워가는 맛이 상큼하다.

원주 부론면 섬강 다리를 건너면 남한강 자전거길은 가장 지루하고, 가장 재미도 없고, 가장 위험하다는 아스팔트 우회도로 따라 이동한다. 거기다 도로는 기울어짐이 심했고 차량의 통행은 빈번했다. 도보여행자는 차량의 경적 소리 때문에 신경이 날카로워진다. 한참을 위험하고 힘든 길을 걸어 강천리 강변에 도착했다. 강천리 강변은 섬강과 합류한 남한강이 다시 청미천을 만나면서 그 하류에 형성된 모래로 이루어진 자연 습지다. 자전거길은 강천리 강변 앞에는 있는 강천섬으로 연결되어 있다. 자전거길이 까마득히 멀게만 느껴진다. 몸도, 마음도 지쳐가는 모양이다. 일단 이 마을에서 쉬어간다. 작은 마을에는 식당이 세 너 군데 보인다. 우리는 수고한 자신을 위해 풍성한 식당으로 들어갔다. 원목으로 꾸며진 고급스러운 식당 분위기가 마음에 든다. 남한강 '민물메기매운탕'을 시켜 부족한 체력을 보충했다. 시원한 곳에서 한 시간 정도 쉬고, 좋은 것을 먹고, 텁텁한 막걸리 한잔 마시면서 에너지를 보충한다.

　강변에 서서 강천섬 자전거길을 한참 관망했다. 남한강 6경인 강천섬을 따라 자전거길을 걸어볼까. 아니면 강천섬 풍경을 멀리서 관망하면서 언덕길을 넘어갈까. 두 길은 결국 만난다. 우리는 강천섬 풍경을 멀리서 넓게 바라볼 수 있는 길을 택했다. 마을 산책로를 따라 만들어진 야트막한 언덕길이다. 동네 사람들이 다녔던 산책로이다. 길은 잘 정비가 되어 있고 사람들의 흔적이 뚜렷하다. 언덕길은 나무그늘이 있어서 시원하고 걷기에도 좋은 길이다. 좁은 언덕길을 넘어가면서 바라본 남한강은 강천섬을 중심으로 드넓은 습지가 형성되었다. 습지에는 파릇파릇함으로 가득했다.

봄의 기운이 느껴지는 그 푸름을 따라 자전거 동호인들의 페달 밟는 소리가 우렁차다. 그리고 빠르게 강천섬을 가로질러 달린다. 멀리서 바라보는 우리가 더 짜릿했다. 낮은 언덕을 넘어 강천섬을 건너온 자전거길과 만났다. 모든 길을 만나고 헤어지고를 반복한다. 이것이 길이다.

훨씬 강천보가 가까워진다. 초여름의 정오 한낮은 걷기에 가장 힘든 시간이다. 힘든 시간이 길어질수록 생각도 덩달아 많아진다. 남한강 자전거길을 걸으면서 가끔 은퇴 이후의 내 삶에 대해 생각해본 적이 있다. 사는 것은 어떨 때는 시시하고 지루하기도 하지만, 어떨 때는 활기차고 의욕이 넘칠 때도 있다. 이처럼 삶은 마치 한 걸음 한 걸음이 바느질의 한 땀 한 땀인 것처럼 마치 내가 바늘이 되어 한 걸음씩 옮길 때마다 내가 지나가는 길을 따라 세상이 꿰매어지고 있는 것 같은 상상을 했다. 다른 이들이 만들어내는 길과 교차하기도 하면서 비록 흔적을 찾기 어렵지만, 중요한 방식으로 그 모든 길은 누비이불에서 보는 것처럼 하나로 엮인다. 꾸불꾸불한 선이 새로운 방식으로 세상을 하나로 합쳐 나가는 것이 마치 그 걸음이 바느질이고, 바느질이 곧 이야기하는 과정이며, 그 이야기가 우리의 삶이 된다.

삶을 누비이불에 비유하고 있다. 누비이불의 길은 꾸불꾸불하게 끝없이 이어진다. 바느질로 만들어진 길은 서로 만남과 헤어짐을 반복하면서 하나의 아름다운 무늬를 만들어간다. 아니 하나의 세상을 만들어간다. 그 안에 다양한 삶의 흔적들이 새겨지고, 수많은 이야기가 만들어진다. 우리들의 삶도 그 이야기 속에 들어있다. 그 이야기들이 모이면 전설이 되기도 하고, 신화가 되기도 하고, 역사가 되기도 한다. 세상에는 많은 길이 있고 그 길들은 만나고 헤어지면서 자신만의 흔적을 길에 남긴다. 자신만의 흔적을 남기기 위해 사람들은 매일 자신만의 길을 묵묵히 걸어간다. 하지만 가장 아름다운 세상은 누비이불 무늬에서 보듯이 함께 만들어가야 한다. 결국, 서로 함께 도우면서 살아가는 세상이 가장 아름다운 누비이불의 무늬를 만들 수 있다는 것이다. 모두가 공생하는 길이 지속 가능한 길이라는 것을 자전거길 걷기라는 놀이를 통해서 알아간다.

남한강에 바라보면서 강천보까지 힘들지만 놀이하듯이 천천히 걸어간다. 남한강 가에는 크고 작은 습지들이 물 위에 둥둥 떠 있는 것처럼 보인다. 산에 꽃이 피듯이, 강가에는 파릇파릇한 새싹들이 피어난다. 가지마다, 뿌리마다 새싹이 움트는 모습은 너무도 신기하고 다채롭다. 모두 가장 멋진 모습으로 세상에 자신을 선보이고 있는 듯했다. 길가의 느티나무에도, 배롱나무에도, 벚나무에도 가지마다 연두 빛깔의 새싹들이 너울너울 춤추듯이 솟아오르는 모습은 신비롭다. 자연의 섭리가 주는 선물은 특별했다. 누군가 '아름다움은 기습적으로 주어지는 자연의 선물'이라고 했던가. 메마른 가지마다 뚝뚝 솟구치는 새싹의 움트는 소리가 너무도 기습적이다. 시시각각으로 모습이 변하고 있다. 작은 연두 빛깔의 새싹들이 바람에 흔들릴 때마다 한밤의 별빛처럼 반짝거린다. 점점 지쳐가던 자전거길에서 만물의 아름다움이 기습적으로 내게 다가왔다.

봄은 만물이 생동하기에 아름답다고 한다. 새싹들의 초록빛은 신선했다. 세상에 갓 태어난 모든 것들은 아름답다. 사사로운 욕심이나 못된 생각이 없기 때문일까. 아니면 아직 다른 생각이 섞이지 않아서일까? 지극한 아름다움은 사람을 울게 한다. 희망이 곧 역사로 이루어지는 순간, 아주 오랫동안 찾으려고 노력했던 어떤 우주법칙을 발견하는 순간, 그와 함께 어떤 질서를 알아보고 또 만들어내는 우리 자신의 능력이 드러나는 순간, 그저 놀랄 만큼 아름다운, 도덕적인 아름다움까지 포함하는 순간, 정의가 행해지고 진실이 존중받고 질서와 일체성이 회복되는 순간이 있다. 어쩌면 거기서부터 우리는 어떤 깊이 있는 아름다움의 정의를 발견하는지도 모르겠다.

남한강을 가로지른 강천보 교각들이 보이기 시작한다. 낮은 오르막길을 따라 강천보 다리 위에 올라선다. 샘들과 함께 먼 길을 걸었다. 3일이라는 긴 시간 동안 함께 했다. 그 시간 속에서 많은 것을 보고, 듣고, 느끼고, 배우고, 생각하면서 걸었다. 은퇴가 가져다준 축복 같은 시간이었다. 또한, 여유로운 일탈이었고, 느림을 실천할 수 있었던 공간이었다. 남한강 자전거길에서 샘들과 함께 보냈던 시간들이 부족하지도 않았고, 과하지도 않았다. 그래서 더 행복했다. 어쩌면 최상의 행복은 바로 이 순간이 자리에서 마치 집에 있는 것 같은 평온함을 느끼는 것이다. 이제 집에 돌아가면 지나온 길들이, 보았던 마을들이, 아름다운 산천의 풍경들이 그리워질 것이다.

강천보에서 이포보까지

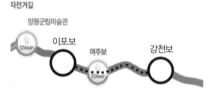

이른 아침부터 서둘렀다. 먼 길을 가야 한다. 첫 번째 남한강 자전거길 걷기 여행을 마치고 3주 동안 기다리고, 준비하고, 기대했다. 두 번째 남한강 자전거길 걷기 여행을 떠난다. 항상 장거리 길을 떠날 때는 설렘보다는 두려움이 앞선다. 그래도 함께하는 동료들이 있어서 다행이다. 최소한 짐을 줄이고 줄였지만, 배낭은 여전히 무겁기만 했다. 최소 4시간 정도 고속도로를 운전해야 도달할 수 있다. 가장 큰 걱정은 졸음과 목적지를 잘 찾아가는 일이다. 요즘은 '내비 시스템'이라는 과학기기로 인해 목적지 주변을 헤매는 두려움은 떨쳐낼 수 있다. 반면에 운전자들이 길을 상상하고 생각할 수 없게 만들고 있어서 걱정이다. 사람들에게 목적지에 이르는 과정을 스스로 결정하는 못하게 하는 '결정 장애'로 만들고 있다. 우리는 '편리함'이라는 '유리감옥'에 갇힌 것은 아닐까.

〈유리감옥〉의 작가 '니콜라스 카'는 컴퓨터에 대해 병적으로 거부하고 기계문명의 파괴를 주장하는 러다이트(Luddite 기계파괴운동가)는 아니다. 그는 〈유리감옥〉이라는 책을 통해서 디지털 문명이 어떻게 인간의 경험을 확대하고, 인간적 가치를 증대하며, 우리의 삶을 더욱 풍부하게 만들 수 있는지를 함께 고민하자는 것이다. 지금과 같은 방식이 아니라 이제라도 제대로 쓰자고 따뜻하게 조언한다. 내용 중에 '행복은 누름 버튼으로 재생되지 않는다'라는 말이 있다. 이 말을 우리는 오랫동안 기억해야 한다. 테크놀로지의 영향으로부터 빗겨 살기 어려운 오늘, 균형 잡힌 사고를 위해서 우리는 어떻게 살아야 할까. '니콜라스 카'의 〈유리감옥〉이라는 말이 왠지 절절함으로 내 앞에 다가온다.

정교한 지도가 정착된 '내비 시스템'은 우리에게 더는 도로에서 길을 헤매도록 놓아두지 않는다. 그러나 역으로 길을 잃어본 자만이 머릿속에서 올바른 지도를 얻을 수 있다. 기계는 목적지에 도착하는 법을 가르쳐 주지만 목적지를 상상하고 선택하는 방법을 가르쳐주진 않는다. 그리고 그 지도위에서 세상을 꿈꾸고 내가 가야 할 곳이 어디인지를 상상하려면 우리는 머릿속에 지도를 그리는 수고로움을 마다해선 안 된다. 여행하는 것도, 글을 쓰는 것도 자신만의 지도를 그리는 행위이다. 내비도 필요하지만 내비를 더 잘 활용하기 위해 우리들의 머릿속에 지도를 그리는 수고로움 같은 경험을 기꺼이 해야 한다는 것이다. 그래야 더 멋진 여행을 할 수도 있고, 더 좋은 글감을 얻을 수 있고, 더 좋은 글을 쓸 수 있다는 것이다. 며칠 전부터 수차례 머릿속으로 지금까지 걸어왔고, 앞으로 걸어갈 '남한강 자전거길'이라는 가상공간지도를 들여다보고, 그 길이 만든 풍경을 상상하고 그렸다. 이른 아침부터 서해, 호남, 경부, 중부, 영동, 중부내륙고속도로를 돌고 돌아 강천보로 이동한다.

여주 강천보에 다시 왔다. 이젠 시간이 지나 각인된 매캐한 냄새들은 아름다운 추억으로 다가올 것이다. 주차장 옆으로 공원 가운데 돔 형태로 우뚝 솟아있는 '한강문화관'이 유난히 돋보인다. 관리동 커피숍에서 달달한 '카페라테' 한잔하면서 바라보았던 마지막 날 바깥 풍경은 소중한 추억으로 변해 있다. 그 자리에 다시 서니 그날의 좋은 기억들은 벅찬 감동이 되어 밀려온다. 누군가 '여행은 생각의 산파' 같은 것이라고 했던가. 지금 우리 앞에 보이는 것과 우리 머릿속에 떠오르는 생각 사이에 기묘하다고 말할 수 있는 상관관계가 있다. 때때로 큰 생각은 큰 풍경을 요구하고, 새로운 생각은 또 다른 장소를 요구한다. 오늘도 끊을 수 없는 그 매력 때문에 '긍정적 중독'과 같은 '걷기'를 놀이처럼 즐기고 있는 것이다.

날씨가 너무 화창하다. 샌드위치 휴일이라 강천보 공원 주변에는 산책하거나 자전거를 즐기는 사람들이 많았다. 자연과 함께하고 싶은 것은 인간들의 원초적인 본능이다. 자연은 인간들이 마지막으로 돌아가고 싶은 본향 같은 것이다. 도심을 떠나 자연 속에 들어온 모두 사람들의 얼굴에는 기쁨이 가득하다. 걷기놀이는 시작부터 멈칫거리기 일쑤인 내적인 사유도 흘러가는 남한강의 반짝거리는 풍경의 도움으로 술술 진행되어 나간다. 배낭을 최소화하고 가벼운 마음으로 강천보를 서서히 벗어난다. 남한강 자전거길은 시야가 확 틔어서 답답하지 않고 기분이 상쾌했다. 예로부터 여주 남한강 주변 풍광은 아름답고 볼거리가 풍족하다고 알려져 있다. 여행자라면 누구나 강천보 여주구간은 남한강 자전거길 중에서 가장 걷고 싶어지는 길이라고 했다.
남한강 여주구간 3개 보 가운데 상류로 자연형 어도가 설치된 강천보는 조선 시대 한강을 오가던 황포돛배의 조형미와 상징성을 나타내고 있다. 강천보 주변 공원과 남한강 사이에 잘 정비된 자전거길은 보는 것만으로도 즐겁다. 천천히 첫발을 내디딘다. 남한강 둔치에는 따사로운 기운이 퍼지면서 시나브로 초록빛이 짙어지고 있다. 푸름이 한층 더 숙성되어 가는 느낌이랄까. 둔치의 푸릇푸릇함 사이로 오솔길 같은 산책로가 선명하게 보인다. 그 길을 따라 이포보까지 약 24km 정도 걸어갈 것이다.

대략 30분 정도 걸었을까. 넓은 둔치에 수많은 텐트촌이 보인다. 강 건너편에는 신륵사가 남한강을 끼고 멀리 아른거린다. 여주는 조선 시대 유적이 많은 곳이다. 그중 가장 유명한 곳은 세종대왕릉과 신륵사이다. 오래된 일이다. 신륵사는 설악산 수학여행길에 자주 들렀던 곳이다. 그때는 여기가 어딘지 그 위치를 정확히 몰랐는데 이제 그 위치를 알 것 같다. 예로부터 남한강 물줄기가 휘감고 도는 이곳 신륵사 앞에는 유명한 모래톱이 발달하였다. 이곳이 '금은모래 유원지'이다. 하지만 오늘날 남한강은 처참했다. 오래된 콘도의 엘리베이터에도, 1년도 안 된 관광안내책자에도 남아있는 남한강의 푸르고 아름다운 풍경은 이제 거기에 없었다. 이맘때쯤 푸른 생명의 기운으로 가득하던 강변은 황량한 물 사막으로 변해 있다. 금은모래 강변의 소박한 돌밭은 대형유원지로 변모 중이고, 남한강변의 소담한 자연을 한 몸에 품고 있던 신륵사에선 종소리 대신 포클레인 소리가 울려 퍼진다. 원래 비어있던 '고달사지'만이 변하지 않고 남아 표정 없이 그 모습을 지켜보고 있다.

한강 줄기인 남한강을 여주사람들은 '여강'(驪江)이라고 불렀다. 예부터 경관이 빼어나 강 주변에 많은 누정(樓亭)이 세워졌고, 시인 묵객들이 읊은 시들이 전해 내려온다. 그중에서도 신륵사는 우리나라에선 보기 드물게 강변에 자리 잡은 아름다운 절이다. 예전에는 구룡루 앞 강변을 통해서 배로 바로 들어올 수 있었다고 한다. 신륵사 앞 강변에는 조선 시대 4

대 나루의 하나인 조포나루가 있었다. 신륵사는 진평왕 때 원효대사가 창건했다는 설이 있다. 유명해진 것은 고려 우왕 2년(1376년) 나옹선사가 입적하면서부터다. 나옹선사는 '청산은 나를 보고 말없이 살라 하고, 창공은 나를 보고 티 없이 살라 하네'로 시작하는 우리에게 익숙한 시를 지은 고려 시대의 스님이다. 이 시는 '흐르는 물처럼, 바람처럼(如水如風) 살다가 가라 하네'로 끝난다. 남한강 자전거길을 물처럼, 바람처럼 천천히 걷고 싶어 지금 이 순간, 바로 이곳에 우리가 서 있다.

'금은모래 유원지'에서 아스라이 보이던 남한강 가의 언덕에는 여주 영월공원이 있다. 남한강 자전거길은 이곳으로 통한다. 영월공원 정상에 있는 '영월루'에 오르면 남한강과 여주 시내가 한눈에 들어온다. 여주대교 아래로 이어지는 남한강 자전거길을 따라오다 보면 공원 가로수에도, 보도블록에도 훈민정음이 보였다. 세종의 마을답다. 한글의 고장 같은 느낌이다. '영월루'에 올라 잠시 더위를 식힌다. '영월루' 난간을 짚고 서서 흘러가는 강물을 바라보며 잠시 상념에 젖는다. 강물은 보이지 않는 곳에서 흘러와서 보이지 않는 곳으로 흘러간다. 우리 인생도 마찬가지 아닐까 싶다. 우리는 어디에서 와서, 어디로 가고 있는 것일까. 우리의 생은 우리가 인지하지 못하는 사이에 시작되었다가 예측하지 못하는 시간에 사라진다. 예측할 수 없는 시간은 우리에게 더 많은 시간을 내어 줄까. 인생은 지금 내가 바라보는 강물이 보이는 구간만큼이나 짧다고 비유한다. 그 짧은 구간에도 물이 여기저기서 흘러들고, 이리저리 흩어져 나아간다.

만남과 이별이 잦은 우리의 삶과 닮아있다. 그만큼 사람이 세상을 살아가는 일은 고달프고 복잡하다. 살다 보면 흙탕물이나 구정물이 흘러들 때도 있다. 하지만 왜 그런 구정물이 나에게 흘러들었는지 탓할 수는 없다. 그것이 나에게 주어진 운명이고 업보이기 때문이다. 왜 하필 오늘 비가 내리는지, 왜 하필 태풍이 우리 집만 덮친 건지 하늘에 항의할 수는 없는 노릇이다. 현재는 과거의 결과로서 존재한다. 마찬가지로 미래 또한 현재의 결과물일 뿐이다. 이미 지난 과거는 바꿀 수가 없지만 다가올 미래를 바꿀 수는 있다.

'헨리 워즈워스 롱펠로우'의 말처럼 '과거를 애절하게 들여다보지 마라. 다시 오지 않는다. 현재를 현명하게 개선하라. 너의 것이니. 어렴풋한 미래를 나아가 맞으라. 두려움 없이' 비록 나에게 더러운 물이 주어졌지만 열심히 정화하고 푸르게 가꾼다면 나를 거쳐 저만치 흘러간 강물을 맑게 빛날 것이다. 강물은 결코 바다를 포기하지 않을 것이다. 이것이 우리가 현재를 열심히 살아야 하는 이유이고, 길을 천천히 걸어가는 이유가 된다.

자전거길은 영월공원 안쪽으로 남한강을 따라 연결된다. 도심 속의 한적한 오솔길 같은 공간이다. 도심 속에 도심과는 또 다른 풍경이다. 높은 남한강 둑 아래도 만들어진 자전거길을 따라가다 보면 '하리보도교' 입구에서 갈림길이다. 자전거길과 반대편에 세종대왕릉과 효종 대왕릉으로 가는 길이라는 이정표가 있다. 그 앞에 있는 섬이 양섬이다. 양섬 위로는 세종대교가 동과한다. 양섬 아래로 끊어질 듯 이어지는 많은 길은 세상이 얼마나 복잡한지를 알려준다. 실타래처럼 얽히고설킨 많은 길은 모두 어디로 통하는 것일까. 그리고 도보여행자들은 어디를 향해 나아가고 있을까?

여주는 온통 '세종'에 의해 '세종'으로 둘러싸인 '세종인문도시' 같은 느낌이다. 여주 도심을 벗어난다. 복잡하고 어수선했던 마음이 조금은 차분해진다. 길가에 핀 패랭이꽃들이 여행자를 반긴다. 자전거길은 고요하고 평온해서 좋다. 그런 길을 천천히 걸어가면 도심에서 보았던 풍경과는 또 다른 풍경들이 다가온다. 도보여행은 일상에서 벗어나는 것이다. 반복되는 일상에서 벗어나면 자신의 삶과는 다르게 살아가는 낯선 사람들과 낯선 사물들이 새롭게 다가온다. 이미 익숙해져 있는 풍경과 사건일지라도 여행지에서 만나면 모든 것은 호기심으로 바라보게 되고 새롭게 느껴진다. 낯선 여행지에서는 자신을 되돌아보기로 하고, 내 안의 또 다른 나를 만나기도 한다.

남한강을 가로막고 서 있는 여주보가 눈에 들어온다. 대략 10km 정도 걸어온 것 같다. 이 구간은 자전거를 타기에도, 걷기에는 좋은 길이고 안전한 길이다. 여주보는 경기도 여주시 능서면 및 대신면 일원, 충주댐 하류 약 66㎞ 지점에 위치하고 있다. 여주보는 세종대왕의 위대함을 모티브로 설계 시공되었으며, 가동보의 하부 기둥은 '자격루'를 형상화하고, 보 우안의 세종광장은 해시계인 '앙부일구'를 형상화하였다. 가장 인상적인 것은 여주보 수력 발전소 앞면에 거대한 훈민정음 원문이 보였다. 여주보 편의점에서 맥주 한 캔, 커피 한 잔, 컵라면 한 개로 점심을 대신했다.

7층 높이의 여주보전망대에 올라서면 남한강이 한눈에 들어온다. 주변의 푸름 산천이, 여주보의 좌안과 우안 형상이, 그리고 남한강의 길고 긴 물길이 선명하게 보인다. 내가 이 물길을 따라 두 발로 여기까지 걸어왔구나. 특히 여주보 우안 세종광장의 해시계인 '앙부일구'를 형상화한 자전거길은 인상적이다. 이색적인 풍경이다. 한 무리의 자전거 라이더들이 달리는 모습을 보면 마치 남한강 너른 둔치에 설치한 해시계가 살아 움직이는 듯했다. 이런 발상을 했다는 것이 대단했다. 걷기 여행은 공간이동이다. 거리상으로 이동이 육체적 모험이라면, 낯선 곳을 보면서 새로움을 더하는 것은 지적인 체험이요 정신적인 모험이다. 육체적 체험과 정신적 체험을 통해서 매 순간을 새롭게 맞이한다. 어떤 이들은 이런 체험을 '작은 죽음'이라고 표현하기도 한다. 우리는 이러한 '작은 죽음'을 통해서 다시 태어난다. 도보여행자는 자전거길을 걷고, 그 길에서 새로운 세상을 보고 듣고, 그 세상에 수많은 질문을 던지고, 스스로 답을 찾아가면서 새로운 것을 체험한다. 나는 그 안에서 거듭날 수 있을까?

여주보 전시관의 엘리베이터를 타고 세종광장으로 내려가 직선으로 자전거길을 따라 걸었다. 광장에는 야생화 초지가 넓게 펼쳐진다. 꽃들은 아직 꽃대 안에 머물고 있다. 그중에서 보랏빛 붓꽃만 가장 빨리 군락을 이루어 피어나고 있다. 여주보에 새겨진 해시계와 훈민정음 때문인가. 멀어져 가는 여주보를 자꾸만 뒤돌아보게 된다. 낯설고 어색한 시선과 만난다. 여주보의 풍경은 거리와 높이에 따라 시시각각 변하고 있다. 해시계의 우회 자전거길 대신 세종광장을 직진해서 가려다 암초를 만났다. 작은 개울을 건너는 다리는 있는데 철조망으로 길이 막혀있다. 공군사격장 시설이라 출입을 금한다는 것이다. 잠시 망설였다. 다시 돌아가기에는 너무 멀리 와버렸다. 고심 끝에 철조망을 넘고 갓길을 따라 찻길로 올라선다. 걷기라는 놀이는 이런 것이다. 살짝 반칙을 범하는 묘미가 있다.

산 넘어 산이라고 우리 앞에는 더 큰 고민거리가 나타난다. 이포보를 향하는 자전거길은 끝이 보이지 않는 직선도로였다. 직선 길은 남한강을 따라 끝없이 연결되고 있다. 직선 길은 자전거 라이더에게는 더없이 좋은 길이지만, 도보여행자들을 빨리 지치게 하고, 진지하게 걷고 싶지 않은 길이기도 했다. 직선 길에는 풍경의 아름다움이 적다. 자전거길은 남한강 '양촌리 오토캠프장'이 보이는 곳에서 휘어지더니 다시 일직선으로 이어진다. 길이 단순하니 걷는 것도 단순해지고 몸도 마음도 모두 단순해진다. 심지어 풍경까지도 단순했다. 거리 감각도 사라지고 마치 모든 세상이 단순해지는 느낌이다. 이곳에서 할 수 있는 일은 오로지 천천히 걸어가는 일뿐이다.

여주보에서 그렇게 단조로운 길을 2시간 반 정도 걸었을까. '금사근린공원과 당남리 섬'에 도착했다. 이곳은 오토캠프장이 있어 주위에 수많은 텐트가 세워져 있다. '당남리 섬'은 여주시 대신면 당남리섬에 조성한 경관 농업단지가 남한강변의 볼거리를 만들면서 지역 명소로 거듭나고 있다. 특히 '당남리섬'은 총 길이 1.4㎞, 넓이 30만5천㎡로 춘천 남이섬과 가평 자라섬보다는 작지만, 한강 살리기 사업을 통해 가족피크닉장과 자전거도로 등 기반시설 일부가 조성되어 있어 지속적으로 활용요구가 있었다. 여주시는 2015년부터 당남리섬 18만㎡를 하천점용을 받아 경관 농업 방식으로 남한강 수변에 여가 공간을 조성했다. 봄에는 유채, 가을에는 메밀과 코스모스를 파종하여 시민과 관광객들에게 즐겨 찾을 수 있는 쾌적한 공간으로 만들고 있다.

'당남리섬' 같은 유원지는 많은 여행자가 오고 간다. 쾌적한 환경은 무엇보다 중요하다. 공공시설이나 공원은 이용하는 것도 중요하지만 지켜내는 일은 더 중요하다. 특히 현지인들에게 최대한 피해를 주지 않고, 그들의 문화를 최대한 존중하는 것이 필요하다. 또 이곳을 찾아오는 개개인이 주변 환경을 보호하지 않으면 금방 자연은 황폐해진다. 개개인에게는 작은 실천이지만 그것은 자연을 지키는 일이고, 자연을 보호하는 일이고, 자연을 배려하는 일이며 곧 자신이 사는 일이기도 하다. 여행자들은 반드시 지켜야 할 의무이고, 동시에 반드시 지켜야 한다고 외칠 권리가 있다.

'이포보와 초지경관'은 남한강 5경에 속한다. 그만큼 산천의 정경이 아름다운 곳이다. 초록의 강변에서 백로의 비상을 꿈꾼다. 강과 더불어 살아온 백로의 날갯짓은 물결의 흐름처럼 부드럽고 아름답게 만든다. 이 우아한 비행을 보고 있노라면 백로는 어느덧 하늘과 하나가 되어 있다. 이포보는 백로의 날갯짓을 닮아있다. 그리고 강과 하늘을 이어주며 생명의 비상을 꿈꾼다. 보 주변에 광활하게 펼쳐진 초지와 습지는 각종 동식물의 서식처이자 생태관광에도 안성맞춤이다. 30만 제곱미터의 드넓은 당남리섬에는 왕벚나무 가로수 길과 개나리, 영산홍 등이 사계절 다채롭고 아름다운 경관을 연출한다. 도보여행을 하다 보면 수많은 볼거리는 물론 수많은 순간도 만난다. 그 모든 것은 순간의 만남으로부터 시작한다. 그만큼 자연에 감사할 일이 많은 것이 도보여행이다. 길에서 자라나는 하찮은 풀 한 송이에도 그 나름대로 의미가 있고 존재할 이유가 있다. 따스한 햇볕만 쬐어도 감사하고, 볼에 스치는 바람에서 자유를 느낀다. 소박한 마음으로 미래의 여행을 꿈꾸는 일, 그것은 떠나는 것만큼 행복한 순간이다. 일상에서 흐르는 땀방울의 방울이 굵을수록 삶은 여물고,

여행의 꿈은 더욱 빛난다. 언제든, 어디서든, 무엇이든 길에는 수많은 꿈이 떠다닌다. 그 꿈을 찾아 여행자들은 다시 길을 나서는 것이다. 도보여행은 지금까지 경험했던 시간과는 전혀 다른 시간의 흐름에 자신을 온전히 맡기는 느린 활동이다.

어느새 은퇴하고 4년을 훌쩍 넘어 5년이라는 시간 속으로 흘러가고 있다. 1년 365일, 하루 24시간을 살아내는 삶이란 어쩔 수 없이 자신만의 패턴과 양식을 만들어내고 있다. 그 안에서 웅크려 지내다 보면 감각은 굳어지고, 끝내는 스스로가 틀 안에 갇혀 있다는 자각조차 하지 못하는 순간이 올 것이다. 은퇴 이후에 나에게 걷기는 끊임없이 세상과 일상의 굳은 부분을 향해 자신의 몸을 부딪치고 깨뜨리는 세탁물 같은 것이다. 세탁물이 거칠게 밀고 지나간 자리는 묵은 때들이 떨어져 나가 다시 맑은 기운이 솟아나게 공간이 된다. 그곳에서 오늘도 생각이라는 것을 한다. 남과 다르게 생각한다는 것은 말처럼 쉬운 일이 아니다. 반복되는 하루와 변화 없는 일상은 중력처럼 우리의 생각을 한 지점에 묶어 놓는다. 단순하고 일상적인 것들에서 예민한 징후를 보면서 세상과 만나는 행위가 걷기가 아닐까 싶다. 걷고, 보고, 듣고, 묻다가 일상이 되어가는 걷기 놀이는 결국 잊혀져가는 참된 자아를 찾아가는 길이기도 했다.

온종일 남한강 자전거길을 걸었다. 강천보에서 10km, 여주보에서 14km를 걸어서 드디어 이포보에 도착했다. 아침에 봤던 이포보의 어색했던 풍경들이 낯익은 모습으로 들어왔다. 이포보는 백로알 7개가 보를 감싸 안고 있다. 새로운 도약을 위한 준비를 하는 듯한 형상이다. 이포보에서 하루를 갈무리한다. 남한강 자전거길에 보았던 수많은 풍경이 눈끝을 스쳐 지나간다. 사랑했던 풍경은 역동적이었고, 좋아했던 풍경은 편안했다. 어떤 풍경이든 모두 기억할 수는 없다. 어떤 풍경은 벌써 사라졌고, 어떤 풍경은 희미해졌다. 그런가 하면 어떤 풍경은 두드러진 지위를 차지하기 시작했다. 기억은 단순화와 선택을 능수능란하게 구사한다는 점에서 기대와 흡사하기 때문이다. 인간의 기억이란 참 묘해서 완결된 것은 잘 망각하고, 미완의 것은 오래오래 기억한다. 그래서 삶은 미완의 기억을 완결하기 위해 살아가는 과정이라고 말한다. 현재를 긴 영화에 비유한다면 기억과 기대는 거기에서 핵심으로 꼽힐 만한 장면들을 선택한다. 남한강 자전거길 걷기라는 놀이가 끝난 후 풍경에 대한 기억은 불과 예닐곱 장의 정적인 이미지만 남겨놓고 사라졌다.

이포보에서 국수역까지

남한강 따라 자전거길을 걷고, 산천의 풍경을 보고, 길에 머물 었던 여행자들의 흔적을 발견하고, 길 위에 사는 생명들의 소리를 듣고, 세상에 수많은 질문을 던지고, 그 답을 얻기 위해 오늘도 길을 나선다. 그리고 다녀와서 글을 쓰고, 또 다시 길이 그리워지면 길을 나서는 것은 어쩌면 세월이 가져다주는 어쩔 수 없는 우울함의 그늘, 그 그늘을 벗어나려고 발버둥 치는 나만의 몸부림 같은 것인지도 모르겠다. 은퇴 이후 자전거 도보여행과 글쓰기를 통해서 나만의 축제를 만들어가고 싶다. 곱게 나이 듦은 어쩌면 나만의 축제를 스스로 만들어 그것을 혼자서 즐길 수 있어야 한다. 그리고 그 안에서 '진짜 나'로 거듭나야 한다는 것이다.

오래전 일이다. 큰아들이 취업하던 2011년 어느 날, 나에게 하나의 깨달음이 왔다. 우연한 기회였다. 아들의 하숙집 주인이 보여주는 매일 기록하는 일기장. 즉 성실한 삶의 기록을 보게 된 것이다. 그리고 불현듯이 아이들에게 내가 남길 수 있는 것이 무얼까? 아무것도 없었다. 그래서 시작했다. 내가 살아온 기록이라도 남기도 싶다는 작은 소망이 마음속에 싹트게 되어서 시작한 것이 일기다. 그 일이 계속되면서 은퇴 이후에 할 일이 생겼다. 일상의 평범한 삶을 기록하는 일이다. 나이가 들어서도 할 일이 있다는 것은 가슴이 뛰는 삶을 살 수 있다는 것이다. 곱게 나이 듦은 단순히 늙어가는 것이 아니라 어쩌면 고상한 맛으로 익어가는 것이 아닐까 하는 생각이 든다. 이것이 얼마나 행복한지 지금까지는 모르고 살아왔다.

여주 '이포보 홍보관' 주차장 길 건너편 숙소에서 하루를 보냈다. 이곳은 민홍 샘이 우연히 발견한 장소이다. 방이 조금 적었지만, 비용, 거리, 편리성, 시간, 식사 등 여러 조건이 맞아 결정했다. 밝은 기운이 커튼 넘어 강한 햇살과 함께 시나브로 방안에 스며든다. 새로운 하루를 맞아들이기 위해 커튼을 올렸다. 아침 햇살이 남한강 물결을 황금빛으로 바꾸어 놓고 있다. 살짝 그늘진 이포보의 형상이 눈부시다. 거대한 조형물인 이포보가 남한강을 가로질러 웅장하게 서 있다. 그 풍경은 웅장했지만 기쁨을 주는 놀람이나 눈물겨운 감동까지는 주지 못했다. 왜 숭고하다는 생각까지는 들지 않는 걸까. 잘못된 만남 때문인가. 경이롭다고 느끼는 아름다움은 어디서 오는 걸까. 진정 아름다운 것들은 관심을 바라지 않는다고 했다. 어쩌면 가공되지 않는 자연 그대로의 모습에서 오는 것이 아닐까.

오후에 비가 내린다는 예보가 있어 평소보다 조금 일찍 길을 나선다. 이곳은 '여주군 대선면 천서리'이다. 남한강가의 따사로운 햇살과 시원한 아침 공기 한 모금을 깊이 들이마신 다음, 천서사거리 식당 뒤쪽으로 이어지는 남한강 자전거길을 따라 서서히 움직였다. 주변에 자전거 전문점과 식당들이 보이고, 이포보 입구에는 '파사경'이라는 조형물이 있다. 무슨 조형물인가 하고 의아해했다. 근처에 '파사산성'이 있다는 말을 듣고 대충 그 뜻을 이해했다. '파사산성'은 신 여주 8경에 속할 만큼이나 남한강을 온전히 내려다볼 수 있는 공간이다. 천년세월 오직 한강을 지켜온 산성이라고 한다. 사적 251호인 파사산성의 성곽 둘레 약 1,800m로 낮은 곳은 1.5m, 높은 곳은 6.25m에 달한다. 신라 5대 파사왕 때 만든 것으로 전해지는 '파사산성'은 한강을 차지하는 자가 한국사의 주인이 된다는 사실을 알게 해주는 삼국쟁패시대의 군사요충지였다. 임진왜란 때는 승려 의암이 승군을 모아 성을 늘려 쌓았다고 한다. 이곳에는 길손의 염원을 담은 마애불상이 한강을 굽어보고 있다. 이포나루 보부상들의 여정을 지켜주는 어머니의 심정으로 말이다. 남한강을 가장 온전히 그리고 가장 아름답게 내려다볼 수 있는 곳이 바로 '파사산성'이고, 주변 경치를 '파사경'이라 부른다.

그곳에서 바라보는 남한강의 풍경은 한마디로 '이포유락(梨浦遊樂)'이라고 표현하고 있다. 그곳에 오르면 남한강은 어떤 모습으로 보일까. 여주 8경인 '이포유락(梨浦遊樂)'의 풍경을 그려본다. 이포보와 수중공원 그리고 당남리 생태공원, 자연상태 그대로 보존된 이포보 습지, 한강의 풍부한 수량과 푸른 물줄기가 펼쳐질 것이다. 하지만 무엇보다도 아름다운 장관은 맑은 강물과 하나 되어 뛰노는 가족들의 모습과 환한 웃음소리가 아닐까 싶다. 그 웃음소리가 대대손손 이어지기를 바란다. 남한강을 가로지르는 이포보가 '파사경'의 장애물로 남아있지 않기를 바라본다.

살짝 언덕진 도로 아래에 [여기서부터는 양평군입니다]라는 안내 표지판이 있다. 이제 충주에서 여주를 지나 양평으로 걸어간다. 이른 아침의 남한강 둔치를 따라 연결된 자전거길은 조용했다. 휘어진 길을 따라 이포보를 뒤로하고 걸었다. 둔치에는 야생화들이 노란 꽃망울을 피어 올리고 있다. 아침 햇살에 남한강은 노란빛으로 가득 채워진다. 또 남한강 자전거길가에는 [한강 종주 자전거길]이라는 자그마한 표지석도 보였다. 금강에서도, 영산강에서도 보았던 똑같은 모양의 자전거길 표지석이다. 그 안에는 '4대강 새 물결'을 상징하는 로고는 들어있다. 새로운 물결을 통해 이루어질 행복한 사람. 지역 간의 화합. 녹색성장의 의미를 유기적인 모양으로 표현하여 4개의 강에서 함께 어울려 즐거워하는 사람들의 모습을 형상화했다. '로고의 색은 파란색은 물, 하늘색은 푸른 하늘, 연두색은 초록 나무, 주홍색은 친근한 땅의 의미'를 담아 강과 강 주변의 모습을 상징적으로 표현했다. 마치 네 잎 클로버를 닮은 모습이다. 이 로고처럼 자전거길이 동서와 남북을 이어주고, 친환경적인 생태계를 보존하고, 민족통일의 행운을 가져다주었으면 하는 바람이다.

남한강 자전거길 가로수로 심겨 있는 나무가 왠지 낯이 많이 익었다. 모두 '산수유' 나무란다. 이곳 양평군 개군면 내리와 주읍리 마을은 '산수유 마을'로 유명하단다. 개군산 자락에 있는 마을에는 수백 년 된 산수유나무가 7천여 그루가 군집하여 매년 3~4월이면 노랗게 마을을 물들여 이채로운 풍경을 자아낸다고 했다. 이곳은 예로부터 전통적인 농촌마을로 현대인들에게 때 묻지 않는 고향의 정취와 푸근한 정을 느낄 수 있는 오래된 마을이라고 했다.

'산수유마을' 하면 내 머릿속에는 자연스럽게 올봄에 다녀왔던 구례

산동마을이 그려진다. 마을 전체가 온통 노란색으로 물들었다. 산동마을은 입구부터 길가에도, 돌담에도, 초가집 지붕에도, 마을 앞 개울에도, 뒷산에도, 그리고 사람들의 마음속에도 파스텔로 그려진 한 폭의 노란 풍경화가 새겨진다. 파스텔화는 왠지 모르게 유화나 수채화보다는 더 몽환적인 분위기를 자아낸다. 영원히 따뜻해질 것만 같은 묘한 분위기를 자아내는 파스텔화를 나는 무척 좋아한다. 분필을 닮은 파스텔은 촉감은 차갑지만, 속은 촉촉하고, 향기는 따스했다. 엔틱한 분위기를 나타내는 파스텔화에는 사람의 마음을 포근하게 감싸주는 이상한 힘을 지닌다. 봄에 피는 매화나 벚꽃과 비교하면 산수유 꽃은 사람을 끌어당기는 은근함이 있다. 그래서 나는 산수유 꽃이 피어나는 풍경을 좋아한다. 좋아하는 풍경은 긴장감을 무력화시킨다.

이른 봄날, 산수유 꽃이 피는 날 이곳을 걷는다면 얼마나 멋질까? 구례의 산수유 마을과 닮았을까? 개군산 앞에 남한강이 있으니 어쩌면 섬진강 매화마을과 닮았겠다. 마을과 뒷산이 노란빛으로 가득 채워진다면 남한강의 스카이블루 물빛과 어우러져 동화마을에서나 볼 수 있는 몽환적인 풍경을 만들어 낼 것만 같았다. 남한강 가에 있는 '산수유마을'의 그런 풍경을 상상하면서 걸었다. 자전거길을 걸어오면서 강변에서는 '금계국'이나 '애기똥풀'의 노란 빛깔의 꽃이 많이 보였다. 오늘따라 담장 사이 돌 틈에 피어난 '끈끈이 대나무'의 분홍색 꽃들도 몇 가닥 보인다. 이름 모를 야생화들도 다채로운 색깔로 곳곳에서 피어나고 있다.

도보여행자에게는 다양한 볼거리가 있어서 심심하지 않았다. 느리게 걸을수록 눈에는 많은 것들이 스쳐 지나간다. 길을 걸으면서 보는 것도,

듣는 것도 그리고 세상을 알아가는 재미도 모두 즐거움으로 다가온다. 더 나아가 낯선 곳에서 우연히 마주친 작은 동네식당이나 동네 커피 가게라도 하나 발견한다면 또 다른 걷기놀이의 즐거움이 되리라. 여행 작가로 변신한 박준의 책 〈온 더 로드(On The Road)〉 중에 이런 글이 떠오른다. '낯선 세계에 온몸을 던져 놓는 일은 흥미진진했다. 대단한 일들이 생겨서가 아니다. 익숙하지 않은 거리를 걷는 게 좋았고, 작은 카페에서 커피 한잔 마시는 게 좋았다. 쓸쓸함 마저 좋았다. 그것이 자유였다. 순간적으로 스쳐 가는 자유일지라도 그 짧은 시간이 주는 기쁨은 언제나 나를 유혹했다. 여행의 즐거움이란 그런 것이었다'라는 말이다, 그리고 그런 풍경을 상상했다. '상상은 현실이 된다'라고 했던가. 남한강 가에서 작가가 상상했던 그런 풍경의 작은 커피 가게를 발견한 것이다. 상상 속의 그런 행운이 나에게 바람처럼 다가왔다. 낯선 장소에서 마주친 느린 풍경은 느리게 걷는 자만이 소유할 수 있는 잔잔한 행복이다.

부드럽게 휘어지는 남한강 자전거길을 돌자 저만치 담백한 모습의 동네 커피 가게가 꿈처럼 나타났다. 커피숍이라기보다는 강가에 있는 커피 가게라고 해야 더 운치가 있을 것만 같은 그런 풍경이다. 수수한 차림의 커피 가게는 남한강 아침 햇살을 받아 은은한 향기를 풍기는 듯했다. 동네 커피 가게 앞에 붉은 간판도 이색적이다. [아메리카노 3,000원. 최고급 품격 있는 '에디오피아 예가체프' 블랜딩 커피]라고 했다. 낯익은 '에디오피아 예가체프'라는 말에 들어가 보고 싶은 충동을 느꼈다. 간판 옆 모퉁이에서 피어나는 노란 바탕에 주홍색 줄무늬 나리꽃도 퍽 인상적이다. 동네 커피 가게는 [자진개 휴게소]라는 간판을 달고 있다. 체인점인가? 일명 '자진개 휴게소'라는 이름 없는 작은 동네 커피 가게 안에는 중년의 아주머니가 앉아있다. 무슨 생각에 잠긴 듯하다가 문 여는 소리를 듣고 고개를 돌린다. 이른 아침이고 평일이라 자전거 타는 사람들이 없어서 한산하다. 아메리카노 한 잔을 시켜놓고 유리창을 통해 남한강을 바라보면서 기다린다. 남한강 풍경에 심취되어서 그랬을까? 커피가 조금 천천히 나오기를 내심 기대했다.

커피 가게에 가득 채워진 은은한 커피 향이 오감을 자극한다. 입안에 퍼지는 쌉싸름하면서도 연한 신맛과 단맛이 감도는 '예가체프' 커피 향에서 작은 행복이 느껴진다. 이런 맛에 느린 도보여행을 하는 것이 아닐까. 작은 것에도 감사하고, 소소한 것에서도 감동하고, 단순한 것에서도 행복을 느끼는 것. 지금 떠올려 봐도 바로 어제 일처럼 커피 맛이 생생하다. 그때 마셨던 '에디오피아 예가체프 블랜딩 커피'의 부드러움은 커피 가게 간판 옆에 피워있던 나리꽃의 부드러운 곡선미를 닮은 듯했다.

이젠 껴안을 수 없는 과거의 한 장면이 되어 버렸다. 먼 추억 속의 커피 향기는 짠한 그리움으로 찾아온다. 그리고 걸었던 남한강 자전거길들이 다시 그리워지기 시작한다. 매일 아침 식탁에 앉아 커피를 마시면서 그때의 즐거움과 평온한 기쁨을 돌이켜보면 정말 눈부실 정도로 좋은 추억들이다. 이런 소소한 즐거움 때문에 나는 걷기 여행을 좋아한다. 그리고 '걷기는 느림이다'라는 말을 사랑한다. 우리는 길에서 이런 소소한 일상의 자유를 즐기려고 걷는 것이다. '즐겁다, 자유롭다, 편안하다'라는 말. 온몸이 단식으로 비워지는 느낌이고, 마음이 건강해지는 방법이 아닌가 싶다.

'자진개 휴게소'를 나와 이포보가 마지막으로 보고 싶다는 생각이 들었다. 커피 향기 때문에 지나온 풍경에 대한 그리움이 더욱 커졌다. 고개를 돌려본다. 한 시간 정도 걸어왔다. 이포보가 아득하게 보였다. 백로가 날갯짓하는 형상으로 만들었다는 이포보는 마치 남한강이라는 활주로를 막 이륙하려는 듯이 거대한 날개를 가진 우주선처럼 보였다. 순간 프랑스 작가 베르나르 베르베르의 〈파피용〉에 나오는 상상 속의 우주선이 연상되었다. 지구의 멸망 앞에서 마치 노아의 방주처럼 인류의 마지막 희망을 찾아가기 위해 만든 나방 모양의 큰 우주선에서 1000년간 비행하며 지구를 닮은 새로운 행성을 찾아가는 프로젝트였다. 이처럼 이포보 백조의 날갯짓이 남한강을 죽이는 것이 아니라 남한강에 새 생명, 새 희망을 불어 넣어주는 날갯짓이 되어주기를 바란다. 인간의 무한한 욕망이 지구의 유한함을 넘어서는 순간 위기가 온다고 했다. 우리 모두 작은 것 하나에도 자연을 먼저 배려하는 마음으로 살아갔으면 한다.

남한강 자전거길은 작은 지천으로 인해 끝이 막힌다. '개군 레포츠공원' 앞에서 작은 지천이 마을 깊숙이 휘감고 흐른다. 지천을 따라 연결된 자전거길은 일반도로와 합쳐져 마을을 우회해서 한참을 돌아가야 한다. 빠름보다는 느림을 추구하는 것이 걷기 여행이지만, 돌아가는 길은 무척이나 힘들고 지루했다. 사람 마음이 그런 모양이다. 우회하는 자전거길은 개군면 구미리, 양덕리 방향으로 일반도로를 따라 점점 남한강에서 멀어진다. 한참을 돌고 돌면 '양덕리 마을회관과 광장슈퍼'가 나온다. 마을회관 앞 작은 공터에는 탐스럽게 작약이 피어있고 운동기구들도 보인다.

광장슈퍼 앞 그늘에는 자전거여행자 두 사람이 쉬고 있다. 여유를 즐기는 모습이 보기에 좋다. 맥주나 한잔할까 했는데 가게 문이 닫혀 있다. 그 대신 문 앞에 써진 '見善必行(견선필행)'이라는 네 글자만 눈에 들어온다. 생뚱맞다는 말이 어울린다. 이 말은 '선행을 보거든 반드시 행하라'라는 뜻이다. 가게주인은 이런 글을 왜 여기에 써 놓았을까. 마치 이곳을 지나가는 여행자들에게 하는 말처럼 들린다. '見善必行 聞過必改(견선필행 문과필개)'은 소학(小學)에 나오는 말이다. 이 말은 '선행을 보면 반듯이 그대로 따라 행하고, 자신의 허물이 들리면 반드시 고치라'라는 뜻이다. 이 말의 뜻은 쉽지만 실천하기는 좀처럼 쉽지 않다. 가끔은 눈 앞에 펼쳐진 멋진 풍경보다도 그곳을 밟고 걸어온 흔적들이 더 빛나고, 걸어온 흔적보다 더 빛나는 것은 그곳에서는 우연히 발견한 작은 깨달음이다.

　누군가 여행은 '용기의 문제'라고 했다. 경제적인 여유가 없어도, 시간적인 여유가 없어도 떠날 수 있는 용기만 갖고 있다면 지금 당장 여행을 시작할 수 있다고 했다. '떠날 수 있는 용기' 말이다. '떠났다는 것'은 안개로 뒤덮인 세상을 보는 일과 비슷하다. 뿌연 안개로 가려진 세상이 보이지 않아 두려운 마음에 쉽게 다가갈 수 없었지만, 큰맘 먹고 손을 뻗어 앞으로 나아가다 보면 결국 아무것도 아닌 쉬운 존재였다는 사실을 스스로 깨닫게 된다. 마찬가지로 선행을 함도, 허물의 고침도 모두 용기만 있으면 실천할 수 있다. 우연히 발견한 '見善必行(견선필행)'이라는 짧은 글이 큰 울림을 준다. 이처럼 도보여행은 천천히 걷는 행위이면서 동시에 사유하는 일이고, 사유의 끝에서 깨달음을 얻는 기쁨이 있어서 참 좋다.

　남한강이 보이는 끝자락에 느티나무들이 그늘을 만들어주는 쉼터가 있다. 강가에 만들어진 널찍한 자전거 쉼터였다. 집을 떠나온 지 이틀째. 도보여행은 일상에 대한 걱정이나 근심을 사라지게 해서 좋다. 그리고 내

일에 대한 근심이나 걱정보다 내일에 대한 설렘으로 잠 못 이루는 시간들이 많아서 좋아한다. 쉼터 그늘에 앉아 배낭 속에 든 물 한 모금, 쿠키 한 조각, 바나나 한 개로 심심한 입을 채우는 것도 좋고, 쉼터에 앉아 멍하니 남한강을 바라보는 일도 좋고, 여행자들의 이야기를 듣는 것도 좋고, 함께한 샘들과 소소한 이야기를 나누는 자투리 시간도 좋다. 작고 소소한 것에서 큰 기쁨을 얻는 느낌이랄까.

  이곳 쉼터부터 양평군립미술관까지는 남한강을 바라보면서 걸을 수 있는 멋진 산책길이라고 했다. 대부분 직선으로 잘 정비된 길이고, 양평 '물소리길'과 겹쳐지는 길이기 때문이다. 두 길은 만나고 헤어짐을 반복한다. 거리는 4~5km이고, 약 한 시간 정도면 걸으면 갈 수 있는 안전한 길이다. 또 '풀내음 거닐마당과 다목적광장'을 지나 '갈산공원'으로 이어지는 낭만적인 길이기도 했다. 남한강 푸름을 가까이 끼고 돌며 남한강을 가장 가까이서 바라보면서 걸어가는 길이다. 길 양옆으로 느티나무가 시원한 그늘을 만들어준다. 그래선지 걷는 사람이 자전거 타는 사람보다 많다. 갈림길에서 현덕교를 건너면 양평이 가까워진다. 강가 둔치에는 따뜻함이 가져다주는 푸름이 짙게 내려앉았다. 짙은 푸름 사이에 능수버들 한 쌍이 다정히게 남한상을 바라보면서 서 있다. 세월이 흐를수록 더 다정다감해지는 한 쌍의 노부부를 닮아있다.
  느티나무 그늘과 푸름으로 가득 채워진 자전거길은 걸어가면 갈수록 저절로 몸과 마음이 정화되는 느낌이다. 걷기 여행은 낯선 공간에서도 마음에 부담을 주지 않아 좋다. 낯선 사람들과 함께 있어도 전혀 어색하지 않아서 좋다. 혼자 걸어도, 여럿이 함께 걸어도 마음이 느긋하고 넉넉해서 좋다. 그래서 걷기는 놀이처럼 남녀노소 누구나 즐긴다. 자전거길에서는 도보여행자도, 마을 사람들도, 자전거를 타는 사람들도 전혀 어색하지 않게 자연스럽게 어울린다. 자전거길에서 마주치면 모두 가볍게 눈인사를 하면서 지나친다. 마치 오래 알고 지낸 사람인 것처럼. 이런 것이 길이 주는 편안함이다.

남한강이 보이는 느티나무 쉼터에서 한 시간 정도 걸었을까. 남한강 둔치에 잘 정비된 '풀내음거닐 마당'과 '다목적광장'에 왔다. 공원은 정갈했다. 초록빛 풀밭 사이에 보이는 솟대며 산책로가 산뜻했고, 보랏빛 붓꽃들이 풍기는 풀 내음도 싱그럽다. 남한강 곁에 만들어진 공원의 푸름이 그곳을 지나가는 여행자들의 심신을 편하게 해주었다. 그곳을 지나면 남한강 자전거길은 양평 '갈산공원'으로 접어든다. 갈산공원의 첫인상은 색채가 풍부하고 화려했다. 온통 주변이 총천연색이다. 깊고도 짙은 푸른 느티나무 숲 속에 다채로운 색상이 혼합된 모자이크로 꾸며진 벤치는 참으로 이색적이다. 이곳 '남한강 산책로'는 제2회 대한민국 국토도시디자인대전 기반시설 부분에서 최우수상을 수상했다고 한다. 남한강과 가장 가까운 공간에 산책로가 조성되어 이 길은 걷는 것만으로도 고상하고 우아함이 더해진다. 갈산공원은 친환경 자재를 사용으로 생태계 교란을 최소화했으며, 장애인 및 고령 노인의 편의를 위한 계단 없는 산책로가 마련되어 있으며, 야간 활동을 위해 가로등 및 조명으로 심야에도 안전하게 산책할 수 있어 온 가족이 나들이하기에 더없이 좋은 장소였다. 짧지 않은 '남한강 산책로'를 걸으면서 그늘지고 푸르른 풍경만큼이나 훈훈하고 따뜻하고 운치 있는 풍경들이 곳곳에서 보였다. 호국 무공 수훈자 공적비, 걷다가 힘들면 쉬어가라는 양강정(楊江亭), 입구 왼편 언덕에 만들어 놓은 반딧불이 모형, 그리고 작은 꽃길을 꾸미고 있는 할머니의 모습도 인상적이다. 구부정한 몸매와 고사리 같은 작고 아담한 손길로 어루만지는 야생화들은 시간이 지나면 화려한 색채의 꽃들로 피어날 것이다. 길을 따라 이어지는 화려한 야생화의 색감들이 남한강과 조화를 이루어 산책로를 걸어가는 사람들에게 작은 행복을 만들어줄 것이다.

'갈산공원'에서 만난 또 하나 이색적인 것은 2009년 마을 미술프로그램의 일환으로 설치된 조형물이다. 작품 제목은 '강북에 쓰는 편지'이다. 남한강 가에 버려진 철도교각을 이용해 만들었다. 발상의 전환이 대단했다. 넓은 공간은 아니지만, 의자에 앉아 차 한 잔 마시면서 남한강의 석양을 감상하기에 더없이 좋은 공간이다. 교각 난간 위에 펄럭이는 낙서편지가 수많은 사연을 안고 남한강에 떠다니는 듯했다. 사람들은 무슨 사연이 저리도 많을까.

양평 갈산공원 입구에 왔다. 입구에는 이곳이 '양근 나루터'였다는 작은 흔적만 자투리 공간에 쓸쓸히 남아있다. '양평'은 남한강 바로 앞에 세워진 도시다. 그래서 일명 '물의 도시'라고 스스로 부르고 있다. 자전거길은 일직선으로 둑을 따라, 도심을 따라 연결되고 있다. 남한강 강변도로에는 군청, 교육청, 경찰서 같은 관공서가 있다. 여기는 '이포보 14.4km, 양평역 0.9km' 위치에 있는 공간이다. 공간으로서의 '지금 여기'

는 언제나 지나온 길의 끝자리이면서 나아가야 할 길의 첫 자리다. 그곳은 머무는 공간이 아니라 휘청거리며 등 떠밀리는 자리이고, 자의로든 타의로든 안정의 궤도를 벗어나 낯선 국면으로 진입해야 하는 자리다. 그 자리는 우리의 기대나 욕심처럼 늘 우호적일 수는 없다. 그것은 만족할 줄 모르는 인간의 본성과 무관하지 않겠지만, 잠시 놓았다 다시 짊어지는 삶의 무게는 늘 버겁고, 오리무중의 앞길은 언제나 우리를 주눅 들게 한다. 그래도 함께 걸어가는 동료들이 있어 편안했다.

남한강 '양근섬'에서 양평군립미술관으로 나가는 길목이다. 자전거길은 남한강을 벗어나 도심으로 들어간다. 양평 도심은 크지는 않지만 아담했다. 인도 위에는 파란 선이 선명하다. 그 길을 따라가면 인공폭포인 '물안개공원'이 있다. 폭포가 세차게 흘러내린다. 물소리의 청량감에 피로가 풀리고, 머리는 맑고 시원해지는 느낌이다. 잠시 이곳에서 쉬어간다. 여기서부터 남한강 자전거길은 남한강 가에 있는 것이 아니고 도심 속의 폐 선로를 따라 이어지고 있다. 물론 남한강을 가까이서 볼 수는 없지만, 또 다른 풍경이 우리를 기다릴 것이다. 양평역부터 팔당역까지 자전거길은 북한강 철교를 포함해서 대부분 폐 선로를 이용해 만들어져 있다고 한다. 남한강의 맛깔스러운 운치를 볼 수 없어 아쉽지만, 그 대신 옛 철도와 터널을 지나다 보면 그런대로 오래된 풍경 속으로, 과거의 아련한 추억으로 들어갈 수 있어 또 다른 멋을 만들어줄 것이다.

이렇게 양평역, 오빈역, 아신역, 국수역, 신원역까지는 옛 철길을 따라 걸어가야 한다. 양평 읍내에서 자전거길이 조금 변경되어 양평역, 오빈역을 지나쳤다. '물안개공원'에서 조금 걸어가면 곧바로 아신역이다. 옛 철도 부지에는 '아신 갤러리'라는 미술관이 들어서 있다. 하늘에는 중부내

륙고속도로 고가도로가 있고, 땅에는 폐선 부지 공간에 설치된 공원이다. '아신 갤러리'는 수명을 다한 기차를 옮겨놓았다. 이곳이 과거의 기차역이었다는 것을 기억하기 위해서일까. 우리들의 기억이나 감정은 시간이 지나면 점점 약해지는데 공간은 시간을 저장한다고 했다. 그 안에 희로애락의 남아있기 때문이란다. 그런대로 운치가 있고 공간은 넓어 여행자들이 잠시 쉬어가기에는 안성맞춤이다. 수명이 다해 사라져 가는 추억의 공간이 새로운 공간으로 다시 태어날 수는 없겠지만, 또 다른 공간으로 재활용하고 있는 모습이 좋은 인상으로 남아있다.

은퇴한 우리는 다시 젊어질 수 없겠지만, 자신이 잘하는 일을 위해 재활용될 수는 없을까? 그 답을 '노화는 죽기 위한 과정이 아니라 살아남기 위해 최선을 다하는 과정입니다'라고 어떤 의사의 말에서 찾았다. 그가 노화과정을 긍정적으로 보고 당당하게 늙음을 맞이해야 한다고 주장한다. 생명은 죽기 위해 태어난 것이 아니라, 살기 위해 태어난 존재이기 때문이다. 나이가 들어가는 우리에게 그 말은 감동이고 희망이 된다.

그는 당당한 노년을 맞이하는 오늘날 장수의 비결을 알려주었다.

하나. 뭐든지 하면서 노년을 보내야 한다.

둘. 자신의 능력을 사회에 봉사하고 기부하며 베풀어야 한다.

셋. 은퇴하고 적어도 30년 이상 적극적으로 사회에 참여하고 살고 싶다면 새로운 사회와 문화, 과학에 대한 배움에 조금의 주저함이나 망설임이 없어야 한다.

은퇴 후에 나이가 들었다는 핑계로 움츠리지 말고 적극적으로 자신이 좋아하고, 잘할 수 있는 것을 찾아야 한다. 그는 인생 3원칙인 '하자. 주자. 배우자'라는 말이 은퇴 이후 인생 2막을 당당하게 그리고 건강하게 살아갈 수 있는 길이라 알려준다. 두려움 없이 떠나려면 미련이 남지 않게 하루하루 최선을 다해야 한다고 강조하고 있다. 이처럼 도보여행자는 길을 통해 다양한 풍경을 관찰하고, 길을 통해 아름답게 살아가는 법을 묻고, 길을 통해 넓은 세상을 배워간다. 도보여행은 익숙한 공간이든, 낯선 공간이든 그곳이 어디든 그 나름대로 그곳을 지나는 여행자에게 자신만의 의미를 만들어준다.

'아신 갤러리'를 지나 새로운 체험을 했다. 세 개의 옛 터널을 통과하는 아주 낯선 체험이다. 비록 길이가 길지는 않지만 마치 〈터널〉이라는 드라마 속으로 들어가는 듯했다. 특히 세 개 터널 중 가장 길었던 '기곡아트터널(길이 570m)'에서는 반짝거리는 다양한 빛깔의 변화가 '타임머신'을 타고 다른 공간으로 이동하는 듯한 착각에 빠져들게 한다. 과거와 현재라는 시간의 통로가 된 〈터널〉이라는 드라마는 시공간을 뛰어넘는 블랙홀 같은 공간이었다. 줄거리를 보면 '주인공인 형사는 1986년 터널에서 연쇄살인범을 추적하다가 뒤통수를 맞고 쓰러졌다. 깨어나 터널을 나왔더니 세상은 2017년이다' 블랙홀 같은 터널을 통해서 30년을 훌쩍 뛰어넘는다. 타임머신 같은 이런 현상이 가능할까?

한 편의 드라마처럼 터널을 빠져나오면 정말 다른 세상이다. 국수역이 보인다. 터널 안과 밖, 입구와 출구는 전혀 다른 느낌이다. 고요했던 터널의 공간이 스크린의 한 장면처럼 일순간에 바뀐다. 갑자기 낯선 공간은 소음으로 가득했다. 마치 가까운 과거 속에서 다시 현실로 순간 이동한 느낌이다. 우리는 시간을 자유롭게 이동할 수는 있을까. 아직은 불가능하다. 하지만 '시간여행'은 오래전부터 많은 소설과 드라마의 소재가 되고 있다. 타임머신이라는 기계를 상상한 것은 작가들의 머릿속이다. 그 안에서 창작되었다. 작가들의 상상 속에서만 가능한 것일까. 그것은 언젠가 과학자의 머릿속에서 현실이 될지는 아무도 모른다. 창작된 것은 무에서 유를 창조한 것이 아니라 어쩌면 아주 오래전 잃어버린 기억들을 지금 희미하게나마 기억해 냈다는 것이 아닐까. 우리들의 이기적인 유전자 깊은 곳에 그런 오래된 기억들이 숨겨져 있는 것은 아닐까. 지금까지 인간의 모든 상상은 현실이 되어왔다. 그래서 '시간여행'도 현실에서 가능하다는 것이다. 우리의 상상은 어디까지 가능할까?

  비몽사몽 꿈꾸듯이 터널을 벗어난다. 오후 늦게 내린다는 비는 오후 4시쯤 내리기 시작하더니 점점 빗방울이 굵어진다. 더 걷는 것은 무리였다. 걷기놀이는 국수역에서 멈춘다. 국수역 주변은 시골 간이역 같은 풍경을 만들어내고 있다. 국수역은 오래된 공간은 아니다. 새로 만들어진 공간이다. 조용하고 아담하고 깨끗했다. 나머지 일정은 내일로 미루고 양평으로 되돌아간다. 지나온 풍경들에 대한 기억은 마치 은행 어플 같다. 은행 어플은 사용할 때마다 '0초 후 로그아웃됩니다. 연장하시겠습니까' 하는 알람이 뜬다. 그때마다 마음이 조급해진다. '연장 버튼이 어디에 있지?' 다급하게 찾아 연장한다. 은행 어플이 뜰 때마다 연장을 거듭하면서 천천히 걸어온 길들을, 보았던 풍경들을, 그리고 길에서 만난 많은 질문을 복기했다.
  여행할 때는 기억나지 않는 생각들은 여행을 끝내고 일상으로 돌아오면 많은 생각이 스쳐 지나간다. 여행 전후 달라진 것은 무엇일까. 일상처럼 그대로이다. 여행한다고 무조건 변하는 것은 아니다. 일상과 마찬가지로 여행도 스스로 만들어가기 때문이다. 필요한 변화는 자연스레 오지만 그건 어떤 여행을 했는가에 달려있다. 진짜 변화는 머리가 아니라 몸으로 온다.

양평 읍내에 들어왔다. 비가 내리니 여행을 하면서 건조하고 까칠해진 몸과 마음이 센티해지고 촉촉해진다. 떠날 때의 설렘은 곧 익숙함으로 변해간다. 익숙함에 너무 빠르게 길들다 보면 어느 순간부터 설레는 감정은 점점 무디어지고 무너질 것이다. 그래서 나는 양평에 조금씩만 익숙해지기로 했다. 첫 만남부터 모든 감정을 쏟아붓지 않기로 했다. 처음 마주친 순간순간 단번에 익숙해지고 모든 정을 쏟아내다 보면 금방 지겨워지고 심지어 미워할 수도 있기 때문이다. 내일도 조금씩 천천히 길에 익숙해지도록 노력할 것이다.

국수역에서 팔당대교까지

프랑스의 철학자 미셸 옹프레는 〈철학자의 여행법〉에서 여행이 실제로 시작되는 지점을 '집을 나서면서 현관문을 닫고 자물쇠에 열쇠를 꽂는 그 순간'이라고 말하고 있다. 이처럼 여행은 어떤 여행이든, 누구와 하는 여행이든, 목적지로 향하는 순간부터 시작된다. 빨리 혹은 편안하게 갈 생각만 하지 말고, 어떤 과정을 즐기고 싶은지를 고려하여 이동수단을 선택하라고 했다. 그리고 출발하는 순간부터 긴장을 풀고 편안하게 주위를 둘러보고 그 순간순간을 즐기라고 한다. 그러면 여행은 조금 더 풍요로워질 것이다.

여행의 실질적인 첫 단계는 떠나온 장소에 있지는 않으며, 우리가 갈망했던 장소에 도착하지도 않은 '사이'의 시간에서 시작된다는 것이다. 그렇다면 그 시간의 사이에 가장 큰 영향을 주는 것은 무엇일까. 나는 여행수단이라고 생각한다. 무엇을 타고 여행을 하느냐에 따라 여행의 풍경이 달라지듯이, 사이의 시간은 우리가 선택한 이동수단에 따라서 그 성격이 달라신다. 그래서 우리가 택한 이동수단은 가장 느리게 가면서, 천천히 세상을 바라보는 방법을 택했다. 바로 그 여행수단이 '걷기'였다. 걷기 여행을 통해 익숙하지 않은 세상을 차분하게 바라보려고 자전거길을 '자전거'라는 이동수단을 쓰지 않고 '걷기'라는 원초적인 수단으로 이동했다.

'국수역'에서 새로운 하루가 시작된다. 날씨는 화창하고 시원한 바람까지 분다. 걸어가기에는 더없이 좋은 날이다. 남한강은 영산강이나 금강 자전거길과 비교하면 자전거길에 접근하기가 용이하다. 자전거길을 찾기 위해 시간을 낭비하거나 고민할 필요가 없다. 남한강 자전거길이 전철역 주변으로 연결되어 있기 때문이다. 국수역 앞으로 파란 선이 선명하다. 그선만 따라가면 우리가 가고 싶은 목적지까지 길을 안내해 줄 것이다.

자전거길은 국수역을 지나 차량소음이 적은 한적한 길로 접어든다. 폐선부지에 만들어진 남한강 자전거길은 시원스럽게 열려있다. 너무 곧아서 마치 길이 끝도 없이 뻗어 있는 것 같다. 군데군데 오래된 철도가 그대로 남아있어 이곳이 옛날에는 기찻길이었음을 알려준다. 그곳마다 쉼터들이 조성되어 있다. 자전거길 아래로는 도로가 보이고 그 앞으로 남한강이 유유히 흘러간다. 길에서 내려다본 남한강의 아침 풍경이 연둣빛으로 물들어간다. 자연이 주는 축복받는 공간이다. 남한강과 자전거길 사이에 찻길만 없었으면 참으로 목가적인 풍경을 연출할 것만 같은 아침이다.

자전거길은 '도곡터널'을 지나 신원역에 도착했다. 신원역 입구에서 우연히 '몽양기념관'이 있다는 안내판을 발견했다. 이곳이 고향인가보다. 그는 역사의 변곡점에서, 이념의 전환기에서, 지식인으로서의 고단한 삶을 살다가 사람이라고 알고 있다. 자전거길에서 1km 떨어져 있는 기념관에는 가보지는 못했다. 다만 격변의 시대였던 20세기 초에는 지식인들은 어떤 고민을 하면서 살았을까? 잠시 생각이 스쳐 지나간다. 이 땅의 그리고 이 세상의 많은 지식인들이 너무 힘든 사상적 혼란 속에서 고통스럽게 살았다고 배웠다.

리영희 작가의 〈대화〉에서 앞으로 만약 또 그런 시대가 온다면 우리는 어떻게 살아가야 할까. 그 방향을 보여주고 있다. '인간은 누구나, 더욱이 진정한 지식인은 본질적으로 자유인인 까닭에 자기의 삶을 스스로 선택하고, 그 결정에 대해서 책임이 있을 뿐만 아니라 자신이 존재하는 사회에 대해서도 책임이 있다고 믿는다. 이 이념에 따라, 나는 언제나 내 앞에 던져진 현실 상황을 묵인하거나 회피하거나 상황과의 관계설정을 기권으로 얼버무리는 태도를 지식인의 배신으로 경멸하고 경계했다. 사회에 대한 배신일 뿐만 아니라, 그에 앞선 자신에 대한 배신이라고 여겨왔다'라고 했다. 배반과 혼란의 시대에 '지식인'으로서 자기의 삶을 스스로 선택하고, 그 결정에 대해서 '책임'이 있을 뿐만 아니라 자신이 존재하는 '사회'에 대해서도 책임이 있다고 믿으면서도 실천하기에는 너무도 어려웠을 것이다.

전후 세대인 나 역시 30년 가까운 교직 생활 동안 '전국교직원노동조합 조합원'이었다. 입으로는 참교육을 외쳤지만, 행동으로는 그 말에 책임을 다하지 못하고 현실 상황에 묵인하거나 회피했던 경우가 얼마나 많았던가. 지금 생각해보면 조합원으로서의 부끄럽기 짝이 없다. 격변의 시기가 아닌 지금도 우리는 옳다는 것을 알면서도 실천하기는 정말 어렵고, 실천에는 큰 용기가 필요하다. 지금도 많은 사람들은 '공익 제보자'인가 아니면 '내부 고발자'인가라는 딜레마에 빠져 갈등하면서 살아간다. 그런데 격변의 시기에 살았던 지식인들은 얼마나 고단한 삶을 살았을까. 또 '펜'보다 '밥'이 더 강한 오늘날 이 시대를 살아가는 우리들은 어떻게 처신하면서 살아가야 할까. 우리에게 영원히 숙제 같은 문제이다. 다만 많은 사람의 그런 용기가 있었기에 세상은 조금씩이나마 나아지고 있다.

양평부터 팔당까지 자전거길은 새로운 철도가 만들어지면서 버려진 오래된 철도를 이용해서 만든 길이다. 오래된 철도의 흔적들이 자전거길에서 발견된다. 많은 터널과 간간이 휴게소 근처의 남아있는 폐선의 흔적들이 보인다. 폐철로와 폐터널은 과거이다. 과거가 과거일 때는 현재였다. 시간은 끊임없이 흘러간다. 우리는 그 흘러가는 시간이 좋든 싫든 거기에 순응해야 한다. 이것을 '어바웃 타임'이라 한다. 아무리 좋든 싫든 간에 시간은 지금도 유유히 흘러가고 있다. 자연스럽게 흘러가도록 내버려둬야 한다. 다만 우리는 시간의 흐름 속에서 최대한 행복하게 유영하며 하루하루를 살아야 한다. 그러면 된다. 오늘 우리가 걷는 이유이기도 하다.

　터널 속에는 시간들이 멈추어 있다. 터널 앞에서는 현재의 시간이었다가 터널을 들어가는 순간 과거로 되돌아감이 느껴진다. 마치 타임머신을 타고 다른 시간으로 갈 것만 같은 착각에 빠져든다. 그리고 다시 터널을 벗어나면 현실이 된다. 길 위에서 만난 오래된 풍경 속을 떠돌며, 세상의 흐름을 벗어나 다양한 모습들과 마주했다. 걷기 여행은 항상 그러했다. 사라져 가는 것에 눈길을 주고 애정을 준다. 어떤 낡고 오래된 것들도 여행자의 눈에 들면 빛이 난다. 터널 밖에서는 풍경 속을 걷는 느낌이라면 터널 속에서는 마치 시간 속을 걷는 기분이다. 터널 안에만 들어서면 순간 시간이 거꾸로 흘러간다. 그리고 그 안에서 많은 상상이 되살아난다. 도곡터널, 부용터널 등 많은 터널을 지나고, 신원역을 지나고 국수역에서 2시간 만에 양수역에 도착했다. 걸어온 자전거길을 생각한다. 강물, 구름, 산천 등 지나온 길 위에 피어난 다채로운 풍경 속을, 소박하고 아담한 여백 속을, 정겨운 침묵 속을 걸었다. 그 누가 뭐라고 해도 도보여행은 여간 멋진 놀이가 아닐 수 없다.

남한강 자전거길에서 이 구간은 다른 자전거길과는 사뭇 다르다. 하나는 자전거길옆으로 '보행로'가 별도로 있다는 것이다. 그만큼 걷기에 안전하고 편안한 길이다. 그래서 그런지 걸어 다니는 사람들이 많았다. 또 하나는 터널을 지날 때는 마치 자동차가 터널을 지날 때 라이트를 켜야 하는 것처럼 자전거 라이더들은 색안경을 착용해서는 안 된다는 것이다. 그 외 자전거길에서는 헬멧은 필수이고, 음주운전 금지, 스마트폰 사용금지, 헤드폰 사용금지 등 반드시 지켜야 한다. 보통 자전거는 사고의 위험이 적다고 생각하는 경향이 있다, 그것은 동네에서 느리게 탈 때이다. 자전거길은 절벽이나 급경사구간도 많고, 시속 2~30km가 넘을 때가 많다, 만약 추돌하면 대형사고가 날 수도 있다는 것을 명심해야 한다.

남한강 자전거길은 언제나 점점 먼 곳으로 이어진다. 하지만 파란 자전거길은 나를 벗어난 적은 없다. 길 위에 있으면 두렵지 않았다. 동료들과 함께 걸으면 힘이 났다. 어디든 갈 수 있을 것만 같은 용기가 생겼다. 그 힘과 용기로 벌써 충주댐에서 100km 넘게 남한강을 따라 걸어왔다. 오늘도 국수역에서 출발해 신원역을 지나 양수역에 온 것이다. 걷기라는 놀이가 생동감이 부족해지고 지루함으로 인해 몸과 마음이 지쳐갈 때쯤 양수역에서 살짝 외도했다. 어떤 길이든 길 위에 있으면 결국 만난다고 했던가. 그래서 아무런 두려움도 없이, 시간이나 속도에 구애받지도 않고 방향을 쉽게 바꿀 수 있는 것이 걷기라는 놀이의 묘미이다.

양평 '두물머리'는 승용차로 가본 적이 있다. 그날의 기억은 오래되어 희미하다. 다만 어렴풋이 잔상만 남아있는 곳이다. 그때는 사람들의 손길에 덜 닿은 자연 그대로 원래의 모습을 잘 보존하고 있었다. 하지만 자연에는 원래의 모습이란 없다. 자연은 끊임없이 변화하기 때문이다. 그때의 모습이 원래인지, 지금의 모습이 원래인지 아니면 우리가 알 수 없는 모습이 원래인지 알 수 없다. 다만 인위적인 개발로 망가지는 자연의 모습이 싫다는 것뿐이다. 오래된 추억 때문인지, 달라진 모습을 보고 싶어서인지, 민홍 샘이 말하는 커피 향이 그리워서인지, 아무튼 자신도 모르는 사이에 샛길인 '두물머리 물래길'로 방향을 튼다. 양수역 근처는 북한강과 남한강이 만나는 지점이다. 일명 '두물머리'라는 곳이다. '두물머리 물래길'은 자전거길은 아니지만, 시간적 여유가 있고, 서두를 필요도 없고, 오래된 그리움도 있어서 한번 걸어보기로 했다.

'두물머리 물래길'은 양수역 앞에 있는 표지판에서부터 시작된다. '두물머리 물래길'은 거리가 2,674m이다. 양평역에서 나무계단을 내려와 건널목을 건너면 바로 코앞에 안내판이 있다. '두물머리는 외지고 깊숙한 곳이라 웬만하면 함께 걸어가고, 저녁에는 출입을 자제하라'는 곳이다. 두물머리 입구는 너른 방죽에 갈대와 가시연이 가득했다. 한적한 산책로를 따라 안으로 빨려 들어간다. 산책로는 잘 정비되어 있어 걷기에 편했다. 세미원 입구를 지나 깊숙이 들어가면 '두물머리(兩水)' 풍경이 서서히 눈에 들어온다.

'두물머리' 풍경은 시시각각 변하고 있다. 아침과 저녁, 해 뜰 때와 해질 녘, 맑은 날과 흐린 날, 시야가 멀 때와 가까울 때마다 변한다. 수면은 미묘하게 변화하고 물빛과 파도의 형태와 유속도 변해간다. 그리고 철따라 한강을 둘러싼 식물과 동물들의 모습도 변모시켜갈 것이다. 두물머리는 사계절에 따라서 마치 스위치를 전환하는 것처럼 바람의 방향을 바꿀 것이다. 살결에 닿는 감촉과 향기와 방향으로 우리는 계절의 추이를 명확하게 감지할 수 있다. 그런 실감(實感)을 동반한 흐름 속에서 나라는 존재가 자연의 거대한 모자이크 속의 하나의 미세한 조각에 불과하다는 것을 인식한다. '두물머리 물래길'을 천천히 걸으면서 나를 생각한다.

　나는 그다지 머리가 좋은 인간은 아니다. 살아있는 몸을 통해서만 그리고 손에 닿을 수 있는 재료를 통해서만 사물을 명확히 인식할 수 있는 사람이다. 그래서 걷기라는 놀이를 좋아하는지도 모르겠다. 무엇을 한다고 해도 일단 눈에 보이는 형태로 바꿔놓아야 비로소 이해한다. 지성적이라기보다는 오히려 감성적인 인간이다. 나는 머릿속에서 순수한 이론이나 도리를 조합해서 살아가는 타입의 인간은 더더욱 아니다. 경험에 의하지 않고 논리적으로 생각해서 사물을 인식하는 이른바 사변을 연료로 해서 전진하는 타입의 인간도 아니다. 그보다는 신체에 현실적인 짐을 지우고 근육에 신음을 지르게 함으로써 이해도의 눈금을 구체적으로 조금씩 높여가게 하여 가까스로 이해하게 되는 타입이다. 말할 것도 없이 그러한 단계를 하나하나 밟아나가면 사물의 결론에 도달할 때까지 시간이 오래 걸린다. 나의 이런 모습은 걷기 여행의 속도와 많이도 닮았다.

　은퇴하기 전까지 항상 한 박자 늦은 삶을 살았던 나에게 도보여행은 잘 맞는 활동이다. 은퇴 이후에 알게 된 진실은 한 박자 늦게 세상을 이해한다 해도 별것이 아니라는 것이다. 한 박자가 빠르든, 느리든 모두 나이가 들어갈 때쯤이면 비슷비슷한 지점에서 허우적거릴 뿐이라는 사실이다. 결국, 걷기도 우리들의 삶과 닮았다. 걷기 여행도 어쩌면 한 박자 느리게 세상을 바라보는 행위이다. 나는 느리게 가는 걷기가 너무 즐겁다. 걷기라는 놀이에서 가장 즐거운 일은 사유하는 것이고, 사유의 방법은 자유로운 산책일 것이다. 이곳 '두물머리'는 정말 산책하기에 좋은 곳이다. 이곳은 두 물길이 만나는 곳이고, 더 나아가 두 세상이 만나는 곳에서 새로운 풍경을 만들어내는 곳이기도 하다. 천천히 숲의 말을 들으며 일상의 풍경을 둘러본다. 주변의 오래된 흔적 앞에서 서성이며, 다시 일상을 지나 숲길을 걷는다. 오래전에 심었던 느티나무 아래 앉아 잠시 과거로 흐르는 시공간을 생각한다. 과거의 시간은 우리의 눈에서 사라졌지만, 우리의 마음속에서는 남아있다. 보이는 것마다 오래된 것이다. 이 공간의 풍경은 겹겹이 쌓인 시간 속에 서서히 저장된다.

'두물머리' 풍경이 잘 보인다는 곳에 민홍 샘이 말했던 '만경(滿景)'이라는 커피숍이 있다. 입구는 화려하지 않고 수수했다. 1층은 쉼터 같은 작은 공간이고, 커피숍은 2층이다. 커피숍 만경(滿景)은 만경(晚景)과 다르다. 원래 晚景(만경)은 해 질 무렵의 경치. 저녁 햇빛. 철이 늦은 때의 경치를 의미한다. 그런데 이 커피숍의 滿(만)은 '넉넉하다. 가득하다' 라는 滿(만) 자를 쓰고 있다. 아마 2층 전망대에서 두물머리를 바라보면 좋은 위치에 있어서 두물머리의 풍경이 마음을 넉넉하게 하고, 가슴속에 가득 찰 만큼 아름답다는 뜻인가. 커피숍 입구에 쓰여 있던 누군가의 짧은 글에서 '만경(滿景)'이라는 의미를 찾아본다.

-

커피에

설탕을 넣고

크림을 넣었는데

맛이 싱겁네요.

아…!

그대 생각을
빠뜨렸군요.

-

'만경(滿景)'은 넉넉한 곳이지만 꽉 채워진 곳이 아니라 더 채울 수 있는 곳이다. 듬성듬성 비어있는 곳이 많아서 좋다. 그래서 함께할 이웃, 친구가 필요한 곳이다. 만경(滿景)에서 함께하던 사람들과 먹었던 커피의 맛을 지금도 잊을 수가 없다. 아무리 완벽한 사람도 혼자서는 살 수 없는 것이 세상이다. 더불어 살아가야 모든 것은 더 맛있고 아름답다는 뜻이 아닐까. 맛있는 커피라도 좋아하는 사람들과 함께했을 때 그 맛이 완벽해지는 것 같다. '만경(滿景)'이라는 의미에 취하고, 커피 향기에 취하고, 두물머리 풍경에 취하고, 함께 한 사람들의 정에 취하니 세상에 이보다 더 넉넉한 일이 또 있을까.

만경(滿景) 2층 창가에 앉아 '카페라테, 카푸치노, 카페모카' 한 잔씩 시켰다. 커피 향기 속에 피어난 만 가지의 풍경을 바라보고 상상한다. 두물머리는 곧 만남이다. 만남은 생경함이다. 또 만남은 아픔이고 고통이지만 결국은 조화로운 어울림이다. 그 어울림을 바라보는 멋과 맛도 일품이다. 새로운 만남은 언제나 익숙하지 않아 어색하다. 그것은 나처럼 소심한 성격의 사람에게는 아픔이고 고통일 수도 있다. 그리고 그 고통의 시간이 지나고, 서로 알아가면서 화합하고 조화를 이루면 아름다움으로 승화될 것이다. 여기 모인 동료들이 바로 그런 사람들이다. 오랫동안 함께 같은 공간에서 시간을 보냈던 사람들이다. 그들과 함께 웃고, 울고, 분노하고, 화냈던 시간들이 주마등처럼 지나간다.

지금 우리에게 보이는 두물머리의 모든 풍경은 하늘에서 뚝 떨어지거나, 껍데기 색깔만 바뀐 것이 아니다. 또한, 새로운 것은 더더욱 아니다.

매일 보는 지루한 풍경에서도 처음 보는 것처럼 매일 다르게 바라보는 것이 진정 새로운 것이리라. 세상을 굴리는 힘이 대단한 것이 아니라 세상을 함께 구르는 사람이 더 대단한 오늘이다. 남한강 자전거길 걷기 여행은 함께하는 동료들이 있어서 여기까지 올 수 있었다. 그들이 있었기에 유난히 남한강 자전거길 걷기 여행은 발걸음이 가벼웠다.

  양평 '두물머리'와 '북한강 철교'가 만나는 곳에서 남한강 자전거길로 올라선다. 녹슨 철교 밑으로 바다를 향해 흘러가는 강물의 속도가 느껴진다. 녹슨 철교에는 과거의 풍경이 남아있었고, 강물 소리에서는 과거의 리듬이 흘러나오는 듯했다. 이곳의 시간은 거꾸로 흐른다. 그림에서만, 사진으로만 보았던 북한강 철교가 내 눈앞에 펼쳐진다.
  이곳은 새로운 철길이 생기면서 버려진 장소였다. 이곳을 재활용해 자전거길로 새롭게 만들었다. 사람들이 와보고 싶은 추억의 공간으로 만들었다. 섬진강 '향가유원지'에서 보았던 폐철교보다 훨씬 넓고 길다. 우리는 기쁨보다는 아픔을 더 많이 간직한 철교를 조심스럽게 걸어간다. 북한강 철교를 통해 오고 갔던 수많은 사연들은 지금은 사라지고 없다. 아픔은 강물 따라 사라지고 다만 흔적만 남아있을 뿐이다. 우리는 그 흔적을 따라 추억 속의 철교를 건넌다. 북한강 철교 끝자락은 갈림길이다. 하나는 충주 탄금대까지의 남한강 자전거길이고, 또 하나는 춘천 신매대교까지의 북한강 자전거길이다. 북한강 철교 바로 앞에 경치 좋은 식당 겸 찻집은 'CLOSE'라고 한다.

북한강과 남한강의 갈림길에 있는 '운길산역'은 오래된 기억 속에 남아 있는 작은 공간이다. 먼 추억 속의 장소이기도 했다. 정확히 언제인지 가물거리지만, 서울에서 전교조 집회를 끝내고 성엽, 영진 샘과 함께 '1박 2일' 짧고도 굵은 여행을 했던 곳이다. 우리들이 주변 예봉산, 적갑산, 운길산, 그리고 수종사 등을 차례로 둘러보고 내려온 곳이 바로 '운길산역'이다. 등산객이나 자전거여행자들이 쉬어가는 곳이었다. '운길산역'으로 통하는 등산로 입구에는 등산객과 노점상들이 북적거리던 기억이 난다. 그 자리에 서니 잠들어있던 시간들이 깨어나기 시작했다. 오래된 추억 속에서 배어 나오는 그리움이다. 벅찬 감동이 느껴진다.

하지만 오늘은 너무 조용하다. 오래된 기억을 더듬어 이곳에 오면 점심을 먹을 수 있다고 생각했다. 그 당시 북적이던 길거리의 풍경은 어디에서도 볼 수가 없다. 평일이라 그런지 역 주변의 식당들은 대부분 문을 닫았고, 이곳저곳 다녀보았지만 마땅하게 점심을 할 만한 식당이 보이지 않는다. 간단히 북한강을 바라보면서 준비해온 바나나 하나, 물 한 컵으로 빈속을 채우고 다시 길을 나선다. 북한강 자전거길을 가려는 자전거 라이더들이 '밝은광장' 인증센터 앞에서 인증기념사진을 찍는 모습이 보인다.

우리는 북한강 철교 갈림길에서 팔당대교 쪽으로 방향을 튼다. 생각만큼 발걸음이 무겁지 않아서 다행이다. 동료들과 함께 걸었던 길이기 때문이리라. 자전거길은 남한강이 보이는 낮은 언덕에 있었다. 이곳은 남양주 조안면이다. 이 마을은 박 씨 선조가 한양에 가는 길에 마을 앞을 지나가다 해가 저물어 쉬게 되었을 때, 새소리가 듣기 좋고 물이 좋아 가려했던 길을 멈추고 영주하였다고 한다. 요즘 말로 '쿨' 했다. 이곳은 2007

년에 장수마을과 슬로시티로 지정되었을 만큼 풍광이 수려한 곳이란다.

팔당대교에 가까워질수록 자전거를 타는 사람도, 걷는 사람들도, 그리고 관광 온 사람들까지 많아진다. 기차가 오지도 서지도 않는다는 능내역에 왔다. 기차 대신 추억을 실은 자전거 라이더들만 오고 간다. 이제 능내역은 시간이 멈춘 곳이고, 과거의 낡은 풍경만 남아있는 곳이다. 지금은 누군가의 빛바랜 기억 속에만 남아있는 역이다. 능내역 옛 기차역사 안에서는 과거의 리듬이 흘러나오는 듯했다. 기차가 다시는 올 수 없어서 이곳을 찾는 여행자들의 마음이 더 애틋한지도 모르겠다. 그런 마음을 담아 능내역 근처 '추억의 역전집'에서 국수 한 그릇으로 빈속을 채운다. 이곳에 앉아있으면 추억의 파편들이 무겁게 중첩된 시간의 공간에 멍하니 서 있는 것 같다는 생각이 든다.

남양주 조안면은 공식적으로 인정한 '슬로시티'다. 그만큼 세속에 물들어지지 않은 청정지역이다. 이곳은 수도권 최초의 슬로시티로 삶을 더 풍요롭게 만드는 슬로시티란다. 슬로시티의 '슬로'란 환경, 자연, 시간, 계절을 모두 존중하면서 조금 더 느긋하게 살아간다는 뜻이다. 슬로시티는 유유자적한 도시, 풍요로운 마을이라는 의미의 이탈리아어 '치타슬로'의 영어식 표현이다. 속도의 경쟁시대를 살아가는 현대인들에게 한가롭게 거닐기, 남의 말 들어주기, 기다리기, 마음의 고향 찾기, 명상하기를 외치며 우리 삶을 바꾸고 공동체 안에서 행복한 삶을 지향하는 정신운동이다. 이탈리아에서 시작한 슬로시티는 현재 세계 27개국 174개

도시가 활동하고 있으며, 우리나라는 남양주 조안면을 포함하여 10곳이 슬로시티로 인증받아 슬로라이프를 실현하고 있다. 빠르게만 살아온 현대인의 삶 속에서 작은 쉼표가 되어주는 것이 슬로시티의 진정한 의미가 아닐까 한다.

이곳 조안 슬로시티는 북한강과 남한강 만나 유유히 흐르는 자연의 수려함과 다산 정약용의 얼을 그대로 지닌 전통의 가치를 함께 할 수 있는 곳이다. 슬로시티를 느리게 자연의 속도에 맞추어 걷다 보면 우리의 마음에 평안히 깃들 것이다. 남한강 자전거길을 걷다 보면 느림의 미학을 온몸으로 느낄 수가 있다. 걷기라는 놀이는 바로 '느린 삶'의 실천이다. 남한강 자전거길은 일상의 바쁨 속에 사는 우리를 느림이라는 세상으로 인도하는 듯하다. 그 느림 안에 행복의 어떤 징표가 있는 것은 아닐까.

느림은 단순한 속도만을 의미하지 않는다. 느림은 근본주의다. 느림은 지루하고 가시적인 효과가 작아 보여도 장기적인 안목으로 천천히 가는 것이다. 오래된 능내역 기차역사를 그대로 보존하고 있다는 것은 자전거길, 느림의 풍경과 잘 어울리는 듯했다. 이 주변은 모두 슬로시티다. 슬로시티는 다른 한편으로는 전통 보존과 생태주의 관점의 지속 가능한 발전을 추구하기도 한다. 궁극적으로 지속 가능한 행복한 삶을 겨냥한다. 물론 빠름을 버리고 느림의 철학을 취해야 가능하다. 오래된 역사 도시만이 슬로시티를 구현할 수 있는 것은 아니다. 신도시를 슬로시티로 만드는 것도 얼마든지 가능하다. 물론 느림의 철학이 전제되어야 한다. 어쩌면 자전거길 걷기 여행도 슬로시티의 작은 실천이 아닐까 싶다. 걷기 여행은 길에 아무런 흔적을 남기지 않는 공정여행이기 때문이다.

4만 보 가까이 걸었다. 한 걸음 한 걸음 걷다 보니 팔당댐의 풍경이 가까워진다. 말로만 들었던 팔당댐, 팔당호, 팔당대교이다. 이제 서울 안으로 접어든 느낌이다. 남한강 자전거길 걷기 여행이 끝에 다다르고 있다. 남한강 자전거길을 두 번에 걸쳐 6일 동안 걸었다. 도보여행은 느리게 걸어갈수록 다채로운 풍경에 대한 기억들이 유난히 오래도록 남는다. 길에서 만난 수많은 풍경이 주마등처럼 생생하게 지나간다. 온종일 걸으면서 세상에는 많은 풍경 있다는 생각이 든다. 음식도 풍경이고, 길도 풍경이고, 자연도 풍경이고, 도시도 풍경이고, 그리고 사람도 풍경이다. 어디 그뿐인가 정치, 경제, 복지, 문화까지 다 풍경이다. 현재도, 과거도, 그리고 다가올 미래도 풍경을 만들어내고 있다. 풍경은 크게 둘로 나눌 수 있다. 눈에 보이는 경치로서의 풍경과 눈에 안 보이는 사회적 의미로서의 풍경이 그것이다. 남한강 자전거길의 풍경여행은 '걷다, 보다, 묻다'라는 세 단어를 통해서 완성된다.

북한강 철교를 통해서 한강을 도강(渡江)했다

양평 '두물머리'와 '북한강 철교'가 만나는 곳에서 남한강 자전거길로 올라선다. 녹슨 철교 밑으로 바다를 향해 흘러가는 강물의 속도가 느껴진다. 녹슨 철교에는 과거의 풍경이 남아있었고, 강물 소리에서는 과거의 리듬이 흘러나오는 듯했다. 이곳의 시간은 거꾸로 흐른다.

남한강 자전거길은 일상의 바쁨 속에 사는 우리들을 '느림'이라는 세상으로 인도하는 듯하다. 그 '느림' 안에 행복의 어떤 징표가 있는 것은 아닐까 싶다. '느림'은 단순한 속도만을 의미하지 않는다.

드라마에서, 그림에서, 그리고 사진으로만 보았던 북한강 철교가 내 눈앞에 펼쳐진다. 새로운 철길이 생기면서 버려진 장소였던 이곳을 재활용해 남한강 자전거길로 새롭게 재탄생되었다. 이곳은 이제 자전거 라이더들이나 도보여행자들이 꼭 와보고 싶은 추억의 공간이 되었다.

다섯 번째 여정
북한강 자전거길

5대강을 따라 자전거길 걷기놀이 (하)

북한강 자전거길 70km

밝은 광장 - 신매대교

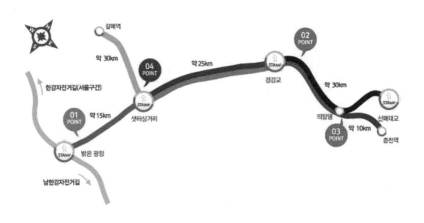

〈월터의 상상은 현실이 된다〉라는 영화 대사 중에서 마지막 말 한마디가 큰 감동으로 밀려온다. '세상을 보고 무수한 장애물을 넘어 벽을 허물고, 더 가까이 다가가 서로를 알아가고 느끼는 것. 그것이 바로 우리가 살아가는 인생의 목적이다'라는 말이다.

내가 힘들게 영산강, 섬진강, 금강을 넘어 남한강 그리고 북한강까지 걸어온 것은 그런 이유일 것이다. 걸어서 세상을 보고, 장애물을 넘고, 벽을 허물고, 서로를 알아가는 것. 그것이 우리가 말하는 작은 행복이 아닐까? 행복에는 조건도, 이유도 없다. 그냥 걷는 것이 좋아서 여기까지 왔을 뿐이다. 이 길을 마치면 긴 겨울 동안 또 봄을 기다릴 것이다. 그리고 새봄이 오면 또 다른 자전거길 위에 서 있을 나를 상상한다.

운길산역 밝은 광장에서 대성리역까지

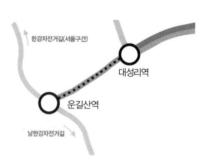

남한강 자전거길 걷기놀이는 충주댐에서 시작해서 팔당대교 앞에서 멈추었다. 6일간의 긴 여정을 끝내고 이제 북한강 자전거길로 들어선다. 북한강 자전거길 걷기놀이는 운길산역 '밝은 광장'에서부터 출발한다. 오늘따라 하늘이 유난히 푸르다. 푸른 하늘에 상상이라는 붓으로 간절하게 생각나는 것들을 하나씩 그려나간다. 머릿속에 떠오르는 장면들을 천천히 그려본다. 어제 남한강 자전거길 종점인 팔당대교가 보이자 북한강 자전거길에 대해 상상했다. 그리고 아름다운 상상력을 발휘하여 그림으로 그리기 시작했다. 남한강과 북한강 자전거길 걷기 여행은 일 년 넘게 상상 속에서만 존재했다. 이젠 그 '상상'은 현실이 되어간다.

'상상'이라는 말이 떠오르자 〈월터의 상상은 현실이 된다〉라는 영화가 생각난다. 〈월터의 상상은 현실이 된다〉라는 영화에서 주인공 '월터'는 라이프잡지의 사진 인화담당자로 일한다. 그는 오래전부터 자신의 회사 동료인 '셰릴'과 짝사랑하고 있었고, 사진작가 '숀'과 오랜 시간 동안 함께 일해 온 든든한 파트너다. 월터는 평범한 삶을 살고 있었다. 아니 한심한 삶을 사는 표현이 더 정확하겠다. 틀에 박힌 생활 속에서 무언가를 하고 싶다는 의지도 없고, 특별한 경험도 또한 갖고 있지 않다. 항상 멍 때리는 버릇 때문에 출근버스나 기차를 놓치는 일이 다반사고, 그러한 성격 탓에 매일같이 상사에게 구박받고 무시당하는 하루를 살아간다.

월터의 유일한 낙은 다름 아닌 '상상하기'다. 그는 비범한 몽상가이다. 상상 속에서만큼 월터는 온 세상을 누비고 다닌 탐험가이자, 세상에서 가장 위대한 영웅이며, 역사의 한 획을 긋는 중요한 인물로 기록된다. 뭣 하나 특별히 일해본 적도, 여행 한 번 가본 적도 없이 평범한 삶을 살아가며 종종 상상 멍 때리기에만 몰두하던 네거티브 필름 인화가인 월터가 어디론가 사라진 숀 오코넬의 25번 필름을 찾아 기묘한 모험을 시작한다는 이야기이다.

어느 날, 여느 때와 다름없이 월터는 숀이 보내준 필름을 정리하면서 이번 달 잡지표지에 사용할 사진을 선별하고 있었다. 그런데 그 사진 중에서 100년에 한 번 나올까 말까 한 '삶의 정수'라고 표현되는 걸작인 25번째 사진이 사라졌다는 걸 확인한다. 당황한 월터는 작업실 전체를 뒤져가며 사라진 사진을 찾아봤지만, 이상하게도 25번째 사진만은 흔적조차 찾아볼 수가 없었다. 엎친 데 덮친 격으로 그날 회사의 인사가 교체되고 회사운영방식이 새롭게 개편됨에 따라 수많은 직원들이 정리해고를 당하게 되는 상황이 벌어지고 만다. 월터 또한 25번째 표지 사진을 찾지 못한다면 해고를 피할 수 없을 거라는 통보를 받게 되고 월터는 어디에 있는지도 모를 25번째 사진을 찾기 위해 '숀'이 머무르고 있는 그린란드로 여행을 떠난다. 즐거운 여행이 될 것이라는 기대와는 달리 그의 여행은 매 순간 고난의 연속이었다.

여러 나라를 여행한 끝에 월터는 드디어 마지막 여행지인 히말라야에서 숀과 재회하고 그에게서 이번 여행의 목적이었던 25번째 사진에 관한 이야기를 듣게 된다. 지금껏 온갖 고생을 해가며 찾아다녔던 25번째 사진을 품에 안고 회사로 돌아온다. 그러나 많은 동료처럼 월터 또한 해고를 피하지는 못한다. 그런데 월터는 환하게 웃는다. 월터는 세상에서 가장 행복한 남자가 되었다. 항상 자신의 의견을 굽히고 남에게 복종하던 성격은 어느새 사라져 버렸고 터무니없는 상상 또한 더는 하지 않았다. 그는 여행을 떠나기 전과는 완전히 다른 사람이 되어 있었다.

영화 속의 월터라는 남자는 현대를 사는 우리들의 자화상 같은 모습이다. 나 역시 아무런 생각 없이 멍 때리는 버릇이 있다. 또 직장생활에서도 대부분 자신의 의견을 나타내기보다는 남의 의견을 더 많이 공감했다. 은퇴 이후에도 그런 상태가 지속되고 있다. 삶에 대해 뚜렷한 목표도 없고 갖고 있지 않았다. 무언가를 시도하기 전에 항상 나는 안 되겠지 라는 말로 미리 포기하기 일쑤였다. 여행이라는 건 내 인생에 있어 전혀 해당 사항이 없는 활동 중 하나라고 생각했다. 그러다가 평생을 우물 속에서 박혀 살던 내가 우연한 계기로 세상의 빛을 보게 되었다. 낯선 세상을 여행하는 과정에서 행복에 관련된 요소들을 하나씩 발견해가기 시작했다. 비록 내 여행 자체만을 놓고 따져 봤을 때 내가 꿈꿔왔던 완벽한 여행은 아니었지만, 적어도 그런 여행을 통해서 내가 꿈꿔왔던 행복이 무엇인지는 깨달을 수 있었다.

사람들이 가진 꿈은 제각각이겠지만 그 꿈의 본질적인 의미는 공통으로 '행복'일 것이다. 진정 자신이 원하는 행복을 찾고 싶다면 현실을 벗어나 낯선 세상에 발을 내디딜 용기가 필요하다. 뫼비우스의 띠처럼 반복되는 일상을 어느 순간 과감하게 끊을 수 있는 결단력이 필요하다. 하고 싶은 일들은 산더미처럼 쌓여있지만, 우리의 인생은 잔인한 정도로 짧다. 망설임을 버린다면 행복은 제 발로 찾아올 것이다. 〈월터의 상상은 현실이 된다〉라는 영화 대사 중에서 마지막 말 한마디가 큰 감동으로 밀려온다. '세상을 보고 무수한 장애물을 넘어 벽을 허물고, 더 가까이 다가가 서로를 알아가고 느끼는 것. 그것이 바로 우리가 살아가는 인생의 목적이다'라는 말이다.

　내가 힘들게 영산강, 섬진강, 금강을 넘어 남한강 그리고 북한강까지 걸어온 것은 그런 이유일 것이다. 걸어서 세상을 보고, 장애물을 넘고, 벽을 허물고, 서로를 알아가는 것, 그것이 우리가 말하는 작은 행복이 아닐까 싶다. 행복에는 조건도, 이유도 없다. 그냥 걷는 것이 좋아서 여기까지 왔을 뿐이다. 길을 걸으면서 마주친 낯선 공간, 낯선 마을, 낯선 사람, 그리고 낯선 풍경을 바라보는 것이 마냥 즐겁고 행복했다. 길에 서면 아무런 걱정도, 근심도 생기지 않았다. 편안한 마음으로 걸었다. 그런 마음을 '안심(安心)'이라 부른다.

　자전거길 위에 서면 쾌적한 길마다 펼쳐지는 아름다운 풍경, 다양한 낯섦과의 만남, 그리고 무엇보다 한적한 길에서 차분한 사색의 시간을 가질 수 있어서 좋다. 어쩌다 보니 연이어 북한강 철교를 2번이나 넘나들게 되었다. 두 번째여도 북한강 철교 위에서 바라본 두물머리 풍경은 식상하지 않았다. 두 물길이 합쳐지는 지형의 모습이 오묘하다. 상상 속에서만 보았던 풍경들은 매 순간 내 눈앞에 다르게 펼쳐진다. 자연의 고요함은 마음의 감등을 멈추게 한다. 익숙한 풍경이지만 볼 때마다 느낌이 다르다. 아침에 볼 때와 오후에 볼 때는 같은 공간이지만 다른 풍경이다. 한 걸음 한 걸음씩 나아갈 때마다 새로운 세상이 열리는 듯했다. 자동차 여행에서는 볼 수 없는 낯선 풍경들이 다가왔다 사라지기를 반복한다.

　양수역에서 출발해 북한강 철교를 건너면 바로 두 한강의 갈림길이다.

운길산역 방향으로 내려오면 북한강 자전거길 시작점인 '밝은 광장'으로 들어선다. '밝은 광장'에는 빨간 자전거길 인증센터가 보이고, 파란 북한강 자전거길이 끝없이 이어지고 있다. 북한강은 남양주시, 광주군, 가평군을 지나 강원도 춘천으로 이어지는 물길이다. 푸른 하늘과 대조를 이루며 빨간 빛깔의 자전거길 인증센터가 유난히 선명하다. 그곳을 지나면 북한강 자전거길로 들어선다. 그 길에 서서 끝없이 '걷다, 보다, 묻다'라는 동사와 함께할 것이다. 그리고 나만의 답을 찾아가려고 한다.

북한강 자전거길에서 처음으로 마주치는 풍경은 남양주시 조안면에 위치한 '물의 정원'이다. 자전거길을 관통하고 있는 '물의 정원'은 자연과 소통하며 마음을 정화하고, 몸을 치유할 수 있는 특별한 공간이다. 휴식공간인 '물마음길'을 시작으로 아름다운 북한강 풍경을 바라보면서 '물빛길'을 지나 '물향기길'까지 강변 산책로를 걷다 보면 어느새 몸과 마음이 건강해지는 공간이다. 또 '물의 정원'의 '빛나들이교'와 '사각사진틀' 안에 보이는 연한 잿빛 풍경들이 아침의 운치를 더해준다. '물의 정원'에는 연꽃 연못을 조성해놓았고, '물빛길'을 꾸며 놓아 산책하거나 쉬었다 가기에는 더없이 편안한 공간이다.

이 공간에 봄이 찾아오면 새싹들의 미세한 떨림이 시작되고, 따뜻한 기운이 무르익어가면서 잔잔한 울림이 퍼져 나갈 것이다. 그리고 여름이 시작되는 어느 날 다채로운 빛깔의 야생화가 피어난다면, 이곳은 오색의 빛깔이 가득 채워질 것이고, 자신만의 빛깔로 이 공간을 물들일 것이고, 북한강은 순식간에 오색이 영롱한 풍경으로 새롭게 태어날 것이다. 그러면 여행자들은 그 원초적 빛깔이 그리워 이곳에 모여들 것이고, 이곳은 여행자와 야생화가 만나는 축제의 장소로 변해갈 것이다. 이 넓은 초지에 초여름의 봄꽃들이 피어나면 얼마나 알록달록한 세상으로 변할까. 그런 풍경을 상상하는 것만으로도 벌써 행복해진다.

아쉽지만 북한강의 아침 물안개가 피어오르는 청순하고 청초한 모습으로 만족해야 했다. 아직 수많은 야생화도, 연꽃도 고개만 내밀고 때를 기다리고 있다. 너무 마음이 편해지는 공간이다. 그 옆으로 난 산책로를 따라 우리는 사뿐사뿐 춤추듯이 걸었다. 이른 아침 옅은 물안개가 살며시 깔린 북한강을 배경으로 만들어진 '물의 정원'은 신선들의 놀이터처럼 몽환적인 분위기를 자아내고 있다. 걷는 내내 눈을 다른 곳에 돌릴 수가 없다. 특히 강가의 수양버들의 부드러운 곡선은 산수화에서나 나올법한 동양적인 풍경이다.

너른 공간에는 큰 나무는 큰 나무대로, 작은 나무는 작은 나무대로, 들꽃은 들꽃대로, 풀은 풀대로 그 나름의 아름다움을 소중하게 간직하면서 제 자리에 있다. 그들은 서로 시기하지 않는다. 서로 다투지도 않는다. 자신의 모습으로 제 자리에서 존재할 뿐이다. 자연은 저절로 그렇게 되어 억지나 거짓이 없다. 여행자들은 다툼과 시기가 없는 그런 풍경이 그리울 때면 이곳을 찾게 된다.

'물의 정원' 산책길을 따라 함께 천천히 걸었다. 산책길에는 군데군데 생각을 찾아주는 작은 공간도 있다. 자문자답(自問自答)하게 하는 짧은 글귀가 있는 공간에서는 잠시 발걸음을 멈추게 한다. '물의 정원' 안에 있는 '마음정원'이다. '마음정원'에는 꽃 대신에 짧지만 큰 울림을 주는 시(詩)들이 피어나고 있다.

어릴 적 내가 꿈꾸던 나는
어디에 있을까요.

시간이 흐르고 세상이 변하고,

나였던 그 아이는

변화의 바람에 묻혀

흔적조차 찾기 어려워

보입니다.

－

파블로 네루다 〈질문의 책〉이라는 시집에 나오는 글이다.

－

나였던 그 아이는

어디 있을까.

아직 내 속에 있을까.

아니면 사라졌을까.

'마음속의 그 아이를 찾아보세요.'

－

　길은 그곳을 지나는 우리에게 마음속의 자신을 찾아보라고 질문을 던지고 있다. 누구나 마음속의 아이는 항상 제자리에 있다. 다만 시간에 묻히고, 변화에 묻히고, 세속에 묻혀서 잠시 자신을 잃고 지낼 뿐이다. 누구나 나이가 들어가면 마음속의 그 아이를 찾고 싶어 한다. 그때로 돌아가고 싶다는 생각을 한다. 어쩌면 길을 걷는 것도 그때가 그리워서가 아닐까. '파블로 네루다'라는 시인도 꿈이 많았던 그때를 그리워하지 않았을까.

'파블로 네루다' 질문의 詩(시)를 보면 우리의 삶은 결국 두 개의 모호한 명확성 사이의 터널이 아닐까 싶다. 터널 안과 밖의 관계 같은 것이다. 두 개의 모호한 명확성 사이의 터널을 지나는 것인 삶을 살면서 우리가 명확히 하고자 시도하고 길이라고 주장하기도 한 뒤, 우리 벌거숭이 앞에 남는 것은 위와 같은 질문이 아닐까.

질문한다는 것은 무엇인가. 그것은 모르는 자리로 돌아가는 것이며, 홀연히 처음의 시간 속에 있는 것이고, 끝없는 시작 속에 있는 것이다. 더구나 시적 질문은 생각과 느낌의 싹이 트는 순간으로 타성, 관습, 확정 속에 굳어 있던 사물이 다시 모태의 운동을 시작하는 시간이다. 우습고 재미있고 엉뚱한 질문은 세계를 그 원초로 되돌려 놓으면서 우리에게 태초의 시간이 주는 한없는 신선함 속에 벙글거리게 한다. 우리가 길을 걷는 이유도 결국은 두 개의 모호한 질문의 터널을 지나가는 과정이 아닐까 싶다. 생의 마감을 앞둔 사람 누구에게나 다가오는 마감 시간의 낯섦 속에서 스스로 물어볼 수 있는 질문이다. 우리는 걸어가면서 마음속의 아이를 찾을 수 있을까. 진정한 자아를 찾을 수 있었으면 한다.

'어릴 적에 꿈꾸던 나는 어디로 사라졌을까', '어떻게 찾을 수 있을까' 하는 짧고 묵직한 질문이 쏟아진다. '물의 정원' 산책길은 여행자에게 많은 것을 상상하게 한다. 이 길은 사람의 마음을 묘하게 끄는 힘이 있었다. 그 길을 벗어나면 자전거길은 마을 앞으로 이어진다. 마치 다시 속세로 들어서는 기분이랄까. 딸기밭이 밀집된 마을이다. 비닐하우스 안에 가득 채워진 작은 딸기들이 빛을 기다리고 있다. 시간이 흘러 비닐하우스에 빛이 가득 채워지면, 단맛을 가득 머문 딸기는 빨간 빛깔로 변해갈 것이다. 비닐하우스는 풍성해질 것이고 농부의 얼굴은 환해질 것이다.

아침 비닐하우스는 창문이 활짝 열려있다. 우리들이 아침마다 창문을 열어 환기를 시키는 것처럼 비닐하우스도 환기를 시키고 있다. 그 안에서 미세한 떨림이 느껴진다. 신선한 공기, 깨끗한 햇살, 적절한 습도 등 좋은 환경에 의해 딸기가 건강하게 자라고 있는 울림이 들리는 듯했다. 딸기밭 아침 풍경은 나에게 생경한 풍경으로 다가온다. 하나의 풍경이 지나가면 또 다른 풍경이 친근하게 다가온다. 길은 다양한 풍경을 보여주면서 많은 질문을 툭 던지고 사라진다. 그러면 여행자는 또 여러 생각에 빠져든다. 그리고 깊은 사유를 통해 사라진 자신을 찾아가고 세상의 이치를 알아간다. 자전거길에서의 짧고 묵직한 질문도, 그 답을 찾아 상상하는 것도, 아름다운 풍경도 여행자에게는 모두 기쁨이 된다.

물의 정원, 딸기밭 하우스, 그리고 이젠 벽화이다. 그 풍경 속에서 상상도 끝없이 이어진다. 전원주택 외벽에 설치미술 작가의 작품이 벽면에 가득 채워진다. '북한강을 거닐면서 느끼는 정취와 자유로움을, 자연을 벗 삼아 바라보는 서정적인 풍경을 벽면에 담아 스치는 이의 발걸음을 멈추게 하고 북한강의 정취와 낭만을 소중함을 느끼게 한다'라는 작가의 설명과 함께 북한강 자전거길의 풍경을 한층 품위 있게 만들어주고 있다. 작은 네모 타일로 모자이크처럼 일일이 하나씩 붙여 나무도 만들고, 숲도 만들고, 산과 들 그리고 계곡도 만들어 놓았다. 양 끝으로는 빨강, 노랑, 파랑, 초록, 흰색의 곡선이 어우러져 아름다운 강산을 바라보면서 그 아름다움에 빠져 춤추고 있는 형상 같다. 내 눈에는 마치 색동저고리

입고 어깨를 들썩이는 우리의 옛 모습을 보는 듯해서 정겹다. 그 벽화 속에 우리나라의 금수강산이 모두 들어있는 듯했다. 밝고 맑은 모습이 우리나라 사람들의 고운 심성을 닮아있는 듯했다. 북한강 자전거길을 걷는 여행자들을 위한 작가의 배려가 너무 고마웠다. 고단한 여행자를 위한 작가의 깊은 마음에 피로감이 말끔히 씻어진다. 대형벽화를 지나고도 한참을 뒤를 돌아보았다. 작은 것 하나라도 자신보다 남을 위한 마음이 바로 이타적 행복이 아닐까 싶다.

북한강 자전거길 걷기는 [신매대교 65km, 북한강 철교 5km]인 지점에 왔다. 여기까지는 북한강을 가까이서 바라보면서 걸어갈 수 있도록 자전거길은 잘 다듬어져 있었다. 도보여행자에게는 안전하고 편리했다. 북한강 생태학교도 지나고, 크고 작은 카페도 만났다. 완만한 북한강 자전거길을 바람 따라, 구름 따라, 물길 따라, 친구 따라 걸었다. 북한강 자전거길은 수도권 순환도로 다리 공사하는 곳을 기점으로 전후는 완연히 다르다. 이제부터는 경춘가도를 따라 걸어가는 길이다. 차량통행이 잦지는 않았지만 그래도 곳곳에 위험을 내포하고 있다. '왈츠와 닥터만' 커피 박물관을 지나 '풍차수상레저' 앞에서부터는 북한강 자전거길과 경춘가도가 겹쳐진다.

북한강 자전거길은 갓길에 파란 줄로 구분되어 있다. 경춘가도를 따라 수많은 식당과 커피숍이 줄을 이었다. 서울 춘천고속도로가 생기고 나서 교통량이 많이 줄었지만, 사람이 살아가는 모습은 복잡함에서 한적함으로 변했을 뿐 옛 모습은 그대로다. 그 길에서 살아가는 사람들의 삶도 그대로다. 삶이란 사람이 목숨을 이어가며 생활한다는 '살다'와 누군가와 인연을 맺어 자신의 사람으로 만든다는 '삼다'의 조화로 탄생한 합성어가 아닐까. 두 단어가 홀로서기가 두렵고 서로가 가진 부족함을 채워주기 위해 혼자서 애쓰며 살아가기보단 누군가와 어울림을 통해 함께 가꾸고 만들어가는 것, 혼자 있을 때보단 둘이 함께할 때가 더 빛나는 법이다. 삶이란 그런 것이 아닐까. 걷기도 삶을 닮았다. 걷기는 혼자여도 좋지만 함께하면 더 행복할 것 같은 놀이다.

북한강 자전거길에는 북한강을 끼고 있는 다양한 모습과 모양의 커피집들이 많이 눈에 띈다. 우연히 들어간 커피집에서 잠시 고단함과 더위를 피해간다. 카페라테의 달콤한 커피 맛이 주는 작은 행복을 느껴가며 여행하고 싶어서 안으로 들어갔다. 도보여행자의 고단함을 안락의자에 잠시 내려놓았다. 머리를 안락의자에 기대고 편안한 자세로 비스듬히 누웠다. 긴장감이 풀리면서 피로감이 몰려든다. 낯선 곳에서 이렇게 쉴만한 공간이 있다는 것이 여간 고마운 일이 아니다. 이 도로 위에는 언제부터 북한강을 따라 이런 다양하면서도 이색적인 커피 가게들이 형성되었을까.

가바야마 고이치의 〈지중해– 사람과 도시의 초상〉에 따르면 '지중해 세계의 확산, 성숙과 더불어 여행이라는 행위가 생겼고, 이동을 통해 다른 문화와 접하면서 역사가와 철학자가 다수 등장하기 시작했다고 한다'라고 했다. 도시가 발달하고 아름다운 건축물이 세워지게 된 것도 '외부에서 온 사람이나 지나가는 여행자'에게 '보인다'는 의식이 생겼기 때문이란다. 이처럼 여행자들은 이동을 통해 다양한 것을 접하고, 비교와 대조를 통해 사색이 시작되는 것이다. 아마 북한강 가에 형성된 예쁜 커피 가게들도 이 같은 이유 때문이 생긴 것이 아닐까. 다양하고 또 다른 아름다운 볼거리를 보고 싶어 하는 인간들의 작은 욕망 때문에 생긴 것이 아닐까?

다양한 사회란 복잡한 세상이 아니라 각기 다른 생각들이 존중되는 세상일 것이다. 여행을 통해서 다양한 세상을 바라보는 것이다. 다양한 세상이란 거창한 주장으로 만들어지는 것이 아니라 서로 '다르다'는 것을 인정하고 존중하는 지극한 상식에서 출발한다는 것이다. 이런 경우에 상식은 어쭙잖은 상상력보다 위대하고 자유로운 복음이다. 숭고하고 존엄한 개체로서의 인간이 서로 '다르다'는 것은 지극히 당연하고 마땅한 일이다. 그런데 왜 다름에 대한 이해와 존중이 어려운 것일까. 우리네 집단적 어리석음 속에서는 '다르다'를 '다투다'로 읽고 있기 때문이 아닐까? '다툼'은 다양한 생각들을 다르다고 보지 않고 '틀리다'고 보는 데서 온다. 세상 모든 일은 시험 푸는 것이 아닌 바에야 틀린 것이 아니라 다른 것이어야 마땅하다.

'송촌쉼터'를 지날 무렵 초록의 싱그러운 신록과 맑은 강물도 초록빛으로 유유히 흐른다. 자전거길은 송촌지구의 삼봉나루를 지나고, 남양주 유기농테마파크 앞을 스쳐 서울춘천고속도로 교각 아래 '꽃가람 공원' 안으로 이어진다. '꽃가람 공원'을 통해 금남 갓길을 지나고 금남초등학교와 북한강 야외공연장을 스쳐 간다. 스쳐 가는 크고 작은 인연들을 오래 간직하고 싶어 소중히 사진 속에 담았다. 북한강 자전거길을 걸으면서 스마트폰으로 간단히 기록도 하고, 순간순간의 풍경을 사진에 꼬박꼬박 담는 것은 기억을 공전시키기 위한 것도 있지만, 기억을 확장시키기 위함이다. 간단히 메모하거나 사진을 찍는 곳은 사라져 가는 풍경들을 붙잡아두는 것이 아닐까 싶다. 기록은 이미 사라진 것들에게 옷을 입히고, 영혼을 불어넣어 다시 내 눈앞으로 되돌려주는 것이 아닐까?

여행지에서의 시간을 되돌릴 수는 없지만 사진 속에는 여행의 시간이 머물고 있다. 눈으로만 본 것을 그때그때, 순간순간 자신이 느낀 것을 기록하는 것은 너무 어렵다. 그래서 나는 대부분 사진으로 기억을 남긴다. 그리고 집으로 돌아와 시간이 머무는 공간의 사진을 보면서 사라진 시간을 회상하고 사라져 가는 공간을 되살린다. 사진을 보면서 자신만의 사유와 느낌과 풍경을 회상하고 상상하는 일은 또 다른 여행이어서 너무 즐겁고 행복했다. 이젠 그런 여행도 일상이 되어간다.

오후 1시 반쯤. '밝은 광장 인증센터'에서 15km 지점인 '샛터 삼거리 인증센터'에 도착했다. 여기는 마석역(구리방향)과 대성리역(춘천 방향)으로 갈라지는 곳이다. 두 방향 모두 자전거길이지만 북한강 자전거길은 춘천 방향으로 가야 한다. 인증센터 앞 작은 언덕에 '터널카페'가 있었다. 이름도, 풍경도 예스럽고 앙증맞다. '샛터 삼거리'와 '아연터널'을 통과하여 구운교를 넘어서면 곧바로 대성리로 들어선다. 구운교에서 바라본 전철과 ITX가 다니는 철교 옆으로 보이는 긴 징검다리가 정겹다. 시골에서나 볼 수 있는 마음속의 풍경이어서 그런가. 철교를 따라가면 대성리역이 나올 것이다.

북한강 자전거길은 여기서부터 경춘도로를 벗어나 도심 아래 보이는 징검다리와 철교 쪽으로 이어진다. 아직 대성리역까지는 1km 남았다. 우거진 숲 그늘 사이 긴 산책로를 중심으로 펼쳐지는 강가의 운치가 분위기를 더해주며 나루터에서는 강 건넛마을을 오가는 배가 자주 있단다. 북한강과 합류되는 구운천이 바로 곁에 있어 계곡에서의 물놀이도 즐길 수 있단다. 하지만 북한강은 물이 깊어 수영은 일체 금지되어 있다. 보트 놀이로 만족해야 한다. 한참을 우회하여 북한강과 마주했다. 또다시 북한강을 가까이 바라보면서 걷는 기분이 쏠쏠하다. 이 주변은 '대성리국민 관광지'란다. 경춘가도의 마석을 지나 대성리역을 중심으로 북한강변 8만여 평에 이루어진 '대성리국민관광지'에는 산책로, 피크닉장, 야영장에 숲길까지 조성되어 있으며 여러 편의시설도 들어섰다. 가슴이 탁 트인다. 한동안 강변도로를 따라 걸어오면서 좀 답답했었다.

　대성리역이다. 북한강을 따라 돌고 돌아 목적지에 도착했다. 역 주변은 한산했다. 작은 시골을 연상케 한다. 거리 주변의 가게들은 그런대로 세련되어 있다. 도보여행자나 자전거여행자들이 오고 가기 때문이리라. 가장 세련된 건축물은 북한강을 따라 형성된 다양한 모양의 펜션과 커피숍이다. 여행자에게 보여주고 싶은 마음일 것이다. 북한강 자전거길 남은 여정은 다음으로 미루고 일상으로 돌아간다. 대성리역 앞에서 버스로 운길산역을 거쳐 세 번째 북한강 철교를 걸어서 넘고 양수역으로 원점 회귀했다.
　오늘 하루는 나에게는 잊히지 않는 시간들이었다. 누구에게나 잊히지 않는 그런 순간들이 있다. 나에게도 '북한강', '대성리역', '운길산역', '북한강 철교', '양수리' 등 익숙한듯하면서도 어딘가 낯설기만 했던 지명들이 기억 속에 오랫동안 굴러다닐 것이다. 밤이 깊어서야 집에 도착했다. 그리고 여행 후유증이 사라질 때쯤 해서 하나의 기록을 남긴다. 나에게 여행에 대한 기록을 남기는 것은 내가 누구인지 말하는 힘을 길러주고, 나를 타인에게 설명할 수 있는 좋은 수단이라고 생각한다. 내 삶을 타인과 공유하려면 거짓 자아가 아니라 진솔한 자기 자신으로 살아야 한다. 하지만 그게 쉬운 일은 아니다. 내가 나를 진솔하게 설명할 수 있어야 하기 때문이다.

대성리역에서 가평역까지

　남한강과 북한강 자전거길 걷기 여행을 다녀와서 한동안 일상은 꿈처럼 빨리 그리고 바삐 흘러간다. 여름이 지나고 늦가을에 접어드는 어느 날 한동안 잃어버리고 지냈던 북한강 자전거길이 생각났다. 그리고 '꿈속의 꿈'처럼 걷기놀이가 그리워지기 시작했다. 북한강 나머지 구간 걷기 여행이 그리워서 매일매일 꿈을 꾼다. 하지만 함께 걸었던 길동무들과 시간을 맞추기가 쉽지 않았다. 더구나 혼자만의 여행은 아직 익숙하지 않다. 오래도록 망설였다. 그리고 매일 길을 걷는 상상을 했다. 혼자라는 불안감을 떨쳐내는 데 시간이 걸렸다. 혼자 여행하는 데는 용기가 필요했다. 그나마 홀로 여행할 수 있도록 큰 용기를 준 것은 북한강 자전거길은 전철과 연계되어 있어서 교통이 편리했기 때문이다. 출발 전에 수십 번 길을 확인하고, 거리를 재고, 또 망설이고 망설였다. 그리고 누군가가 했던 '우리의 삶 속에서 지금이 아닌 순간은 단 한 순간도 없다'라는 글을 읽고 마지막으로 용기를 냈다. 북한강 자전거길을 혼자서 가려고 결심한 '지금 이 순간'을 놓치면 다시는 또 이 순간이 돌아오지 않을 것만 같았다. 여기에 안주해버리면 두고두고 후회할 것만 같았다. 그래서 배낭 하나 걸쳐 매고 덜컥 홀로 길을 나섰다.

동트기도 전이다. 밖은 아직 어둠이 옅게 깔려있다. 이른 새벽에 서울 가는 첫 버스를 탔다. 북한강 자전거길 출발점인 대성리역까지는 지하철 이 연결되어 있어 편리했다. 고속버스와 지하철 7호선 그리고 경춘선을 갈아타고 다섯 시간 만에 대성리역에 내렸다. 대성리역에 내리는 사람들 은 별로 없다. 동네주민인 듯한 아주머니 두어 명과 내가 전부다. 대성리 역에 내리자 날씨가 찌뿌듯했다. 내가 달갑지 않은가. 그래도 나는 너무 반가웠다. 안면이 있다는 것, 즉 구면이라는 것이 아마 이런 느낌이구나. 아는 사람은 없어도 그냥 편안해진다. 길 위에 작은 흔적을 새겼다는 것 이 이런 느낌이구나. 일단 이곳이 낯설지 않아서 좋았다.

오래전에 함께 왔으나 이번에는 혼자다. 새로운 길에 대한 두려운 마음 을 잠시 내려놓고 대성리역 바로 옆에 있던 식당에서 아침 겸 점심을 먹 었다. 홀로라는 긴장감이 더해졌는지 드는 둥 마는 둥 하고 자리에서 일 어난다. 대성리역 옆에 있는 '대성리국민관광지'를 통해 북한강 자전거길 로 접어든다. 여기까지는 익숙한 길이라 편했다. 이곳을 지나면 북한강 자전거길은 수많은 '어색함'으로 한꺼번에 밀려올 것이다. 그래도 자전거 길은 다른 길에 비해 마음이 편하다. 파란 이정표는 친구가 되어주고, 친 절히 길을 안내해 주기 때문이다. 그래도 낯선 길에 대한 긴장감을 어쩔 수가 없었다.

북한강을 따라 자전거길을 천천히 걸었다. 홀로 걸어가는 내가 낯설다. 대성리역이 점점 멀어진다. 강가의 뿌연 연무로 인해 시야가 좁아 북한강 의 멋진 풍광을 보기는 힘들 것 같았다. 길가에는 낙엽이 다 떨어진 앙 상한 나뭇가지만 나를 반긴다. 저만치 산책 나온 동네 어르신 한 분이 강

길을 따라 걸어간다. 처음 만나는 사람이지만 혼자 가는 길에는 큰 위안이 된다. 길은 누구든, 무엇이든 너그럽게 감싸거나 받아들이는 힘이 있다. 북한강 자전거길은 고즈넉하고 한적해서 홀로 걸어가기에는 그런대로 좋았다. 누군가 '혼자 있는 시간은 자신을 단단하게 만들어준다'라고 했던가. 홀로 가는 여행은 모든 것을 스스로 결정하고 해결해야 한다. 자연히 자신을 단단하게 만들어 줄 수밖에 없다. 어차피 사람은 홀로 가는 인생이다. 긴 여정을 홀로 가면서 어떤 때는 같은 방향을 향해가는 길동무를 만나기도 한다. 하지만 다시 길을 나서면서 혼자가 된다. 마치 물길처럼 인생도 살다 보면 헤어지기도 하고 또 만나기도 하는 것이다. 홀로 걸어가면 사유를 얻고, 만나서 함께 걸어가면 위안을 얻는다. 이런 것인 우리들의 삶이 아닐까 싶다.

꽤 오랫동안 혼자 터벅터벅 자전거길을 걸었다. 날씨 때문인지 아니면 혼자여서인지는 마음에 작은 앙금들이 가라앉는 듯 발걸음이 무겁다. 북한강 자전거길 풍경이 익숙해질 때쯤 길옆으로 여행자들을 위한 작은 쉼터가 하나 보였다. 음료, 컵라면, 커피 등 몇 가지 종류만 파는 가게였다. 도보여행자에게는 그냥 지나칠 수 없는 공간이다. 그곳은 다양한 사람을 만날 수 있는 곳이고, 맛있는 식사를 할 수 있는 곳이며, 멋진 풍경을 볼 수 있는 공간이기 때문이다. 맑은 날에는 작은 야외 테라스에 앉아 수상스키를 즐기는 모습, 파란 하늘에 뭉게구름 둥실둥실 떠가는 모습을 있는 그대로 볼 수 있는 멋진 공간이다. 잠시 머물다 가고 싶은 곳이다. 하지만 오늘은 그런 모습을 상상만 한다. 현실은 늦가을 평일이고, 잔뜩 찌푸린 날씨 때문에 길에는 도보여행자도, 자전거 라이더도 보이지 않았다. 그리고 쉼터는 임시 휴업상태이다. 쉼터 주변에는 자전거 거치

대, 자전거 바람 펌프, 벤치, 평상, 의자와 테이블, 나무그늘이 고루 갖추
어져 있었다. 주인을 잃어버린 그 공간은 휑하다. 어느 날 봄이 되어 꽃
이 피고, 녹음이 지고, 단풍이 들면 다시 사람들이 이 공간을 찾아와 그
자리를 채울 것이다. 자전거 거치대에는 자전거로 채워질 것이고, 벤치,
평상, 의자, 테이블에는 사람들의 웃음소리로 채워질 것이고, 쉼터 주인
은 바쁜 일상으로 채워질 것이다.

　북한강 자전거길에서 가장 인상이 남는 쉼터는 '라이더들의 쉼터'라는
공간이다. 공간이 큼직했다. 영업을 하는지 창가에 옅은 불빛에 새어 나
온다. 자전거 라이더들을 응원하는 그림과 글을 보니 기분이 밝아졌다.
발걸음도 가벼워진다. 달리는 기분은 못 따라가겠지만, 걷는 대로의 기분
도 상쾌했다. '라이더들의 쉼터'에는 편의점, 화장실, 커피숍 등을 갖추고
있었다.

힘을 내!!!

이만큼 왔잖아…

　짧은 이 한마디가 그곳을 지나가는 여행자들에게 큰 힘이 될 것이다.
비록 짧은 한마디지만 감동은 크게 다가온다. 그 말에 나도 힘을 낸다.
처음에 비해 두려움은 조금씩 사라지는 듯했다. 자전거길을 홀로 걸어가
는 것은 처음이다. 혼자라는 사실은 편하면서도 왠지 조금 어색했고, 자
유로운 것 같은데 괜히 자신을 옥죄이는 듯했다. 혼자 걷는 일에 익숙하
지 않아서 그런가. 여전히 길 위에 혼자라는 것은 아직도 나에겐 낯선 모
습이다. 요즘은 아무것도 하지 않는 즐거움이 왠지 불편한 세상이다. 요
즘은 혼자서 살아갈 수 없는 세상이면서 가끔은 혼자이고 싶은 세상이

기도 했다. 도보여행자들은 '혼자'라는 말 속에서 '행복'을 찾기 위해 홀로 여행을 떠나기 시작했다. 비록 순간순간 두려울 때도 있지만 '이만큼 혼자 왔잖아' 하는 말에 두려움을 극복하고 씩씩하게 걸었다.

청평이 가까워지는 모양이다. 멀리 보이는 청평대교 그리고 두 개의 수문을 개방한 청평댐이 보인다. 자전거길은 청평댐 쪽으로 바로 연결되어 있지 않고 청평대교를 지나 조종천 쪽으로 우회하여 청평 읍내로 돌아간다. 청평교가 보이고 다리 밑으로 자전거길이 희미하게 이어진다. 자전거길 위로는 경춘선 옛 철길과 새 철길이 나란히 지나간다. 끊어진 채 남아있는 옛 경춘선 다리는 쓸쓸함이 배어있다. 오랜 세월 그곳을 지나는 사람들에게 기쁨과 슬픔을 함께했었다. 이제는 역사 속으로 사라져 사람들의 아름다운 추억 속에만 꿈틀거린다. 그곳을 바라보면서 세상의 이치를 배운다. 세상의 모든 것은 수명이 있다. 그리고 아무리 부귀영화를 누려도 결국은 사라진다는 사실을 본다. 이 세상에 영원한 것은 없다.

청평역으로 향하는 이정표를 따라 걸었다. 청평대교 다리를 건너 왼쪽에 조종천 천변(川邊)을 끼고 돌아가는 한적한 오솔길이 만들어져 있다. 이곳은 청평유원지다. 지금은 초겨울이라 유원지답지 않게 한산했다. 여름이 되면 이곳 유원지에도 사람들이 모여들 것이다. 청평유원지를 따라 청평 오일장이 선다는 간판도 보인다. 청평유원지는 경춘선 철도의 청평역과 그곳에서 3km 떨어진 청평댐과의 사이에 설치된 안전유원지, 송포유원지, 산장유원지, 나이애가라유원지 등을 통틀어 말한다. 서울에서 가까워 당일치기 행락이 가능한 지점이어서 사철 행락객이 끊이지 않으며, 수상스키를 비롯하여 여러 가지 위락시설이 고루 갖추어져 있다고 했다. 여름철에는 연예인이 경연하는 '청평축제'도 열리고 방송국의 야외공연도 벌어져 성황을 이룬다. 청평유원지 호명산 아래 맑은 조종천에 다슬기와 낚시를 즐기는 사람들을 만나고, 조종천을 지나 농가와 전원풍경 사이를 끼고 달리다 보면 청평역 남문에 도착할 것이다.

지금은 그 많던 여행자들은 온데간데없고 조종천 물소리만 잔잔한 들린다. 자전거길에는 적막한 기운마저 감돌고 있다. 도보여행자에게는 번거롭지 않고 한적해서 좋다. 맑은 음률과도 같은 물소리를 들으면서 길을 걷는 즐거움이 편안하다. 간간이 개 짖는 소리에 정신을 차린다. 개 짖는 소리는 걷는 여행자에게 마음의 위안을 준다. 여기도 사람이 사는 곳이구나. 나는 혼자가 아니구나.

자전거길을 나타내는 파란빛은 조종천 오솔길 따라 청평면 소재지 안으로 이어졌다. 마침 그곳은 도로보수 공사가 한창이다. 주변이 조금 어수선한가 싶더니 짧은 순간 내 시야에서 파란 길이 사라져 버렸다. 자전거길 표시가 사라져 버린 것이다. 순간 당황했다. 낯선 곳에서 예상을 벗어난 상황을 만날 때 진짜 여행은 시작된다고 했던가. 기억은 늘 시간보다 속도가 빠르다고 했다. 청평역은 입구가 두 개다. 북문과 남문. 기억 속의 자전거길은 남문으로 입력되어 있었다. 발걸음은 청평역 남문 쪽으로 향해가고 있었다. 자전거길은 보일듯하면서도 보이지 않는다.

청평역을 지나 면 소재지로 가는 4차선 큰길까지 이곳저곳을 돌아다녀 봤다. 지도와 현실은 달라도 많이 달랐다. 처음에는 호명산 입구까지 가보았지만, 자전거길은 오리무중이다. 면 단위의 작은 마을인데도 갈팡질팡했다. 금방 보일 것만 같은 파란 길은 어디에서도 보이지 않았다. 기억에 작은 오류가 생긴 모양이다. 짧은 순간이지만 청평 읍내에서의 도보 여행은 다이내믹했다. 방법은 하나다. 청평역 북문 쪽으로 가서 택시기사에게 직접 물어보는 것이다.

택시기사는 자전거길은 여기서 호명산 등산로 쪽으로 꺾어 조금 걸어가면 보인다고 했다. 분명 그곳으로 갔다가 길이 안 보여 다시 되돌아왔는데 하면서 고개를 갸우뚱했다. '고맙다'고 인사를 하고 호명산 등산로 쪽으로 다시 걸었다. 택시기사 말대로 길이 좁아지면서 그곳에 호명산 가는 길에 조종천이 흐르고 그 옆으로 경춘선 전철 청평역 인근에 폭 4.3m, 길이 142m짜리 산책로가 보였다. 길은 감수성이 예민했다. 작은 실수에도 길은 순식간에 자취를 감춘다. 길을 여행자와 친근하면서도, 조금만 방심하면 벼랑 끝으로 몰고 간다. 그것이 길이다.

산책로는 애초 경춘선 철교로 이용됐다. 그러나 2010년 경춘선이 복선 전철로 바뀌면서 노선이 변경돼 폐쇄됐다. 이후 흉물로 방치돼 도시미관을 해치자 가평군은 인도교를 건설했다. 시간대별로 다양한 빛을 내뿜는 LED 조명 94개와 경관등도 설치했다. 이 다리는 조종천을 가로질러 청평 시내와 청평역을 연결한다. 이번 개통으로 주민과 학생들이 조종천을 우회하는 불편을 덜게 됐다.

지금 폐선로는 산책로뿐만 아니라 자전거길로도 이용되고 있다. 폐 선로에 올라서자 정말 파란 자전거길이 조종천을 따라 청평 시내 쪽으로 연결된다. 추측하건대 청평역 남문에 오기 전에 도로보수 공사하는 곳에서 조종천 천변(川邊) 쪽으로 자전거길이 연결되는 모양이다. 남문 앞에 있었는데 잠깐 방심하다가 지나쳤다는 결론에 도달했다.

조종천 철교를 건너 상천역으로 향한다. 다리는 생각보다 아름답게 꾸며져 있다. 마치 폐 선로를 따라 조종천 위에 만들어진 공중정원 같은 느낌이다. 폭이 넓지는 않지만, 온통 초록의 색채가 가득해 비밀정원에 들어온 것 같은 기분이 드는 곳이다. 이곳은 경치가 아름다워 관광객들이 풍경을 감상하면서 사진도 찍고 걷기도 한다. 서울에서 전철을 타고 청평에 왔다가 조종천과 호명산의 풍경을 구경하고 돌아가는 모양이다. 북한강 자전거길은 옛 선로 위에 파랗게 놓여 있다. 낯섦은 어느새 사라지고 없었다. 혼자 길을 걷는 것은 약간의 불안, 쬐금의 두려움, 조금의 아찔함과 긴장감, 그리고 예상치 못한 상황들에 부딪히는 즐거움이 있다. 그래서 여행자의 시간은 맑고 아름다운 음률과 같은 것이 아닐까 싶다.

혼돈의 청평역에서 1.5km 정도 왔을까. '가평올레 감천길'이라는 이정표가 있다. 가평에도 올레길이 있는 모양이다. 아직도 신매대교까지는 42km가 남았다. 상천역으로 통하는 자전거길은 농로길이다. 청평에서 가평까지는 자전거길이 산을 우회해 만들어져 있다. 북한강에서 조금 멀어진 느낌이다. 청평에서의 예상치 못한 일 때문인지 아니면 날씨 탓인지 몸도 마음도 빨리 지쳐간다. 금방이라도 비가 내릴 것만 같은 우중충한 날이다. 더군다나 그런 길을 홀로 걸어간다. '우중충함' 그리고 '혼자'라는 말이 왠지 청승맞다는 느낌이 든다. 자연스럽게 기분은 센티해지고 약간 울적해진다. 오늘따라 자전거를 타는 사람들도 없다. 사방은 깊은 침묵 속으로 빠져드는 느낌이다.

그때 자전거길에서 발견한 것이 '이태리 화덕피자'라는 쉼터였다. 찻길 옆에도 아니고, 마을이 있는 곳도 아닌 이런 한적한 공간에 웬 이태리 피자가게, 좀 의외였다. 산골 같은 한적한 공간에 양옥집으로 지어진 식당은 오롯이 자전거길 여행자들만을 위해 만든 식당 같다. 운영이 될까. 보고 있는 내가 걱정된다. 여행자로서는 자전거길에서 만난 멋진 식당이다. 문을 열면 짙은 커피 향이 퍼져 나올 것만 같은 그런 공간이다. 기분도 울적하고 다리도 퍽퍽해서 쉬어갈 겸 안으로 들어간다. 창가에 자전거 라이더 두 분이 콜라와 피자를 먹고 있다. 나도 덩달아 맥주 한잔을 시켜 기분을 전환했다. 훈훈한 실내공기가 몸과 마음을 감싸준다. 아직도 그 공간이 추억 속에 남아있다. 언젠가 그곳을 지나가는 일이 생긴다면 꼭 한번 들려보고 싶은 곳이다. 누군가와 함께 온다면 화덕피자에 생맥주 한잔 마시고 싶은 그런 공간이다. 이젠 그리움 속에만 그 흔적이 남아있다.

북한강 자전거길은 한없이 산길을 따라 상천역까지 이어진다. 자전거길은 가장 낮은 곳을 따라서 만들어진 길이다. 높은 곳에서 낮은 곳으로 흘러가는 물길을 따라 만들어진 길이 자전거길이다. 사람들의 욕망과는 반대로 향하는 길이기에 매력이 있다. 자전거길은 수많은 길이 헤어졌다가 다시 합쳐지기를 반복했다. 자전거길을 걸어가면서 물길과 물길이 어떻게 만나고 헤어지는가를 알게 되는 일은 즐겁다. 강물과 강물이 어떻게 만나 거대한 바다로 나아가는지 바라보는 일은 놀랍고 신기했다. 누군가 '세상의 길이 어떻게 만나는가를 더듬어 알고 발견하는 일이 여행이다'라고 했다. 도보여행자는 길을 걸으면서 '세상'이라는 책을 읽는 사람들이 아닐까.

임어당의 〈생활의 발견〉에서 '독서술을 체득하고 있는 사람은 가는 곳마다 만물이 변하여 책이 될 수 있다는 것을 깨닫는다. 산수, 바둑, 술도 책이 될 수 있고 달, 꽃도 또한 책이 될 수 있다. 현명한 여행자는 가는 곳마다 풍경이 있는 것을 안다. 책과 역사는 풍경이다. 술도 시도 풍경이다. 달도 꽃도 풍경이다'라고 했다. 이처럼 도보여행자는 길을 걸어가면서 길을 통해 세상을 배우고, 다양한 풍경을 통해 슬기로움을 얻는 것이다. 단조롭던 풍경이 익숙해질 때쯤 새로운 마을이 나타나면 정말 반갑다. 새로운 구경거리가 생기기 때문이다. 그곳에는 새로운 길도 있고, 새로운 풍경이 있어서 좋다. 달라지는 풍경은 자연스럽게 주변을 두리번거리게 했다. 홀로 걷는 여행자는 '안단테'에서 '알레그로'로 감정도 변해간다. 특히 길에서 만나는 특별한 모양의 식당이나 찻집의 풍경은 도보여행자들의 시각과 미각을 자극했다.

'상천역' 근처에 있는 '농산물센터휴게소'로 가는 길목에 '유리온실 같은 찻집'을 보았다. 유난히 이색적 풍경이다. 걸음을 멈추고 한참을 쳐다본다. '유리온실 카페'의 투명함이 신선하고 멋져 보이기까지 했다. 두 동으로 된 커피하우스는 한 동이 유리온실을 개조했다. 낮보다는 저녁에 오면 조용한 시골의 분위기와 어둠 속의 별빛들이 유리온실에 반사되어 운치가 있을 것이다. 별빛이 쏟아지는 하늘을 보면서 커피 한잔 마시면 고상하고 우아해 보이지 않을까? 은은한 커피 향이 눈에 보일 것만 같다.

또 다른 풍경은 작은 다리를 막 건너는데 그곳에 작은 기념비 하나가 발걸음을 멈추게 한다. '오마니 고향 열차 유래비'다. 그 시비에서는 짙은 그리움이 풍겨 나오는 듯했다. 탈북감독 '정성산'님의 어머님에 대한 그리움의 시비란다. 어떤 사연이 있어 이곳에 세웠는지는 알 수 없으나 북한 땅에 남겨주고 온 어머니가 그립지만 갈 수가 없어서 이곳에 그리움을 남겼는지 모르겠다. 시비 안에는 이산가족에 대한 아픔과 그리움이 절절했다. 하루빨리 서로 왕래할 수 있는 길이 뚫렸으면 하는 바람이다. 북한강 자전거길에서 가슴 먹먹한 풍경도 본다.

세상의 모든 풍경은 절대로 우연히 만들어지는 것이 아니다. 남한강과 북한강을 따라 길을 걷다 보면 강이 만들어낸 풍경 속에는 과거의 흔적들이 숨어있다. 길 위에는 삶의 흔적, 여행자들의 사연과 발자취, 수많은 이정표와 안내문 등 많은 기호들로 가득했다. 길에서는 이런 흔적들이 모여서 단 하나의 풍경을 이룬다. 자전거길을 걸어오면서 내 눈으로 바라본 단 하나의 풍경들이, 수많은 질문이 기억 속에 작은 흔적으로나마 오랫동안 남아주기를 바랄 뿐이다.

'상천역'까지 걸었더니 피곤함이 밀려온다. 낯선 마을 쉼터에서 배낭을 내려놓고 잠시 쉬어간다. 마을풍경이 한적했다. 내 앞으로 자전거를 탄 동네어른이 지나간다. 그리고 나를 힐긋 쳐다본다. 무척 궁금하다는 눈으로 바라보는 듯했다. 나도 내가 궁금해진다. 내가 왜 이 낯선 길 위에 홀로 서 있는지, 나는 지금 어디로 가고 있는지. 나는 지금 어디를 가려고 하는지, 이 길은 나를 어디로 데려갈는지, 나는 이 길에서 무엇을 꿈꾸는가. 이 길의 끝에서 내 꿈은 이루어질까. 그 꿈이 이루어지면 나는 웃을 수 있을까. 하는 질문들이 쏟아진다. 그 답을 자전거길을 걸으면서 찾아낼 수 있을까. 분명한 것은 이 길이 나를 무언가로부터 자유롭게 해주리라는 것이다. 홀로 걷는 나에게 길이라는 친구가 있어 외롭지 않았다.

상천역을 지나면 곧바로 가평 '색현터널'이다. 북한강 자전거길에서 가장 멋진 구간 중 하나인 '색현터널'이다. 그 터널에서는 재즈 음악으로 한층 경쾌한 분위기의 라이딩을 즐길 수 있게 했다. 가평군은 북한강 자전거길 이용객 증가에 따라 '색현터널'에 가평군을 홍보할 수 있는 음향시설을 설치하고 자라섬 국제 재즈페스티벌에서 선보였던 다양한 재즈 음악을 전하기 시작했다. 북한강 주변에 있던 옛 철길의 터널들이 새롭게 변신하고 있었다.

남한강에서부터 많은 터널을 지나왔다. 그곳을 지날 때마다 계속 진화하고 있는 터널의 모습을 본다. 과거의 어둠침침한 공간에서 밝은 벽화가 춤을 추고, 경쾌한 음악이 흐르고, 낭만이 넘치고, 옛 추억을 회상하게 만드는 공간으로 변신을 시도하고 있다. 이곳 '색현터널'에도 군에서 앰프 2개소, 스피커 총 40개를 설치해 음악을 즐기며 라이딩을 할 수 있도록 개선했다. '빛고개 굴'이라고도 불리던 470m가량의 '색현터널'은 여름에는 시원하고 추운 날에는 쌀쌀한 바람을 피할 수 있어 아늑함이 느껴지는 자전거길이다. 색다른 터널체험이다.

다른 터널 구간에서도 '색현터널'처럼 따분하지 않게 다양한 프로그램을 만들어 경쾌하게 여행을 즐길 수 있었으면 좋겠다. 북한강 자전거길이 다른 자전거길에서는 볼 수 없는 색다른 코스로 자리매김하였으면 한다. 하지만 아름다운 자전거길은 인위적으로 만들어지지는 않는다. 자전거길 위의 흔적은 그냥 우연히 만들어지지 않는다. 도보여행자의 느린 시간과 많은 인내가 필요하고, 걷는 자의 마음속에서 혹은 함께 한 동료의 선험적 언어 속에서 만들어지는 것이다. 경험했던 언어가 아니라 그냥 무심코 툭 내뱉는 언어 속에서 우리는 더 즐겁고, 더 감동을 받기 때문이다.

'색현터널'을 통과하면 길고 긴 내리막이다. 경사가 완만해서 자전거 타기에는 더없이 좋은 구간이다. 가만히 앉아있어도 내려갈 것만 같다. 힘들이지 않고도 한참을 내려갈 수 있는 구간이다. 가평읍이 한층 가까워진다. 자전거길은 청평의 '조종천'은 사라지고, 가평의 '달전천'이 서서히 보이기 시작한다. 그리고 건물들이 하나둘씩 나타난다. '달전천' 밑으로 사륜오토바이를 타는 한 무리의 젊은이들 '달전천'을 휘젓고 다닌다. 가을 가뭄 때문인지 '달전천'의 물은 많지 않았고 수심도 깊지 않았다. 요란한 소음을 내며 달리는 그들의 젊음이 한없이 부럽다. 대성리역에서 청평역을 지나 가평역에 무사히 도착한 시간은 오후 5시다.

처음으로 홀로 걸었던 북한강 자전거길이다. 길을 걷는 내내 바짝 긴장했다. 하지만 다른 한편으로는 스스로 대견했고 설레기도 했다. 북한강 자전거길 걷기라는 놀이를 마치면서 좋은 생각과 나쁜 생각들이 교차한다. 〈좋은 글〉이라는 책에서 '좋은 생각엔 '더'를 붙이고, 나쁜 생각엔 '덜'을 붙여보세요. 마음은 마법과 같아서 덜 아프다 생각하면 덜 아프고, 더 행복하다 생각하면 더 행복해집니다. '더'와 '덜'은 삶의 적절한 조합이며 오늘을 살아가는 삶 전부가 되어야 합니다'라고 했다. '더'와 '덜'이라는 한 음절이지만 큰 의미로 다가온다. 생각할수록 삶의 적절한 조합이라는 말이 마음에 와 닿는다. 우리말 중에 '반이나 있다, 반밖에 없다'라는 말도 있다. 이 말은 생각하기에 따라 느낌이 달라진다. 결국, 좋은 생각과 나쁜 생각은 종이 한 장의 차이이다. 모두 상대적이라는 것이다.

청평역 앞에서 자전거길을 잃어버리는 예기치 못한 상황에도 직면했다. 길을 잃어버렸을 때 곧바로 물어보면 쉽게 해결할 수 있었다. 그런데도 한참을 주춤했고 망설였다. 그리고 절망적인 상황에 되어서야 물어볼 생각을 했다. 그 순간 더 좋은 질문과 덜 좋은 질문에 직면했다. '나는 사람 앞에 설 일이 있을 때마다 왜 다가가길 망설이는 걸까?' 아니면 '망설이는 것이 아니라 남의 도움 없이 스스로 해결하려고 했던 걸까?' 이런 질문은 간단하면서도 복잡한 생각들이 겹쳐진다. 올바른 자전거길을 찾아가는 과정에서 내 안에 숨겨진 '진짜 나'와 마주했다. 길에서 만난 '진짜 나'는 어떤 사람일까. 나는 소심하다는 소릴 듣는다. 그것은 글을 쓰면서 자신을 숨김없이 내보일 수 있는가 하는 문제로 확장된다. 내 생각을 공유하는 일은 소심한 나에게는 두려운데 어떻게 용기를 낼 수 있을까. 나는 글을 쓰면서 수십 번 망설이고, 쓰고 지우기를 반복한다. 은퇴 이후에도 여전히 나는 A형으로 삶을 살고 있지만, 요즘은 '소심하다'를 '세심하다', '꼼꼼하다'라고 읽으면서 새롭게 살아가고 있다. 그러면 남에게 쉽게 다가갈 수 있을까?

두 가지 질문의 기준은 대부분 '자신의 관점'이다. 그리고 결론은 주변과 비교하며 자신의 삶을 비관하기보다는 드러내지 않았던 자신의 이면을 들여다보고, 자신의 상황을 긍정적으로 바라보라는 것이다. 만약 '컵에 물이 반이 담겨있다'라는 상황에 부딪혔다면 사람들은 어떻게 표현을 하고 있는가. 어떤 사람에게는 반이나 차 있고, 어떤 사람에게는 반밖에 없다. 이처럼 긍정적인 생각과 부정적인 생각은 상대적이다. 남은 자전거길에서는 '반이나 차 있고'라는 그런 긍정적인 생각으로 걸어가려고 한다. 그러면 걷기라는 놀이는 덜 두렵고, 덜 긴장하고, 더 설레고, 더 여유로워질 것이다.

가평역에서 신매대교까지

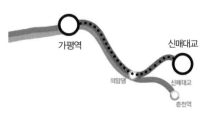

우연히 독일 작가 프리츠 오르트만의 단편 〈곰스크로 가는 기차〉라는 책을 보게 된다. 주인공은 어려서부터 아버지에게서 들었던 멀고도 멋진 도시 '곰스크'에 대한 환상 때문에 평생 목표는 그곳에 가는 것이다. 그 인생의 이상을 찾기 위해 끝없는 여행을 꿈꾸면서 살아간다. 이제 막 결혼한 신혼부부가 기차를 타고 여행길에 오른다. 목적지는 곰스크. 이 도시는 사내가 어릴 적부터 아버지에게 들어온 꿈의 장소로, 평생에 꼭 한번 가야 할 운명적인 도시이기도 하다. 그러나 여행 중 우연히 내리게 된 작은 마을에 정착하면서 이곳을 떠나지 않으려는 아내와의 갈등 끝에 결국 주인공 남자는 곰스크로의 꿈을 접고 만다.

이 소설에서 곰스크로의 여행은 누구에게나 있는 인생의 진정한 목적지, 곧 유토피아를 찾아가는 여행이라고 볼 수 있다. 그러나 우리가 알고 있듯 유토피아의 의미는 세상에는 '없는 땅'(U-Topia)이라는 뜻이다. 여기에 바로 이 소설의 강렬한 역설이 있다. 유토피아를 추구하면 할수록 실제 인생은 그곳에서 더욱 멀어질 수도 있다는 것이다. 바로 주인공의 삶이 그러하다. 작은 마을에서 정원이 딸린 집을 얻고, 자신의 능력에 어울리는 선생직을 물려받았음에도 그의 마음은 여전히 곰스크로의 열망으로 가득하다. 그러나 그와 비슷한 인생을 살아온 마을의 늙은 선생님은 말한다. '당신은 이미 당신이 원한 삶을 살았다'라고. 어쩌면 이 장면에서 작가가 말하고 싶은 유토피아의 진정한 의미가 밝혀지는지도 모른다. '곰스크'는 현실에서 갈 수 없는 유토피아(U-Topia)가 아니라, 지금까지 일궈온 당신의 영역(You-Topia)이라는 진실을 말이다.

북한강 자전거길을 걸으면서 간간이 지나온 삶을 넌지시 돌아본다. 우리 모두 언제나 '곰스크'를 향해 달려가고 있었지 않았나 하는 생각이 든다. 은퇴 이후에도 여전히 그곳을 향해 달리고 있는지 모른다. 우리는 언제나 불안하므로 오지 않는 미래를 준비한답시고 현재의 행복을 포기하거나, 그 행복을 미루는 것이 당연한 것처럼 생각하는 사회에 살고 있기 때문이다. 하지만 어쩌면 우리는 이미 '곰스크'라는 곳에 도착해 있는지도 모른다. 나이가 들면서 인생을 가치 있게 소중하게 만드는 것은 삶의 순간순간에 있다는 것을 조금씩 알아간다. 과연 자전거길의 마지막에 '곰스크'와 같은 유토피아는 정말 있는 것일까. 아니면 지금 걸어가고 있는 바로 이 순간순간이 '곰스크' 같은 곳은 아닐까.

가평역에서 신매대교까지 북한강 자전거길을 따라 걸어간다. 길 위에 있는 이정표는 [운길산역 38km, 신매대교 32km]라고 현재 위치를 알려준다. 종점까지는 어제보다 거리가 조금 멀다. 그래서 일찍 길을 나섰다. 숙소에서 살짝 경사진 도로를 따라 10분 정도 내려오면 오목교가 보이고 그 아래로 '달전천'이 흐른다. '달전천'은 자라섬 방향으로 흘러가는 하천이다. 그곳에서 북한강 자전거길을 다시 만났다. 가평 오목교를 건너 가평 제방길, 자라섬 사거리, 경강교를 건너 백양리역. 강촌역, 의암댐, 신매대교 쪽으로 북한강을 따라 걸어갈 것이다. 북한강을 따라 이어지는 파란 자전거길이 다정한 눈길을 보내고 있다.

자전거길은 오목교를 넘어 가평 제방길로 이어진다. 가평 제방길은 평온했다. 주변의 풍경은 고요하고 온화했다. 가평이라는 이름은 그런 느낌을 주는 도시다. 오래전부터 살고 싶었던 도시였다. 왠지 잣나무 숲으로 둘러싸여 있을 것만 같고, 잣나무 숲 사이로 강이 흐를 것만 같은 전원적인 도시를 연상케 한다. 그런 상상을 하면서 가평 제방길을 따라 걸어간다. 그런 상상은 곧 현실이 된다. 이화원이라는 곳에 이르자 음악이 흐르고, 숲이 보이고, 섬이 보이고, 산과 강이 보이기 시작했다. 길에는 수많은 레코드판이 서서히 돌아가고 있다. 악보 위에 있는 길고 짧은 음표들은 레코드판의 속도에 따라 뛰어나왔다가 들어가기를 반복하는 듯했다. 그러면 길에서는 음악이 퍼져나가는 듯했다. 이곳은 일명 '음악로드'이다.

자라섬으로 들어가는 길목은 사거리다. 자라섬 들어가는 교차로 앞에 '경강교 인증센터'가 있고, 자라섬으로 들어가는 안내판도 보인다. 이곳에도 어김없이 레코드판은 돌아가고, 음표들은 쉼 없이 춤을 춘다. 오른쪽으로는 새로 조성된 경춘선 경전철 철교가 보이고, 그 너머는 자라섬이다. 북한강 한가운데서 춘천과 가평이 갈린다. 그래서 자라섬은 가평군이고, 더 서울 쪽에 있는 남이섬은 강 저쪽이라 춘천이다. 멀리 강 위로 물안개가 피어오른다. 지나가는 바람을 기다리며 물안개는 물 표면을 서성인다. 사방은 고요함 속에 머문다. 겨울로 접어드는 가평의 북한강. 그 강에는 멀리서 찾아온 철새들이 유유자적하고 있다.

경기도와 강원도의 경계인 북한강 경강교이다. '경강교' 끝자락에서 우회하면 자전거길은 가평 도심을 벗어나 강변길로 다가선다. 다리 밑은 삼거리이다. 그곳에 '서천리 커피 1km'라는 이정표가 눈길을 끈다. '서천리 커피' 방향으로 푸른색 편의점이 희미하게 보였다. 순간 흔들렸지만, 공복의 유혹을 뿌리치고 그냥 길을 따라 걸었다. 따뜻한 집밥이 그리웠기 때문이다. 이곳은 '춘천시 남산면'이다. 자동차 소음과 기름 냄새로 인한 번거로움과 소란스러움이 사라진다. 왠지 경기도 가평과 강원도 춘천은 느낌부터 다른 것만 같다. 경기도는 도회지 같고, 강원도는 첩첩 산골 같은 느낌이랄까. 마치 도시에서 시골로 넘어가는 편안한 느낌이랄까. 낯선 길에서 마음의 여유를 찾아간다. 무엇보다는 조용해서 좋다. 아침에 북한강을 바라보면서 한적한 오솔길을 홀로 걷는 기분은 마치 구름 속을 걸어가는 기분이다. 발걸음이 가볍고 편안해진다. 내 앞에 나타나는 아침 풍경은 마치 푸른 하늘이라는 도화지에 그림을 그리고 있는 듯했다. 너무 아늑한 풍경이다. 북한강에 어렴풋이 물안개가 내리고 있다. 아무도 없는 길을 따라 간간이 수상레저, 펜션 등이 보인다. 북한강을 안고 너른 공터에 세워진 펜션들은 '빠름'에 지친 도시인들에게 '느림'이라는 휴식을 취하기에 넉넉해 보인다.

북한강 자전거길을 이정표에서 한 10분쯤 걸었을까. 길옆으로 지그마한 '순누부 식당 200m'라는 간판을 보았다. 내가 원했던 동네식당일까. 반신반의하면서 걸음을 옮겼다. 자전거길에서 살짝 벗어나 마을로 들어선다. 도로 주변에 순두부 식당과 막국수 식당이 여러 곳에 있다. 쭉 둘러보다가 '두부 마을'이라는 식당에 들어갔다. 그리고 늦은 아침을 먹었다. '순두부 전문집'답게 두부 메뉴가 다양했다. 순두부, 맑은 순두부, 들깨 순부두, 모두부, 두부 전골 등등. 이 집에서 직접 두부를 만든다는 안내문이 마음에 들었다. 나는 '얼큰한 순두부' 대신 처음 먹어보는 '맑은 순두부'를 시켰다. 고춧가루 대신 간장만으로 간을 맞춘 '맑은 순두부'는 담백했다. 반찬도 짜지 않았고 깔끔해서 한적한 자전거길의 풍경과 닮았다. 거기다 모주 한잔까지 곁들이니 홀로 길을 걷는 여행자의 기쁨은 배가 된다. 너무 행복한 아침이다. 정성이 깃든 집밥 같은 한 끼 식사와 모주 한잔으로 울적한 기분이 나아지는 듯했다. 상쾌해진 기분으로 다시 힘을 낸다.

북한강 자전거길에는 아침 물안개가 자욱했다. 아른거리는 물안개 속에 수많은 상상이 채워졌다가 사라져 간다. 북한강 강변길은 걷기에는 너무 좋은 길이다. 춘천에 있는 삼악산이 멀리 보이기 시작한다. 아침 안개와 햇살 사이로 나무다리로 된 자전거길이 끝없이 이어진다. 주변 산천의 정경은 아름답고 조용하다. 자전거길에는 행복으로 가득 채워지고, 여행자에게는 평안한 안식이 깃든다. 고가도로 전철 뒤로 백양리역이 조망된다. 우측에는 백양리역사도 보이고 '엘리시안 강촌'으로 가려면 이곳 백양리역에서 내려야 한다는 안내문이 있다. 이곳에 왜 백양리역이 있는지 의문이다. 마을은 한참 먼데 마을에서 가까운 (구) 백양리역은 폐쇄하고 허허벌판에 역사 하나 달랑 있다. 스키장 고객을 위해서 그랬을까. 아니면 새로운 철길을 만들다 보니 노선이 변경되어 마을에서 가장 가까운 곳에 역사가 세워졌나. 허허벌판에 세워진 백양리역은 생뚱맞다는 느낌이다.

백양리역을 조금 지나면 (구) 백양리역 터라는 표지판이 있다. 그곳에 (구) 역사, 백양리 마을, 그리고 강변길을 따라 파노라마처럼 각종 식당과 멋진 펜션들이 즐비하다. 마을 앞 쉼터에서 잠시 쉬어간다. 북한강 가운 데 거북 모양의 작은 바위가 떠 있다. 그 주변을 한 마리 새가 날고 있는 모습이 인상적이다. 한가로운 북한강의 풍경이다. 이런 세심한 풍경은 도 보여행자만 볼 수 있는 느긋하고 넉넉한 장면이다.

강 건너에는 산 너머에는 또 어떤 길들이 있을까? 자전거길은 필요에 따라 강 저쪽과 이쪽을 번갈아가며 길이 만들어져 있다. 이 길로 걸어가 면 저쪽 길은 걸어갈 수가 없는 것이 세상의 이치이다. 하지만 사람의 욕 심은 끝이 없다. 하나를 누리면 다른 것도 누리고 싶어 한다. 욕망의 크 기가 삶의 가치를 결정하는 일까지는 없었으면 한다. 강 건너, 산 너머 길 에는 또 어떤 풍경이 있을까. 가끔은 욕심내지 않고 상상하는 것에 만족 하면서 살아가도 좋을 것 같다. 자전거길을 홀로 걷는 것도 어쩌면 밀도 있는 삶을 살기 위한 작은 몸부림 같은 것이 아닌가 싶다.

북한강 자전거길을 두 발로 걸어서 '강촌'까지 왔다. 강촌으로 들어서 는 길목에는 빛바랜 낙엽처럼 높다란 시멘트 장벽이 파노라마처럼 펼쳐진 다. 옛 강촌역이다. 회랑 아래에는 '예인'이라는 카페가 힘들게 명맥을 잇 고 있다. 그나마 다행인 것은 강가를 따라 강촌의 상징인 옛날 북한강 강 촌다리는 번성했던 'Again 1972'를 기대하며 복원해 관광객들에게 볼거리 를 제공하고 있다. 새로 전철이 뚫리면서 옛 기차역도, 옛 기찻길도 사라 졌다. 사람들의 마음속에는 그리움만 남았다. 또 강촌으로 들어가는 길에 는 옛길과 새 길이 뒤엉켜있다. 길에 길이 겹치면서 북한강은 혼란스럽다.

옛길은 방치되어 흉물이 되어가고, 새 길은 계속 생겨나면서 북한강의 너른 공간은 점점 좁아져 가는 느낌이다. 그렇다고 옛 철길과 다리를 없앴다는 것도 또한 쉬운 일이 아니다. 그것이 길들의 딜레마이다.

자전거길을 걸으면서 많은 새 다리와 헌 다리를 지나왔다. 강에는 새 교각을 세우고, 산에는 새 터널을 뚫어서 새 길을 만든다. 그리고 헌 다리, 헌 터널, 헌 길은 방치되어 흉물로 변해가고 있었다. 자연의 많은 상처는 지구를 아프게 할 것이다. 그리고 그것을 바라보는 도보여행자들의 마음도 아프게 했다. 이제는 재활용이나 원상 복구하려는 자세가 필요하다. 앞으로는 새로운 길을 건설하려면 최대한 기존의 길을 활용하고, 활용할 수 없는 길은 반드시 원상복구 해야 새로운 길의 허가를 내주는 법률이 필요할 때가 된 것 같다. 강촌을 지날 때는 앞뒤에도, 위아래에도, 심지어 좌우에도 온통 다리 상판과 다리교각뿐이다. 새 다리와 헌 다리가 서로 뒤엉켜있다. 너무 복잡해 현기증이 날 지경이다. 그만큼 강은 힘들 것이다. 강이 힘들면 자연이 힘들 것이고, 자연이 힘들면 지구도 힘들 것이다. 지구를 힘들게 하는 요인은 수도 없이 많지만 결국은 탄소가스의 증가, 지구온난화, 기상이변, 지구의 온도상승이라는 파국으로 이어질 것이다.

그래도 독일의 사회학자 올리히 벡의 표현 중 '파국적 희망'이라는 말이 있다. 파국적인 상황에서도 우울함을 긍정에너지로 활용할 필요가 있다는 말이다. 자전거길을 걸으면서 파국적 상황에 대해 보지 못했다면 우리는 세상의 문제점도 인식하지 못했을 것이다. 파국적 상황이기 때문에 '우리는 왜 대량 생산, 소비, 파국적 시스템을 유지해야 하는가?', '이 시스템이 생존에 필요불가결한가?' 등 철학적 질문을 마구 던질 수 있다. 변하지 않는 세상에 좌절을 느낄 때도 있지만 이런 질문과 고민이 변화의 시발점이라고 생각한다. 위기는 우리의 본질을 근본적으로 성찰하고 파국 속에서 희망을 찾고 있다. 우리가 자전거길을 걷고 있는 것도 '슬로라이프, 슬로푸드, 슬로시티' 등의 실천을 통해 파국적 상황에 대한 수많은 질문을 던져 작은 해결책이라도 찾고자 하는 행위가 아닐까 싶다. 도보여행자들의 큰 생각, 작은 실천이 필요한 때이다.

북한강 자전거길이 지나는 낡은 철교 난간에는 빛이 바랜 낡은 액자 하나가 걸려있다. 여행자는 잠시 숨을 멈춘다. 빛바랜 액자 속에서 오래된 추억 속의 강촌역과 북한강 주변 풍경이 피어난다. 혼자의 귀에만 들리는 길을 터벅터벅 걷다 보면 시간을 사뿐 뛰어넘어 과거 속으로 자연스럽게 빠져든다. 옛 기차역을 오르내렸던 많은 사람의 웃음소리가 들리고, 삶의 풍경들이 그려진다. 그리고 그런 풍경은 쓸쓸한 행복으로 여행자의 마음을 물들이곤 한다. 지나온 것은 그런 것이다. 그저 그런 과거가 아니다. 그 속에 현재가 있고, 미래를 위한 수많은 꿈이 들어있다.
그 액자에는 〈강촌역장 이문섭〉 시인이 지었다는 「물안개」라는 시 한 편이 매달려있다.

젖은 강가에서
나 홀로 그 사람을 생각한다
만날 날 기약 없는 사람이기에
그리울 때면
물에 비친 미소 떠올리며

강가에 선다(중략)
눈물 속에 핀 물안개처럼
섧도록 섧도록
아름답기만 하다

-

그리움이 가득 묻어있는 시이다. 강촌의 오래된 풍경이 들어있다. 지금
도 이곳에서 활동하는 작가란다. 묵직한 그리움의 흔적이 낡은 액자 속
에 들어있다. 가까운 옛날 강촌의 북한강은 물안개처럼 자욱한 풍경이
서러운 정도로 아름다웠는가 보다. 오늘도 강촌의 북한강은 물안개 자욱
한 풍경처럼 흐릿했다. 다만 강 위에 세워진 수많은 다리교각 때문에 옛
강촌의 낭만이 사라져 버렸다.

나무다리로 된 길을 따라 서서히 강촌 안으로 들어간다. 입구에는 강
촌천이 흐르는 길목에 '강촌 출렁다리'가 보인다. 그 다리 쪽으로 발길
을 돌린다. 잘 정돈된 하천이다. '낭만 강촌, 낭만 자물쇠'라는 명칭이 붙
은 연인들의 길이다. 아마 사랑의 열쇠를 매다는 공간인 모양이다. 그 길
을 따라 출렁다리까지 안으로 들어간다. 그곳에 이런 글귀가 마음에 와
닿는다. '그 사람 마음을 잠그려 하기 전에, 내 마음의 열쇠로 그 마음을
열어요'라고 했다. 이 글만 보아도 이곳이 젊은이들에게 얼마나 낭만적인
장소인지를 알 것 같다. 작은 마을인 강촌은 잘 정리정돈 된 작은 도시
형태로 변하고 있었다. 옛날의 흔적을 찾아볼 수가 없다. 원래 강촌은 물
가 마을이 변한 '물깨말'로 불렸던 마을이고, 구곡폭포가 있는 구구리 마
을은 골이 깊고 아홉 굽이를 돌아드는 마을이라는 뜻이다. 하지만 지금

은 그런 흔적을 찾기가 쉽지 않았다. 수많은 식당과 커피숍들이 작은 강촌에 자리 잡고 있었다.

말로만 들었던 강촌이다. 서울로 유학 갔던 동창들의 자랑거리였던 곳이 바로 북한강 강촌이다. 예부터 대학생 MT의 성지로 불렸던 국민 관광지였다. 아내에게도 가끔 들었던 '강촌'이라는 공간이 지금 현실이 되어 내 앞에 있다. 젊은 사람들이 기차를 타고 가장 많이 찾던 곳이 '강촌'이라고 했다. 상상 속에서만 존재했던 공간에 내가 두 발로 걸어서 이곳에 온 것이다. 상상 속의 공간과 닮지는 않았지만, 계절에 따라 멋진 풍경을 만들어 낼 것만 같았다. (구) 강촌역이 비록 낡은 공간이지만 오래된 추억 속의 공간으로 새롭게 만들었으면 하는 바람이다. 활성화되었으면 하는 것이다. 강촌은 크지는 않는 곳이지만 낭만적인 공간이다. 그리고 서울에서 쉽게 올 수 있는 편리한 공간이다. 다만 '아름다운 강촌이다. 추억 속의 강촌이다'라는 가게 앞의 글귀가 그대로 다가오지는 않는 것은 왜일까?

북한강 자전거길은 (구) 강촌역으로 이어지더니 강촌교를 넘어 경춘도로 교각 아래쪽 북한강 가로 이어진다. 강촌교가 있는 곳에는 옛 철도를 이용한 레일파크와 레일바이크가 있다. 강촌역부터 김유정역까지 이어지는 레일바이크 코스는 멈춰버린 경춘선에 새로운 생명을 불어넣어 다시 달린다. 추억과 낭만을 싣고 달릴 경춘선 레일바이크는 레일 위를 달릴 수 있도록 만든 자전거로 힘찬 기적 소리를 다시 울리며 추억을 만드는 곳이다. 또 기차를 타고 달리면 차창으로 보이는 북한강의 풍경이 일품이다. 잔잔한 북한강 물결에 산이 반영(反影)되어 아름다운 풍광을 자랑한다.

상상 속에만 있었던 '강촌'이라는 공간을 내 두 발로 걸어서 왔고, 주변 풍광을 내 두 발로 걸으면서 구경했다. 그리고 '강촌역에서는 산도, 구름도, 기차도 강물 속으로 떠난다'라는 강촌교 입구에 세워진 표지석 마냥 걸어서 조용히 강물 속으로 떠난다. 강촌교를 건너면 자전거길은 길고 거대한 교각을 따라 춘천 의암댐까지 쭉 이어진다. 강 건너편에는 조금 전에 중국인 관광객을 태우고 왔던 빨간색 관광 열차가 보인다. 북한강이 흐르는 강촌주변에는 삼악산을 필두로 크고 작은 산세들이 이어진다.

　오늘같이 바람도 쉬어가는 날에 홀로 길을 걷는 것은 마치 북한강에 반사되어 비치는 그림자처럼 고요한 휴식의 시간을 갖는 느낌이다. 늦가을이 되면 만물이 깊은 숙면을 취하기 위해 준비하는 때이다. 북한강도 수면이 점점 깊어지고, 차가운 물안개가 무거워지면서 다가올 겨울을 준비하고 있는 듯했다. 춘천 의암댐에 도착했다. 도로에 올라서면 그 옆으로 나무로 자전거길이 만들어져 있다. 그 길을 따라 '의암호 둘레길'을 걸어가면 삼악산 등산로 입구라는 표지판이 보인다. 평일이라 주차장에는 차들이 두어 대 보이고 올라가는 길목이 가파르다. 오늘따라 의암호에 물안개가 짙게 깔렸다. 의암호 안에 떠 있는 붕어섬과 크고 작은 섬들이 멀리 흐릿하게 보인다. 흐릿한 풍광이 의암호를 신비스럽게 만들고 있다. 의암호를 중심으로 춘천에는 수많은 길이 있다고 한다.

　처음 만나는 길은 '의암호 문인의 길'이다. 길을 따라 걷는 내내 유명한 문인들의 글귀가 나를 따라온다. 너무 많아 일일이 읽어볼 수가 없었다. 길을 가면서 지칠 때마다 잠시 고개를 들어 읽어본다. '인간의 감정은 누

군가를 만날 때와 헤어질 때 가장 순수하며 가장 빛난다', '인생의 목적지
는 당신이 정한다', '자연은 인생 최고의 학교입니다', '웃음은 두 사람 간
의 가장 가까운 거리다' 등 수많은 아포리즘이 내 발걸음을 따라온다. 작
은 글귀에서 지친 몸은 힘을 얻고 마음의 위로를 얻는다. 미지에 대한 두
려움을 없애주고, 마음을 차분하게 해준다.

　덕두원을 지나 현암리 방향으로 나서면 의암호와 나란히 걷는 길이 나
온다. 이제부터는 의암호 문인의 길은 의암호를 바라보면서 걷는 길이다.
물안개 자욱한 의암호의 몽환적인 분위기가 마음을 취하게 한다. 멀리
섬 가운데 서 있는 키 큰 나무들이 물안개와 어우러져 신비스러움이 더
해진다. 보면 볼수록 빠져드는 의암호의 물안개 낀 풍경이다. 의암호에
떠 있는 붕어섬에는 어떤 사람들이 살고 있을까.

　'의암호 문인의 길'이 끝날 즈음해서 자전거길 아래에 '신연나루'가 있다.
흔들리는 낚싯배와 나루 옆으로 커다란 미루나무는 옅은 바람에도 잎을
나부끼며 길을 걷는 여행자를 맞이한다. '신연나루' 옆으로 배 한 척이 떠
있다. 배 위에 의암호를 바라보며 우뚝 솟아있는 관음보살이 또 다른 풍
경을 자아낸다. 이 배는 떠 있는 '반야선원'이다. 아마 방생할 때 사용하
기 위해 이 배를 만들었을까? 신연나루는 '이별 그리고 만남의 공간'이다.
강원도 춘천시 근화동에 위치한 옛 신연나루는 서울과 춘천으로 통하는
주요한 통로였다고 한다. 춘천과 서울을 잇는 길이면서 두 공간을 구분
하는 경계였다고 한다. 신연나루는 경춘국도가 생기면서 쇠퇴했다. 지금
은 의암댐으로 인해 당시의 모습은 아니라고 한다.

　의암호가 생기기 이전의 신연나루는 춘천의 관문으로 번창하였으며 이
별과 만남의 공간이었으며 춘천으로 새로 부임하는 관리를 이곳에서 맞

이하고 또 보냈으며 이때 악공들이 모두 동원되어 풍악을 연주하고 위엄 있는 깃발이 하늘을 가렸다고 한다. 나루는 창작의 공간이기도 했다. 매월당 김시습은 신연나루를 건너다니며 시를 남겼다. 지금은 비록 흔적만 남았지만, 그 여울의 굽이만큼이나 많은 이야기와 시가 흐르는 공간이었다. 지금은 그곳에 오래된 이야기와 쓸쓸함 그리고 서울에서 춘천을 걸어 다녔던 고갯길만 남아있다. 그 길에 사람은 온데간데없고 가끔 나 같은 도보여행자들만 그 오래된 이야기를 듣기 위해 이 공간을 찾아든다. 세상은 변하는 생물 같다. 시간의 흐름에 따라 사고도, 도덕도, 규율도, 귀천도 변해간다. 그리고 길도, 나루도, 마을도 퇴색되어간다. 과거에 중요했던 신연나루는 새로운 길에 퇴색되고 지금은 이름과 흔적뿐이다.

'의암호 둘레길'을 따라 한 시간 넘게 걸었을까. 작은 마을이 보이고, 그 마을 가장자리에 자그마한 쉼터가 보인다. 순간 많은 갈등이 오고 간다. '쉬어갈까? 그냥 갈까?' 결론은 의암호의 멋진 풍경이 보이고, 안락한 소파가 있는 따뜻한 공간에 지친 몸을 눕히고 싶었다. 그러기에는 마을 쉼터는 좁았고 마을 한가운데 있어 불편했다. 그리고 조금 지나 '메밀꽃'과 잘 어울릴 것만 같은 카페 겸 식당을 발견했다. 너른 공터, 정겨운 카페 이름, 온화한 느낌을 주는 황톳빛 외벽과 넉넉한 기와, 그리고 입구에 세워진 옹기들의 토속적 분위기 등 모두 마음에 든다. 카페 안으로 들어가 무거운 가방을 내려놓고 안락한 의자에 앉았다. 묵직한 피로감 끝에 오는 편안함이다. 커피 향이 가득 찬 카페에는 잔잔한 음악이 흐르고 있다. 안락의자도, 커피 향도, 흘러나오는 노래도, 따뜻한 공기도 지친 도보여행자만이 느낄 수 있는 아늑함이다. 물안개 자욱한 의암호를 바라보면서 편안하게 '해물 덮밥'과 '아메리카노' 한잔으로 늦은 만찬을 했다. 이 공간의 모든 것에 감사했다.

의암호 따라 만들어진 자전거길을 다시 걸었다. 크고 작은 섬들이 호수 위에 길게 떠 있고, 호수 위에는 섬들의 긴 그림자가 아날로그 사진기의 잔상처럼 맺혀있다. 잔잔한 물 위에 비친 상중도의 그림자가 마치 한 폭의 수묵화 같다. 고요한 호반의 도시 춘천답다. 흐리면 흐린 대로, 맑으면 맑은 대로 참으로 아름다운 도시 춘천이다. 산과 물은 아름다운 도시를 만드는 빠질 수 없는 필요조건이다. 춘천은 그것을 모두 갖추고 있었다.

여행 작가 이시목은 '기억 속의 춘천은 물의 도시였다. 안개와 호반의 도시였으며, 푸른 청춘의 도시였다. 이름마저 '봄 춘(春)'에 '내 천(川)' 자를 쓰는 '봄내'이니. 그만큼 춘천을 상징하는 키워드들은 모두 낭만적이다. 그래서일까, 시인 유안진은 일찍이 그의 시 「춘천은 가을도 봄이지」에서 춘천의 매력을 이렇게 노래했다. '춘천도 그렇지. 까닭도 연고도 없이 가고 싶지…' 이유 없이 좋은 사람이 있는 것처럼, 누구에게나 이유 없이 맘을 주게 되는 도시가 있는 법이다. 사람들에게 춘천은 그런 곳이었다. 휠체어 사용자에게도 춘천은 심장을 뛰게 하는 청춘의 도시다. 맞춤한 듯 비까지 쏟아져 꿈결처럼 아스라했던 그 도시, 춘천'이라고 했다. 그만큼 다채로운 빛깔의 아름다움을 품고 있는 도시가 바로 춘천이다.

춘천 시내가 점점 가까워진다. 호수 위에 춘천대교가 보인다. '춘천 레고랜드 테마파크'로 연결된 춘천대교는 하늘에 붉은 달(블러드문)이 궤적을 그리고 있다. 퍽 인상적이다. 북한강 자전거길은 '춘천박사마을 어린이 글램핑장' 옆으로 이어진다. 자전거길은 북한강과 어우러져 한적한 산책로로 꾸며져 있다. 시야가 넓고 경치가 아름다워 자전거를 타고 달리기에도, 두 발로 천천히 걸어가기에도 편하고 안전한 길이었다. 또 생각을 정리하고 싶을 때 이 길을 걸어가면 저절로 정리될 것만 같은 그런 단순한 길이기도 했다.

도미니크로로의 〈심플한 정리법〉에서 '단순한 삶이란 모든 욕망을 버리는 것이 아니라 욕망이 증폭되지 않도록 삼가며, 지배당하지 않는 법을 배우는 것이다, 소박함을 명목으로 무엇이든 버리자는 것이 아니라 홀가분한 자유를 누리라는 것이다'라고 했다. 이 길이 바로 그런 담백한 길이다. 의암호 둘레길로 연결된 북한강 자전거길의 풍경은 과도한 욕망을 차분하게 가라앉히고, 홀가분한 자유를 줄 것만 같은 그런 편한 길이다. 북한강 자전거길 걷기도 막바지에 다다르고 있다. 희미하게나마 멀리 춘천대교 뒤로 신매대교가 보인다. 발걸음이 가벼워진다.

춘천 파크골프장을 지나 토이 로봇관, 애니메이션박물관 앞 도착했다. 이 길은 곳곳에 공원도 많았고, 보고 즐길 거리도 많았다. 춘천 애니메이션박물관은 한국에서 유일한 애니메이션박물관으로 개관하였고, 애니메이션페스티벌, 인형극 공연 등이 수시로 열리는 애니메이션 특화도시 춘천시에 또 하나의 명소. 애니메이션박물관을 지나고 창작문화센터를 휘돌아 가면 서면도서관 옆으로 춘천문학공원이 조성되어 있다. 곳곳에 벤치와 아름다운 글귀들이 새겨진 조각 바위들이 있어서 한 바퀴 돌아보며 놀며 쉬어가기에도, 아이들과 한가하게 이곳저곳을 둘러보기에도 딱 좋은 곳이다.

의암호 자전거길은 한가한 농촌 풍경을 좌로 두고 제방이 이어진다. 문학공원 길부터 신매대교까지 이어진 구간 중간에 멋진 호수 위로 달리는 자전거길이다. 문학공원 앞쪽으로는 인공 담수로 인한 늪지가 만들어져 있다. 예전에 저기는 논이나 밭이었던 공간이 아니었을까. 한참을 걷다 보니 제방은 끝나고 '오미나루' 안내판이 붙어있는 강가로 연결된 나무다리 길 입구이다. 나무다리 길은 넓게 만들어져 있다. 수중에 쇠말뚝을 박아서 만든 길이니 좌측은 벼랑창이고 우측은 망망한 물만 가득한데 중간에 그림처럼 얕게 떠 있는 섬 하나가 제법 운치가 있다. 예쯤이면 상중도 같다. 원래는 상중도와 하중도가 같이 연결되어 있었다고 한다. 그런데 의암호에 담수하면서 중간을 끊어 두 섬으로 분리가 되더니만 이제 다시 다리를 놓아 연결되었으니 중도 팔자도 편치 않다. 수상 나무다리 길 중간중간에는 옆 산으로 탈출할 수 있는 탈출로들이 만들어져 있다. 중간쯤에 너른 휴식처에서 고산을 바라본다. 의암호에 잠겨서 높이의 많은 부분을 잃어버렸지만 그래도 물 위에 떠 있는 고산의 고도감은 제법 그럴싸하다.

의암호를 가로질러 신매대교가 모습을 나타낸다. 앞으로 1.4km 남았다. 이곳에 의암호를 바라보고 서 있는 정갈한 카페 하나가 있다. '미스타페오'라는 곳이다. '미스타페오'라는 카페는 복고풍의 붉은 색 입구가 이색적이다. 너른 잔디정원에는 의암호를 바라보는 우수에 젖은 여인상은 씩씩한 소양강 처녀와 왠지 대비를 이룬다. 북한강 가에 있는 카페의 풍경이 오늘따라 외롭게 보였다. 물안개 때문인가. 옛날에는 이곳에 오미나루가 있었던 곳이란다. 오미나루 터에는 그때 그 시절 흔적 같은 오래된 느티나무가 큼직한 그늘을 만들고 있다. 줄기의 굵기나 높이로 봐서는 족히 2~300년은 될 것 같은 수령이다. 느티나무는 오미나루의 흔적들을 기억하고 있을까?

또 '미스타페오'라는 말은 무슨 뜻일까. 궁금했다. 심리학자로 유명한 카를 융의 〈인간과 무의식의 상징〉이라는 책을 통해서 '미스타페오'라는 단어가 사람들에게 많이 알려졌다고 한다. '미스타페오'는 문명화된 사회, 인간, 생각들에 의해 오염되지 않았던 나스카피 인디언들이 인간의 영혼을 지칭하는 단어이다. '나의 친구' 또는 '위대한 사람'이라는 뜻으로 심장 속에 사는 불멸의 존재로서 죽음의 순간이나 그 직전에 그 개인을 떠나 다른 존재 속에 재생된다고 믿고 있었고, 자신이 죽더라도 다른 사람들이 자기를 기억해 줌으로써 그 영혼은 불멸이라는 존재를 부여받게 된다는 것이다. 그렇기 때문에 다른 사람과의 진실 되고 깊은 관계를 맺기 위한 삶을 살기 위해 평생을 노력하고, 자신이 그렇게 노력을 하면 그 '위대한 사람'은 자신의 심장에서 더 훌륭한 생각, 타인으로부터 사랑을 받을 수 있는 능력들을 부여해 준다고 믿고 있었고, 사냥을 나가더라도 '나의 친구'가 용기를 주고 꿈을 꾸게 해주며, 위험하지 않게 자신을 보호해 줄 거라고 믿고 있었다.

만약 거짓을 말하고, 부정을 행하고, 불성실한 행동을 일삼게 되면 자신의 심장에서 '미스타페오(위대한 사람)'가 떠나가게 되고 결국 자신은 다른 사람으로부터 미움을 받고, 사냥에 나가더라도 위험에 빠질 수 있는 그런 존재가 된다는 것이다. 카페 주인은 어떤 이유로 이런 이름을 사용했을까. 이 길을 걷는 사람들이 그리고 이 카페를 찾은 손님들이 다른 사람과의 진실한 관계를 맺으면서 자신의 삶을 살아가라는 의미에서 이런 이름을 지었을까. 이타적 사랑 즉 남을 도와주는 것이 자신을 지키는 일임을 알라고 그랬을까. 자전거길에서 우연히 마주친 '미스타페오'라는 말은 생각할수록 사유의 폭은 넓어지고 깊어지는 듯했다. 이렇게 자전거길에서 하나의 풍경을 보고, 사물에 대해 생각하고 묻고, 그 답을 찾아가면서 걷기놀이를 즐기는 것이 길이 주는 홀가분한 자유가 아닐까 싶다.

북한강 자전거길 마지막 쉼터였던 '오미나루(미스타페오) 카페'에서 한 5분쯤 걸어가면 작은 마을공원 앞에 빨간 '신매대교 인증센터'가 있다. 텅 빈 곳에는 환영 인파도, 반겨주는 가족이나 동료도 없다. 인증센터 앞에 홀로 서서 인증사진을 찍었다. 동료 샘들과 함께 걸었어도 좋았겠지만, 홀로여서 더 뿌듯했고 감회가 새로웠다. 이처럼 걷기라는 놀이는 혼자 해도, 여럿이 해도, 어느 때 해도, 어느 곳을 걸어도 좋다는 것이다. 그때마다 풍경도 다르고, 느낌도 다르겠지만 어떤 경우에도 행복하다는 것이다. 이런 자유를 느끼고 싶어 도보여행자는 길을 걷는 것이다. 의암호를 가로질러 물안개 자욱한 신매대교를 넘어선다. 도보여행자의 음률은 빠르게, 느리게, 아주 느리게, 그리고 마지막에는 아주 천천히 다리 끝에 멈추어 선다. 그곳에 아주 작은 쉼표 하나를 찍었다. 북한강 자전거길 걷기놀이도 마침내 끝이 났다.

북한강 자전거길이 '밝은광장 인증센터'에서부터 '신매대교 인증센터'까지 약 70여km 되는 자전거길을 걸었다. 북한강 자전거길은 다른 강에 비해 먼 거리는 아니다. 이 길을 함께 또는 홀로 걸으면서 무엇을 얻으려고 했을까. 홀가분한 자유를 얻었으면 했다. 자신이 쓰고 있는 가면을 벗으려고 했다. 진정한 자유는 타인이 나를 보는 시선에 주목하는 것이 아니라, 타인 그 자체에 관심을 가지는 것이다. 가면을 벗어 던진 사람은 그 내면에 두려움, 근심, 공포 혹은 절망에서 자신을 구해줄 또 하나의 움직이는 세계를 만든다. 우리가 쓴 가면을 벗어던지고 나면 마음에 새로운 결이 느껴지고 새로운 힘이 솟아날 것이다. 다른 세상에 옮겨진 것 같고 마치 초인이 된 듯한 기분이 느껴지는 이상적인 상태에서 놀라운 안도감을 맛보게 된다. 동시에 환희를 느끼며 인생에서 참된 것들을 더 잘 알아볼 수 있는 감각을 갖게 될 것이다. 자전거길을 걷는 내내 집중적으로 내면을 돌아볼 시간을 갖게 해주었다. 이러한 시간은 지금까지 걸어왔던 길을 계속 걸어갈 수 있게 해주었고, 잘못된 길을 바로잡게 해주었고, 맞설 수 없는 것 같은 장애물들을 용기 있게 극복하게 해주었다. 앞으로 이러한 시간들이 모이면 자신의 한계를 뛰어넘게 해줄 것이라고 믿는다.

신매대교에서 춘천역까지

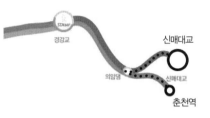

오늘도 나는 걸어가고 있다. 이렇게 또 자신만의 길을 걸어가고 있다. 나에게 걷는다는 의미는 무얼까. 나는 왜 걷고 싶은 것일까. 정확한 이유는 잘 모르겠다. 다만 그냥 길을 걸어갈 때가 가장 즐겁고 자유롭다는 것이다. 또 길을 걷고 있으면 내가 살아있구나 하는 느낌이 들어서 좋다. 아주 옛날부터 이 지구 상에는 수많은 '도보여행자'들이 있었다고 한다. 그리고 그들에게는 시대에 따라 다른 이름이 붙여졌다. '탁발승, 음유시인, 여행자, 떠돌이 일꾼, 사냥꾼, 비트족, 반더러(독일로 방랑자), 유랑자' 등이다.

실뱅 테송은 〈여행의 기쁨〉에 '아벨과 카인'의 비유가 나온다. 몽골 칭기즈칸 이후 카인처럼 농부 같은 삶을 살아가는 정착민들이 아벨 같은 유목민들의 세계를 조금씩 정복하기 시작하더니 지금은 야금야금 넓은 초원을 차지하면서 그 세력을 계속 확장 중이다. 이 책에서는 역으로 국가가 도로망을 확장시키고, 아스팔트가 문어발처럼 퍼져 나가고, 히늘이 좁아져 비행기 충돌이 일어날 지경이고, 고속기차들이 확장되면서 농부들의 사라지고 있다고 말하고 있다. 그러나 실제로 사라진 것은 아무것도 없다. 이제 계속해서 움직이는 것은 사람들이다. 이것은 '아벨의 복수'라고 부르고 있다. 성서에 따르면 농부인 카인이 목동인 동생 아벨을 돌로 쳐서 살해했다. 이 행위가 농부와 유목인들 사이에 놓인 적대감의 기원이다. 이후로 세계 질서는 농부의 권력에 기반을 두었고 쟁기가 목동의 막대기보다 우위에 놓였다.

그러나 이제 마침내 새로운 유목생활의 시대가 왔다. 물론 도보여행은 역사상 실재했던 유목생활과는 다르다. 방목지를 찾아 황폐한 초원을 누비던 유목민과는 다르다. '도보여행자'인 이 진짜 유목민들은 정착을 꿈꾸는 유랑자들이다. 다른 범주의 유목인들이다. 그들에게는 이동은 없다. 그들은 목축을 이끌지도 않고 어느 집단에 소속되어 있지도 않다. 그들은 그들 자신을 위해 때로는 자신을 깊게 들여다보기도 하며 말없이 여행하는 것에 만족한다. 우리는 세상의 길 위에서 그들과 마주친다. 그들은 혼자서 느릿느릿 전진하는 것 말고 다른 목표 없이 길을 걸어간다.

요즘은 걸어서 여행하는 사람들은 '도보여행자'라고 한다. 나도 현대판 그들이다. 그리고 그들처럼 길을 걸어 영산강, 섬진강, 금강, 그리고 남한강과 북한강 자전거길을 완보(完步)했다. 물론 옛날처럼 길에 큰 위험이 도사리고 있는 것은 아니다. 그래서 과거와 비교하는 것은 불합리하다. '도보여행자'인 그들은 신체 구조상 영원히 헤엄치며 살아야 하는 상어처럼 계속 이동하면서 살아간다. 그들은 소리 없이 베틀 위를 달려 양탄자를 짜내는 나무 북과 조금 비슷하다. 그들은 한 걸음 한 걸음 나아가며 운명을 짠다. 그들에게 여행에 의미를 부여하기 위해서는 수 킬로미터에 걸친 길만 있으면 충분하다. 그들에게는 자신을 알아보게 하는 식별의 표식도, 의례도 필요 없다. 그들은 오직 그들이 걸어가는 길에만 속해있다. 그들에게 길은 정해진 것이 아니라 스스로 만들어가는 것이다. 그들은 시대를 가로지르듯이 여러 지역을 가로지른다.

나는 우연한 기회로 인해 은퇴 이후 자전거길을 걷게 되었다. 그리고 걸어가는 내내 길을 걷는 행위는 단조롭지만 행복했다. 걷는 덕분에 계속 몸을 움직이고 있다. 몸을 계속 움직임으로 인해 내가 살아있음이 느껴진다. 내가 이렇게 걷고 있을 때 달아나는 시간도 또 시간을 제어하지 못한다는 막연한 불안감도 내 앞에서 사라진다. 결국, 길을 걷는 것은 처음에는 시간을 따라잡는 것처럼 보이지만 걸어갈수록 시간을 따라잡는 것이 아니라 시간에 무심해지는 자신을 발견한다. 또 나는 왜 지금 이 시간에 주목하는 걸까. 나는 새로운 순간들을 이전의 순간들과 다르게 느끼는데 이 새로운 순간만이 유일하게 우리가 미래에 영향을 미치고 그것을 바꿀 선택과 자유의지를 행사할 수 있는 순간이기 때문이다. 이것이 북한강 자전거길을 걸어온 나의 답이 될 수 있을까.

어제 오후 늦게서야 북한강 자전거길의 종점인 신매대교를 건너 춘천 시내로 들어왔다. 신매대교를 넘으면 바로 춘천 인형극장과 청소년 수련관이 있는 사거리다. 그곳에서 사방을 두리번거리다가 건너편에 네온사인 불빛을 보고 무작정 발걸음을 움직였다. 너무 피곤해서 쉬고 싶다는 생각뿐이다. 하루 종일 낯선 공간 속에서 긴장하면서 걸었더니 피로감이 빠르게 밀려온다. 한참을 침대에 누워 있다가 저녁을 먹지 않았구나. 늦은 저녁 무얼 먹을까.

춘천 시내이니 밖으로 나가면 무언가 있겠지. 이때 발견한 식당이 '청목'이라는 기와집이다. 한적한 대로변에 한 줌의 네온사인 불빛이 희미하게 빛을 발한다. 가정집을 개조한 작은 식당이다. 메뉴가 마음에 들어 무작정 안으로 들어간다. 조금 늦은 시간이라 식사시간이 지났는지 손님이 없다. 입구에서 들어갈까 나갈까 망설였다. 식당주인의 들어오라는 말을 듣고서야 안으로 들어섰다. 설렁탕을 시켰는데 재료가 다 떨어지고 없다고 하면서 미안해한다. 주인의 마음 씀씀이가 손님을 편안하게 해준다. 가정집 거실에 식탁을 몇 개 놓고 차린 식당이다. 분위기가 너무 편해서 다른 것을 시키려고 했는데 혼자 먹을 수 있는 것이 마땅하지 않아 잠시 망설였다. 그때 주방에서 들리는 말이 한 사람 정도는 줄 수 있다고 했다.

옛날에 부모님이 해주신 설렁탕 맛 그대로였다. 숙주나물, 고사리, 버섯, 대파, 소고기, 계란 그리고 얼큰하고 걸쭉한 국물이 체인점 설렁탕 식당에서는 맛볼 수 없는 맛이다. 우연히 찾아온 집에서 진짜 맛집을 찾는 기분이다. 주인의 정성이 곳곳에 배어있다. 소박한 반찬도 정성이 많이 들어있다. 지금도 설렁탕을 먹었던 식당 이름을 기억한다. 오래전 어머니가 해주셨던 그때의 맛과 향이 배어있어서 그런가. 오래된 기억 속의 음식은 사람을 행복하게 만들었다. 자전거길에서 우연히 만난 향기는 잃어가는 기억을 끄집어내는 마법이 있었다. 부모님이 그립다.

이중환의 〈택리지〉에서 '강을 낀 마을 중에서 2번째로 살기 좋은 곳'으로 꼽았던 춘천이다. 많은 시인 묵객들의 발길을 잡아매던 곳이다. 이곳 풍광은 단순한 볼거리가 아니라 정서를 순화시키고, 조선 후기 문화에 생기를 불어넣은 밝고 맑은 특별한 세계였다고 한다고 전해진다. 그런 춘천의 민낯을 보기 위해 춘천 봄내길 4코스인 '의암호 나들길'을 따라 춘천역까지 걸어갈 것이다. 춘천역에서 전철을 타고 서울 뚝섬역에 내려 잠시 인천까지 가는 한강 자전거길을 바라보고 새로운 풍경을 상상할 것이다. 그리고 언젠가 불쑥 그리움이 밀려오면 팔당역에서 인천까지 60km 정도 되는 '아라뱃길'을 따라 남겨놓은 한강 자전거길을 걸어볼 생각이다. 그때가 언제가 될지는 기약할 수 없다. 언젠가 그리움이 밀물처럼 밀려오면 작은 배낭을 메고 홀연히 자전거길을 찾아 나설 것이다.

신매대교 앞 건널목을 지나 인형극장 주차장 앞에 선다. 차가운 강바람이 얼굴을 얼얼하게 치고 지나간다. 시내는 한산했다. 내 앞에 걸어가는 젊은 '도보여행자' 두 명이 보였다. 손에는 여행안내서, 등에는 조그마한 크로스백을 메고 있다. 그들의 당당함이 보기에 좋았고 젊음이 부러웠다. 의암호 나들길을 따라 여행을 하는 모양이다. 걸어가는 모습이 활기차다. 나도 그 뒤를 따라 춘천 인형극장 옆으로 해서 의암호 둘레길 따라 서서히 걸어가기 시작했다. 한참을 걸어가다가 뒤돌아서서 지나온 풍경을 바라본다. 문화예술 공연장인 춘천 인형극장이 둥그런 모양의 원형극장을 많이 닮았다. 입구에는 파란색 장벽이 북한강의 비바람을 막아주려는 듯이 높게 서 있고 그 장벽 안으로 아늑하게 빨간색 테두리와 하늘색 조각들이 원형극장을 감싸고 있는 모습이 참으로 정겹다. 어린이, 연인, 가족, 친구, 단체 등 사람들이 유년의 동심을 되찾고 상상의 나래를 마음껏 펼칠 수 있는 분위기를 자아내고 있다. 그 옆으로 신매대교가 자욱한 물안개에 반사되어 의암호 수면 위에 떠 있다. 차가운 공기가 지면 깊숙이 내려온 모양이다. 의암호를 둘러싸고 있던 산천들이 그림자처럼 물 위에 비친다. 오늘같이 적당하게 찬 공기가 흐르는 날에는 하늘은 더 차가운 법이다. 공기까지도 청량한 느낌을 더한다.

'육림쉼터'를 지나면 호숫가를 따라 소나무와 전나무 숲이 빽빽한 산책로가 이어진다. 이른 아침의 의암호는 고요하다. 그리고 데칼코마니처럼 물가에 그려진 한 폭의 수묵화는 '도보여행자'들을 깊은 사색에 빠지게 한다. 산책로 옆의 양식장의 풍경도 다채롭고, 소양2교를 건너서 '소양강 처녀상'도 만났다. 그 옆으로는 춘천의 새로운 관광 랜드마크인 '소양강 스카이워크'가 놓여 있다. 길이 140m로 국내 최장 호수 투명 전망시설이다. 이처럼 의암호 나들길에서는 춘천이 '호반 도시'임을 확인할 수 있다. 수면에 차분하게 가라앉은 아침의 물안개와 산천의 조화는 감탄사를 부른다. 호수에 떠 있는 듯한 춘천대교도 의암호의 볼거리 중 하나다.

춘천역으로 가기 위해 공지천 앞에서 걸음을 멈춘다. 주변은 전국 최고 명품 자전거 산책로 길이 있고, 좌로는 의암호의 빛나는 풍광이 눈에 가득했다. 오른편으로는 수만 년 전부터 금강산에서 발원하여 흘러내리며 홍수에 떠내려온 기름진 퇴적층이 작은 평야를 이루고 있는 곳이라 농사짓기에 그만인 곳, 서면 뜰이 펼쳐있다. 건너편 우두벌이나 설악에서 발원하여 내려오면서 퇴적층으로 기름지게 만들어진 샘밭벌 등은 춘천 분지의 오래된 곡창지대이다. 길은 이내 의암댐이 담수를 시작하면서 물에 잠긴 인공 늪지대를 만나지만, 철제 교각을 박아 만든 자전거길은 늪을 구경거리 삼아 거침없이 이어진다.

춘천역에서 전철을 타고 뚝섬역에 내렸다. 간간이 자전거를 탄 사람들이 보인다. 팔당댐에서 아라뱃길로 가는 한강 자전거길은 뚝섬 건너편에 있단다. 앞으로 다가올 자전거길을 바라보면서 지나온 자전거길들을 생각한다. 우리가 어떤 여행지에서 진정 만나고 가져와야 할 것이 무엇일까. 여행지의 풍광과 맛, 여행지에 대한 지식과 정보, 그 여행에 대해 좋거나 나쁜 추억, 내 생각에는 어떤 여행지에서 우리가 정말 담아 와야 할 것은 그곳만의 분위기가 아닐까 싶다. 다른 곳이 아닌 바로 그 여행지에서만 느끼거나 만날 수 있는 분위기. 그것은 그곳 날씨나 빛, 자연과 환경으로만 설명될 수 있는 것이 아니다. 그런 것에 덧붙여지는 촉감이자 온도이고, 맛이자 향기이며, 모든 것이 한데 어우러진 '거시기'였다.

한강 자전거길을 닮는 풍경

'끝'이라는 말이라는 있다. 담담한 저 단어 안에는 '이별', '마지막', '죽음', '작별'같이 슬픔의 말들로 가득 차 있다. 또 '끝'이라는 말은 짧으면서도 강렬했고, 암담하면서도 희망찼다. 슬플 것 같으면서도 슬프지 않은 말처럼 들린다. 그 이유가 뭘까. '끝'의 '끝'은 마지막이 아니고, '끝'의 '끝'은 새로운 시작이기 때문이다.

남한강과 북한강 자전거길 걷기 여행의 끝은 끝이 아니고, 다음 자전거길 걷기 여행의 시작과 연결된다. 이번 도보여행이 완벽한 여행이었다고 자신 있게 말하지는 못하겠다. 물론 이번 도보여행이 내 인생에서 중요한 대목을 장식해준 것은 사실이지만, 일상으로 돌아와도 크게 변화된 느낌을 받지 못했고, 여행을 떠나게 된 이유이자 목적도 끝끝내 발견하지 못했기 때문이다. 그렇게 시간이 흘러 우리는 다시 일상으로 스며들었다.

4월의 마지막을 아쉬워하는지 하늘이 잿빛이다. 2박 3일의 남한강 걷기에서 돌아온 지 벌써 5일째 되는 날이다. 아직도 여행의 후유증에서 벗어나지 못하고 있다. 아쉬움이나 그리움 때문인지, 아니면 피로감 때문인지 모르겠다. 무슨 이유이든 벗어나고 싶었다. 하지만 길에 대한 그리움 때문이라면 조급해하지 않아야 한다. 조급함이 없어질 때를 기다렸다. 서두름의 유혹에 빠지지 않으려고 노력했다. 걷기는 느림의 실천이고, 느긋함이고, 홀가분함이기 때문이다.

다시 5월의 어느 날 길을 떠났다. 그리움 때문이다. 길에 대한 막연한 기대 그리고 그리움이 나를 떠나게 만든다. 나에게 있어서 길의 여행은 떠올리기만 해도 가슴을 뛰게 하는 것이고, 어느 순간부터는 나도 모르게 그냥 좋아하게 되었다. 결국, 걷기 여행을 그리워하고 떠나게 되는 것은 '무언가의 예감'을 찾기 위해서가 아닌가 싶다.

그리고 11월까지는 바쁜 나날이 흘러간다. 큰아들의 결혼발표는 나의 잔잔한 일상을 흔들었다. 온 가족이 기쁨의 물결에 출렁거렸던 나날의 연속이다. 즐겁고 분주했던 기다림의 시간이 흐르고 마침내 기다렸던 시간이 지나가 버리자 기쁨 대신 허탈함이 밀려든다. 누군가 '육아의 궁극적인 목적은 독립시키는 겁니다. 자식이 독립할 수 있게 힘을 길러주는 게 부모의 역할입니다'라고 했다. 그래도 자식이 품 안에 있다가 나이가 차서 막상 떠나면 아쉬움이 남는 것이 부모의 마음일까?

큰아들의 결혼식까지 기다리는 5개월의 시간 내내 수면 아래 가라앉아 있던 한강 자전거길에 대한 그리움까지 한꺼번에 밀려들자 심한 멀미가 일어난다. 그 심한 멀미 때문에 11월이 다 지나가던 어느 날 훌쩍 배낭 하나 메고 홀연히 길을 다시 떠났다. 홀로 여행을 떠나기는 처음이다. 자전거길 걷기놀이는 혼자서도 가능한 여행이어서 너무 좋다. 사람들은 행복을 찾아서 가끔 홀로 여행을 떠난다. 하지만 대부분 많은 사람들은 행복을 내일로 미룬 채로 살아간다. '지금 이 순간' 행복하지 않으면 모든 순간들이 행복하지 않을 것만 같았다. 그래서 홀연히 홀로 여행을 떠난 것이다.

가평 '색현터널'을 홀로 걸어가면서

2018/11/26 03:55 PM

북한강 자전거길에서 가장 멋진 구간 중 하나가 '색현터널'이다. 그 터널에서는 재즈 음악으로 한층 경쾌한 분위기의 자전거 라이딩을 즐길 수 있게 했다. 과거의 어둠침침한 공간에서 밝은 벽화가 춤을 추고, 경쾌한 음악이 흐르고, 낭만이 넘치고, 옛 추억을 회상하게 만드는 공간으로 변신을 시도하고 있다. 사람은 길을 만들고 길은 사람을 변화시킨다. 남한강과 북한강 주변에 있던 옛 철길의 터널들이 새롭게 태어나고 있다.

도미니크로로의 〈심플한 정리법〉에서 '단순한 삶이란 모든 욕망을 버리는 것이 아니라 욕망이 증폭되지 않도록 삼가며, 지배당하지 않는 법을 배우는 것이다. 소박함을 명목으로 무엇이든 버리자는 것이 아니라 홀가분한 자유를 누리라는 것이다'라고 했다. 북한강 자전거길은 바로 그런 담백한 길이었다. 그 길을 홀가분하게 자유를 누리며 홀로 걸었다. 다가올 낙동강 자전거길도 기다려진다. 어떤 삶의 풍경으로 다가올지.

여섯 번째 여정
낙동강 자전거길

2019/03/27 09:14 AM

5대강을 따라 자전거길 걷기놀이 (하)

낙동강 자전거길 385km

낙동강하구언 을숙도 - 안동댐

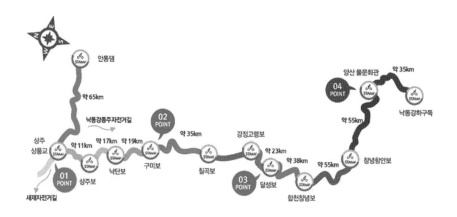

아침마다 문틈으로 들어오는 구수한 빵 냄새는 식욕을 돋운다. 아침마다 커피 가루가 필터 안에서 머무르는 순간을 보는 것도 즐겁다. 아침마다 핸드드립으로 커피를 추출하는 기다림의 시간이 있어서 여유를 느낀다. 빵 냄새와 커피 향기가 거실에 가득 채워지면 내 마음은 더없이 풍요로워진다. 모두 기다림과 머무름이 가져다준 작고 소중한 기쁨이다.

낙동강 자전거길 도보여행도 그런 냄새이고, 그런 느낌이다. 마치 오래된 필름카메라로 사진을 찍는 것처럼 기다림과 머무름이 필요한 정직한 여행이고, 막 까먹는 스낵처럼 굉장히 사소한 것에서도 진짜 행복이 느껴지는 착한 여행이 아닐까 싶다.

낙동강 자전거길을 여는 풍경

이희인의 〈여행의 문장들〉에서 '길과 길이 어떻게 만나고 이어지는가를 알게 되는 일은 행복합니다. 산과 산이 어떻게 어울려 산맥을 이루고 강물과 강물이 어떻게 만나 거대한 바다로 나아가는 지 목도하는 일은 경이롭기만 합니다. 세상의 길이 어떻게 만나는가를 더듬어 알고 발견하는 일이 여행이라고 생각합니다'라고 했다. 낙동강 자전거길 걷기 여행을 통해서 마을과 마을 사이에는 길이 있고 언덕이 있으며, 언덕 사이로 끊어질 듯 이어지면서 유유히 흐르는 크고 작은 물길이 있다는 것을 알게 된다. 처음에는 동에서 서로 흐르다가 거대한 언덕에 가로막혀 다시 방향을 남쪽으로 돌려 부산까지 흐르는 가장 큰 물길이 바로 '낙동강'이다.

강물이 낮은 곳만을 향해 움직인다는 사실은 도보여행자에게는 가장 큰 매력이 아닐 수 없다. 낮은 곳만을 찾아 흐르다 보니 물길은 고불고불하다. 그 마음이 얼마나 거짓이 없이 바르고 곧은가. 또 물은 낮은 곳으로 흘러가므로 겸손의 상징이며, 물 없이는 어떤 생물이든지 목숨을 유지할 수 없으므로 모성의 상징이기도 하다.

마찬가지로 하이(high)로드가 아닌 로우(low)로드를 따라 만들어진 낙동강 자전거길은 도보여행자에게 타인을 존중하고 스스로는 낮추라고 한다. 즉 '겸손'이라는 동양적인 가르침을 준다. 강변을 따라 걸어가는 자전거길도 구불구불하다. 구불구불 돌고 도는 자전거길은 비록 길고 멀지만 '느림의 삶'을 실천할 수 있는 정직한 공간이다. 지금 세상에서 가장 낮은 길을 혼자서 에둘러 걸어간다. 가장 낮은 곳에 위치하고 있고, 크고 작은 물길을 따라 먼 길을 돌고 돌아 끝없이 이어지는 낙동강 자전거길이기에 도보여행자에게는 두렵기도 하고 설레기도 하는 곳이다.

　매일 자고 나면 아침마다 이런 물음들이 생겼다. 나는 왜 5대강 자전거길을 걷고 싶어 할까? 누가 물으면 은퇴 후에 스스로 살아있음을 느껴 보려고 그런다고 웃음으로 대답했다. 하지만 아직까지 물음에 대한 답을 찾지는 못했다. 여전히 의문이다. 2014년 11월 어느 날인가 걷고 싶다는 작은 날갯짓 때문에 바로 그런 일이 벌어진 것만 같다. 나비효과로 인한 태풍의 시간이 벌써 5년 넘게 흘러간다. 시작할 때의 미미한 발걸음들이 모아 모아서 1km, 5km, 10km, 100km, 500km 지나서 지금 650km 에 육박하고 있다. 한걸음 60cm라는 작은 보폭으로 걸어서 도달한 거리가 650km라니 스스로 생각해도 상상할 수 없는 거리이다.

　또, 도심에서 벗어나 자전거길에서 낯선 풍경을 만나면 마음이 편해지는 이유는 무엇일까. 일상과 다른 경험이 전하는 생경함 때문일까. 자전거길 도보여행은 아름다운 산천의 정경(情景)과의 꾸준한 만남을 통해서 흔들리던 마음의 균형을 찾아갈 수 있어서 좋다. 자전거길에서 만난 다채로운 녹음이 세상 그 무엇보다도 효과적으로 마음을 가라앉혀준다. 강이 만들어내는 풍경은 내 발걸음의 궤적을 더하는 나만의 정신적 만트라 같은 것이다.

　또, 나는 자전거길 도보여행에 대한 글을 왜 계속해서 남기는 것일까? 글을 쓰는 일은 내 세계를 타인에게 선보이는 일이다. 타인의 세계를 간접적으로 경험하는 일이다. 타인과 나 사이의 일에 고개를 돌리지 않는 일이다. 내가 '더 나은 나'가 되기 위한 구체적인 수단이다. 아직 나는 깨지 못한 편견이 많고 고치지 못한 부족함도 많다. 이처럼 나는 '더 나은 나'로 살아가고 싶어서 그리고 그 안에서 자유롭기 위해서 여행에 대한 글을 쓰고 있는 것이 아닐까.

　낙동강 자전거길은 북한강에 이어 두 번째로 혼자 가는 도보여행이다. 그곳은 낯선 공간이고, 먼 길을 가는 여행이기에 최소한의 인내력이 필요하다. 그렇지 않으면 걷기놀이의 전체적인 리듬을 잃어버린다. 홀로 조용히 사유하는, 마음을 텅 비우고 무심히 지켜보는 그런 시간이 없다면 전체적인 삶의 리듬 같은 것은 사라진다. 그리고 마침내 삶의 탄력을 잃게 된다. 수많은 망설임과 불안 그리고 설렘 속에서 출발했다. 지도 속에서 자전거길을 찾고, 거리를 재고, 숙소를 찾아 헤맸다. 모든 것은 숙소를 기준으로 해서 적당한 거리를 재고 길을 이었다. 몇 번이고 지도를 보고 길을 익혔다. 그것은 지구가 태양을 한 바퀴 도는 시간 동안 벌어지는 끝임없는 감정의 동요 속에서 자신이 할 수 있는 일을 찾아가는 인고(忍苦)의 시간이다. 낙동강 자전거길에서 홀로 있는 시간 동안 '걷고, 보고, 물으면서' 타인과 더불어 사는 방법을 배울 수 있었으면 좋겠다.

낙동강하구언 을숙도에서 양산 물금역까지

낙동강하구언 을숙도에는 낙동강전망대가 있다. 전망대에 올라서면 낙동강 하류가 한눈에 들어온다. 낙동강하구언 공원은 잘 가꾸어져 있다. 공원 주변을 한참 둘러보고 설레는 마음으로 낙동강 자전거길을 나선다. 입구에 '출발'을 알리는 하얀 화살표가 길을 재촉한다. 간간이 자전거를 탄 여행자들이 오고 간다. 낙동강하굿둑 주변은 차량의 통행으로 복잡했다. 소음과 매연으로 뒤덮인다. 요즘은 미세먼지까지 더해 숨쉬기가 힘들 지경이다. 오늘따라 봄햇살까지 강했다. 준비해온 미세먼지 방지 마스크를 쓰고 설레는 마음으로 천천히 낙동강 자전거길을 열었다.

예로부터 을숙도는 '새가 많이 살고 물이 맑은 섬'이라는 뜻에서 붙여진 이름이다. 한때는 갈대와 수초가 무성하고 어패류가 풍부하여 동양 최대 철새도래지였다. 1987년 하굿둑 건설 이후 낙동강 하구 일대는 매우 빠르게 자연환경에 변화가 나타났다. 그래서 2005년에 철새도래지인 을숙도 일원의 낙동강 하구를 보전하고, 을숙도의 불법경작지를 복원하여 생태공원으로 조성하고자 을숙도 인공습지생태계 즉, '을숙도생태공원'이 조성되었다고 한다. 그나마 다행이다. 늦게라도 사람들이 자연과 함께 공존하는 세상이 지속 가능한 세상이라는 것을 알아갔으면 한다.

낙동강하구언 '을숙도생태공원'에서 첫발을 내디딘다. 2014년부터 영산강을 시작으로 섬진강, 금강, 남한강 그리고 북한강을 이어서 걸어오고 있다. 마지막으로 낙동강 자전거길인 낙동강하굿둑에서 안동댐까지 가장 먼 길을 천천히 걸어갈 것이다. 먼 길을 홀로 걸어가는 나에게 가장 절실한 한마디는 '당신의 속도'라는 말이다. 자신의 속도대로 걸어가라. 굳이 세상과 발맞춰 갈 필요는 없다. 제 보폭대로, 제 호흡대로 걸어가라. 욕심부리지 말고 천천히 걸어가라. 서두르거나 무리해서는 안 될 것이다. 느리게 흘러가는 시간 속에서 자연스럽게 몸으로 체득한 기다림이라는 삶의 방식이 '걷기놀이'다. '걷기는 느림'이라는 초심을 잃지 말아야 한다.

'낙동강 자전거길. 시작 0km'라는 출발기점에 섰다. 마지막 기점은 '낙동강 안동댐까지 385km'라고 했다. 매일매일 그리워했던 낯선 공간이다. 낙동강 자전거길 시작점, 그 앞에 내가 지금 서 있다. 묵직했던 그리움은 벅찬 감동이 되어 밀려온다. 동시에 끝까지 걸어갈 수 있을까 하는 두려움도 함께 밀려온다. 벅찬 감정을 추스르고 낙동강 자전거길 도보여행을 나선다. 어떤 여행은 사람을 치유하기도 하고, 어떤 여행은 그 사람의 인생을 뒤바꾸어 놓기도 한다. 또한, 어떤 여행은 세상을 바꾸어 놓을 수 있다고 믿는다. 결국, 자신을 성장시키는 여행의 힘은 '어디로'가 아니라 '어떻게' 여행하느냐에 달려있다. 도보여행은 싸목싸목, 천천히, 그리고 한 걸음씩 앞으로 나아가는 것이다. 천천히 걸어가는 것은 어떤 의미일까. 모든 길과 길 위의 여행은 어디론가 손을 뻗는 행위와 다름없다. 내가 지나온 모든 길은 곧 당신에게로 향한 길이다. 내가 거쳐 온 수많은 여행은 당신을 찾기 위한 여행이다. 내가 길을 잃고 헤맬 때조차도 나는 당신을 향해 걸어가고 있다. 그리고 마침내 당신을 발견했을 때 나는 알게 된다. 당신 역시 나를 향해 걸어오고 있다는 것을 말이다. 이런 것이 도보여행을 하는 목적이 아닐까. 이렇게 두렵고 떨리는 마음으로 낯선 낙동강 자전거길 속으로 빠져든다.

낙동강하굿둑 긴 다리 끝자락에 '나루쉼터'가 있다. 낙동강 자전거길은 시작부터 다른 강에 비해 혼잡하고 어수선했다. 그것은 도시 중심부에 있기 때문이다. 자전거길옆으로 대로까지 있어 소음과 매연으로 을숙도의 풍경을 자세히 볼 겨를이 없었다. 빨리 벗어나고 싶다는 생각뿐이다. 도로 옆으로는 기존의 '부산 갈맷길'을 따라 인도와 자전거길이 있고, 아래쪽으로는 산책로가 있다. 처음으로 낙동강 자전거길의 거리를 나타내는 이정표(500m마다 하나씩 설치되어 있음.)를 발견했다. [현 위치 부산 No1, 양산까지는 20.8km] 누구에게는 아무것도 아닐 것이고, 누구에게는 매일 보는 작은 표시였지만 나에게는 소중한 이정표였다. 처음이라는 말과 함께 감동까지 밀려오는 이정표였다. 이제 정말 낙동강 자전거길을 걸어가는구나. 여기서 시작되는 이 길은 나를 어디까지 데려갈까. 이 길에서 나는 무엇을 만날 수 있을까. 이 길의 끝에서 내가 찾고자 하는 것은 무엇일까. 여행자에게 세상의 길이 어떻게 만나고 연결되는지 아는 것은 흥미롭고 즐겁다. 더 나아가 경이롭기까지 하다고 했던가.

부산 사하구, 사상구를 잇는 도로를 따라 낙동강 자전거길은 이어진다. 낙동강 물줄기를 따라 한 걸음 한 걸음 옮길 때마다 길 위에 작은 흔적을 새긴다. 내 발길이 닿았던 곳마다 밑줄을 긋는다. 밑줄을 긋는다는 것은 길이 나와 깊은 관계를 맺는다는 것이고, 그 찬란한 순간을 꼭 붙잡겠다는 것이며, 잠시 마음을 뒤흔든 감동 속에 조금 더 오래 머물고 싶다는 것이다. 그리고 작은 흔적이나마 오랫동안 기억하고 싶다는 것이다. 자전거길에 흔적은 남기고, 밑줄을 긋는 데에는 작고 낡은 디지털카메라 한 대, 스마트폰 메모지 앱, 그리고 작은 배낭 하나면 충분했다. 이 세 가지만 있으면 가난하지만, 행복한 도보여행자가 될 수 있다.

산책로 바닥에 '걷기 좋은 길을 만들었습니다' 라는 글귀가 새겨져 있다. 낙동강 하구는 도심의 발달로 잘 정비가 되어 있고 단정한 모습이다. 강가로 길게 둑을 쌓아 길을 내고, 물길을 막아 둔치에는 크고 작은 공원을 만들었다. 도심 속의 낙동강 하구는 거친 바다와 만나는 야성의 강이 아니라, 단정하고 순종적인 하천으로 변하고 있었다. 인간의 편리에 따라 재단되고 있는 강은 원래의 강다운 야성의 모습을 잃어가고 있었다. 강답지 않은 강은 자신의 본연의 모습을 잃어가고 있다는 증거이다. 강이 자신의 모습을 잃는다는 것은 자정능력을 상실했다는 말이기도 하다. 이런 강은 우리가 보기에는 좋았고, 우리에게는 아주 편리했다. 하지만 강에게는 상실이고, 상처이고, 아픔이고, 고통이 아닐까 싶다.

낙동강하구언 을숙도에서 한 시간 정도 걸었을까. '삼락생태공원'이다. 낙동강 자전거길은 도로를 건너 원래 있었던 도심 속의 '제방 벚꽃길'로 연결되고 있다. 구포역까지 약 11km나 되는 긴 '제방 벚꽃길'은 '도심 속의 허파' 같은 공원이다. 공원 양쪽으로는 아스팔트 도로에서 차량의 심각한 소음과 분진이 날리지만 도로 한가운데 있는 이 길은 봄날 산책하기에는 참으로 좋은 공간이다. 다만 자전거길과 산책로가 함께 있어 곳곳에 약간의 위험이 따른다. 오늘같이 벚꽃이 활짝 피어 상춘객이 많아지면 더 위험했다. 군데군데 '자전거길에서 자전거 속도를 보통 20~30km에서 이 구간만큼은 10km 이하로 낮추어야 사고를 미연에 방지할 수 있습니다'라는 경고문까지 붙어있었다. 이 구간만큼은 조금 느리더라도 자전거에서 잠시 내려 걸어갔으면 하는 바람이다. 내 바람과는 달리 자전거 라이더들은 상춘객 사이를 곡예를 펼치듯이 빠르게 지나간다. 무엇이 그리 바쁜지 앞만 보고 달려간다.

과거 낙동강 제방 역할을 했던 이 길은 지금은 제방 앞으로 또다시 제방을 쌓아서 둔치에 새로운 '삼락생태공원'을 만들었다. 그러다 보니 이곳은 제방 역할보다는 도심 공원으로 탈바꿈했다. 그때 심은 4~50년쯤 될 것 같은 울창한 벚나무 가지들이 하늘을 덮고 있다. 산책로에서 바라본 하늘은 온통 분홍빛깔이다. 도심 속의 산책길은 바깥세상과 단절된 듯했다. 산책길은 벚나무 꽃잎으로 뒤덮여 너울거리며 춤을 추고 있다. 그 공간에는 온통 벚꽃 향기로 가득 채워진다. 마치 한적한 시골길을 걷는 기분이다. 봄나들이하는 상춘객들이 산책로를 가득 채운다. 길을 걷는 사람들의 표정은 맑고 밝고 편안해 보였다. 혼자라는 외로움을 잠시 접고 나도 덩달아 그들의 일상 속으로 들어간다. 봄의 속삭임 같은 엷은 분홍빛깔의 벚꽃이 두 눈에 가득 채워진다. 벚꽃이 가득한 공간은 순간순간 천상의 나라에 온 것 같은 착각에 빠져들게 했다. 아름다운 풍경은 한 폭의 수채화로 그리기에는 턱없이 부족했다.

자연스럽게 '버스커버스커'의 '오늘은 우리 같이 걸어요. 이 거리를. 밤에 들려오는 자장노래 어떤가요. 몰랐던 그대와 단둘이 손잡고 알 수 없는 이 떨림과 둘이 걸어요. 봄바람 휘날리며 흩날리는 벚꽃잎이 울려 퍼질 이 거리를 둘이 걸어요'라는 '벚꽃 엔딩'의 노래가 울려 퍼지는 듯했다. 혼자서 걸어가도, 둘이 걸어가도, 그리고 모두 함께 걸어가도 넉넉한 길이고 감성이 풍부해지는 벚꽃길이다. 이름 모를 누군가와 함께 걸어도 어색하지 않을 만큼 아름다운 분홍빛 세상이다. 모든 사람들을 마법의 세상으로 인도하는 듯했다. 푸른 하늘에 너울거리는 벚꽃의 분홍빛 풍경은 마치 팝콘이 터져서 만들어내는 풍경처럼 화사하고 포근했다. 도심 가운데 허파 같은 쉼터가 있다는 것은 얼마나 큰 축복인가.

'삼락생태공원'의 삼락(三樂)이라는 지명은 1910년 양산군 좌이면 소용리를 부산부로 편입시킬 때 삼락리로 개칭하면서 생겨났다. 둔치지역에 퇴적사질토로 인해 조성된 삼락 딸기밭은 1970년대까지 낙동 제방을 찾은 시민들의 발길이 끊이지 않던 명소였다고 한다. 낙동강 유역의 근대화 과정에서 홍수의 피해를 막기 위해 제방을 쌓기 시작하면서 그 모습이 크게 변해버렸다. 지금은 그곳에 시민들의 휴식과 생태환경 공간으로 '삼락생태공원'으로 조성되었다. '삼락(三樂)'이란 말은 세 가지 즐거움이란 뜻이다. 맹자의 군자삼락(君子三樂)이나 공자의 인생삼락(人生三樂)이라는 말과 달리 여기서 '삼락(三樂)'은 삼락동 딸기밭을 연상하여 강상청풍(江上淸風, 낙동강 위의 맑은 바람), 노전낙조(蘆田落照, 갈대밭의 저녁노을), 누하매전(樓下苺田, 원두막 아래 딸기밭)을 세 가지 즐거움으로 칭송했다. 어쩌면 삼락(三樂)보다는 삼경(三景)에 더 가깝다. '삼락생태공원'의 과거와 현재 그리고 미래의 모습이 그려지는 듯했다.
조선 중기의 문인인 신흠의 〈상촌집(象村集)〉에 나오는 인생삼락(人生

三樂)도 있다. 문 닫으면 마음에 드는 책을 읽고, 문 열면 마음에 맞는 손님을 맞이하며, 문을 나서면 마음에 드는 산천경개를 찾아가는 것이 삼락(三樂)이라고 했다. 이처럼 '삼락(三樂)'은 크고 넓고 거창한 것이 아니었다. 바로 소소한 일상에 있다는 것이다. 지금 이 순간 나에게 '삼락(三樂)'은 무얼까? 몸과 마음이 건강하다는 것, 낙동강 자전거길을 걸어가고 있다는 것, 아름다운 산천의 정경을 마음껏 볼 수 있다는 것, 이런 것이 소소한 일상 속에 느끼는 나만의 걷기놀이의 세 가지 즐거움이 아닐까 싶다.

'제방 벚꽃길'을 따라 한참을 걸었다. 군데군데 수많은 교각이 얽히고설켜 있다. 다리를 통해 수많은 길이 사방으로 뻗어 나간다. 이 길은 구포역 근처까지 계속 확장되고 있다. 벚꽃 길을 걸어갈수록 벚꽃 향기는 옅어지고, 벚나무는 조금씩 작아진다. 대부분 어린나무뿐이다. 최근에 심은 모양이다. '제방 벚꽃길' 전망대에 도착했다. 전망대에서 바라본 '삼락생태공원'은 그 크기가 짐작되지 않을 만큼 크고 넓었다. 넓은 둔치가 잘 관리되고 있다. 사계절 꽃단지, 오토캠프장, 수상레포츠타운, 감전야생화단지, 문화마당, 연꽃. 코스모스 단지, 철새 먹이터, 중앙광장, 삼락습지 생태원, 삼락갈대숲 등 다양한 시설이 곳곳에 설치되어 있다. 공원은 도심 속의 사는 사람들이 숨 쉬고 휴식을 취하는 공간이다. 공원으로 변한 낙동강 둔치는 정갈했다. 하지만 진정으로 낙동강을 사랑하는 것은 가꾸는 것이 아니라 제멋대로 하게 방임해야 하는 것이 아닐까. 자연에 손을 적게 대야 하는 것이 아닐까. 필요한 만큼만 관리해야 하는 것이 아닐까 싶다.

어느새 구포역이다. 자전거길 옆으로 구포역으로 올라가는 계단이 보인다. 입구에는 '자전거길 안전수칙'이 적혀있다. 안전수칙은 보행자에게도, 자전거를 타는 사람에게도 모두 중요하다. 그리고 자전거 라이더라면 당연히 지켜야 할 기본예절이다. 운전자라면 누구나 지켜야 할 기본상식이다. 너무 당연한데도 잘 지켜지지 않는 것이 현실이다. 그런 것들이 사고의 원인이 된다. 알면서도 작은 방심이 큰 사고를 일으키는 사례가 너무 많다. 자전거길을 벗어나 구포역에 올라서자 자전거길에서 본 세상과는 또 다른 세상이 펼쳐진다. 세상의 모든 길이 얽히고설켜 복잡했다. 많은 사람은 바쁘고, 빠르게 움직인다. 그래서 스스로 물었다.

내가 낙동강 자전거길을 느릿느릿 걸어가는 것이 비정상일까.
삶의 평균 속도는 어느 정도일까.
느리다는 건 뒤처지는 것일까.
뒤처지면 낙오되는 것일까.

많은 생각이 교차했다. 내가 생각하기에 삶은 결코 경주가 아니다. 저마다의 리듬과 속도, 모습과 스타일로 살아가는 것이다. 하지만 세상은 그런 사람을 '낙오자'라는 이름으로 누명을 씌운다. 은퇴 이후에 느리게 살아가고 있는 나는 과연 잘살고 있는 걸까. 길은 가는 곳마다 질문 하나 툭 던지고 멀리 사라진다. 답은 자신의 몫이다. 길에서 그 답을 찾을 수 있을까.

'화명생태공원'이 가까워진다. 자전거길은 거대한 아파트 숲을 지나 서서히 도심을 벗어나고 있다. 차량소음은 줄어들고 분진도 적어진다. 길은 한산해지고 왕래하는 사람들도 적어진다. 간간이 걷는 사람이나 자전거 탄 사람들이 지나간다. 몸과 마음은 편해지고 발걸음에는 여유가 묻어난다. 비로소 낙동강 자전거길에 들어선 기분이다. '화명생태공원' 안에는 튤립이 자라고 있다. 이제 막 꽃망울을 피워내고 있는 화려한 빛깔의 튤립이 그나마 홀로 걸어가는 여행자의 길동무가 된다. 이 공원은 화명역으로 가는 기찻길 아래 둔치에 조성된 근린공원이다. 멀리 낙동강이 보이고 둔치 가운데는 야외 수영장도 있다. 먼 흔적만 남겨진 간이쉼터인 '금곡 동원지 나루터'를 지나쳐 낙동강 자전거길은 호포로 향했다. 화명에서 호포로 향하는 길은 일직선으로 뚫려있어 시야가 넓고 마음이 시원해지는 느낌이다. 이제야 다른 강에서 느꼈던 자전거길답다. 여기까지 낙동강 자전거길은 도심에 막히고, 찻길에 막히고, 아파트 숲에 막혀 답답했다. 부산을 지나 양산으로 들어서는 길목에서 비로소 낙동강 자전거길의 느긋하고 넉넉한 풍경이 느껴진다. 도심에서 답답했던 가슴이 뻥 뚫리는 듯했다.

낙동강 자전거길을 따라 구포역, 화명역, 호포역, 물금역으로 향하는 부산 2호선 전철이 지나간다. 호포역 너머에 낙동강을 끼고 도는 마을들이 보인다. 그곳은 아마 양산시일 것이다. 자전거길 옆으로는 '명품백송 국수'라는 플래카드가 나부낀다. 이곳 호포마을은 국수가 유명한 모양이다. 작은 마을에 국숫집 간판이 여럿 보인다. 호포마을은 낙동강과 양산천이라는 두 물길이 만나는 곳이다. 그래서 자전거 라이더들이 많이 모이는 곳이고, 쉬어가는 곳이다. 옛날에는 강변 위에 있는 아담한 강촌마을이었을 것이다. 지금은 호포역이 생겨 전철이 다닐 만큼 부산에서 가까운 도심으로 변화하고 있는 곳이다.

'다리 공사 중'이라는 표지판에 자전거길은 막혔다. 우회하라는 표지판은 낯선 곳에 처음 오는 도보여행자에게는 순간 혼란스러웠다. 어디로 가야 하나. 한참을 망설이다가 어렵게 자전거길을 물었다. 호포마을 쪽으로 가라고 했다. 또 호포마을 쪽으로 가다가 물으면 다시 돌아가란다. 한참을 갈팡질팡 우왕좌왕하다가 가까스로 방향을 잡았다. 결국, 모든 것은 소통의 부재, 지식의 부족에서 온 혼란이다. 예순 살이 넘어가는 이 나이에도 여전히 스무 살 때와 마찬가지로 지독하게 수줍음을 탄다는 사실이 속상했다. 이곳은 양산천과 낙동강이 갈라지는 곳이다. 그래서 자전거길이 두 갈래였다. 하나는 양산천 자전거길이고, 또 하나는 낙동강 자전거길이다. 그것을 몰랐던 것이다. 자전거길이라면 당연히 낙동강 자전거길만 생각했다. 스스로 잘못된 지식의 오류에 빠진 것이다. 낙동강 자전거길은 갈림길에서 아래쪽으로 해서 강을 건너야 한단다. 지금은 다리가 공사 중이라 강에 놓인 임시다리를 건너면 낙동강 자전거길로 들어선다고 알려준다. 다시 원래 갈림길로 되돌아왔다. 체력도, 시간도 많이 소모했다. 가까스로 낙동강 자전거길을 찾아 물금역으로 향했다. 다행히 물금역은 그곳에서 멀지 않은 곳에 있다.

호포마을은 작았지만, 국숫집이 유난히 많았다. 국숫집에 앉아 명품 국수 한 그릇 먹으면서 잠깐 쉬어가고 싶은 곳이고. 홀로 가는 여행자인 나를 내가 위로하고 싶었던 곳이고. 홀로 앉아 바깥 풍경을 바라보면서 단순해지고, 순수해지고 싶은 곳이다. 하지만 당황한 나머지 초조한 마음에 유명하다는 호포 국숫집을 지나치고 말았다. 맑은 국물에 잠긴 부드러운 면발의 국수를 '후루룩' 소리를 들으면서 먹는 것을 정말 좋아하는데. 물금역에 도착해서야 후회했다. 도보여행자로서 아직도 '초자' 같은 기분이 들어 마음이 무거웠다. 걷는 것은 넉넉함이고 느긋함인데 말이다. 자유로움을 얻기 위해 길을 걷는 데 그 길에서 초조함 때문에 자유를 억압하지는 않았는지. 홀로 하는 여행이라 너무 긴장했나 보다. 혼자만의 도보여행이 아직 익숙하지 않아서 그런가. 마음속으로 수도 없이 자기변명을 해 보았지만, 여전히 소심함은 몸속 깊숙한 곳에 자리 잡고 있었다. 모든 것을 혼자 결정해야 한다는 것은 홀가분했지만, 다른 한편으로는 불안감이 커지는 원인이기도 했다. 홀로 가는 여행은 모든 것을 할 수 있는 자유와 아무것도 하지 않아도 되는 자유를 동시에 준다는 것이다. 선택은 자신의 몫이다. 아무튼, 좋은 경험이었다.

낙동강 징검다리 같은 임시다리를 건너 반 시간쯤 걸었다. 그곳에는 '황산생태공원' 있었고, 생태공원 너머에 물금역이 나를 기다린다. '황산생태공원'은 양산시 물금읍 앞에 발달한 넓은 둔치이다. 낙동강을 끼고 도는 너른 공간에 들어선 생태공원이다. 공원 안에는 선명하게 파란 자전거길이 보인다. '황산생태공원'은 억새뜰, 억새랑길, 아이뜨락, 생태물길, 도란뜰, 마루, 소담, 도담 등 다양한 공간들이 마련되어 있어 여행자들이 편히 쉴 수 있는 공간이다. 이곳은 자연과 사람이 공존하는 쾌적하고 아름다운 도심 속의 생태공원이다. 산책로를 따라 걷다 보면 다양한 모양과 다채로운 색깔의 동식물을 볼 수 있고, 소중한 사람들과 함께 건강한 휴식공간에서 치유의 시간을 가질 수도 있을 곳이다. 그 안에서는 숱한 생명의 모습을 보며 서로 감당할 수 있을 만큼의 진폭을 가늠해가는 과정이 중요하다. 우리는 무엇으로부터도 완전하게 벗어날 수 없다. 길에서는 자연과 더불어 살아가는 방법을 배울 뿐이다.

낙동강 자전거길 시작부터 낯선 공간에 적응하지 못해 쉼 없이 걸어왔다. 휴식의 공간이 필요했다. 다리 밑에 컨테이너 간이쉼터가 보인다. 자전거길 「낙동강 25km, 안동댐 360km」 지점이다. 오늘 하루 동안 멀리 왔고 많이도 걸었구나. 목적지 물금역이 보이자 피로감이 빠르게 밀려든다. 쉼터에 들러 오뎅 3개(2,000원)와 달달한 봉지 커피 한 잔(1,000원)으로 당분을 보충했고 간단히 허기도 채웠다. 따뜻하고 달달한 음식이 들어가자 무겁던 기분이 나아진다.

물금역으로 들어가는 길을 묻자 육교를 통해서 물금역을 건너 시가지로 들어가라고 했다. 자전거길은 공원을 돌고 돌아 캠프장까지 와서야 육교가 보이기 시작했다. 육교에서 바라본 황산생태공원은 크고도 넓다. 곳곳에 봄 쑥을 채취하는 동네 주민들도 간간이 보인다. 벚나무들이 물금역 따라 길게 뻗어 있다. 새로운 동네에 왔다. 낯선 공간이지만 우리 동네 유달산 어민 동산의 거리 풍경과 닮았다. 철길을 따라 벚꽃들이 끝없이 이어진다. 가지마다 벚꽃들은 한줄기 작은 바람이라도 불면 금방이라도 피어날 듯 큼직한 꽃망울을 머금고 있다. 양산 물금읍이다. 낯선 공간을 둘러보고 먼저 숙소를 찾았다. 낙동강하굿둑에서 양산시 물금역까지 25km 정도 걸어왔다. 숙박할 장소가 마땅치 않아 조금 무리해서 이곳까지 오게 되었다. 첫날부터 낯설고 긴장해서 조금 서둘렀던 감이 없지 않았고, 중간에는 방향을 잃어서 시간이 조금 지체되었다. 그래도 낙동강하굿둑에서 두 발로 걸어서 이곳까지 왔다는 사실이 뿌듯했다. 한 걸음 한 걸음은 느림이고 잔잔함이었고, 가끔은 두렵고 불편함이었다. 그런 가운데서 때때로 설레고, 때때로 불안했다. 하지만 걷는 동안만은 마음에 평온함을 느끼는 것이 또한 걷기라는 놀이가 아닐까 싶다.

　낙동강 자전거길 걷기의 첫날. 홀로 걸었던 길고도 낯선 하루를 마무리했다. 침대에 누워 눈이 머무르던 풍경과 지나온 순간순간들을 복기한다. 문득 도보여행은 마치 내가 매일 아침에 핸드드립 커피를 만들어 마시는 과정과 닮았다는 생각이 든다. 핸드드립 커피는 편리한 봉지 커피보다 많은 기다림과 머무름의 시간이 필요하다. 복잡하고 불편한 과정을 건너뛰게 해줄 커피 제품이 시중에는 많이 나와 있는데 내가 굳이 핸드드립 커피를 선호하는 이유는 마치 길을 걸어가는 싶은 이유와 닮았기 때문이다. 도보여행은 편리한 자동차나 기차 여행에 비해 지루할 만큼의 기다림이 필요한 여행이다. 그리고 기다리는 시간만큼 세상을 깊이 있게 음미할 수 있는 머무름의 시간을 가질 수 있다는 것이다.

　은퇴 이후 단독주택으로 이사하면서 우리 집에는 새로운 변화가 생겼다. 매일 아침 똑같은 식사를 한다는 것이 식상했고, 아침마다 식사를 준비하는 아내의 번거로움을 줄이기 위해서 시작한 일이다. 한 번도 경험하지 못했던 생경한 아침이다. 아침은 간단히 커피, 과일, 그리고 빵 한 조각으로 해도 괜찮다는 생각이 들었다. 직장에 나가는 일이 없기에 가벼운 식사를 해도 일상에 큰 불편은 없을 것 같았다. 매일 아침 약간의 빵, 과일, 요구르트, 그리고 한 잔의 커피로 아침을 연다는 것이 처음은 낯설었지만 이젠 익숙하다.

내 일상은 은퇴하고부터 매일 일어나면 책을 보다가 오전 9시쯤에 늦은 아침을 먹는다. 매일 아침 야채샐러드를 만들고, 빵을 굽고, 커피를 마시려고 물을 끓이는 일부터 시작된다. 물이 끓는 동안 손으로 돌리는 커피 그라인더에 커피콩을 넣고 양손에 공평한 역할을 나눠주고 열심히 커피콩을 간다. 손으로 커피콩을 가는 일은 빨리할 수 있는 일이 아니다. 천천히 두 손을 번갈아 가면서 돌려야 한다. 기다림의 시간이 필요하다. 커피콩이 다 갈릴 때쯤에 물이 보글보글 끓는다. 그러면 서버 위에 드리퍼를 놓고, 그 위에 필터를 깔고, 커피 가루를 그 위에 쏟는다.

뜸 들이기는 머무르는 시간이 필요한 과정이다. 보통 85도 정도 되는 뜨거운 물을 드립 포트에 담아 커피 가루에 물을 조금씩 붓는다. 처음은 커피가 물에 적실만큼 부어 커피의 향기가 잘 우려 나도록 뜸을 20초 동안 드린 다음 다시 2~3분 안에 커피 가루에 골고루 천천히 여유 있게 부어준다. 천천히 골고루 여유 있게 물을 잘 부어야 커피가 잘 우려 나와 깊은 맛이 있다는 것이다. 그만큼 커피는 느림에 민감하다. 그래서 사람마다 자신의 성격이나 그날의 마음 상태에 따라 커피 맛은 매일 매일 달라진다. 같은 커피를 사용해도 그날의 물의 온도, 물의 양, 우리는 시간, 그리고 커피를 만드는 사람의 상태에 따라 천차만별이다. 그것이 커피를 마시는 매력이다.

이렇게 은퇴 이후, 식탁의 아침 풍경은 조금씩 진화하고 있다. 평생을 함께 살아온 부부가 하루의 시작을 '같은 마실 것'인 커피로 시작할 수 있다는 게 얼마나 감사한지 모른다. 일상의 평범한 시간 속에 그 시간만큼 고맙고 감동을 자아내는 순간은 없을 것이다. 새로 장만한 두 개의 잔에 커피가 채워지면 하루의 시작이 즐거워진다. 시간이 지날수록 커피

향의 깊은 매력이 빠져든다.

처음에는 커피만으로는 조금 부족해서 동네 마트와 빵집에서 요구르트로 사고, 빵도 사서 먹었다. 하지만 요즘은 요구르트도 직접 만들고, 빵도 직접 만들어 먹게 되었다. 물론 빵집에서 사 먹는 것에 비해 직접 만드는 일은 번거롭고 불편하다. 그리고 기다리고 머무르는 시간이 너무 길다. 무려 4시간 정도 기다려야 한다. 하지만 기다리는 시간만큼 빵 냄새는 더 구수해지고 그 맛은 더 깊어진다.

아침마다 문틈으로 들어오는 구수한 빵 냄새는 식욕을 돋운다. 아침마다 커피 가루가 필터 안에서 머무르는 순간을 보는 것도 즐겁다. 아침마다 핸드드립으로 커피를 추출하는 기다림의 시간이 있어서 여유를 느낀다. 빵 냄새와 커피 향기가 거실에 가득 채워지면 마음은 더없이 풍요로워진다. 모두 기다림과 머무름이 가져다준 작고 소중한 기쁨이다. 지금까지는 알지 못했던 일상 속에서 살고 있다. 무엇이든 직접 만든다는 것을 생각해 본 적이 없다. 또 바쁘다는 핑계로 할 필요도 없었다. 직접 무언가를 만드는 것, 즉 '핸드메이드'로 일상을 살아간다는 것이 친환경적이고 건강에도 좋다. 다양한 식생활을 생각하게 되고, 세상의 먹기리에 내해 생각할 수 있는 시간이 많아지기 때문이다.

도보여행도 그런 것이 아닐까. 나는 약간의 불편함을 주는 느림과 잔잔함을 좋아한다. 자전거길 걷기놀이는 바로 그런 매력이 있는 느린 여행이다. 마치 오래된 필름카메라로 사진을 찍는 것처럼 기다림이 필요한 여행이다. 뭐가 나올지 모를 그 '우연'에 맡기는 시간이 좋다. 어찌 보면 도보여행이란 나 스스로 자처하는 '우연'의 행보이다. 여행의 시작과 도중에 아무리 철저히 계획을 해봐도 삶과 마찬가지로 무엇을 만나고, 잃고, 얻고, 느끼게 될지는 전혀 예측할 수 없다. 결국, 여행 중에 '우연'이 데려다주는 그 설렘과 호기심을 매일 느끼고 싶어 이렇게 자전거길을 머무르듯이 홀로 걷고 있는지도 모르겠다. 오랜 그리움 끝에 이곳에 왔다. 상상만 했던 낙동강 둑길인 '부산 갈맷길', '제방 벚꽃길'을 따라 자전거길을 걷는 것도 즐거웠고, 호포마을에서 자전거길을 잃어버린 것도 지금 생각하면 즐거웠고, 처음으로 낙동강 가에 살던 마을풍경과 그들의 일상을 보는 것도 즐거웠다. 일상이 아닌 여행지에서도 시간은 그렇게 저 혼자 흘러간다. 그리고 간혹 엉뚱한 방향으로 흘러가기도 하는 것이다. 그런 엉뚱한 매력에 빠져 지구 상의 수많은 사람이 오늘도 길을 걷는다. 눈에는 보이지 않는 뭔가 소중한 것들을 찾아 헤맨다. 이런 것이 도보여행의 삼락(三樂)이 아닐까 싶다.

양산 물금역에서 밀양 하남읍까지

　자연은 스스로 자기만의 길을
만든다. 비가 많이 오면 비가 많
은 오는 대로 이리저리 물길을 나
스스로 제어한다. 가끔 그 한계치에서 거대한 폭력으로 돌변하는 경우도
있지만 그런 경우라도 인명피해는 그리 크지 않다. 왜냐하면, 자연의 길
을 굳이 인간이 막고 있지 않고 그 역시 자연의 순리대로 이루어지는 일
이기 때문이다. 그러나 인간이 자연의 길을 막아설 때 자연은 인간에게
막대한 보복을 한다. 노자가 말했듯이 '천지불인(天地不仁)' 즉, 자연은
무엇을 배려하고 살피는 느낌이 없다. 단지 자기의 길을 지키고자 할 뿐
이다. 지금 우리는 그 물길 위에 집을 짓고, 도로를 내며, 높은 축대를 쌓
고, 많은 보를 세웠다. 물은 얼마든지 막을 수 있는 기술이 있다는 오만,
산도 옮겨놓을 수 있다는 자만, 인간이 노력해서 안 되는 일이 없다는 무
지가 낳은 결과가 자연재해가 아닐까?

　낙동강 자전거길 도보여행 이틀째. 낙동강하굿둑을 기점으로 낙동강을
가로막고 있는 '창녕함안보'를 시작으로 7개의 보와 안동댐까지 걸어갈 것
이다. 자전거길을 걸으면서 낙동강가의 일출과 일몰 그리고 한낮의 풍경
을 보고 싶다. 세상에서 가장 낮은 곳만 찾아 강물은 흐르고, 그 물길을

따라 낙동강 자전거길은 만들어져 있다. 강을 따라 만들어진 자전거길은 빈부도, 귀천도, 높낮이도 없다. 그저 가장 낮은 곳을 향해 자연스럽게 흘러갈 뿐이다. 그 길에는 대체로 언덕도, 깊은 골짜기도 없다. 그저 평편할 뿐이다. 자전거길은 단조롭다. 즉 단순하고 변화가 적어 새로운 느낌이 적다는 것이 또한 자전거길 걷기의 단점이고 동시에 장점이다.

자전거길의 가장 큰 매력은 가장 낮은 길을 따라 에둘러간다는 것이다. 비록 에둘러가야 해서 조금 번거롭고 멀지만 까다롭지 않다. 누구나 쉽게 걸을 수 있는 길이어서 좋다. 오늘도 그 길을 따라 천천히 걸어갈 것이다. 에움길을 천천히 걸어간다는 것은 자연과 닮아가는 것이다. 자연(自然)이란 '스스로 그러하다'라고 알고 있다. 인간도 '스스로 그렇게' 존재하면 자연이 되지만, 스스로 그러하게 존재하지 못하는 이유는 인간(人間)이란 '사이'에 사는 존재이기 때문이다. 우리네 마음이 자연과 사이를 놓고 존재하고 있기에 그 이원성으로 인해 자연스럽지 못하고 부자연스럽게 되었다. 자연과 인간이라는 이원성의 그 마음의 사이를 없애면 자연이 되는 건 간단한 일이다. 자연과 함께한다는 것은 닮아가고 싶다는 것이다.

자전거길을 천천히 걸어가는 것은 자연을 닮아가는 행위이다. 천천히 걸어가는 것은 상처 난 자연을 보듬고 치유하는 것이고, 그 치유를 통해 자신도 치유되어가는 것이다. 도보여행은 자연의 법칙에 거슬리지 않는 착한 여행이다. 인간은 부단히 우주의 법칙을 거슬리고 인위적인 법을 만든다. 문제는 그 인위적인 법이 자연에 거슬리는 최소한 범위 안에서 이루어져 한다는 것이다. 그것이 자연에 상처를 가장 적게 내는 것이 아닐까 싶다.

물금역에서 일찍 출발했다. 오늘따라 갈 길이 멀다. 하남읍까지는 중간
에 숙박할만한 곳이 마땅치 않아 일정을 조금 무리하게 잡았다. 거리상
으로 39km가 넘는다. 지난 25km에 이어 39km를 걸으면 발에 무리가
올지도 모른다. 심각한 상태가 되면 중간에 택시를 타고 갈 수밖에 없다.
사람이든 자연이든 자정능력을 초과하면 회복하는 데 오래 걸린다. 장거
리를 걸을 때는 보통 하루에 25~28km 정도 걸어야 적당하다. 쉬엄쉬엄
천천히 걸어가면 가능할 것도 같아 조금 욕심을 내본다.

물금(勿禁)이라는 지명은 참 특이했다. 한자로는 '금하지 말라'라는 뜻이
다. 역 앞에서 있는 안내문을 읽어보니 생각보다 역사가 오래된 마을이다.
'물금(勿禁)은 신라와 가락국(김해)이 낙동강을 사이에 두고 국경을 접할
때 두 나라의 관리들이 상주하면서 왕래하는 사람과 물품을 검문 조사하
던 곳이었다고 한다. 그러나 관리들의 검색이 심하여 강을 건너는 두 나
라 사람들이 큰 불편을 겪었던 까닭에 양국 대표가 모여서 의논하기를 이
지역만은 서로 금하지 말자고 합의를 하였다고 한다. 그 뒤로 이곳은 서로
금하지 않고 자유롭게 왕래하도록 하였으므로 '물금(勿禁)'이라 부르게 되
었다'고 한다. 지금으로 말하면 두 나라 사이에 있는 경제자유구역 같은
곳이다, 예나 지금이나 사람 사는 모습이나 풍경은 똑같구나. 현재 물금
(勿禁)은 전철역이 생기면서 개발이 빠르게 진행되고 있었다.

이곳은 내가 텔레비전에서 봤던 기억이 난다. '내 고향 6시'라는 KBS
프로에서 기차역 주변에 매화와 벚꽃이 만개할 때에 그곳의 화사한 풍
경이 상춘객들의 마음을 설레게 한다고 했다. 특히 벚꽃 터널을 따라 역

에 들어서는 기차의 모습은 사진작가들이 가장 기다리는 풍경이란다. 그 풍경이 보고 싶고, 보기 위해 수많은 사람이 봄이 되면 이곳을 찾는다고 했다. 이름도 생소한 '물금역, 원동역'은 얼마나 멋진 곳일까. 궁금했는데 지금 내가 그곳에 서 있다. 부산에서 전철 2호선을 타고 와서 물금역이나 원동역에 내려 점심도 먹고, 꽃구경도 하고, 사진 속에 추억을 가득 담아 돌아간다고 했다. 대도시 근교에 있는 유명한 휴식공간이라고 했다. 특히 물금역보다는 원동역이 더 전망이 좋고, 남자보다는 여자들이 좋아하는 장소라고 했다. 그만큼 낭만이 가득 찬 공간이다. 낙동강이 보이는 곳곳에 멋진 커피숍도 덩달아 생겨나고 있다.

물금역은 지형적으로 산에 둘러싸여 있다. 거기다 낙동강 쪽으로는 철길에 가로막혀 구름다리나 지하도를 통해서만 물금과 낙동강 '황산생태공원'을 연결해주고 있다. 멀리서 바라보면 조금 답답한 공간이다. 그래도 풍광은 아름답다. 물금역에서 '황산생태공원'을 넘어가는 구름다리에서 바라본 봄 풍경은 압권이다. 멀리 낙동강의 푸른 빛깔, 넓은 둔치에는 여러 무늬의 초록 빛깔, 거기에 찻길이나 철길 따라 온통 분홍빛깔의 벗꽃 세상이다. 물금역 주변은 온통 세 가지 빛깔로 새봄이 채워지고 있었다. 지난해 겨울이 잘 익어서 이렇게 화사한 봄이 찾아오는가 보다.

누군가 '가을이 잘 익으면 다시 겨울이 올 것이다. 겨울이 잘 익으면 또 봄이 올 것이다. 그 경계는 모호할수록 좋다. 잘 무르익어서 스미고 번지면 계절은 다음 계절에 세상을 내어 주리라. 이 위대한 순환 속을 여행하는 사람은 행복한 존재이다'라고 했던가. 끊임없이 순환되는 계절 속을 여행하는 내내 행복했다. 길고 길었던 겨울은 시간이 지나자 스스로 자신의 자리를 봄에게 내어 주고 물러나고 있다. 이처럼 물러날 때를 아는 것은 중요하다. 모든 사물은 순환된다. 낙동강 자전거길을 여행하는 것은 순환되는 자연의 풍경을 바라보는 일이다. 세상의 이치를 배워가는 즐거움도 쏠쏠하다. 나에게 필요한 것도, 우리에게 필요한 것도, 이 세상에 필요한 것도 자연의 이치처럼 스스로 물러날 때를 아는 것이다. 이것을 실천할 때가 가장 행복한 삶이고, 낭비 없는 삶이고, 단순한 삶 즉 '미니멀 라이프'가 아닌가 싶다. 하지만 사람들은 물러날 때를 계속 미룬다. 그러다 보면 세상은 다툼이 벌어지고 싸움이 일어나는 것이다.

양산 '황산생태공원' 끝자락에는 '강뜰에'라는 마지막 쉼터가 있다. 휴게소 안의 풍경은 어둠침침하다. 동네 쉼터에서 아침을 먹을까 했는데 너무 일렀는지 닫혀 있다. 나는 걷기 여행을 하면서 웬만하면 자전거길에서 벗어나지 않고 가까운 거리에 있는 현지식당을 이용하려고 했다. 시간 절약도 되고 그 지방만의 고유한 음식을 맛보고 싶었기 때문이다. 그래서 웬만하면 길 위에서 모든 것을 해결했다. 길 위에 그런 식당이 있으면 먹고 그런 식당을 찾을 수 없으면 그냥 지나쳤다. 이런 행동은 혼자여서 가능했다. 또 걷기 여행은 바른 소비를 하는 정직한 여행이라고 생각했기 때문이다.

쉼터 앞은 산과 강에 가로막혀 더 이상 나아갈 수 없는 찻길의 끝자락이다. 그곳에는 '양산 물 취수장', '양산 물문화관' 그리고 '낙동강 자전거길 인증센터'가 있었다. 찻길이 끊긴 이곳에 '4대강 사업'의 부산물로 대략 1km 정도 강변으로 나무다리를 놓아 낙동강 자전거길을 연결했다. 이곳에는 옛날부터 낙동강 산기슭을 따라 길이 있었다고 한다. 이름하여 '황산강 베랑길'이다. '황산강'은 낙동강의 삼국시대의 명칭이다. '베랑'은 벼랑의 지역 방언이다. 이 길은 조선 시대 영남대로 황산잔도 구간으로서 주민의 왕래가 잦았다. 그러다가 1900년대 초 철길로 편입되었으며, 교통수단이 발달하면서 길이 완전히 닫혀버렸다. 지금은 곳곳에 험한 잔도의 흔적만 남아있다.

'황산잔도'는 영남대로의 3대 잔도 중 하나로 시퍼런 낙동강을 아래에 두고 깎아지른 절벽 위에 있어 위험하기 짝이 없었으며 일반인들에게 공포의 길로 알려졌다. 신정일의 〈영남대로〉에 의하면 한강 유역과 낙동강 유역을 연결하는 주요 교통로였던 '영남대로'는 한양에서 부산의 동래부에 이르는 조선 시대 9대 간선로 가운데 하나이며, 960리에 달하는 길에 29개의 주요 지선이 이어져 있었다고 한다. 옛날 영남지방의 선비들이 과거를 보러 다니던 길이자, 조선의 통신사가 일본으로 건너가기 위해 걸었으며, 보부상들이 괴나리봇짐을 짊어지고 넘었던 길이자, 임진왜란 당시 왜군이 서울을 향해 진격하였던 길이기도 했다. 지금은 이 길에 고속도로가 뚫리고, 철마(鐵馬)가 달리고 있다. 이처럼 길은 시대나 상황에 따라 수시로 변하고 있다. 이 길에도 흥망성쇠라는 과거와 현재와 미래의 그림자가 어른거린다. 어쩌면 길은 우리에게 과거를 거울삼아 미래에 나아갈 방향 같은 것을 제시하고 있는지도 모르겠다. 도보여행은 과거의 길을 통해, 현재의 자신의 모습을 비추어보고, 미래에 지향해야 할 자신의 길을 찾아가는 것이 아닐까 한다.

낙동강과 경부선 철길 사이에 만들어진 나무다리 길 즉 일명 '황산강 베랑길'은 자전거를 타고 낙동강 풍경을 바라보면서 달리기에도 좋지만, 걷기에도 더없이 편리했다. 나무다리에서 바라본 낙동강 아침 풍경은 한없이 포근했고 세상의 모든 것을 너그럽게 감싸 받아들이겠다는 듯이 잔잔했다. 나무다리 위쪽으로는 옛 '베랑길'에 만든 기찻길이 있다. 낙동강 절벽에 걸쳐있는 기찻길은 보기에도 아찔했다. 저런 곳에 길을 만들고, 조선 시대의 보부상이 걸어 다녔고, 지금은 전철이 다니고 있다. 신 '황산강 베랑길'인 나무다리 끝자락에 왔다. 길 위에 있는 기찻길은 원동역으로 이어질 것이다. 시멘트 축대에는 이곳을 지났던 여행자들의 작은 흔적이 새겨져 있다. 연인들의 사랑의 징표인 하트가 가장 많고, 간간이 친구의 우정의 말도 있고, 힘든 동료 간의 위로에 말로 있다. 여행자들의 사연이 복잡하게 엉켜있다. 느리게 걷는 자만이 볼 수 있는 예쁜 풍경이다. 도보여행자는 그런 풍경을 통해 세상과 소통하고 세상을 배워간다.

요산(樂山) 김정한 소설 〈수라도〉의 현장인 '태교마을' 입구이다. 태교마을로 이어지는 '황산강 베랑길'은 이 소설의 배경이 된다고 했다. 이 마을에는 어떤 사연이 숨어있었기에 '아수라', 즉 지옥이라고 묘사를 했을까. 이 소설은 우리 민족의 근대사가 아귀다툼, 즉 '고통의 연속'이라는 관점에서 쓴 작품이다. 일제 식민지 통치하에서부터 6·25전쟁까지 40년 가까이 우리 민족에서는 가장 수난의 시절이었다. 그 시절의 '아픔과 고통'을 작가는 '수라도'라고 표현하고 있다. 다시는 되풀이 되어서는 안 되는 아픔이고 역사이다. 우리 부모님 세대는 삶이 얼마나 고단했을까. 누구나 어릴 때 한 번쯤은 부모님에게 들었던 지옥 같은 이야기다. 다만 실감이 나지 않을 뿐이다. 그런 시대에 비하면 지금은 천국 같은 세상이다. 그래도 여전히 세상은 불평, 불만, 그리고 다툼이 끊이질 않는다. 사람은 언제든, 어디서든, 누구든 만족이라는 것을 모르는 모양이다. 이것이 우리 삶의 자화상이다. 이런 시대에 우리에게 꼭 필요한 것은 '안분지족(安分知足)' 즉 편안한 마음으로 제 분수를 지키며 만족할 줄을 알면 가장 행복한 삶이 아닐까 싶다.

'낙동강하굿둑에서 34km 지점'에 이른다. 너른 둔지에는 금빛 억새들이 아직 봄을 기다리고 있다. 억새 사이사이에는 연한 초록빛이 간간이 보인다. 봄이 가까이 다가오고 있다. 그곳에서 앞서가던 자전거여행자를 만났다. 반가웠다. 홀로 걷다 보면 고요함 속에 들리는 페달 밟은 그들의 숨소리가 그리워질 때가 있고, 쉼터에서 사람 소리를 듣고 싶을 때도 있다. 사람은 혼자여서 편하고 좋지만 동시에 혼자서는 살아갈 수가 없다는 모순을 안고 살아간다. 낙동강을 바라보면서 강물의 흐름을 따라 한 걸음씩 천천히 옮긴다. 자전거길은 강물 따라 급하게 휘어진다. 난간이 설치되어 있지만, 자전거 라이더들은 조심해야 할 구간이다. 그늘이 드리워진 모퉁이에는 달랑 의자 하나만 놓여 있는 작은 쉼터가 있다. 쉼터 주변에는 오래된 버드나무 서너 그루가 긴 기다림 끝에 봄을 맞이하고 있다. 겨우내 기다렸던 봄은 나뭇가지 잎눈에서부터 오고 있었다. 고개를 살짝 내민 새싹들이 싱그럽게 피어난다. 이른 봄에만 볼 수 있는 가장 원초적인 아름다움이 아닐까 싶다.

마치 막 태어난 갓난아이처럼 막 피어난 새싹들의 순결함은 보는 이들을 감동시킨다. 생명력이 넘치는 약동이고 환희였다. 가지가지마다 연초록빛으로 변해가고 있는 모습이 신기했다. 봄은 그렇게 생동감 있고 황홀하게 낙동강 자전거길을 수놓고 있다. 도보여행자에게는 그런 작은 풍경도 희망이고, 감동이고, 기쁨이다. 파릇파릇한 새싹들은 여름이 되면 짙은 녹음으로 변해 지친 여행자에게 휴식공간을 제공할 것이다. 자연은 한없이 베푼다. 하지만 언제까지 자연은 베풀기만 할까. 선택은 우리의 몫이다.

물금역에서 두 시간. 약 8km 정도 걸어 원동역에 도착했다. 기차가 지나가는 소리가 들리고 역 주변에 연분홍빛 벚꽃들이 피어난다. 한적한 시골 마을이다. 원동역 뒤쪽으로 자전거길은 연결된다. 그곳에서 마을주민이 운영하는 주막 같은 천막 쉼터를 발견했다. 이제야 아점 같은 식사를 하게 된다. 쉼터에는 천막과 테이블을 서너 개 놓여 있다. 이곳은 자전거 라이더들을 위해 시락(시래기)국밥, 라면, 커피 등을 팔고 있다. 낙동강가의 주막에서 아점으로 '시락국밥(4,000원)'을 시켰다. '시락국밥'은 우리 동네에는 없는 음식이지만 낯선 음식은 아니다. 오래전 일이다. 부산에 대학 동창들 모임에 갔다가 친구 소개로 전통시장에서 먹어보았던 기억이 난다. 부산하면 돼지국밥, 밀면과 함께 기억에 남는 부산만의 음식이다. '시락국밥'은 된장국에 부드러운 시래기를 풀어서 만든 국밥이다. 보기에는 허접했지만, 그 맛은 뛰어났다. 내 입맛에도 딱 맞다. 한 그릇 뚝딱 비웠다. 이곳 쉼터는 낙동강이 흐르는 강가에 있던 옛 주막처럼 느껴긴다. 제법 운치가 있다. 무엇보다도 가까이서 낙동강의 경치를 바라볼 수 있다는 제일 좋았다. 강물을 바라보면서 매화나무 벤치에 앉아 시락국밥 한 그릇으로 원기를 회복했다. 이것이 느리게 걷는 여행자만의 느긋함이다. 거실 소파에 편하게 앉아 손가락이나 눈으로 하는 '화면여행'

보다는 두 발로 만나고 가슴으로 느끼는 '도보여행'의 경험이야말로 가장 의미 있는 배움이고, 가장 생생한 풍경을 볼 수 있다.

우리말에는 다양한 풍경을 담겨있다. 우리말에는 삶과 쉼이 들어있고 멋과 맛이 살아있다. '길'의 마지막 소리인 'ㄹ'은 왠지 흐름의 본성을 드러내는 것처럼 들린다. 바삐 서두르지 않고 절제 있게 느릿느릿 흘러가는 모습이 엿보인다. 또 '숲'이라는 말의 'ㅍ'을 발음하면 왠지 입안에서 맑고 시원한 바람이 인다. 포근하고 아늑한 공간이 느껴진다. 이처럼 우리말은 그 사물에 특성과 잘 들어맞는 느낌이 든다. 참으로 오묘하다. 그래서 그런지 '시래기'라는 말에서도 무청의 구수함이 풍겨 나오는 듯했다. 전통적인 한국의 시골 풍경이 보이는 듯했다. '시락국'이라는 말은 '시래깃국'의 경상도 방언이다. 꼬아 엮어 말린 것을 기본으로 한 토장국의 종류이다. 시래기는 무청을 말린 것이다. 경상도 쪽에서는 '시락국'이라고 한다. '시래깃국' 국물은 멸치육수를 기본으로 하며 된장이 추가된다. 쌀뜨물을 이용하면 더 고소한 맛이 더한다. 우리말은 알면 알수록 된장국처럼 깊은 맛이 있고 구수했다. 우리말 속에서 마치 하나의 아름다운 산천의 정경을 보는 듯했다.

기찻길과 낙동강 사이에 난 자전거길을 따라 다시 길을 나선다. 원동역 쉼터에서 먹었던 '시락국밥' 한 그릇에 세상을 얻은 듯했고, 매화꽃이 피어있던 낙동강 주막 풍경도 아른거린다. 기찻길 넘어 원리마을 낙동강 둔치는 지금 공원으로 조경 중이다. 나무를 심고, 잔디를 깔고, 이정표를 세우는 공원조성작업이 한창이다. 갓길에는 노란 야생화가 지나가는 여행객의 마음을 붙든다. 자전거길은 원동천의 나무다리를 건너면 황산잔도에 이어 작원잔도로 이어진다. 이 길도 조선 시대 부산에서 서울을 오가는 가장 빠르고, 가장 짧은 길인 '영남대로'다. 세 갈래 '영남대로' 가운데 '중도'로 불리는 길은 지금의 경부선 철도가 지나는 길과 대부분 겹친다. 부산에서 밀양과 청도, 대구, 안동, 상주, 조령을 지나 서울로 가는 길로 14일이 걸렸다. 현재는 포장도로가 거미줄처럼 개설되다 보니 온전히 남아있는 곳은 찾아보기 어렵다. '영남대로'의 한쪽 출발지인 부산에서 밀양으로 가는 '영남대로' 옛길은 낙동강을 따라 흐른다.

이 길은 많은 구간이 낙동강가의 험한 벼랑에 선반을 달아낸 듯 돌을 쌓아 만든 길로 '잔도(棧道)'라고 불린다. 얼마 전 4대강 공사를 하며 만든 국토종주 자전거도로가 영남대로 옛길인 잔도를 지난다. 이 가운데 물금 구간은 황산잔도, 삼랑진 구간은 작원잔도로 불린다. 황산잔도는 낙동강의 옛 이름인 황산강에서 따왔고, 작원잔도의 이름은 밀양 삼랑진에 있던 원(垣)이던 작원에서 비롯됐다. 이 가운데 경부선 작원관 터널 바깥의 낙동강 벼랑에서 100m 정도의 작원잔도 잔존구간이 발견되었다. 자연지형을 이용해 석대를 세우고 석축을 쌓은 형태로 바위 면에는 사다리를 걸기 위해 만든 홈도 발견되었다. 잔도는 낙동강 낭떠러지 부분에 석축을 쌓은 형태인데 보기에도 아슬아슬한 길이다. 100년도 채 지나지 않았던 시절에는 이런 길을 걷고 걸어서 한양에서 부산 동래까지 걸어서 왕래했다고 한다. 자전거길에 서서 옛길의 일부인 20~30m 작원잔도의 흔적을 바라본다. 겹겹이 쌓인 시간의 흔적을 바라보면서 빠르게 변화하고 있는 세상을 상상한다. 너무 빠르게 변화하는 세상의 모습이 무섭기도 했지만 다른 한편으로는 내일이 궁금해지기도 했다. 가까운 미래에는 어떤 세상이 우리 앞에 나타날까.

을숙도에서부터 45km 지점에 '삼량진 생태공원'이 있다. 부산에서 양산을 거쳐 밀양으로 들어온 것이다. 밀양 삼량진은 말 그대로 세 갈래 물줄기가 굽이쳐 하나의 희망으로 모이는 곳이다. 밀양에서 나오는 밀양강, 김해에서 나오는 화포천, 그리고 낙동강이 만나는 지점에 바로 삼량진이 있다. 마을 앞에 발달한 너른 둔치는 은빛 물결이 출렁이는 억새군락지다. 지금은 은빛 대신 누르스름한 억새들만 봄을 기다리고 있다. 삼량진은 밀양과 양산과 김해 세 고을이 접경을 이루는 곳이다. 너른 들판이 시원하게 뚫려있다. 자전거를 타고 가기에도, 걸어가기에도 풍성하고 넉넉한 길이다. 함께 걸어가도, 혼자 걸어가도 외롭지 않은 길이다. 억새 사이로 난 자전거길이며, 길을 따라 겹겹이 이어지며 따라오는 산과 내 그리고 낙동강 주변 풍경이 너무 곱기 때문이다. 이곳에는 낙동강 3경인 '낙동강 딴섬 생태누리'가 있다. 낙동강은 다른 강은 8경인데 비해 강 길이가 길어서 그런가. 낙동강은 12경까지 있다.

* **낙동강 1경**은 을숙도 생태공원, 을숙도 철새도래지
* **낙동강 2경**은 황산경 물금 신도시, 오봉산 임경대
* **낙동강 3경**은 낙동강 딴섬 생태누리, 삼량진, 딴섬
* **낙동강 4경**은 산과 들의 갈대 향연, 화왕산 억새축제
* **낙동강 5경**은 들꽃의 향연, 우포따오기, 합천 강정보
* **낙동강 6경**은 달성습지, 강정고령보
* **낙동강 7경**은 호국경, 호국의 다리, 호국공원, 칠곡보
* **낙동강 8경**은 선학경, 해평들 철새도래지, 흑두루미, 구미보

* **낙동강 9경은** 낙강경, 낙동 나루터, 낙단보
* **낙동강 10경은** 경천경, 경천대, 상주보,
* **낙동강 11경은** 삼강절경, 삼강주막, 노옥
* **낙동강 12경은** 부용경, 부용대, 하회마을, 병산서원

　억새들의 군락지인 〈삼랑진 생태공원〉을 벗어나면 자전거길 좌우로 딸기 비닐하우스가 주변의 너른 밭을 덮고 있다. 자전거길 아래로 찻길이 있고 작은 마을이 보였다. 길가에는 딸기를 파는 노점상도 여럿 보인다. 이곳은 딸기산지로 유명하다. 오후 2시. 한낮이다. 날은 덥고 몸은 지쳐 간다, 마을 가운데 편의점이 있어 잠시 쉬어간다. 낯선 곳, 낯선 이웃, 낯선 시선으로 들어가 평소의 시간을 만끽했다. 시원한 맥주 한 캔을 들고 평상에 앉아 한낮의 더위를 식혔다. 낯선 공간에 서서히 익숙해져 가는 자신을 발견한다. 걷기는 평범하지만 시시하지는 않았다. 낯선 풍경은 어색했지만, 처음보다는 훨씬 편안했다. 이젠 길에서 누구도 의식하지 않고, 무엇이든 할 수 있을 것 같았다. 그래도 길에는 항상 크고 작은 위험이 도사린다. 방심은 금물이다. 길에서는 항상 긴장의 연속이다.

　자전거길은 폐철교로 아래로 이어진다. 그곳은 레일바이크 공간으로 활용하고 있었다. 오늘은 한산했다. 철교 아래에는 자전거 모양을 형상화한 작은 쉼터가 이색적이다. 콘크리트 교각에는 '삼랑진 인도교에서 자전거를 타고 낙동강을 건너다', '삼랑진 트윈터널 900m 아름다운 빛의 나라'라는 광고문구가 있다. 이 지역에서도 관광 활성화를 위해 버려진 철교를 활용해 다양한 관광자원을 만들고 있다. '삼랑진 인도교'에서 잠시 혼란스러웠다. 자전거길이 여러 갈래다. 옛길과 새길. 두 길은 뒤섞여 있다. 자전거길에 파란빛은 사라지고 없다. 두 갈래 자전거길을 오가기를

반복했다. 다행히 자전거여행자를 만나 밀양강우회도로로 가는 자전거 길을 찾았다. 낙동강 자전거길은 작은 마을 안으로 이어진다. 입구에 횟집도 두서너 곳 보이고, 산기슭에는 작은 마을과 서원 같은 기와집도 보였다. 이 구간은 기존의 찻길을 이용하고 있다. 차량의 통행량이 많지는 않지만, 자동차도, 자전거도 서로 조심해야 할 2차선 구간이다. 이 도로는 절벽을 깎아서 만든 길이라 곡선도 많고, 시야도 좁다. 작은 방심도 큰 사고로 이어질 수 있다. 자전거길은 밀양강을 바라보면서 걸어가다가 마을 입구에서 도로와 갈라진다.

  밀양강 긴 둑길을 우회하는 자전거길은 바라보는 것만으로도 숨이 턱턱 막히는 단조로운 길이다. 끝이 보이지 않았다. 바라보는 것만으로도 도보여행자의 '진'을 빠지게 했다. 이런 길은 누군가와 함께하면 덜 지루할 텐데 혼자 걷기에는 너무 팍팍했다. 인적이 없는 길을 홀로 터벅터벅 걸었다. 사방은 고요했다. 거리 감각은 무디어지고 보폭은 더디어진다. 그 길은 고요와 고적만이 무심히 내 뒤를 따르고 있다. 오직 나 자신과의 만남이 있을 뿐이다. 일상에서 벗어나 낙동강 자전거길에 처음 왔을 때 나는 나의 삶을 관조할 마음의 여유를 찾게 되기를 희망했다. 나와의 독대를 원했다. 길 위에서 '참된 나를 만날 수 있을까. 지금 이 순간은 오직 나와의 만남이 있을 뿐이다. 어떻게 살아왔는지 물었고, 앞으로 어떻게 살아갈 것인지 추궁했다. 나는 누구이며, 무엇을 하고 싶은지를 캐물었다. 자문자답(自問自答)은 밀양강 우회 자전거길 끝자락에 올 때까지 계속 이어진다. 생각의 나래를 타고 과거와 현실이 춤을 추고, 현실과 미래가 하늘 위로 날아오른다.

마침내 밀양강 우회 자전거길 끝자락에서 선다. 그곳에 '삼상교'라는 보행교가 있다. 일반다리라고 하기엔 조금 부족했다. 보통 '세월교'라고 부르는 다리다. 자전거길을 걸으면서 가끔 보았던 농로길 같은 다리다. 이런 다리는 개설비용이 적고, 깊이가 얕고, 통행량이 매우 적어 교량을 건설하기에는 애매한 소규모 개울에 적합하다. 또 설치와 철거가 일반교량보다 훨씬 간단하다. '세월교'는 흄관(Hume pipe)과 시멘트를 이용하여 간이적으로 만든 소규모의 교량을 뜻한다. 하천에 흄관을 깔아 흄관 속으로 하천수가 지나갈 수 있도록 한 뒤, 시멘트를 위에 덮어 평평하게 만들어 사람이나 차량이 지나갈 수 있도록 한다. 하천 범람 시 물 밑에 잠기기 때문에 하천수가 교량을 씻고 넘어 지나간다는 의미를 지니고 있다. 지역에 따라서는 빵빵교, 잠수교, 콧구멍다리 등으로 부른다. 세월교 중 가장 유명한 곳은 섬진강 화탄매운탕 앞에 있던 '화탄세월교'와 춘천시 소양강댐에 위치한 '콧구멍다리' 등이 있다.

밀양강 우회 다리를 건너면 낙동강 쪽으로 올라간다. 내려올 때보다는 올라갈 때는 덜 지루했다. 발바닥에 통증이 점점 심해진다. 물집에 터지고 짓물러 한 걸음 내딛기가 힘들다. 물집의 넓이가 점점 넓어진다. 물집의 통증 때문에 엄지발가락에 힘을 주면서 걸었더니 이젠 엄지발가락까지 통증이 전해진다. 그래도 시원한 바람과 막힘이 없는 확 트인 공간 그리고 둑길 아래 광활한 밀양 딸기 비닐하우스의 너울거리는 풍경을 리듬 삼아 천천히 한 발 한발 내디뎠다. 이 길에서는 오직 걷는 것밖에 다른 생각이 들지 않는다.

해탈에 드는 전 단계가 무념무상에 드는 것이고, 무념무상의 전 단계는 일념에 드는 것이다. 범상한 중생이 오만가지 잡생각에 언제나 걱정이 태산이다. 끊임없이 떠오르는 번민의 사슬에서 놓여나기가 힘들다. 해법은 몰입이다. 한 가지 생각에 몰입할 수 있다면 번민의 사슬에서 벗어날 실마리를 얻을 수 있다. 스님들이 화두를 정하고 그것을 잡으려 수행을 하는 것도 마찬가지 이치일 것이다. 그런 다음 그 한 가지 생각, 일념마저 지워버리면 우리는 무념무상의 세계 속으로 들어갈 수 있다. 오직 할 뿐, 오직 걸을 뿐, 이 한 가지 생각에 온 정신이 모이니 다른 번민이 끼어들 틈이 없다. 육체적 고통 가운데서도 마음만은 평안이 찾아든다. 이것이 야말로 진정한 자전거길을 걷는 순례자의 마음이 아닐까 싶다.

밀양강우회도로는 지친 여행자에게는 멀고도 긴 길이다. 낙동강과 밀양강이 만나는 둔치에는 광활한 평야가 펼쳐진다. 오른쪽 발바닥의 통증은 심해지더니 이젠 왼쪽까지 발바닥의 통증이 느껴진다. 조금 무리했다는 생각이 든다. 길을 걷는 것은 비록 그 여행이 몹시 더디고 고통스럽고 느렸지만, 훨씬 인간적이고 진정 착한 여행다웠다. 고통 없이 얻어진 것은 벅찬 감격을 주지 못한다. 오로지 땀 흘려 노력한 대가로 얻어진 결실만이 성취감과 행복감을 가져다준다고 했다. '고진감래(苦盡甘來)'라고 했던가. 속도를 다투지 않는 자전거길에서 많은 풍경을 보았고 행복해지는 길이 어디에 있는지 어렴풋하게나마 방향을 찾을 수 있었다. 전적으로 내 두 발에 의지해서 한 발 한 발 걸어가는 자전거길 걷기 여행야말로 'NO PAIN, NO FAME'이라는 말에 어울리는 정직한 여행이다.

밀양강우회도로를 넘어 낙동강과 밀양강이 만나는 곳이다. 그곳에 '확장양 배수장(동문 양수장)'이 있다. 그리고 끝없이 이어지는 낙동강 둑길과 비닐하우스도 보인다. 비닐하우스 너머로 마을이 아스라이 아른거렸다. 우회도로를 따라 한 8km 가까이 걸었다. 바로 갔으면 하남읍까지 벌써 도착했을 시간이고 거리다. 발바닥에 생긴 물집이 생겼다 터졌다 반복하면서 범위가 확대되고 있다. 점점 통증이 심해진다. 날씨가 흐리니 더 빨리 어두워지는 듯했다. 앞으로도 남아있는 거리는 7km 정도이니 두 시간은 더 걸어가야 한다. 피로감이 빠르게 밀려온다. 하는 수 없이 택시를 불렀다.

이곳 밀양 딸기는 전국적으로 유명하단다. 그 규모가 상상을 초월했다. 끝이 보이지 않는 너른 뜰에 비닐하우스가 끝없이 이어진다. 봄이 되면 빨갛고 앙증맞은 딸기를 수도 없이 먹고 먹었지만, 딸기를 수확하는 모습은 처음이다. 비닐하우스 딸기는 키가 크지 않고 지면에 가까이 있다. 농부들이 깔판을 엉덩이에 차고앉아서 일일이 작은 딸기 한 알 한 알을 따서 작은 플라스틱 용기에 담는다. 그렇게 넓은 공간을 오리걸음으로 계속 이동한다. 하나의 과일이 식탁에 오기까지 얼마나 많은 농부의 땀이 들어있는지 몰랐다. 어쩌면 우리 앞에 놓인 모든 것들은 누군가의 노고(勞苦)가 들어있다는 것이다. 낙동강 자전거길 걷기 여행을 통해서 우연한 장소에서 우연치 않은 풍경을 보았다. 그리고 우연치 않은 풍경에서 큰 동요가 일어난다. 길에서 작은 것 하나에도 감사할 일들이 너무도 많다는 것을, 어떤 것 하나도 소홀히 해서는 안 된다는 사실을 알아간다.

앙드레 지드 〈지상의 양식〉에서 '바닷가의 모래가 부드럽다는 것을 책에서 읽기만 히면 다 뇌는 것이 아니다. 나는 내 맨발로 그것을 느끼고 싶은 것이다. 감각으로 먼저 느껴보지 못한 일체의 지식이 내겐 무용할 뿐이다' 라고 했고, 헤르만 헤세 〈나르치스와 골드문트〉에서 '내 생각에는 길가에 피어있는 꽃 한 송이나 기어 다니는 작은 벌레 한 마리가 도

서관을 가득 채운 책들보다 더 많은 것을 말하고 더 많은 것을 함축하고 있지 않을까' 라고 했다. 이처럼 세상은 한 줄의 책 내용보다 눈앞의 풍경이 더 살갑게 다가온다. 세상은 느리게 걸어야 잘 보인다. 느긋하게 바라보아야 아름답다. 나태주의 '풀꽃'처럼 오래 보아야 사랑스럽다. 자세히 보아야 예쁘다. 걷기는 우리 삶의 전반에 적용되어야 할 적정속도의 나침판이다. 빨리 달리면 어찌 예쁘고 사랑스러운 꽃을 볼 수 있겠는가. 상상만 하면 어찌 딸기밭 농부의 땀을 이해할 수 있겠는가. 걷기 여행은 세상의 미세함까지 하나하나 알아가는 과정이고 살아 숨 쉬는 배움터였다.

딸기밭 앞에서 일하는 농부들을 보면서 택시를 기다렸다. 비닐하우스 사이로 빵빵거리는 소리가 들린다. 하남읍까지 걸어가면 두 시간 넘게 걸린 거리를 20분 만에 도착했다. 택시기사는 발바닥이 아픈 나를 배려해서 친절하게 숙소 앞까지 안내해 주고 근처 약국과 식당까지 가르쳐준다. 이곳에 대한 첫인상은 택시기사의 작은 친절로 인해 좋은 기억으로 남아 있다. 낙동강 자전거길을 걷는 나의 일상은 지극히 평범하다. 아침에 일어나 낙동강 자전거길을 걷고, 주변 풍경을 바라보고, 가끔 생각이라는 것도 하고, 낯선 나와 만나기도 하고, 기억을 사진으로 남기고, 자신에게 종종 질문했다. 또 자전거길에서 우연히 만난 낯선 식당에서 가벼운 점심, 커피, 맥주 한잔을 하면서 낯섦을 즐긴다. 목적지에 도착하면 자전거길에서 가장 가까운 숙소에 묵는다. 이처럼 매일매일 그냥 소소한 순간들이 〈걷다, 보다, 묻다〉라는 활동의 연속이다. 그 길에서 내 마음속에 작은 빛이 하나 들어왔으면 좋겠다. 낙동강 자전거길 걷기라는 놀이는 그렇게 평범한 일상이 되어간다.

밀양 하남읍에서 창녕 남지읍까지

한줄기의 파란 빛으로 이어지는 낙동강 자전거길. 그 길 위에 홀로 선다. 그 길을 홀로 걸어간다. 자전거길에 담긴 풍경은 아무리 자주 그리고 오래 보아도 항상 '처음'이다. '처음'은 항상 새롭다. '처음'은 단조로운 일상에서 멈추어버린 가슴을 뛰게 만든다. '처음'은 작은 것에도 넘치는 기쁨을 준다. 오늘은 또 어떤 풍경과 마주치게 될까. 사방을 두리번거린다. 어제 머문 공간에 여운이 남는지 뒤를 돌아본다. 이른 아침 작은 마을은 고요했다. 깊은 정적 속에 빠져드는 듯했다. 작은 움직임에도 고요함을 깨뜨릴 것만 같은 그런 무거운 시간이 흐른다. 뒤꿈치를 들고 사뿐사뿐 걸어서 홀연히 마을을 빠져나간다.

이른 아침 하남읍 거리에도, 긴 수산교 위에도, 다리아래 흐르는 낙동강에도 어색한 정적이 감돌고 있다. 사방을 둘러봐도 낯선 풍경뿐이다. 곳곳에는 고요함만 흐른다. 고요함은 말없이 세상을 응시한다. 그 얼굴에는 온화한 미소가, 그 눈빛에는 온유한 침묵이 흐른다. 힘든 도보여행자를 바라보는 눈길이 그윽했다. 모든 것이 스스로 요란한 소리를 냄으로써 자신이 살아있음을 확인하고 확인받으려는 소음의 시대에 낙동강의 고요함과 벗하는 일은 참으로 편안했고 행복했다. 홀로 걷는 길에서 여행자는 느긋함과 만난다.

낙동강을 가로지르는 다리를 건너 자전거길은 방향을 바꾼다. 낙동강 풍경은 돌부처처럼 지긋하게 눈을 감고 고요히 영면에 든 사람의 얼굴과 닮았다. 세상의 모든 탐욕을 포용하는 그윽한 얼굴로도 보였다. 그것이 고요함의 능동적인 힘이다. 말과 소음이었다면 그러한 깊고 그윽한 범어가 이방인에게 전해졌을 것인가? 낯선 풍경의 고요함이 오랫동안 제자리에 머물게 만든다. 한동안 자리를 뜰 수가 없었다. 고요함이 흐르는 낙동강 둔치에는 화사한 벚꽃들이 피어나고 있다. 계절의 흐름에 순응하듯이 겨울의 두꺼운 껍질을 벗고 화사한 표정으로 봄을 맞이하고 있었다.

'낙동강하굿둑에서 74km'쯤 되는 곳에 지금 내가 홀로 서 있다. 어제는 발바닥 물집 때문에 7km 정도 반칙을 했다. 그리고 밤새 심각하게 고민을 했다. 더 걸어갈 수 있을까. 오래 걸었던 두 발에는 굳은살 두 점이 박혀있다. 세월을 많이 건너온 가슴에 옹이 하나둘쯤 누군들 없을까. 드러내지 않고 삭히고, 날이 새면 또 걸을 수 있겠지 하면서 지낸다. 다행히 발목에는 이상이 없다. 발바닥 통증도 견딜 만했다. 약을 바르고, 물집이 있는 곳은 붕대로 감싼 다음 신발을 신었다. 그리고 하루 더 견뎌보기로 했다. 걸어가는 내내 불편했지만, 통증이 크게 느껴지지 않아 참을 만했다.

이른 아침 낙동강의 색깔은 은은했다. 봄을 기다리는 금빛 억새들의 고요함에는 기품이 서려 있다. 주변의 풍경은 수수하고 차분했다. 낙동강에서 기다림은 차분함이다. 보는 이에게 아늑하고 편안함을 준다. 그곳에 푸름이 깃들면 낙동강은 긴 겨울의 침묵에서 깨어나고, 한동안은 생명력이 왕성하게 느껴지는 역동적인 삶을 살아갈 것이다. 낙동강에서 기다림은 느림이다. 느림은 멈춤이라는 말이 아니다. 다만 정지된 것처럼 보일 뿐이다. 느림과 빠름이란 말은 시간의 느낌 속에 있을 뿐이다. 내가 시간 속에서 빠르게 느끼면 빠른 것이고, 느리게 느끼면 느린 것일 뿐이다. 길 위에서는 차이가 없다. 느림도 빠름도 같은 시간 속에서 그냥 침묵처럼 흐를 뿐이다.

하남 수산교에서 낙동강을 따라 한 시간 정도 걸었을까. '본포수변생태공원'으로 들어섰다. 공원의 아침은 고요했다. 주차장에는 캠핑 차량이 두어 대만 보일 뿐이다. '밴 라이프'하는 사람인가. 저런 차량이 있으면 숙소나 식사를 걱정할 필요가 없으니 편리하겠다. 도보여행자에겐 숙소나 식당을 찾는 일이 여간 힘든 일이 아니다. 자전거길은 본포교를 건너 방향을 오른쪽으로 튼다. 다리 끝에서 오른쪽으로 한참을 우회해서 만들어진 자전거길이 선명하게 보였다. 우회해서 가는 길은 자전거 중심이다. 도보여행자에게는 조금 부담이 된다. 그래서 다리 끝에서 곧바로 왼쪽으로 돌아 학포 마을 길로 해서 자전거길과 합류했다. 도보여행자는 어떤 곳이든 자유롭게 길을 선택할 수 있어서 좋다.

이곳은 행정구역상 창녕이다. 부산, 양산, 밀양에 이어 4번째 도시를 통과하고 있다. 나는 창녕 학포마을에 평생 처음 찾아오는 방문객이다. 아주 낯선 방문객이고 또다시 올지 알 수 없는 방문객이다. 누구도 환대하지 않고 누구도 관심을 두지 않는 방문객이지만 마음속에 '작은 흔적'이라도 하나 새기고 싶었다. 그래서 주변을 두리번거린다. 길옆으로 딸기 비닐하우스가 촘촘히 그리고 나란히 앉아있고, 그 너머로 마을이 보인다. 들리는 작은 소리에도, 보이는 사물 하나, 풍경 하나에도 의미를 부여했다. 길에는 아무런 흔적도 없다. 길에 '작은 흔적'을 새기는 것은 '도보여행자' 자신이다.

'작은 흔적'이라는 말을 쓰면서 갑자기 정현종 시인의 「방문객」이라는 시 한 구절이 떠오른다.

-

사람이 온다는 건
실은 어마어마한 일이다
그는
그의 과거와
현재와
그리고
그의 미래와 함께 오기 때문이다
한 사람의 일생이 오기 때문이다

-

한 사람의 태어남은 어마어마한 사건이라고 했다. 우리는 살아가면서 얼마나 많은 인생을 만날까. 얼마나 많은 시간이 서로의 인생에 스며들까. 자전거길을 걸으면서 얼마나 많은 공간에 작은 흔적을 새길 수 있을까. 내 인생의 지난 흔적은 스며온 인생으로 색(色)이 든다. 나 혼자 만들어낸 껍질의 색(色)이 아니라 긴 세월 동안 오고 간 그 숱한 인연의 빛이 내 인생의 색(色)으로 업혀진다. 그러기에 사람이 온다는 것은 내 빛을, 내 색(色)을 만들어주는 질긴 인연이다.

지금 '창녕 학포마을' 앞에 서서 낙동강을 바라보면서 그런 인연들을 생각했다. 나는 낯선 공간에서 어떤 색으로, 어떤 빛으로 지금 이 순간을 맞이하고 있는 것일까. 이 시는 인연의 소중함을 말하고 있는 듯했다. 이 시의 마지막에도 '환대'라는 말이 나온다. 인생과 여행의 가장 큰 공통점이 바로 환대의 필요성에 있다. 낯선 곳에 도착한 여행자는 신생아와 마찬가지로 무력하고 무지하다. 그에게는 여행지의 기존 거주자들이 베푸는 환대가 절대적으로 필요하다. 우리는 살면서 수많은 사람을 만난다. 모든 만남이 소중하지만 바쁜 현실은 그렇지 못하다. 어쩌면 우리는 일정한 얼굴과 체구를 갖춘 외형적 존재들을 접촉하는 데 익숙해 있는지 모른다. 하지만 사람마다 살아온 삶의 내력이 반드시 있는 존재라는 생각에 미쳤을 때 어찌 만남을 소홀히 할 수 있을까? 그 사람은 죽음의 고비를 수없이 이겨낸 대단한 이력의 소유자일 수 있고, 그 사람은 훗날 인류에 남길 귀중한 정신적 유산을 준비한 위인일 수 있고, 그 사람은 어쩌면 당신을 위기에서 구출해낸 의인일지도 모른다.

혹, 그 사람이 그냥 눈인사만 하고 스쳐 지나갈 존재라 해도 '만남의 소중함'이 사라지는 게 아니다. 지구 상에 있는 수십억 인구 중 방금 나와 유일하게 만난 '인연'이 발생했다는 사실 자체를 부정할 수 없기에. 과거뿐만이 아니다. 당신처럼 그에게도 앞으로 전개될 미래가 있다. 눈앞의 그가 혹시 실망스러운 모습이라도 당신이 그를 무시하거나 외면해서는 안 되는 건 그 때문이다. 더구나 그는 다치기 쉬운 마음의 소유자라는 사실이다. 당신처럼 말이다. 당신은 그를 살며시 부는 바람이 책갈피를 소리 없이 하나하나 넘기듯 정성껏 맞이해야 한다. 그의 마음을 다치지 않는 '환대'는 그렇게 이루어진다.

창녕 부곡면과 길곡면을 따라 자전거길은 낙동강 둔치를 지나고, 둑길을 지나고, 도로를 지나고, 마을을 지나면서 수많은 사물이나 사람과 인연을 쌓아가고 있다. 그리고 작은 흔적들을 내 마음속에 새겨진다. 창녕하면 내가 알고 있는 것은 '부곡온천, 우포늪, 화왕산 억새' 같은 명칭이 전부다. 물론 자전거길을 걸으면서 가볼 수 없는 곳이지만 같은 공간에 있다는 것만으로도 설레는 마음은 어쩔 수가 없다. 반겨줄 사람 하나 없지만 낯선 것들과 인연을 맺어가며 홀로 걸어간다. 들판에 억새만이 나를 반긴다. 오늘따라 자전거길 여행자도 없다. 오늘따라 봄 쑥 캐는 아낙네들도 보이지 않는다. 심지어 산책하는 동네 사람도 없다. 보이는 것이라곤 이정표뿐이다.

낙동강의 첫 번째 보가 있는 곳이 가까워진다. 한결 마음이 편안해진다. 끝없이 이어지는 길에서 오직 나에게 위안이 되는 것은 점점 늘어나고 줄어드는 거리의 이정표뿐이다. 〈낙동강 89km, 안동댐 296km〉, 〈낙동강 90km, 합천창녕보 57km, 창녕함안보 인증센터 2km〉라는 시시각각 변화하는 느낌뿐이다. 사흘 동안 대략 90km 가까이 걸었다. 한 걸음 60cm의 작은 보폭으로 참으로 멀리도 왔다. 스스로 대견했다. 티끌 모아 태산을 이룬다는 것이 이런 것이구나. 처음 시작할 때는 '언제 가나. 갈 수는 있을까' 했다. 거리를 나타내는 숫자들의 작은 변화는 내가 살아 있음을 느끼게 해주는 나침판 같은 것이었다.

창녕 함안보 인증센터까지 남은 2km. 너른 둔치에 만들어진 자전거길을 나 홀로 걸어간다. 혼자라도 적적했지만, 혼자라서 편안했다. 혼자라서 사람이 그리울 때도 있었지만, 혼자라서 느긋했다. 내 앞에는 길과 풍경만 나를 환대해 주었다. 내가 한 발 한발 내디디고 있는 이 모든 시간과 공간들이 더 특별해지고 소중하게 느껴지는 따뜻한 경험을 하고 있다. 너른 둔치의 빛바랜 갈대밭 사이로 봄바람이 숨을 쉬고 있다. 갈대의 한 세대가 교체하는 시기이다. 한 세대는 가고, 또 다른 새로운 세대는 푸른빛으로 다가온다. 그곳에는 삶과 죽음이 공존하는 땅이다. 하지만 아무런 흔들림도 없다. 떠나는 이도, 태어나는 이도 잔잔하다. 자연의 흐름에 순응하는 그들의 태도가 경이롭다. 자연과 자연의 만남은 이렇듯 경이로워서 바람 하나에도 온 세상이 아름다워지게 만든다.

낙동강 첫 번째 보인 '창녕함안보'가 보인다. 바로 앞에 보이는 '창녕함안보'는 한걸음에 갈 것 같았지만 쉽게 가까워지지는 않았다. 그것이 길이다. 길은 항상 친근하면서도 쉽게 가까이 다가설 수 없는 공간이다. 길은 때를 기다려야만 만날 수 있는 공간이다. 그 정직함과 공정함이 좋아서 나를 길을 걷는 것이다. 정오가 되어서야 가까스로 '창녕함안보'에 올라섰다. '창녕함안보'는 다른 보에 비해 생각보다 조형물이 웅장하지 않고 단순했다. 이 보는 실제 차가 다니는 다리로 설계되었다. 보와 다리의 기능을 동시에 하고 있다.

'창녕함안보'를 건너면서 우연히 이 마을에 사는 내 또래 노인을 한 분 만났다. 그리고 말을 걸어준다. 이방인을 환대해 주는 마음 씀씀이가 고마웠다. 자신의 고향에 오는 방문객을 맞이하는 듯했다. 나는 왜 길을 걷는지, 고향은 어딘지 알려주었다. 우리가 살면서 낯선 곳에서 전혀 알지 못하는 사람을 만날 확률은 얼마나 될까. '방문객'이라는 시처럼 낯선 곳에서 사람을 만난다는 건 그리고 서로 소통한다는 건 실로 어마어마 한 일이라고 했다. 그래서 길에서 우연히 만난 이분이 소중했다. 낯선 공 간의 과거, 현재 그리고 미래가 그와 함께 오기 때문이다.

'창녕함안보'에서 우연히 만난 낯선 사람이지만 홀로 걷는 여행자에게 는 더없이 소중했다. 이 근처 마을에 산다고 자신을 소개하면서 '창녕함 안보'에 대한 자기 생각을 말하고, 내 의견을 물어본다. 요즘 4대강 보에 대한 찬반이 분분하기 때문이리라. 마을주민이라는 그분의 말도 일리는 있었다. 보를 설치돼서 주변 환경이 깨끗해졌고 농사지을 물도 풍족해졌 다는 것이다. 다만 수질에 대해서는 잘 모른다고 했다. 주민들과 전문가 들의 주장은 자신의 입장에서 바라보는 방향과 각도에 따라 다르다. 주 민들의 말이 현재 당면한 문제라면, 전문가들이나 환경운동가들의 말은 현재의 문제이고 동시에 미래의 문제이기도 했다. 보를 유지 관리하는 데 드는 비용은 둘째로 치더라도, 우선 생태계를 살리는 것이 시급한 문제 이다. 생태계를 살리는 것은 자연을 살리는 것이고, 자연을 살리는 일은 지구 상의 모든 동식물이 공존하고 상생하는 일이기 때문이다.

바라보는 각도를 인간 중심에서 자연 중심으로 바꾼다면 어떨까. 생명 이란 인간의 이해를 넘어서는 기적이기에 이에 대항해 싸움을 벌일 때조 차도 경외감을 잃어서는 안 된다. 자연을 통제하기 위해 살충제나 보 같 은 무기에 의존하는 것은 우리 지적능력 부족을 드러내는 증거이다. 자 연의 섭리를 따른다면 야만적인 힘을 사용할 필요도 없을 것이다. 지금 우리에게 필요한 것은 겸손함이다. 과학적 자만심이 자리를 잡을 여지는 어디에도 없다. 레비 스토로스 〈슬픈 열대〉에 등장하는 글이다. '세상은 인간 없이 시작되었고, 인간 없이 끝났을 것이다'라고 했다. 자연 안에 인간이 놓인 위치, 그 보잘것없는 위치를 이토록 통렬하게 요약한 글이 또 있을까. 만물의 영장이라고 스스로 우쭐해 하며 지구의 환경과 생태계를 자신의 이익 앞에 굴복시켜 온 인간에게 지구가 안겨줄 답은 무엇일까.

'창녕함안보'는 경상남도 창녕군 길곡면 증산리와 함안군 칠북면 봉촌리에 있는 낙동강의 보(洑)이자 교량이다. 4대강 정비 사업으로 인해 건설되어서 운영되고 있다. '창녕함안보'는 창녕과 함안의 경계이다. 함안 쪽에 낙동강 자전거길 인증센터가 있다. 인증센터에서 쉼터와 편의점이 있는 길목에 〈번영과 평화의 여인상〉이 보인다. 조각상을 여기에 설치한 이유는 '새로운 4대강 시대의 도래를 예찬하는 여인의 어깨 위로 내려앉은 고니와 사철 물 흐르는 소리를 높은음자리표를 형상화하여 고니가 모여드는 평화로운 낙동강 하구에서 서로의 교감을 통한 서정적 조형미를 모색하였다'라고 했다. 문제는 지금 그리고 미래에도 그런 낙동강을 꿈꿀 수 있을지 의문이다. 편의점은 한산했고 그 앞에 있던 쉼터 같은 카페 공간은 크지는 않았지만 아늑하게 잘 꾸며져 있다. 도보여행자나 자전거 라이더 들이 평안하게 쉬어갈 수 있도록 시설을 잘 갖추고 있다. 아침 겸 점심으로 '컵밥과 캔맥주 그리고 아메리카노 한잔'으로 간단히 해결했다. 그리고 발바닥 통증 때문에 잠시 고민했다.

'창녕함안보'에서 남지읍까지는 거리는 약 8km, 시간상 2시간 정도 걸릴 것이다. '차로 갈까? 걸어서 갈까?' 한참을 망설였다. 밀양강 입구에서 하남읍까지 택시로 갔던 아픈 기억이 여기까지 걸어오는 내내 마음에 깊은 앙금처럼 남아있다. 조금 고통스럽더라도 마지막까지 걸어가기로 했다. 나는 왜 이렇게 힘들어하면서도 두 발로 걸어가려고 하는 것일까. 천천히 길을 걸어가면 마음이 편안해진다. 단조로운 일상에서의 사는 것 이상의 사는 이유가 느껴진다. 자유롭게 걸을 수 있다는 것이 너무 행복하다. 누군가는 길에서 시간을 버리느니 돈을 쓰겠다고 했지만 나는 길 위에서 보내는 시간이 낭비라고 생각하지 않는다. 당연한 것이 당연하지 않을까.

'창녕함안보'를 벗어나 작은 마을을 통과한다. 마을 앞에서 아담한 섬을 하나 발견했다. 이령천과 광령천 사이에 떠 있는 자그마한 섬이다. 섬이라기에는 너무 작다. 마치 모래톱 같은 크기다. 혹 이름이 있을까. 어디에도 이름은 찾아볼 수 없다. 높낮이 없는 평평한 모양이 낙동강 삼각주 같다. 갑자기 안쓰러움이 밀려온다. 마치 얼굴 없는 투명인간처럼 생각되자 작은 슬픔이 밀려온다. 우리도 언젠가는 흔적도 없이 사라져 갈 것이고, 누구도 기억하지 못할 것이다. 동병상련(同病相憐) 같은 느낌이 든다.

하지만 이름이 없으면 어때. 얼굴이 없으면 어때, 자신만의 색깔로 최선을 다해 살아가면 그것으로 잘산 것이 아닐까. 작은 모래톱 같은 섬은 비록 이름도 없고, 얼굴도 없지만, 자신만의 은은한 빛을 발하고 있는 듯했다. 눈 앞에 펼쳐진 아담한 섬은 마치 낙동강 위에 떠 있는 배처럼 보였다. 그 사이로 흐르는 강물은 잔잔하다. 마치 시간도 숨을 멈춘 듯이 잔잔한 강에는 바람마저 고요했다. 기억 속에 담아 두었다가 언젠가 낙동강이 그리울 때마다 꺼내보고 싶은 그런 애잔한 풍경이다.

〈함안 오토캠프장〉 공원이다. 너른 공터에서 파릇파릇 보리 이삭이 올라오고 있다. 정갈하게 가꾸어진 공원이다. 운동 삼아 걸어 다니는 동네 주민들이 간간이 보인다. 이곳에는 운동경기장, 오토캠프장, 잔디광장,

다목적광장, 이동 산책로 등을 갖춘 넓은 공간이다. 공원 둔치 너머로 남지대교, 남지읍 아파트 건물들이 한눈에 들어온다. 이제 3일간의 일정이 마무리되는 느낌이다. 저 다리만 건너면 3일간의 설렜지만, 왠지 두렵고 불안했던 혼자만의 도보여행이 마무리될 것이다. 혼자 걷는 여행이 처음이라 무리했나 보다. 3일간의 도보여행에서 가장 고생한 것은 신발 속에 있던 두 발이었다. 혼자 걸으면 편하고 좋은데 체력을 스스로 조절하지 못했다. 어리석음을 범한 것이다. 그 결과물이 바로 오른쪽 엄지발톱에 물든 시꺼먼 멍 자국이고, 발바닥에 덕지덕지 붙어있는 물집이다. 검게 멍든 엄지발가락에 새 발톱이 돌아나려면 한참은 걸릴 것이다. 어쩌면 낙동강 자전거길 도보여행이 끝나는 날까지도 빛바랜 훈장처럼 달려 있을지도 모르겠다. 그 대신 지금은 어디든 갈 수 있다는 용기를 얻었다. 그래서 어느 때보다 편안했고 자신감이 넘친다.

창녕 남지읍에 도착했다. 낙동강 자전거길은 남지대교를 통과하면 로터리가 나온다. 남지대교 밑으로 자전거길은 계속 이어지고 있다. 로터리 건너편에는 남지읍 시외버스터미널이 있다. 조립식으로 된 자그마한 시골 버스터미널이다. 처음 와 본 곳이다. 아무런 연고도 아는 사람도 없다. 그런 텅 빈 여행이 좋다. 버스시간표의 낯선 지명 앞에 서서 낯선 곳을 상상하는 시간도 좋다. 처음 만나는 사람들과 아무렇지도 않은 듯이 섞여 자연스럽게 긴 의자에 멍하니 함께 앉아있는 것도 좋다. 혼자만의 도보여행은 떠난다는 생각도 없이 낙동강으로 떠났고, 일상에 돌아왔다는 생각도 없이 새로운 일상이 시작된다. 분명한 것은 나는 여행을 떠나기 전과는 뭔가가 달라져 있다는 것이다.

시간은 어떻게 흐르는 것일까. 과거에서 현재를 거쳐 미래로 흐르는 것일까. 그저 좋은 시절에서 조금 덜 좋은 시절로 흐르는 것은 아닐까. 행복은 무엇일까. 몸이 편안하고 걱정이 없는 것이 행복일까. 삶이란 무엇일까. 던져진 존재로서 그저 살아지는 것일까. 뭔가 의미 있는 일을 하도록 우리에게 주어진 위대한 무엇일까. 일상에서 답을 구할 수 없어 여행을 떠나지만, 여행을 떠난다고 답을 얻는 것도 아니다. 그렇다고 여행은 무의미한 일상의 연장일 뿐일까. 그것은 더더욱 아니다. 여행이 내게 어떤 의미를 주는지 모르겠다. 다만 내가 알 수 있는 것은 느린 여행을 떠날 때면 마음이 행복해진다는 것이다. 그래서 오늘도 자전거길을 걷고 있는지도 모르겠다. 그리고 매일매일 또 다른 길을 걸어가는 꿈을 꾸는지도 모르겠다.

멍든 내 엄지발톱에 빛바랜 색깔이 희미해질 때쯤, 내 발바닥에 생긴 물집에 딱지가 지고 다시 새살이 돋을 때쯤에, 그리고 내 몸이 자신의 자정능력을 회복할 때쯤에 낙동강 자전거길을 걷기 위해 다시 집을 나설 것이다. 그리고 낙동강 자전거길 위에 홀로 서 있는 나를 발견할 것이다. 긴 여정의 끝자락에서 몸이 무거워지면 다시 일상으로 돌아와서는 몸을 추스르고, 길 위에 남긴 작은 흔적과 감동한 순간의 이야기를 기록할 것이다. 시간과 함께 기록물은 켜켜이 쌓아갈 것이고, 나만의 자그마한 변화의 자취가 새겨질 것이다.

창녕 남지읍에서 합천 적포교까지

일상에서 길을 걷다가도, 밥을 먹다가도 까닭 없이 자주 멈칫거린다. 요즘 부쩍 자전거길에 대한 생각이 많아진다. 처음으로 낙동강 자전거길을 다녀온 지 한 달이 훌쩍 지났다. 문득문득 지나온 길들이 그리워진다. 그리고 앞으로 지나갈 길들도 궁금해진다. 종종 여행에 관한 책을 읽다가 길에 대해 공감하는 일이 잦아진다. 낙동강 자전거길의 풍경이 그리워지는 걸 보니 길을 떠날 때가 된 거야. 아직 가지 못한 낙동강 자전거길이 궁금해지는 걸 보니 길을 떠날 때가 된 거야.

해돋이가 시작되는 곳으로 홀연히 걷기놀이에 나선다. 자전거길에서 모든 발걸음은 무엇을 쫓으려 했던 것이 아니다. 이렇게 매 순간 솟아 나오는 것들, 빛나는 것들, 그 빛나는 것들의 어두운 그림자, 그러나 종국에 사라지는 것들을 만나고 싶을 뿐이다. 그래서 길과 길을 이어가고 있다. 이른 새벽부터 시간과 공간을 가로지르는 또 하나의 여행이 시작됨을 알리는 이득한 발소리 같은 섯이 들리는 듯했다. 여행에서 가장 멀고 어렵다는 현관문을 열고 삼 층 계단을 내려가는 발소리의 울림이 유난히 우렁찼다.

'이 설렘은 무엇일까'하는 의문과 동시에 바로 이런 설렘이 날 여기까지 이끌었다는 생각이 망각 저편에서 불쑥 떠올랐다. 설렘은 나를 일상으로부터 들어 올리며 색다른 발견을 하게 한다. 익숙한 것에서 벗어나게 하고, 익숙한 것을 새로운 각도에서 바라볼 수 있는 시선을 열어준다. 때로는 일상에서 접할 수 없는 고귀한 것을 알게 하고, 그로부터 다시 일상으로 돌아왔을 때 그 일상 또한 이전과는 다른 모습을 하고 있음을 알게 한다. 처음에는 그런 것들이 신기하고 재미있을 수 있지만, 정말 폭로하고 싶어 입이 간지러운 것은 이렇게 일상의 동선(動線) 위에서 마주치는 설렘이다.

　목포, 광주, 마산이라는 도시를 이어 창녕 남지읍 시외버스터미널을 한 달 만에 다시 찾아왔다. 주변은 아무런 변화도 없다. 처음과 똑같은 풍경이다. 다만 날이 흐리고 유채꽃이 시들고 있다는 것이 다를 뿐이다. 목포에서 여기까지는 아주 먼 길이다. 낙동강 자전거길을 걷고 싶어 먼 길을 돌아서 다시 이곳에 섰다. 이젠 낯설지 않다. 익숙한 버스터미널의 풍경이 일상으로 다가온다. 그리고 일상처럼 '창녕 남지' 마을 속으로 걸어 들어간다. 홀로 도보여행을 떠난다는 것은 나에게 어떤 의미가 되어 돌아올까. 떠난다는 것은 반복되는 일상에서 벗어나는 기분전환이기도 하지만 반복되는 일상의 시간과 습관 그리고 색깔을 통째로 바꾸는 일이기도 하다. 낙동강 자전거길을 걸으면서 새롭게 돋아나는 만물들의 봄과 맞닥뜨리고 싶다. 낙동강의 다채로운 빛깔 속에서 새로운 것들을 보고 싶다. 시시각각 변하는 풍경 속에서 나 자신을 되찾고, '참된 나'로 살아가는 법을 배우고 싶다. 그래서 여기 먼 곳까지 떠나온 것이다.

남지 로터리를 지나면 남지대교 아래 파란색으로 이어지는 자전거길이 선명하다. 남지대교 아래쪽에는 유난히도 넓은 둔치가 발달되어 있다. 일명 '남지 낙동강고수부지'라고 한다. '남지 낙동강고수부지'는 낙동강 강변을 따라 수변공원, 자전거길, 산책로, 전망대 등으로 조성되었다. 창녕 남지수변공원은 전국에서 단일면적으로 최대 규모인 110ha(33만여 평)의 유채꽃 단지로 매년 4월 초가 되면 유채꽃 축제가 열린다. 며칠 전에 축제는 끝났지만, 아직도 감동의 울림과 감탄의 여운이 남아있다. 날이 흐리지만 지난 축제의 여진이라도 느껴보고 싶은 사람들이 간간이 찾아오고 있다. 유채꽃 풍경은 아직 볼만했다. 둔치에는 끝없이 이어지는 유채꽃의 노란 향연이 펼쳐진다. 낙동강의 절경과 어우러져 한 폭의 풍경화를 그린다. 이곳에서는 매년 나비와 벌이 꽃처럼 가득한 낙동강 유채단지의 아름다움을 전국에 알리고 관광객과 지역민이 함께 어울려 즐기는 축제가 열린다. 2006년 1회를 시작으로 역사와 생태의 고장 창녕군의 대표축제로 자리매김하고 있단다. 남지 철교를 중심으로 4km나 되는 둔치에 넓게 펼쳐진 노란 유채꽃들의 행렬은 낙동강을 온통 노란 세상으로 변하게 했다. 노란빛으로 채워진 수변공원은 얼마나 넓은지 돌아보는 데 관광 열차를 타고 가야 할 정도란다.

낙동강 자전거길을 따라 걸었던 3월의 봄은 나뭇가지의 초록 빛깔과 함께 찾아왔다. 생동감 그 자체였다. 4월의 봄은 남지수변공원의 노란 빛깔과 함께 찾아온 듯했다. 포근함 그 자체였다. 온통 노란새이다. 하늘도, 공기도, 땅도, 심지어 냄새까지도 노랗다. 노란 빛깔은 사람의 마음을 들뜨게 한다. 또 포근하게도 하고 가끔은 환상에 빠지게도 한다. 이른 봄 구례 산수유 마을의 노란 빛깔의 몽환적인 느낌은 잊을 수가 없다. 노랑의 상징적 의미는 안정감, 성실, 믿음이라고 했다. 초여름이 다가올 때쯤 비 오는 날의 노랑은 참 상큼하다. 노란색은 내가 좋아하는 색깔이다. 노란색은 보기만 해도 밝은 에너지를 보는 이에게 전달해준다. 노란색은 밝음, 창의성, 젊음, 햇빛, 에너지 등 긍정적인 의미를 표현하는 데 쓰이는 색깔이어서 좋다.

자전거길을 걷다 보면 가장 많이 보았던 색깔도 노랑이었다. 강둑에 피어있던 금계국은 햇살을 받으면 유난히 반짝였다. 자전거길을 걸으면서 출렁이던 노란 물결은 항상 도보여행자의 가슴이 뛰게 했다. 자전거길에 그어진 파란색이 침착함과 신뢰를 나타내는 반면, 강가 야생화의 노란색은 따스함과 활력을 느끼게 했다. 두 색깔은 묘한 대비를 이루고 있다. 또 무한한 가능성을 나타내므로 밝은 미래로 이끄는 원동력을 나타내기도 한다. 노란 빛깔의 울림을 보면서 걸었던 자전거길은 처음에는 열심(熱心)이었다가 서서히 청심(淸心), 세심(洗心), 무심(無心)의 상태로 변하게 만드는 마력이 있었다. 즉 젊어서는 자기 일에 최선을 다하다가, 나이가 들어감에 따라 마음을 깨끗하게 만들고, 은퇴 후에는 마음을 비우게 만드는 것이 최선의 삶이라면 자전거길을 걷는 것은 그런 매력이 있어서 좋다. 그 매력에 흠뻑 빠져 오늘도 낙동강 자전거길을 걸어간다.

남지수변공원 유채꽃 향연의 끝자락에는 '남지수변억새전망대'가 있다. '억새 조형물'로 만들어진 다리를 건너면 남지억새공원인데 억새가 보이지 않는다. 아직 때가 이른 모양이다. 억새전망대라는 말이 무색할 지경이다. 잔디밭처럼 잘 정리된 억새공원 주변에는 남지마을의 여덟 가지 볼거리 즉 '제왕담, 남지철교, 백사장, 오여정, 구진산성, 개비리절경, 말무덤, 박진나루와 전승비' 등이 있다. 억새공원을 따라 전망대를 지나면 도로는 사라지고 '남지개비리길'이 열린다. 길 앞으로는 낙동강이 북에서 남으로 흘러오다 서쪽으로 활처럼 굽어 휘돌아 돌면서 지리산에서 흘러내리는 남강과 어우러져 동으로 흐르니 강폭과 수심은 더욱 깊고 넓어지며 물살은 완만해져 퇴적물이 쌓여 풍요롭고 순후한 풍토를 지녔다. 그런 이유로 '남지개비리길' 앞은 물살이 빨라 절벽이 형성되어 있고, 그 옆은 물살이 느려 남지마을에는 너른 둔치가 발달되었다.

'남지개비리길'은 자전거가 다닐 수 없는 좁고 위험한 길이다. 그래서 낙동강 자전거길은 남지읍에 있는 도초산(150m)을 우회해서 안개실고개를 넘어 영아지 마을을 통과해서 '남지개비리길'의 영아지마을 주차장과 만나게 되어 있다. 이 길은 자전거로 갈 수 없어도 걸어서 갈 수는 있다. 그만큼 도보여행자에게만 주어지는 행운의 길이다. 또 시간이나 거리를 단축할 수도 있고 풍광이 뛰어나 도보여행자들이 선호하는 길이다. 지금은 남지 유채꽃 축제와 함께 잘 정비되면서 이름이 알려져 많은 사람들이 이 길을 찾는다고 했다. 이 길은 언 듯 보면 그냥 평범한 시골길이다. 하지만 걸어갈수록 낙동강의 멋과 맛을 모두 품고 있는 평범하지 않은 길이다. 이 길은 길지도 짧지도 않은 거리지만 어떤 길보다 소담스런 풍경을 담고 있다. 그런가 하면 그 길에는 가슴 저린 아픔도 있었고, 한 많은 사연도 있었다. 그래서 몇 번이고 다시 걷고 싶은 길이다. 느리게 걸어도 더 느리게 걷고 싶은 길이다. 그 길에 서면 시간이 거꾸로 가는 듯했다. 시간의 멈춤을 즐기고 싶은 공간이다. 이 공간의 사물들은 더는 의미를 찾으려 하지 않아도 이미 그 자체로 완벽했다. 자연이 만들어낸 가장 자연다운 공간이다.

'남지개비리길'은 '공원주차장, 창나루 전망대, 영아지 쉼터, 영아지 전망대, 영아지 주차장, 야생화 쉼터, 죽림 쉼터, 옹달샘 쉼터, 용산양수장, 공원주차장'으로 돌아오는 6.4km의 원점회귀 할 수 있는 둘레길이다. 개비리길은 예부터 개들이 다녔다는 낙동강과 마분산 자락 사이 절벽에 아슬아슬 붙어있는 잔도 길이다. '비리'라는 뜻은 '벼랑'이라는 경상도식의 옛 방언이다. 이전 같았으면 아슬아슬한 벼랑길을 누구라도 즐겁게 다녔을까. 지금은 이 강을 낀 아름다운 벼랑길의 운치를 즐기자며 많은 도보여행자들이 멀리서 달려와 길 입구에서부터 걷기를 시작한다.

남지수변 억새전망대 앞 주차장에서 시작해서 용산양수장, 옹달샘 쉼터, 죽림쉼터, 야생화쉼터, 영아지 주차장까지 가서 다시 자전거길과 합류할 예정이다. 주차장에서 출발해 용산양수장까지 1km 정도는 낮은 오르막길이다. 걸어가면서 뒤를 돌아보면 벌써부터 낙동강 물줄기가 나무 사이로 보이기 시작한다. 낙동강은 강원도 태백의 황지연못에서 발원하여 경상도 땅곳곳을 두루 적신 후에 김해 삼각주를 지나 남해로 흘러드는 강이다. 강물은 경계가 없어서 좋다. 경계를 자유롭게 넘나드는 것이 걸림 없음이며 자유자재이다. 강물은 가장 낮은 곳을 흐르면서 만물을 그 자신에게 동화시키고 자신의 내면에 받아들여 누구도 차별하지 않고 담아둔다. 그런 매력에 빠져 5대강 자전거길을 걸어왔고 지금 마지막으로 낙동강을 바라보면서 길을 걷는 것이다. '남지개비리길'은 걷기 좋은 길로 알려지면서 여행자들이 모여들자 재정비했다. 강 쪽으로 여행자의 안전을 위해 말뚝을 막아 밧줄로 연결했고, 길 폭도 1m 정도로 넉넉하게 확장했다. 이전에는 30cm 남짓의 좁은 길이라 위험하고 조심스러운 길이었다고 한다.

'남지개비리길'은 흙길에서부터 시작한다. 찻길을 벗어나면 길 양편으로 수양버들이 심겨 있고, '막다른 길'이라는 안내표시가 보인다. 가는 길마다 「마분산과 창나리 마을」, 「곽재우 장군 토성과 말무덤」, 「낙동강 전투의 최후 방어선」, 「홍의 장군과 붉은 돌 신발」 등의 이야기가 있다. 지금은 너무도 멋진 길이고 치유의 공간인데, 먼 과거에도 그리고 가까운 과거에도 이곳은 역사의 아픈 현장이었다는 것이 믿기지 않았다. 특히 '낙동강 전투의 최후 방어선'이라는 말에서 포성 소리와 군인들의 처절한 함성이 들리는 듯했고, 수많은 병사의 주검과 핏빛이 되어 흐르는 강물이 보이는 듯했다. 이렇게 아름다운 길 위에 처참하리만큼의 큰 아픔이 있었다니….

한적한 길을 따라 약 20분, 1km 정도 걸었을까. 깊숙이 들어간 낮고 평평한 공간에 있는 옹달샘 쉼터에 이르렀다. 대나무 발로 둘러쳐진 옹달샘 쉼터에는 '옥관자 바위', '관직에 등용시킨 층층나무'가 있어 볼거리를 제공한다. 아마 이곳에는 사람이 살았던 흔적이 보인다. 물론 지금은 집터는 사라지고, 쉼터만이 잘 정비되어 덩그러니 놓여있었다. 옹달샘 쉼터를 지나면 금천교까지 낙동강 쪽으로 나지막한 오르막과 내리막이 이어진다. 강 쪽으로는 난간이 설치되어 있고, 바닥은 천연의 흙길이고, 숲이 울창하여 그늘을 만드니 걷기에는 안성맞춤이다. 특히 숲 사이에 들어오는 햇살을 눈 부셨고, 그 빛을 따라 들어온 낙동강은 눈이 시릴 만큼 파랬다.

숲길 사이로 금천교가 보인다. 나무로 된 짧고 작은 다리였다. 이 길에 이야기가 필요했던지 의미를 부여하고 있다. 금천교(禁川橋). 이름의 유래는 조선 시대 궁궐 창덕궁 정문인 돈화문을 지나 인정전으로 가는 길목의 명당수를 건너는 다리 이름에서 발취하였다고 한다. 원래 금천교는 궁궐의 문을 들어온 사람이 궁궐 내부로 들어가고자 할 때, 그 경계의 의미로 만든 개울에 놓은 다리란다. 궁궐에 들어오는 관리들에게 금천교를 지나면서 그 아래 맑은 물에 몸과 마음을 정화한 다음 국정을 논하라는 뜻으로 보인다. 풍광이 아름다운 이곳. 신성한 창녕 낙동강 '남지개비리길' 대나무 숲 속에 회락동천(回洛洞天)으로 들어오는 모든 분은 사악한 마음을 금천교에 버리고 깨끗한 마음으로 들어오셔서 아름다운 풍광이 있는 이곳에서 신선과 선녀가 되듯 하시면 좋을 것 같아 다리 이름을 '금천교'라 붙였다고 한다.

억새전망대, 용산마을 주차장 입구를 지나 옹달샘 쉼터에서 숨을 고르고 벼랑을 따라 잘 정비된 길로 접어들어 금천교를 건너면 울창한 대나무 숲이 나온다. '남지개비리길'에서 초록의 아름다운 대나무 숲을 만났다. 하늘은 조금 흐린 풍경이지만 물먹은 안개가 마치 수채화 물감처럼 대나무색을 하늘까지 퍼져나가게 해주고 있었다. '남지개비리길'은 산책로가 잘 짜인 길이다. 낙동강은 칠백 리를 낮은 곳을 따라 굽이굽이 이어지고, '남지개비리길'은 절벽 틈새를 구불구불 돌고 돌아 이어진다. 그곳에 대나무 숲길은 도보여행자에게는 안식처 같은 공간이다. 꼿꼿하기가 하늘을 찌르고, 푸르르기가 산천을 능가하고 있다. 대나무는 어쩜 이토록 팽팽하게 꼬임 없이 자라고 있을까. 욕심 많은 하늘과 땅이 팽팽하게 줄다리기를 하고 있기 때문일까. 빽빽한 대나무 숲 사이로 바람구멍이 가득했다. 바람구멍을 통해서 빛이 들어오고, 숨이 드나든다. 낙동강은 세상의 소식을 전해준다. 끊임없이 세상과 소통하고 있다.

대나무 숲은 여양진씨(驪陽陣氏) 묘사(墓祀)를 지내던 회락재(回洛齋)라는 재실이 있던 곳이다. 회락(回洛)은 '낙동강물이 모였다가 돌아서 흘러가는 곳'이라는 뜻으로 원래 이곳에 재실과 관리인이 살림하는 집이 있었고, 위토답(位土畓)이 있던 자리였는데, 건물들이 빈집이 되어 허물어지고 대나무밭이 되었다. 건축연도를 정확하게 모르는 회락재는 목조 단층 와가(瓦家)였었는데, 일제강점기 때 신작로(新作路)가 생기면서 개비리길은 인적이 끊어지고 방치되어 오다가 2015년도 4대강 사업으로 낙동강 '남지개비리길'이 알려지면서 재실은 귀곡산장(鬼哭山莊)이라는 별칭을 얻게 되었고, 바람 불고 흐린 날 댓잎 서걱거리는 소리는 대장부의 간담을 서늘하게 했다고 한다. 그러던 중 '남지개비리길' 조성사업이 시작되면서 회락재 복구가 어려워지자 건물을 철거하고 대나무 숲을 자연 친화적으로 정비하여 죽림 쉼터로 새롭게 태어났다.

대나무밭 안에는 수령 100년이 넘은 팽나무 두 그루가 부둥켜안은 연리목(連理木)은 간절하게 기도하면 남녀 간의 사랑이 이루어지고, 자손을 기원하면 자손도 얻으며, 가난한 자가 재물을 기원하면 부자가 되고, 환중(患中)의 부모님 무병장수를 빌면 소원을 이루어 효자가 된다는 영험 있는 나무로 알려져 사람의 발길이 끊이지 않았으나 지금은 옛 전설을 안은 채 세월의 풍상과 함께 회락재 터 앞에 서 있다. 또한, 여양진씨 가문에서 시집보낸 감나무가 감을 주렁주렁 매단 채 서 있고, 관직(官職)에 등관(登官) 시킨다는 '층층나무'가 감나무 앞에 있으며, 옆에는 2018년에 남지읍 동포마을에서 수로 공사 중 발견한 봉황(鳳凰)의 알처럼 크기가 오척(五尺)이 넘는 '옥관자(玉貫子)바위'가 자리한다.

대밭에 들어와서는 '모든 사심을 버리고 깨끗한 마음으로 금천교를 지나서 회락동천으로 들어가라는 다리'가 있다. 바로 이 다리가 '동천교'다. 동천(洞天)은 '신선과 선녀가 사는 신성한 곳'을 가리킨다. '동천교(洞天橋)' 양옆으로 높고 꿋꿋하게 서 있는 대나무들 덕분에 내가 자연 속에 오롯이 들어와 있다는 느낌이 든다. '동천교'라는 이름의 유래는 하늘 동네, 신성한 곳, 신선이 사는 곳의 의미가 있는 이곳은 바로 회락동천(匯洛洞天)이다. 예부터 '죽림칠현(竹林七賢)'과 같이 지조와 절개를 상징하는 선비들이 모여 살았던 것처럼 의미를 부여하여 만든 동천교. 이미 금천교를 건너면서 사악한 마음을 버리고 오셨다면 하늘에 있는 동네 즉 신선과 선녀들이 사는 신성한 이곳으로 접어드는 동천 다리이다. 동천교 위에 서면 건강하고 푸른 바람이 대숲으로부터 불어온다. 대나무로 만든 '대나무 풍경' 소리가 바람이 불면 서로 부딪혀 '달그락 달그락' 운치를 더한다.

　낙동강 자전거길 도보여행으로 깨끗하지 않은 옷과 눅눅해진 머리가 이곳에서 신선한 공기를 마시자 몸이 가벼워지고 정신이 맑아진다. 눈으로 대나무가 그리는 자연을 가득 담았다. 대숲을 돌아서면 강가에 '죽림 쉼터'가 있다. 그곳에는 낙동강을 바라보면서 가볍게 운동할 수 있는 운동기구와 누워서 낙동강의 풍경을 감상할 수 있는 의자가 놓여있었다. 옆으로 팔각정자가 강을 바라보고 서 있다. '죽림 쉼터'에는 여행자들이 옹기종기 모여 있다. 그곳에 앉으면 저절로 술맛이 날 것만 같은 공간이다. 여행 친구들과 술 한잔하기에 더없이 좋은 공간이다. 이곳에서는 낮잠도 눈에 거슬림 없는 아주 자연스러운 풍경이다. 정자 아래 놓은 가지런한 신발도 낙동강의 경치를 넋이 나간 듯 숨을 죽이고 있다. 아니 잠을 자는 듯했다. 야생화 쉼터를 지나 '남지개비리길' 끝자락에서 영아지 마을과 만났다. 그곳에는 영아지 전망대가 있다. 영아지 전망대에서 바라본 낙동강은 강과 하늘이 서로 조화를 이루며 유유히 흐르고 있다. 이곳에서는 과거의 아픔과 고통도 이제 일상이 된다. 시간이 최고의 약이라는 말이 실감 난다. 상처의 흔적은 어디에도 남아있지 않았다. 낙동강은 백제와 신라, 남과 북 전쟁의 상처를 함께 아우르며 흐르는 듯했다.

'남지개비리길'을 서서히 벗어난다. 그 길은 길지 않는 거리였지만 사연도, 아픔도 많아 긴 여운이 남는 멀고도 가까운 길이다. 어떤 길보다 더 진한 감동을 마음에 새겨주었다. 아주 짧은 시간이었지만 마음을 비우고 어떠한 간섭 없이 편안히 나에게 오롯이 집중할 수 있었던 시간이었다. 생각해보면 진한 감동이라는 것은 거리나 시간에 비례하는 것은 아닌 것 같다. '남지개비리길'을 우회했던 자전거길은 도로와 만나면서 찻길을 따라 창이지 마을을 거쳐 칠현리에 들어선다. 그곳부터는 자전거길이 다시 낙동강 둑길을 따라 끝없이 이어지고 있다. 끝이 보이지 않는다. 평행한 두 선으로 이어지는 둑길은 어느 순간 하나의 소실점이 되어 사라져 버린다. 일직선으로 뚫린 둑길은 착시현상을 일으킨다.

낙동강을 바라보면서 밋밋한 둑길을 혼자서 걸었다. 밋밋한 길을 혼자 걸어가는 일은 한없이 지루했다. 그나마 위로가 되는 것은 주변의 작은 변화들이다. 낙동강을 따라 흐르는 산천의 부드러운 곡선 정경과 도로를 따라 미세하게 변화하는 마을풍경을 바라보는 일이다. 찻길과 자전거길은 만날 듯 이어지더니 박진교 앞에서 합쳐진다. 박진교는 창녕에서 의령으로 넘어가는 경계이다. 낙동강 자전거길은 부산에서 시작해 양산, 창녕, 밀양, 함안 그리고 의령과 만나고 있다. 다리를 넘어서면 작은 마을이다. 마을 옆으로 가파른 절벽이 자전거길을 가로막고 선다. 낙동강 자전거길은 찻길을 따라 의령 부림면에서 낙서면까지 우회해서 언덕을 넘어가야 한다. '박진교' 근처에는 '박진전쟁기념관'이 있다. 낙동강 자전거길을 걸으면서 '남지철교, 낙동강 최후 방어선, 박진전쟁박물관' 등 이런 말들이 연이어 시야에 들어왔다. 역사책에서만 보았고 아주 오랜 과거의 일처럼 멀게만 느껴졌던 육이오의 아픔이 이곳을 지나면서 더 가깝게, 더 진하게, 그리고 더 아프게 내 곁에 다가온다.

박진교를 넘어서면 도로를 따라 우회하는 자전거길은 낮은 오르막이고 차들도 싱싱 달린다. 여행자에게 이런 길은 위험하고 불편하다. 낙서면 쪽으로 우회전하면 코너에 '별뫼 쉼터'가 있다. 자전거 라이더도, 도보여행자도 심지어 지나다니는 마을 사람도 보이지 않는다. 낙서면 쪽으로 한 시간 정도 낮은 오르막길을 힘겹게 천천히 걸었다. 자전거길 따라 시멘트 옹벽에는 여행자들의 작은 흔적들이 보인다. 수많은 낙서가 꼬리에 꼬리를 물고 이어진다. 오르막길을 힘겹게 올라온 자전거 라이더들의 땀과 고통의 흔적들이다. 무언가를 해 냈다는 작은 성취감 또는 자신감의 표현들이었다. 그리고 희망의 메시지도 담고 있었다.

'어머니! 100세 만수무강을 기원',
'내가 하는 모든 일들의 의미는 남이 아닌 내가 만들어간다',
'인천에서 부산까지 국토종주',
'사랑해, 이웃님들 행복하세요',
'인천에서 부산까지 2018.10.25'

그 외에도 소박하고 다양한 사연들이 줄줄이 적혀있다. 도보여행하러 다닐 때는 늘 주변의 낙서를 살펴보곤 한다. 다른 여행자들의 생각이나 관심사에 대해 살펴볼 기회이기 때문이다. 낙서는 글자나 그림 따위를 장난으로 아무 데나 함부로 쓰거나 그 글자나 그림으로 세상에 대한 불만을 풍자적으로 쓰는 글이지만 그렇다고 그냥 쓰이는 것은 아니다. 낙서도 공들여 만들어진다. '내가 여기 있었다. 내가 여기서 잠시 머물다 간다.

이것이 나다. 그리고 이것이 지금 내가 하는 고민이고 생각이다'라는 말을 시각적으로 근사하게 표현하고 있는 신호 같은 것이다. 그들은 무엇을 얻기 위해 힘겹게 자신과 싸우고 있을까. 나는 또 무엇을 위해 힘들게 이 길을 홀로 걸어가고 있는 것일까.

〈밥 딜런〉의 '바람만이 아는 대답'이라는 가사처럼 '사람은 얼마나 많은 길을 걸어봐야 진정한 인생을 깨닫게 될까? 그 답은 바람만이 알겠죠' 그 바람의 대답을 듣고 싶어 끝이 보이지 않는 강둑길을 따라 걷고 걸었다. 도보여행자는 얼마나 더 많은 길을 걸어야 그 답을 들을 수 있을까. 바람은 그 답을 이미 알고 있을까. 도보여행자들은 바람에게 그 답을 물어보기 위해 길을 떠도는 것일까. 나는 길을 걷고, 강물을 바라보고, 스쳐 가는 바람에게 묻고 또 물었다. 하지만 말이 없다. 낙동강은 잔잔한 미소만 보낸다.

의령 부림면에서 낙서면으로 넘어가는 경계인 언덕에 올라선다. 우연히도 이곳 마을 이름도 '낙서면'이다. 사연이 많은 고장인가. 언덕 이름은 '박진고개'다. 고개 정상에는 작은 쉼터가 있다. 그곳에 서면 낙동강이 한눈에 보인다. 시야가 조금 흐렸지만 그래도 앞이 탁 트여 전망은 좋다. 고개를 좌우로 돌려 주변 풍광을 둘러본다. 마음 깊은 곳에서 배어 나오는 감동이나 느낌이 끝이 없다.

이곳은 '아름다운 국토종주 자전거길 20선(選)'에 든다는 의령 '박진고개'란다. 부림면에서 부곡마을까지 4km에 달하는 언덕길로 최대 경사도가 13%인 가파른 길이다. 하지만 박진고개를 힘들게 걸어 정상에 서면 낙동강이 파노라마처럼 펼쳐지는 풍광을 잊을 수가 없다. 그래서 그런 가. 이곳은 일명 구름도 쉬어간다는 '구름재 쉼터'라고 부른다. 의령이라는 지명은 알고 있었지만, 그 땅을 내 두 발로 직접 걸어서 오게 되리라곤 한 번도 상상하지 않았다. 이곳에 내가 홀로 서 있다. 낙동강의 풍경을 바라보면서.

이젠 내리막이다. 아스팔트 찻길은 오르막보다 내리막은 더 힘들다. 그이유는 신발이 계속 밀리면 신발과 발바닥 사이에 생기는 마찰로 물집에 생기기 쉽기 때문이다. 아직은 그런대로 견딜 만했지만, 점점 마찰로 인한 열의 발생이 심해진다. 걸음은 더디어지고 몸은 무거워진다. 계속 발가락이 앞으로 밀리면서 고통이 가중되고 있다. 발가락 통증을 덜 느끼기 위해 지그재그식으로 천천히 내려가다가 때때로 뒷걸음질도 치면서 걸었다. 이렇게 내리막길과 한참을 씨름했다. 오르막과 내리막길의 보상인가. 자전거길은 찻길과 헤어져 편편한 둑길로 들어선다. 일직선으로 뚫린 둑길을 따라 정곡, 신기, 달지, 여의, 감곡, 상포 마을을 지나 상포다리를 건너면 합천군 청곡면이다. 청곡면에 있는 '적포교'는 오늘의 목적지다. 점점 가까워진다. 그래도 발바닥의 통증은 여전하다. 아니 오히려 갈수록 심해지는 듯했다. 몸이 축 처져 간다. 무거운 배낭을 메고 걸었다 쉬었다 수없이 반복했다. 그리고 불만도 덩달아 많아진다.

'나는 무엇을 위해 자전거길을 걸어가고 있을까',
'이 길에서 내가 얻고자 하는 것은 무얼까',
'과연 〈걷기놀이〉라는 평범한 일상 속에서 평범하지 않은 행복을 찾아낼 수 있을까'

아직 그 답을 찾지는 못했지만, 마음만은 뿌듯했다. 내가 해냈구나. 대략 30km 가까운 자전거길을 홀로 걸면서 느꼈던 통증은 자신감으로 변해간다. 묵묵한 걸음걸이는 나를 더 단단하게 만들었다. 합천군 청곡면 '적포교' 앞에 서서 살포시 물안개 서린 낙동강을 바라본다. 순간 호흡을 멈추고 나는 나를 보기 위해 눈을 감는다. 눈을 감는다고 현실이 달라지지는 않겠지만, 내일을 꿈꾸기 위해서는 먼저 눈을 감아야 한다.

합천 적포교에서 대구 구지면까지

어릴 때 희미한 기억 속에서 남 아있는 나는 뭐든 대체로 늦었다. 수줍음이 유난히 많았던 어린 시  절 남 앞에 서면 말을 할 수 없었다. 다른 아이들에 비해 이해력도 부족했다. 아마 첫걸음마도 늦었을 거고, 말문도 늦게 트였을 것이고, 먹고 살기 바빠 부모님은 몰랐겠지만, 한글도 늦게 깨쳤을 거다. 단어의 뜻도 모르는 것이 많아 늘 확인을 해야만 했고, 지금도 국어사전이 옆에 있어야 하고, 영어사전 없이는 짧은 문장도 해석하기 쉽지 않다. 내가 살던 뒷개 골목 동네에는 유난히 조숙했던 아이들이 있는 반면 그렇지 않은 아이들도 있었던 것으로 기억된다. 아마 나는 후자였던 것 같다.

추측하건대 나는 아마도 아주 느린 속도로 컸던 것 같다. 남들의 속도를 따라가지 못하고 뒤처진 마라토너처럼 늘 사람들의 뒤를 따라 성장하는 듯싶다. 누구에게나 자신의 속도가 있는데 난 다소 느린 경우였던 것이다. 그걸 낙오나 실패라고 생각지 않는다. 다만 내 나이 때는 결코 하지 않을 실수도 했지만, 일찍 성장했더라면 몰랐을 것을 알아가기도 했다.

은퇴하기 전까지 바쁜 일상에 너무 힘들었다. 느리게 자랐던 아이가 어른이 돼서 빠르게 자란 아이들과 함께 생활하려니 힘들 수밖에 없었을 것이다. 다른 아이들보다 조금 느렸지만, 또 그 안에서 많은 좌절과 고통도 있었지만 오랜 시간 잘 견디었다. 지금의 내가 있을 수 있는 것도 아마 부모님 덕이 아닐까 싶다. 나의 가장 큰 지지자는 부모님이었고, 나 자신이었다. 아이가 자라는 걸 지켜보는 것처럼 조금씩 커가는 내가 내게 보였다. 이제야 겨우 알게 된 것들 앞에서 부끄럽기도 하고, 서글프기도 하지만 그런 나를 볼 때마다 더없이 경건해지곤 한다. 그리고 시간이 흐르면서 나이가 들어갔다. 아직도 여전히 자라고 여전히 남들보다 느린 속도로 깨우치겠지만 아마도 그런 나를 지지함에 지치지 않을 것이다. 나의 가장 큰 지지자는 '더 나아지는 나'이기 때문이다. 아직은 좀 더 나를 사랑해도 좋을 것 같다.

이제 은퇴했다. 누군가와 비교할 필요가 없어서 좋다. 빠름이나 느림이라는 말을 구별할 필요가 없어져서 좋다. 모든 것이 홀가분하다. 나만의 속도로 살아가는 일상이다. 이젠 느림이 오히려 일상을 살아가는 데 도움이 되는 나이다. 오직 홀로 자신의 힘으로 자신의 능력만큼 하면 된다. 무엇이든 처음에는 느리게 그리고 꾸준히 하면 티끌 모아 태산이 된다고 했다. 우리의 삶도 모으고 모으면 태산만큼 빠르고 큼직한 자신이 될 것이다. 낙동강 자전거길 도보여행도 나의 이런 삶과 많이도 닮았다. 내가 느린 여행을 좋아하는 이유이기도 하다. 성격 탓인가. 원래부터 느리게 태어났기 때문일까. 지금까지 느리게 살아왔고 지금도 느리게 살아간다. 앞으로도 지금처럼 느리게 살아갈 것이다. 원래부터 나는 느린 아이였으니, 느리게 걷는 여행을 좋아하는 것은 숙명(宿命) 같은 것이 아닐까 싶다.

새로운 아침은 빗소리와 함께 시작된다. 유리창에 부딪히는 희미한 빗소리에 눈을 뜬다. 처마를 타고 흐르는 빗소리의 잔잔한 울림이 전해졌다. 빗소리가 방안의 정적을 깬다. 어둠 속에서 누운 채로 귀를 기울인다. 평소에 들리지 않던 소리가 귀에 전해진다. 방안은 온통 낯섦뿐이다. 낯선 공간, 낯선 물건, 낯선 전등, 낯선 침대 등 익숙한 것은 하나도 없다. 일기예보에 어제저녁부터 오늘 새벽까지 비가 온다는 소식이 있었다. 아침에는 멈출 것이라고 했다. 그런데 아침까지도 처마에서 떨어지는 빗소리가 점점 크게 들린다. 빗소리에 몸을 일으킨다. 창문을 여니 옅은 빗줄기가 촉촉이 길을 적시고 있다. 아직 굵은 비는 내리지 않고 있다. 이른 아침부터 창문을 여러 번 열었다 닫혔다. 수차례 밖을 내다본다. 여전히 빗줄기는 가늘었지만 줄기찼다.

숙소인 '적교장' 입구에는 이곳을 지나갔던 많은 자전거 라이더들의 기념사진과 아포리즘들이 벽에 가득했다. 내가 아는 연예인들의 사진도 보인다, 한결같이 힘들어 보이지만 웃고 있었고, V자를 그리며 즐거워하는 모습들이다. 이런 것이 낙동강 자전거길 여행의 매력이고 묘미가 아닐까 싶다. 이곳이 '바이크모텔'로 자전거 라이더들 사이에서는 꽤 유명한 곳이라는 사실을 한참 후에 알았다. 가격도 비싸지 않아 연중 3만5천 원, 입구에 들어서면 '빨래바구니'를 하나 준다. 이런 일이 처음이라 웬 바구니 좀 의아해했다. 자전거 라이더들은 빨리 달리다 보면 온몸이 땀으로 가득 찰 것이다. 그래서 흠뻑 젖은 옷을 빨래바구니 넣어서 세탁실에 가져다 놓으면 아침까지 세탁해준다는 것이다. 빨래바구니는 순전히 자전거 라이더들을 위한 이 집만의 작은 배려였다. 또 오는 길에 전신주마다 전화만 하면 차로 데리러 온다는 안내문이 곳곳에 붙여져 있었다. 자전거 여행은 언제, 어느 때, 어떤 사고가 날지 알 수가 없다. 자전거 타이어에 펑크가 날 수도 있고, 체력적 한계에 도달할 수도 있고, 충돌사고도 있을 수 있다. 도보여행과는 많이 다르다. 주인이 자전거 마니아인가 보다. 자전거여행자들을 배려해주는 첫인상이 좋았다. 이곳은 비록 작은 마을이지만 버스정류장, 모텔, 슈퍼, 식당, 다방 등 다양한 편리시설이 있다. 낙동강 자전거길을 여행하는 '도보여행자'나 '자전거 라이더'들에게는 꼭 필요한 공간이다. 합천 '적포삼거리' 앞에 낙동강을 가로지르는 다리는 합천과 창녕의 경계인 '적포교'이다. 그 옆으로 낙동강 자전거길이 있다.

아침에 일어나 발바닥이 지면에 닿는 순간 통증이 느껴진다. 물집은 겹겹이 딱지처럼 발바닥에 엉켜있다. 어제 조금 무리한 모양이다. 발목은 시큰거렸고, 어깨는 천근만근 무겁고, 발바닥이 너덜너덜해졌다. 따뜻한 온수로 발을 마사지한 후에 물집으로 너덜너덜해진 발바닥에 약을 바르고 붕대로 꽁꽁 감싸고 그 위에 양말을 신었다. 조금 통증이 사라지는 듯했다. 엉거주춤한 자세로 숙소를 나선다. 물집은 걸을 때마다 신체에 고통을 가하고 있다. 고통의 크기는 걸어갈수록 점점 커져만 갈 것이다. 우리는 때때로 더 높은 목적을 이루기 위해 고통을 감수해야 한다. 걷는 여행의 즐거움은 그런 고통의 결과물이다.

오후에는 비가 그칠 거라는 일기예보에 기대를 걸고 길을 나선다. 작은 빗방울이 모여 도로 위에 빗물이 흐르기 시작한다. 그냥 걸어가기에는 빗줄기가 굵다. 금방 그칠 것 같지 않았다. 하늘은 잔뜩 찌푸리고 있다. 배낭을 방수천으로 씌우고 우산을 편다. 도로 위에는 가끔 공사 차량이 빠르게 지나간다. 그때마다 몸이 움츠러든다. 도로 위에는 특별히 자전거길 여행자를 위한 길은 없었다. 다만 도로 갓길에 자전거길 표식이 희미하게 보일 뿐이다. 그 길에서 갈등과 고민 속에 '걷다 서다'를 반복한다. 오늘 하루 여관에서 더 머물고 내일 비가 그치면 갈까. 도로를 따라 한 10분쯤 걸어왔던 길을 따라 되돌아 걸어간다. 그리고 결정을 수차례 번복했다. 일기예보에는 비가 계속 내리지는 않을 것이라 했다. 일단 합천보까지는 걸어가기로 했다. 지금 생각해도 정말 잘한 결정이었다. 도보 여행은 그런 것이다. 항상 즐거움만 주는 것도 아니고 항상 좋은 경치만을 보여주는 것도 아니다. 때로는 흐린 날도 주고, 때로는 맑은 날도 있고, 때로는 힘든 날도 있고, 때로는 몽환적인 풍경도 보여준다. 그런 변화가 좋아 낙동강 자전거길을 걷는 것이다. 나약해진 마음을 다시 추스르고 우산에 의지해서 빗속을 뚫고 앞으로 나아간다.

빗속을 30분 정도 걸었을까. 낙동강 자전거길은 위험했던 찻길과 갈라선다. 자전거길은 번거로운 찻길을 벗어나 낙동강 둑을 따라 이어진다. 비는 계속 내리고 있다. 쉬어 갈만한 쉼터는 보이지 않는다. 바지 끝자락이 제법 촉촉해진다. 차가운 기운이 위로 서서히 올라온다. 조금씩 추위도 밀려온다. 그래도 계속 걸어 앞으로 나아가야만 했다. 그래야 한기를 막을 수 있다. 시간이 지나면서 빗줄기는 가늘어진다. 시나브로 날이 맑아지면서 시야가 넓어진다. 비로소 낙동강 자전거길 풍경을 쳐다볼 여유도 생겼다. 멀리 '합천창녕보'가 희미하게 보였다. 아침의 수많은 갈등과 고통이 사라지는 듯했다. 낙동강 자전거길은 도로를 벗어나서 중적포 마을을 지나 '합천창녕보'을 바라보면서 걸어오다가 황강을 따라 왼쪽으로 우회하면 '합천창녕보'는 시야에서 잠시 사라진다. 길은 왼쪽으로 방향을 들면서 황강을 거슬러 올라간다.

청덕면 바람재 끝자락에 황강이 걸려있다. 자전거길이 막히자 절벽 아래 나무다리가 자전거길을 열었다. 나무다리길 아래로는 황강의 갈대밭과 모래톱이 넓게 발달되어 있다. 물의 흐름은 빠르지는 않았다. 절벽 아래 세워진 나무다리 길을 넘으면 '청덕수변생태공원'이다. 이곳은 황강의 모래톱과 갈대밭 때문에 사람들의 손길과 발길이 많은 곳이다. 공원은 제법 깨끗했다. 황강 청덕교를 우회해서 낙동강 둑길에 들어서면 '합천창녕보'가 다시 보이기 시작했다. 황강을 우회하는 동안 하늘은 여전히 흐리지만, 빗줄기가 마침내 멈추었다. 조금씩 밝은 기운이 허공을 맴돈다. 적포교에서 '합천창녕보'까지 빗속을 뚫고 약 10km, 두 시간 넘게 걸어온 것 같다. '낙동강하구언'에서 시작해서 이제 낙동강 보 2개를 넘어가고 있다.

'합천창녕보' 입구에는 '그린생태공원'이 있고, 이곳에 조금 어색한 '희망의 벽'이라는 벽화가 있었다. 마치 4대강 홍보용 광고 같은 느낌이다. 수자원 공사와 합천군 초등학생들이 2011년 11월에 만든 것이다. 이 벽화에는 '인간과 자연이 함께 숨 쉬는 희망의 강 만들기 프로젝트인 4대강 사업 성공을 기념하여 아름다운 내 고장을 가꿀 꿈나무들의 희망을 담은 그림은 합천군 초등학생들이 직접 그린 '나의 꿈'입니다. 낙동강의 흐름이 있는 이곳, 삼학나루터 공원에 자라나는 합천지역 어린이의 꿈을 담은 희망을 남깁니다'라고 기록되어 있다. 4대강의 보는 과연 미래에 우리에게 희망일까 아니면 재앙일까. 만약 재앙이라면 해결책은 무엇인가.

아마도 '적정(適正)'이 답일 듯하다. 우리 삶도 헐떡거리지 않을 수 있는 '적정속도'가 필요하다. 적정한 속도를 유지하려면 성장과 독점이라는 미혹의 문명에 대한 큰 전환이 있어야 한다. 곧 기다림이 있는 '느림의 삶'이 대안이 아닐까 싶다. '느림의 삶'은 멈춰 있는 것이 아니다. 조금 더 오래 생각하고, 조금 더 천천히 가는 것이다. 그 안에서 지속 가능한 세상을 찾아가는 것이다.

두 번째로 낙동강 보를 넘어간다. 오늘따라 감회가 새롭다. 아침부터 빗속을 뚫고 힘들게 걸어온 길이다. '합천창녕보(陜川昌寧洑)'는 경상남도 합천군 청덕면과 창녕군 이방면에 있는 낙동강의 보이다. 보의 교각은 우포늪 일대 서식하는 따오기를 상징하는 형태로 만들어져 '새오름보'라는 별칭으로 부르기도 한다. 교각 위로는 차량통행이 가능했다. 합천창녕보 좌측에는 관리사무소와 부속시설인 홍보관과 전망대가 있으며 주변으로는 체육시설과 습지탐방로로 등이 있는 생태하천공원이 조성되어 있다. 낙동강 5경이 속하는 이곳은 확 트인 주변의 풍경이 눈을 시원하게 해준다. '합천창녕보' 좌안 인증센터 앞에 선다. 좌안에 도착해서 잔뜩 기대했다. 이곳에 편의점이 있을 것이고 그곳에서 아침 겸 점심을 할 계획이었다. 하지만 1층에 있었던 기존의 편의점은 어떤 이유인지 폐쇄되었고 곧 새로운 편의점을 다시 개점할 것이라고 안내문이 붙어있다. 빗속에서도 이곳에서 식사할 수 있을 것이라는 희망으로 걸어왔는데 그냥 힘을 쭉 빠진다. 물 한 모금으로 아침과 점심을 대신했다.

인증센터 관리동 사각 창문 속으로 낙동강 풍경이 들어온다. 비 온 후라서 그런지 '합천창녕보'에서 바라본 낙동강의 풍경이 고요했다. 풍경 속에 정적이 감돈다. 서서히 맑아지는 하늘도 들어온다. 입구에는 따오기 날개 형상을 본뜬 조형물이 힘찬 날갯짓을 하는 듯 보였다. 그 순간 나는 떠나야 한다는 사실을 깨달았다. 긴 여운을 남기고 '합천창녕보'를 떠난다. 자전거길은 또다시 낙동강을 따라 길고 긴 둑길이 이어진다. 단조로운 자전거길을 혼자서 오래 걷다 보면 시선만 남는다. 주변의 풍경을 사랑하기에 더없이 적당한 상태가 되는 것이다. 사랑은 시선이라고 했던

가. 시선은 카메라가 되어 주변의 풍경을 섬세하게 살피게 된다. 자잘한 풍경은 도보여행자에게 작은 즐거움으로 다가온다. 둑길 아래로 비 온 후에 간간이 밭일하는 농부들의 모습도 정겹다.

'합천창녕보'에서 낙동강 둑길을 따라 삼십 분쯤 걷다 보면 우산마을이 나온다. 낙동강을 따라 일직선으로 자전거길이 보이는데 이정표에는 우산 마을로 우회하란다. 내 앞에 있는 이정표가 맞을까. 쉽게 판단이 서지 않아 잠시 주춤했다. 멀리 주변을 둘러보니 자전거길이 큰 언덕에 막혀있는 것 같다. 이정표가 없었으면 자전거길을 찾는데 한참을 우왕좌왕했을 것이다. 우산마을 목장 사이를 관통해서 낮은 언덕을 올라간다. 파란빛이 희미해서 긴가민가했다. 이 길이 맞나 반신반의했다. 올라갈수록 처음과는 다르게 점점 숲은 깊어진다. 길도 완만해지고 파란빛은 점점 선명해진다.

반신반의했던 마음의 갈등은 [아름다운 국토종주 자전거길 20선. '무심사로 가는 임도]라는 이정표와 쉼터를 보고서야 안심했다. '이 구간은 행정안전부가 선정한 아름다운 국토종주 자전거길 20곳 중 한 구간입니다. 자전거 타시는 분들과 도보여행객 여러분의 많은 이용 바랍니다'라고 했다. 이 길은 창녕 이방면 송곡리와 장천리를 잇는 약 3km의 임도 구간이다. 약간 가파르지만, 그런대로 걸을 만했다. 특히 이 구간 마지막에 있던 '무심사' 풍경은 이 길의 백미였다. 낙동강 자전거길은 우산마을에서 오르막이 이어지다가 쉼터를 지나면 서서히 내리막이다. 낙엽이 쌓여있는 임도를 따라 서서히 내려간다. 나무 사이사이에 보이는 낙동강의 풍경이 달리는 차 창에 비친 파노라마처럼 한 걸음 한 걸음 내디딜 때마다 '느린 그림'으로 마음을 스쳐 지나간다.

무심사와 송곡리 갈림길이다. 그 자리에는 '누구나 언제라도 숙박, 공양, 다과, 쉼터 무료제공하오니 그냥 한마음 쉬어 좋은 여행 되세요'라는 설명과 함께 '마음의 고향 무심사'로 가는 이정표가 있었다. 갈림길을 조금 벗어나자 시야가 확 트이면서 낙동강과 화천이 만나는 지점에 아담한 사찰이 보인다. 이 사찰은 낙동강이 흐르는 언덕배기에 있었다. 산길에서 바라보면 단아한 무심사 기와지붕과 낙동강 주변의 온화한 정경이 어우러져 바라보고만 있어도 마음이 비워지는 곳이다. 낙동강의 절경이 저절로 눈에 들어온다. 뛰어나게 아름다운 경치에 할 말을 잃고 감탄사만 연발했다.

창녕 무심사길 등 경남지역 4곳이 행정안전부의 '아름다운 자전거길 20선'에 선정됐다. 행안부는 최근 국토종주 자전거길을 완주한 국민 추천을 받아 20곳 자전거길을 선정했다. 낙동강 자전거길에는 네 군데 길이 선정되었다고 한다. 하나는 산악자전거 동호인에 적합하고 '무심사'에 들를 수 있는 창녕 무심사길. 둘은 낙동강이 파노라마처럼 펼쳐지는 의령 박진 고갯길. 셋은 원시적인 자연과 녹음 속에서 흙길을 즐길 수 있는 창녕 남지개비리 임도길. 넷은 강 위 나무다리를 통과해 마치 물 위를 달리는 듯한 느낌을 느낄 수 있는 양산 황산 베랑길이 포함됐다고 했다. 나는 지금까지 4곳 모두를 통과해서 이곳까지 왔다. 이 중에서 '창녕 남지 개비리길'이 내 생각에는 가장 아름다운 길이 아닐까 싶다.

임도를 내려온 자전거길은 무심사 나한전 옆으로 이어진다. 이 길은 사찰의 사유지다. 의도 했던, 안 했던 쉽지 않은 결정일 것이다. 물론 일반 사유지와는 다르지만, 이 길을 내주고 이런 절경을 볼 수 있도록 해준

사찰에 감사했다. 물론 절은 사람들이 자유로이 왕래하는 공간이다. 계단을 따라 서서히 무심사를 내려간다. 규모는 크지 않지만, 절이 서 있는 위치는 절의 크기를 능가하고 있다. 보아도 보아도 질리지 않는 낙동강의 풍경이다. 사찰 사무실까지 내려와 낙동강이 보이는 작은 암자 '나한전' 앞에 선다. 아래는 절벽이다. 절벽 위에 서 있는 암자이다. 한참을 멍하니 서서 낙동강의 맑은 풍경을 본다. 아침에 비가 온 후라 미세먼지가 많이 사라져 하늘이 깨끗하고 시야가 넓다. 그때 낙동강에서 불어오는 바람에 처마에 걸려있던 '풍경'이 울린다.

'뎅 뎅 뎅'

바람이 불어올 때마다 잔잔하고 약간은 둔탁한 '풍경소리'가 절에 은은하게 울려 퍼진다. '나한전' 처마에 걸린 물고기 모양의 '풍경'이 바람에 흔들리고 있다. 물고기는 잘 때도, 죽어서도 눈을 감지 않는다고 했다. 눈을 감지 않는 물고기처럼 수행할 때 나태해지지 말라는 뜻에서 사찰에는 물고기 모양의 '풍경'을 걸어둔다고 한다. 물고기에 대한 전설과 이야기는 많지만 나는 이 이야기가 가장 마음에 든다. 무심사에서 처음 만난 풍경소리가 일상 속에서 나태해지기 쉬운 나에게 깨달음의 소리를 전하고 있는 듯했다. 무심사 전경을 그려보면 중앙에 극락보전이 있고 양옆으로 나한전. 삼성각, 종각, 5층 석탑과 12지신 상이 있다.

무심사 입구를 통해 낙동강 자전거길로 내려간다. 벽에는 '덕(德)은 외롭지 않고 의(義)는 부끄럽지 않다. 덕과 의로 인생을 살자'라는 누군가의 글도 보인다. 또 무심사 입구에는 일반 절과는 다르게 '무심대장군과 무심여장군'이 서 있고 그 앞에 사천 대왕이 무심사를 지키고 있다. 삼성각이며 장승을 보고 있자니 이 사찰에는 불교와 전통 민간신앙이 자연스럽게 어우러져 있는 느낌이다. 절에 가보면 절 마다 한적한 한쪽 귀퉁이 산기슭에 삼성각 외에도 삼성을 따로 모실 경우에는 산신각·독성각·칠성각 등의 전각 명칭을 볼 수 있다. 자그마한 암자다. 이것은 오랜 세월을 지내오면서 전통 민속신앙이 자연스럽게 불교 안에 스며든 것이다. 불교가 한국사회에 토착화하면서 고유의 토속신앙이 불교와 합쳐져 생긴 신앙 형태라고 할 수 있다. 어느 나라에서나 볼 수 있는 현상이다.

'무심사'를 내려왔다. 낙동강 자전거길은 개활지가 넓게 발달된 낙동강 둔치와 연결되고 있다. 강물을 따라 점점 짙어져 가는 초록과 점점 옅어져 가는 억새의 풍경을 바라본다. 파란 줄을 이정표 삼아 천천히 자전거길을 걸었다. 빠르게 움직여서는 외부의 대상을 제대로 볼 수 없다. 느리게 움직여야 주변의 풍경은 더 예쁘게 내 앞에 다가온다. 누군가 '느리게 걷기는 사색의 창을 여는 게으른 몸짓이다'라고 했던가. 획일적이고 몰개성적인 일상으로부터 무료함과 나태함이 느껴져 배낭 하나 달랑 메고 떠나온 낙동강 자전거길 도보여행이다. 도보여행은 속도가 아니라 방향성이듯이 대지와의 소통이고, 공유이고, 즐김이다. 풍경은 느리고 고요하면 오히려 아름다운 것들을 많이 볼 수 있다. 평일이라 그런가.

도보여행자도, 오고 가는 자전거 라이더들도 거의 보이지 않는다. 낙동강은 침묵했고 자전거길은 고요했다. 나 홀로 그 길을 걷고 있다. 느릿느릿 걸으면서 머릿속에 둥지를 트는 번민과 고뇌를 내던질 수가 있었다. 때때로 멈추어 바라보는 낙동강의 풍경 또한 나 자신과의 대화의 선물이 된다. 멈추어서 바라보면 아름답지 않은 것이 하나도 없다. 내 마음이 아름다우면 아름답게 보이지 않는 것이 하나도 없다. 몸이 자연을 느끼니 마음과 영혼 또한 자연스러움으로 채색된다. 자유로움을 너머 자연과 하나가 된 느낌이랄까.

고개를 돌려 지나온 '무심사'를 올려다본다. 낙동강 절벽 위에 아슬아슬하게 세워진 '무심사(無心寺)'. 세심사(洗心寺)가 마음을 깨끗이 하는 곳이라면 이곳은 마음을 비우는 곳인가. 지나가는 누구나가 들러 마음 편히 쉬어가는 곳. 낙동강변의 시원한 강바람에 마음속 번뇌를 날려버리는 곳, 이곳이 낙동강 '무심사(無心寺)'가 아닐까. 무심사가 시야에서 사라져 갈 때쯤 낙동강 자전거길에서 두 가지 질문을 받았다.

그대는 지금 제대로 가고 있는가?
어찌하면 참된 행복이던고?

자전거길을 걸으면서 그 질문에 대한 답을 얻을 수 있을까. 그 질문에 대한 생각은 또 다른 질문으로 이어진다. 걷는다는 것은 항상 나 자신의 말과 행동과 생각을 알아차리는 수행의 실천 같은 것이 아닐까. 길을 걸으며 발걸음을 관찰한다. 걷다가 지치면 잠시 쉬어 낙동강을 둘러본다. 무심히 흘러가는 낙동강의 잔물결의 흐름을 응시하며 자연스럽게 들어오고 나가는 호흡을 관찰한다. 들이쉰 숨 내뱉지 않으면 죽음이듯이 세상의 것을 놓지 않으면 편치 못했다. 놓아야 편해진다. 사과나무가 스스로 맺은 열매를 놓지 않으면 그것은 '집착'이 된다. 놓지 않으면 썩어버린다. 놓아야만 새로운 열매를 맺을 수 있다. 놓음과 비움은 더 새롭고 완전한 채움을 위한 자기완성이 아닐까 싶다.

무심사 쉼터에서 약 1.2km 정도 왔을까. 창녕과 대구 구지면의 경계에 도착했다. 낙동강은 창녕을 지나 용호천과 만나면서 대구 달성으로 흘러가고 있다. 물줄기는 항상 낮은 곳을 찾아 돌고 돌아 흘러간다. 자전거길은 가장 낮은 곳을 향하는 길이면서 동시에 가장 편한 길이다. 그래서 나는 좋아한다. 특히 그 길에는 '무심(無心)'이나 '세심(洗心)'이라는 말들이 떠다녀서 좋다. 자연의 이치가 너무 평범하다. 사람들은 그 길을 벗어나려고 하면 할수록 그만큼 힘들고 고통스러운 것은 아닐까 싶다.

낙동강 둑길로 올라선다. [달성1, 고령까지 24.5km]라는 이정표가 눈에 들어온다. 부산 을숙도에서 출발해 대구 달성까지 왔다. 이곳부터는 낙동강 자전거길은 찻길 옆으로 나란히 이어진다. 도보여행이나 자전거 타기엔 안전한 길이다. 내 앞으로 자전거를 탄 여행자가 스쳐 지나간다. 낙동강을 사이에 두고 이곳은 달성군 구지면이고, 우곡교를 건너면 고령이다. 양방향 모두 박석진교에서 합류하고 거리도 비슷비슷하다. 자전거길은 양쪽으로 나 있고 거리도 비슷비슷했지만 숙소 때문에 달성군 구지면 쪽으로 방향을 잡았다.

자전거길은 '우곡교'를 막 지나면 찻길을 벗어나 농로 같은 낮은 언덕길을 통해 대암1리 마을 속으로 들어선다. 앞산 아래는 낙동강이 흐르고 뒷산 아래에는 너른 밭이 있다. 그 사이에 끼어있는 이 마을은 아늑한 느낌마저 든다. 자전거길은 대암 보건소, 대암 마을회관, 대암 교회를 차례로 지나 낮은 언덕으로 향한다. 이방인이 마을 안으로 들어왔는데도 마을 안에서 아무런 인기척이 없다. 고요할 뿐이다. 심지어 과거에는 어디서나 들렸던 개 짖는 소리도 없다. 한국 농촌은 어디나 마찬가지다. 우리 농촌이 고령사회를 넘어 이젠 고령화 사회로 접어들었다는 것일까.

낙동강 자전거길은 대암리 마을을 지나고, 야트막한 언덕을 넘고, 둑
길을 따라서 한없이 이어진다. 대구 구지면 산단이 가까워진 모양이다.
멀리 공장 건물들이 보인다. 이곳에서 낙동강 자전거길 마지막 풍경과
마주친다. 바로 '이노정(二老亭)'이 있는 고즈넉한 풍경이다. 낙동강변을
끼고 있는 곳 중에서도 낙동강과 함께 멋진 일몰과 석양을 볼 수 있는
곳이란다. 달성군 구지면에 있는 '이노정'은 '두 노인의 정자'라는 뜻이다.
현판에 '제일강정(第一江亭)'이라고 붙어있을 만큼 빼어난 경치와 사계절
내내 아름다운 낙동강변의 일몰과 낙동강의 사시사철 변화를 볼 수 있
는 곳이란다. 나이 탓인가 '이노정'이라는 말에 그냥 지나치지 못하고 '두
노인'을 상상했다. 여생을 어떻게 보내는 것이 후회 없는 나이 듦일까.
  '이노정'은 낙동강와 응암천이 만나는 길목에 있다. 조선 성종 때 대유
학자인 김굉필과 정여창이 무오사화로 화를 당하여 시골로 내려와 지내
면서 시를 읊고 풍류를 즐기며 학문을 연구하던 곳이다. '이노정'은 연산
군 10년(1504)에 처음 건립된 후 고종 22년(1885)에 영남 유림에서 두 분
을 추모하기 위하여 고쳤고, 1904년에도 또 고쳤다. 1995년에 대구광역
시 문화재자료 제30호로 지정되었고, 2016년에 보수공사가 진행되었다
고 하는데 최근에 완공되었는지 건물이 반듯하고 주변이 단정했다. 달성
군 구지면 내리 길에 위치한 '이노정'은 크지 않은 기와집 한 채로 동네아
떨어진 외진 곳이리 그런시 인적이 뜸했다. 조용히 가족끼리 나들이 즐
기기 좋은 장소였다. '이노정' 아래는 낙동강변을 따라 자전거길이 있어서
아름다운 풍경을 보면서 자전거를 타거나 산책할 수 있는 아주 좋은 코
스였다.

아침에 비가 내린 후라 그런가. '이노정'에서 본 낙동강 풍경은 맑고 푸름이 더해지고 있다. 낙동강 가에 나무들도 봄을 맞아 잎들이 짙어지고 있다. '이노정'을 지나면 응암천을 사이로 나무다리가 있다. 나무다리 아래쪽에 '이노정'의 두 노인을 닮고 싶었는지 두 명의 강태공이 붕어낚시에 열중한다. 나무다리를 막 건너는데 월척 붕어를 낚아 올리고 있다. 아침의 악천후에도 불구하고 '이노정' 앞에서 무사히 일정을 마쳤다. 평소와는 다르게 조금 이른 시간이다. 근처에 마땅한 숙소를 찾을 수가 없었다. 달성군 구지면 산단 안에 있는 숙소는 인터넷을 뒤져 어렵게 찾아냈다. 자전거길에서 2.4km 떨어져 있어 조금 부담스럽지만 어쩔 수가 없다.

날씨 때문에 힘들게 걸었고, 발바닥 물집 때문에 천천히 걸었다. 마치 느리게 가는 경주처럼 말이다. 인도에서는 고작 결승점이 10m밖에 되지 않는 자전거 경주를 한다. 경기 타이틀이 '누가 더 느리게 도착하는가'였다. 단, 넘어지지 않아야 하고, 발이 땅에 닿지 않아야 하고, 서 있어도 안 되고, 뒤로 가면 안 된다는 규칙과 함께. 이 경기는 빨리 가는 것이 승리하는 것이 아니라 중심을 잡고 가는 과정이 더 중요하다. 그러려면 서두르지 말고 천천히 여유를 가져야 한다. 그래야 심사숙고할 수 있고, 그래야 주변을 살펴볼 수 있고 즐길 수 있다. 그것이 '느림의 미학'이다. 자전거길 도보여행도 '느림의 미학'으로 한쪽 발을 내려놓고 잠시 쉬어가는 여유가 필요하다. 은퇴 이후의 내 삶도 자전거길 도보여행처럼 '느림의 삶'을 통해 세상을 여유롭게 바라볼 수 있었으면 좋겠다. 도보여행은 우리에게 세상을 천천히 보라고 가르친다. 그러면 더 많이, 더 오래, 더 자세히, 더 예쁘게 볼 수 있단다. 느리게 걸어가면 세상을 사랑하게 될 것이라고 말하고 있는 듯했다.

대구 구지면에서 대구 현풍읍까지

인디언들은 말을 타고 달리다가 가끔 말에서 내린다고 한다. 그리고는 달려왔던 쪽을 바라본다. 그건 자신과 말을 쉬게 하려고 하는 것이 아니라 혹여 자신의 영혼이 따라오지 못할까 봐 영혼을 기다려 주는 것이라고 한다. 한참을 그러고 있다가 영혼이 곁에 온 것 같으면 다시 말을 타고 달리기 시작한다. 인디언들의 삶의 지혜가 놀랍다. 나도 자전거길 도보여행하면서 종종 있는 일이다. 천천히 자전거길을 걸어가다가 왠지 마음이 허전해지면 걸음을 멈추고 뒤를 돌아볼 때가 있다. 그리고 지나온 풍경을 바라본다. 인디언들의 마음이 그런 마음이 아닐까. 그러면 걸어갈 때 보았던 풍경과는 사뭇 다른 낯선 풍경이 보인다. 낯선 풍경이 익숙해지는 듯하면 다시 천천히 걸어간다. 마치 인디언들이 자신의 영혼을 기다려 주는 것처럼 말이다. 길을 잃었을지도 모를 영혼을 큰 소리로 불러주는 것처럼 말이다. 그래서 풍경 속에 영혼이 내 곁에 잘 따라오도록 잠시 숨을 고른다. 자전거길을 천천히 섬는 것도, 걷다가 가끔 뒤돌아보는 것도 모두 내 영혼과 교감하고 싶은 작은 소망 때문이 아닐까. 영혼과의 동반여행이라서 편하고 즐거운 것이 바로 도보여행이 아닐까 싶다.

일상과 이별한 지 3일이 지나가자 몸도 마음도 조금씩 지쳐간다. 거기다 발바닥에는 어제보다 더 큼직한 물집이 생겼다. 걸을 때마다 물집의 출렁거림이 느껴진다. 한 걸음 내디딜 때마다 아픔은 온몸으로 전달된다. 발바닥에 가하는 힘의 균형이 깨지자 그 통증은 고스란히 발목과 무릎 그리고 허리로 올라온다. 발바닥 물집은 딱딱한 아스팔트 도로 위에서 고통의 위력을 더하고 있다. 절룩거리며 한참을 걸었다. 이런 상태로 오래 걸을 수 있을까. 하지만 어느 순간 걸음이 조금씩 편해지는가 싶더니 발바닥 통증이 줄어든다. 자연스럽게 발바닥이 걸음걸이에 적응되어간다. 아직 갈 길이 먼데 다행이다. 이 세상에는 나쁜 여행은 없다. 다만 조금 안 좋은 기억과 불편함이 있을 뿐이다. 도보여행을 하다 보면 전혀 생각지도 못한 상황을 맞게 된다. 신체의 불편함이나 여러 부류의 사람들과 만날 수밖에 없다. 바로 그런 '불편'을 극복하고, 새로운 '낯섦'과 마주하고 싶어 도보여행을 선택했는지도 모르겠다. 그리고 자연과 하나가 되어 걷기라는 놀이를 느긋함을 즐기는 것이다.

불편함으로 나태해져 가는 자신을 추스르고 다른 때보다 일찍 출발했다. 하늘이 상큼했다. 어둡던 색채와 칙칙한 풍경으로 채색된 어제와는 사뭇 다르다. 하늘의 색깔은 밝아지고 구름은 상쾌해지는 듯했다. 푸른 무대에서 가볍게 왈츠를 추고 있는 새털구름의 모습이 내 마음까지 전염되어 발걸음이 가벼워진다. 주변의 풍경들이 선명해진다. 달성군 '구지 산단'을 벗어나 자전거길 위에 다시 올라선다. 이곳은 [낙동강 을숙도에서 160km, 안동댐까지 225km] 지점이다. 안동댐까지 반도 오지 않았다.

그래도 조급해할 필요는 없다. 시간이 흐르면 자연스럽게 끝이 보일 것이다. 그것이 도보여행의 묘미가 아니겠는가.

아무리 먼 곳이라고 60cm의 보폭으로 갈 수 없는 곳은 없다는 바로 그 용기와 희망 말이다. 비록 느린 걸음걸이고, 짧은 보폭이지만 어디든 도달할 수 있다. 또한 느리게 걷는 것은 휴식을 통한 치유와 명상이 된다. 물고기는 깊은 물을 만나도 두려워하지 않는다. 마찬가지로 인간 또한 자연의 일부이기에 자연 속에서 두려워할 일이 없다. 처음 자전거길 도보여행을 시작할 때는 영산강 자전거길 133km는 까마득했다. 정말 걸어갈 수 있을까 반신반의했다. 거기에 비하면 낙동강은 3배 가까운 385km이다. 머리로는 측정할 수가 없는 거리였다. 그 길을 지금 내가 걸어간다. 처음의 두려움을 극복하고 설레는 마음으로 걸어가고 있다. 그 길에서 마음의 안식과 평화를 찾아가는 중이다.

자전거길옆으로 '대구교육청 낙동강수련원'이 보인다. 낙동강을 따라 꽤 넓은 대지에 마련된 공간이다. 수련원 주변에는 강변오토캠프장과 낙동강 레포츠 밸리가 들어서 있다. 널찍한 캠프장에는 듬성듬성 몇 대의 차량과 소나무 숲 아래 텐트 서너 개뿐이다. 지금은 한산하지만, 아마 여름이 되면 사람들이 붐빌 것이다. 캠프장 옆으로 조금 늦게 핀 유채꽃이 캠프장의 풍경을 노랗게 물들이고, 노랑 유채꽃을 배경으로 강물의 파랑과 소나무 숲의 초록 그리고 텐트의 빨간색이 어우러져 낙동강의 봄을 곱고 밝게 만든다.

도동마을로 들어서는 곳에는 '구지 하얀 가람'이라는 너른 둔치가 발달되어 있다. 이곳은 낙동강 물줄기가 굽이굽이 돌고 돌아 흘러가는 곳이다. 낙동강 물줄기가 이곳에 오면 약 60도 정도까지 휘어져 흐르는 곳이다. 그러다 보니 자연스럽게 물 흐름에 차이가 생긴다. 바깥은 빠르고 안쪽은 느려지면서 바깥쪽은 깎여 벼랑이 생기고 안쪽은 퇴적물이 쌓여 너른 둔치가 생겼다. 안쪽에 생긴 너른 둔치가 바로 '구지 하얀 가람'이다. 이곳은 예로부터 경치가 좋아서 조선의 선비들이 많이 찾던 곳이란다. 이 근방에는 유명한 도동나루터, 도동서원, 김굉필묘, 관수정 그리고 송원서원이 이 자리하고 있다. 또 '구지 하얀 가람'의 습지는 환경도 좋은지 수달 습지가 있는 곳이다. 낙동강 자전거길은 도동서원으로 연결된다. 도동마을 앞 공터에 운동기구와 이름에 어울리지 않는 관수정(觀水亭) 그리고 마을 끝자락에 도동서원이 있다. 대구의 대표적인 서원인 도동서원은 앞에는 낙동강이 유유히 흐르고, 옆에는 바람재가 바람을 막아주고, 뒤에는 나지막한 대니산으로 둘러싸여 있다. 아늑한 느낌이 드는 곳이다.

이 중심에 도동서원이 자리한다. 이곳에 서면 저절로 시 한 수가 나올 것만은 같은 풍광에 오고 가는 여행자들의 마음을 끈다. 도동서원은 조선(朝鮮) 오현(五賢)의 하나로 꼽히는 한훤당(寒暄堂) 김굉필(金宏弼) 선생을 기리기 위해 1568년에 세운 것으로, 고종 8년(1871) 서원철폐령 때 훼철 대상에서 제외된 전국 47개 주요 서원 중의 하나이다. 도동서원은 불필요한 장식을 삼가고 간소하게 지어진 조선 중기 서원 건축의 특징을 잘 보여주는데, 서원 내 강당(중정당)과 사당 그리고 이에 딸린 담장이 유형적 가치를 인정받아 보물 제350호로 지정되어 있고 전면의 신도비, 은행나무 등을 포함한 서원 전역은 사적 제488호로 지정되어 보존·관리 되고 있다.

도동서원에 들어서면 가장 먼저 마주치는 존재가 바로 은행나무다. 일명 '김굉필의 나무'라고 불린단다. 나무의 덩치가 얼마나 거대한지 그 앞에 서면 그저 주눅이 들 수밖에 없었다. 위대한 자연의 힘과 400년의 세월이 그를 거목(巨木)으로 만든 것이다. 거대한 은행나무는 서원의 수문장 역할을 하는 존재처럼 여겨진다. 1607년에 안동부사로 있던 한강 정구가 서원이 사액된 기념으로 손수 심은 것이라 전하나 확실하진 않으며, 서원에 향배된 김굉필을 기리고자 조선 후기에 서원 관계자들이 '김굉필 나무'라고 명명한 것이지 나무를 직접 심은 것은 아니란다.

도동은 아주 한적한 시골 마을이다. 먼 옛날에는 이곳으로 수많은 조선 선비들이 도동나루터를 통해서 왕래했을 것이다. 지금은 한적한 산기슭에 남아있지만, 그때의 위풍당당함은 여전했다. 특히 도동서원을 지키는 은행나무는 가지가 수십 갈래 나누어져 도동서원을 지키고 있는 듯했고, 그 너머에 소나무들은 선비들의 지조와 절개를 나타내려는 듯이 위풍당당함이 하늘을 찌르는 듯했다. 더욱 400년의 지긋한 나이에도 변함없이 울창한 모습을 간직한 은행나무의 자태와 웅장함에 그저 감탄할 뿐이다. 아무리 울창하고 거대한 모습을 지녀도 400년의 나이는 속일 수 없다. 400년의 노구를 지탱하기 힘든 모양이다. 지팡이 같은 기둥을 여러 개 세워 지구의 중력에 힘겹게 저항하고 있다. 역시 세월의 무게보다 더 무거운 것은 천하에 아무것도 없는 걸까?

낙동강 자전거길은 도동서원을 지나면 '다람재'를 넘어가야 한다. '다람재'는 제법 난코스이다. 지그재그로 천천히 숲길을 따라 걸어가기에도 온몸이 땀으로 범벅이다. 그런데 자전거를 타고 넘어가기에는 정말 힘들 것이다. 그만큼 가파른 곳이다. 자동차로 넘어가는 여행자도 간간이 보인다. 지금은 이곳으로 손쉽게 오고 가기 위해 '다람재' 아래로 터널을 뚫고 있는 공사가 한창이다. 구불구불함의 극치를 누리듯이 힘겹게 '다람재'를 오른다. 천천히 한 걸음 한 걸음 자전거길을 따라 오르고 또 오르니 조망이 확 트인 고갯마루가 나온다. 고갯마루가 바로 '다람재'이다. '다람재'는 여기 느티골과 정수골을 사이에 둔 산등성이가 마치 다람쥐를 닮아 예부터 '다람재'라 불러왔다. 원래 강변 벼랑 쪽으로 치우친 오솔길을 버리고 산허리를 끼고 도는 새 길을 훤하게 닦고 나니 저 너머 마을들이 이웃이 되면서 훈훈한 인정과 복지의 짐바리가 거침없이 넘나들게 되었다고 한다. 그리고 '다람재' 정상에 세워진 이 층짜리 육각형 정자에 올라 낙동강을 바라보면서 땀을 식혔다.

낙동강을 휘감아 끼고 있는 도동서원의 경치가 보는 이의 가슴을 시원하게 해준다. 낙동강의 중심으로 안쪽의 도동서원과 도동마을, 바깥쪽의 고령군 개진면이 한눈에 다가온다. '다람재'에서 바라본 낙동강의 풍경은 각기 다른 모양으로 짜 맞춰 놓은 듯했다. 마치 자투리 천 조각을 이어 만든 천연색 조각보 형상이다. 이런 평화로운 풍경에 마음까지 느긋해진다. 올라올 때의 고통은 눈 녹듯이 사라진다. '다람재' 절벽 아래로 아스라이 내가 걸어왔던 낙동강 자전거길도 보인다. 이런 곳에 서면 멋들어지게 시 한 수 읊어야 폼이 나겠지만, 그럴 실력이 되지 못해 아름다운 풍경을 눈에 담고 그냥 감탄사만 연발했다. 대신 정자 옆 소나무 숲 속에 있던 '김굉필'의 「길가의 소나무(路傍松)」라는 시 한 편을 음미했다.

한 그루 늙은 소나무 길가에 서 있어
괴롭게도 오가는 길손 맞고 보내네

찬 겨울에도 너와 같이 변하지 않는 마음
지나가는 사람 중에 몇이나 보았는가

-

　사람의 길(道)은 어디에 있는가? 세상을 떠난 지 510년도 더 되었지만, 김굉필은 도동서원 전경을 한눈에 볼 수 있는 '다람재' 정상에 '路傍松(노방송)' 시비를 남겨 오늘을 사는 우리에게 그 답을 들려준다. 초심을 잃지 말고 살아가라 한다. 옳은 원칙과 신념을 지키며 꿋꿋이 살아가라 하는 듯했다. 요즘은 돈 몇 푼에 원칙도, 지조도 내팽개치고 사는 지식인들이 많아 걱정이다. 시대가 변했다. 그래도 최소한의 소신은 지켜가면서 살았으면 하는 바람이다. 도동서원을 찾는 여행자들이 늘어나고 그곳을 지나가는 도보여행자와 자전거 라이더가 늘어나자 서원으로 가는 길목인 '다람재'를 정비하고 고갯마루에 '다람재' 표지석과 정자를 갖춘 아담한 쉼터를 만들어 그들의 발길을 배려했다.

　'다람재'를 넘으면 내리막이다. 오를 때만큼이나 한참을 내려가야 한다. 자연의 이치는 한결같다. 높이 오른 만큼 내려오는 길은 그만큼 험하고 힘들다는 것이다. 그래서 항상 정상을 오를 때는 내려올 때를 생각하면서 올라야 한다는 것이다. 올라온 만큼 내려갈 때도 지그재그로 그만큼 내려가야 하기 때문이다. '다람재' 끝자락에는 공사가 한창이다. 도동서원으로 통하는 직선도로를 만들고 있다. 자전거길은 자모마을을 지나자 대구 현풍읍이 멀리 보인다. 희미하지만 삐쭉삐쭉한 건물들이 낙동강변을 따라 길게 늘어서 있다.

대구 현풍읍으로 들어가는 둑길의 마지막 자락에서 새로운 풍경을 본다. 낙동강을 바라보고 있는 '학교 프로젝트'라는 커피숍이다. 걸어오는 내내 상상을 했다. 커다란 사각 창문으로 낙동강이 보이는 단아한 커피숍이 하나 있었으면 좋겠다. 사흘 동안의 지친 몸을 의지할 공간이 필요했다. 잠시 쉬어가고 싶었다. 오전 내내 식사도 하지 못하고 편의점에 구입한 빵 한 조각이 전부였다. 자전거길과 도로가 만나는 곳은 오성마을이다. 그곳에서 멋진 커피 가게를 발견했다. 야트막한 산자락에 있는 폐교를 그대로 살려 만든 '학교 프로젝트'라는 커피숍은 복고풍이다.

낙동강을 향해 시야가 확 트여 있으면서도 무척 아늑한 느낌을 주었다. 너른 운동장을 개조해 만든 주차장은 넉넉했다. 공간이 답답하지 않은 무엇보다도 좋았다. 완만하게 경사진 초록색 언덕, 하늘로 맞닿은 들판, 그리고 낙동강까지 이어지는 시선은 작고 허름한 건물마저 특별하게 했고 돋보이게 했다. 건물 크기는 교실 두 칸 정도의 작은 분교 같은 학교건물이다. 내부를 단정하게 꾸미고 과거와의 연결을 위해 학생들의 책상과 의자를 그대로 살렸으며, 환경정리물도 그대로 두었다. 다만 낙동강이 잘 보이도록 창문만 통유리로 장식을 바꿨다. 운동장은 자갈을 깔아 주차장으로 개조했고 정원은 그대로 두고 꽃을 심었다. 나지막한 언덕 위에 자리 잡고 있어 낙동강이 잘 보였다. 커피숍은 내가 꿈꾸었던 그런 공간이다. 풀 한 포기에도, 꽃 한 송이에도, 동네 구멍가게에서도, 그리고 작은 찻집에서도 행복해하는 것이 도보여행자들의 마음이다. 작은 것에 행복을 꿈꾸며 걸어가는 이들이 바로 도보여행자가 아닐까 싶다.

'학교 프로젝트'라는 커피숍에 앉아 평범한 일상으로 들어간다. 작은 교실 같은 공간 속에는 생각지도 못했던 평범하지 않은 행복을 발견했다. 나를 보살피는 편안한 쉼, 자신의 먼 과거를 돌아보는 넉넉함, 그리고 '참된 나'를 발견하는 느긋한 시간. 억양이 조금 다른 젊은 바리스타에게 카페라테 한잔을 시켰다. 창가에 만들어진 일인용 탁자에 앉아 어릴 때의 회상에 젖어본다. 기억 속에서 멀리 사라져 버린 초등학교 시절이다. 지금은 그림자만 희미하게 아른거린다. 반 친구들의 이름도, 담임 선생님의 이름도, 교실의 위치도 가물거린다. 그리운데 생각나지는 않는다.

대구 달성군 현풍읍으로 들어간다. 도로 갓길로 연결된 자전거길은 현풍천을 넘어 도심으로 이어진다. 오늘은 온종일 대구라는 공간을 걷고 또 걸었다. 낙동강변을 따라 자전거길은 구불구불했다. 나에게 낙동강 자전거길 걷기라는 놀이는 자유였고, 일상에서의 벗어남이다. 잃어버린 나를 찾는 것이다. 비행기 여행이 点(점)에서 点(점)으로의 찍기 여행이라면, 기차 여행은 線(선)에서 線(선)으로의 줄 여행이다. 하지만 걷기는 온몸으로 하는 전면여행이다. 전면여행이란 오감을 모두 움직인다는 것이다. 길을 떠나면 머리를 쓸데가 없다. 눈으로 보고, 귀로 들으며, 코로 냄새를 맡고, 혀로 맛보고, 손으로 만져보면 된다. 여행은 느낌이다. 또 같은 경치를 봐도 백사람 모두 다르다. 그래서 여행은 늘 재창조된다. 자신의 내면에 있는 모든 것이 드러난다.

지금까지 6일째 낙동강을 따라 걷기 여행을 하고 있다. 부산을 기점으로 양산, 밀양, 창녕, 의령, 합천, 달성 등 경상도의 마을들을 걸어왔다.

도보여행을 통해 깨달은 것이 있다면 '익숙한 것은 뻔한 것이 아니라 평안함이었고, 화려하지 않은 것은 떳떳하지 못한 것이 아니라 단아함이었으며, 작은 것은 볼품없는 것이 아니라 소박함이다'라는 것이다. 심지어 길 위에서 보았던 소소한 풍경들조차 오래된 이야기를 상상해 보게 하는 소중한 여행이 바로 도보여행이다. 사실 내가 느낀 감동과 아름다움은 새로이 생긴 것도 아니고, 숨어있던 것도 아니다. 그동안 그들을 향한 나의 눈과 마음이 닫혀 있었던 것뿐이다. 세상을 알아가는 자전거길 도보여행은 그래서 즐겁다.

아침에 세운 계획대로 일상으로 돌아간다. 낯선 현풍버스터미널에 앉아 '마지막'이라는 말을 생각했다. 긴장감이 느슨해지자 다리는 천근만근이다. 그래도 처음의 두려움은 많이 사라졌다. 이젠 어디든 갈 수 있다는 자신감도 얻었다. 낙동강 자전거길 6일간의 경험은 시간이 갈수록 여행자를 편안하게 만들었다. 어디든지, 언제든지 홀로 하는 여행을 두렵지 않게 만들었다. 이젠 카드 한 장과 약간의 현금 그리고 지도만 있으면 어디든지 찾아갈 수 있을 것만 같았다.

늦은 밤이 돼서야 고향이라는 일상으로 자연스럽게 스며든다. 영화 〈패터슨〉은 패터슨 시에 사는 버스 운전기사 패터슨의 일상을 다룬 이야기다. 미국 뉴저지 주의 소도시 '패터슨'에 사는 버스 운전사의 이름은 '패터슨'이다. 매일 비슷한 일상을 보내는 패터슨은 매일 같은 시간에 일어나 버스운전을 하고, 일을 마치면 아내와 저녁을 먹고, 애완견 산책 겸 동네 단골 선술집에 들러 맥주 한 잔으로 하루를 마무리하는 패터슨의 일상. 그리고 일상의 기록들을 틈틈이 비밀노트에 시로 써 간다.

우리와 크게 달라 보이지 않는 그의 삶이 영화처럼 느껴졌던 건, 매일 반복되는 일상을 소재로 시를 써내려가기 때문이다. 늘 제자리에 놓여 있던 성냥은 시상이 되고, 매일 마주치는 쌍둥이는 운율이 되며, 선술집에서 일어나는 크고 작은 사건들은 변주(變奏)가 된다. 일상에 귀를 기울이며 시를 써 가는 일, 그렇게 패터슨의 일상은 예술이 된다. 나도 영화 속 주인공처럼 살고 싶다. 아무 일도 일어나지 않는 무미건조한 삶이 아니라 영화 같은 일들이 일어나는 삶을, 하고 싶은 건 많은데 되고 싶은 건 없는 내 인생과 원하는 걸 척척 이루어 가는 스크린 속 주인공의 인생과 맞바꾸고 싶었다.

낙동강 자전거길 도보여행에서 일상으로 돌아와 한 달의 시간이 흘러간다. 매일 반복되는 생활은 아침에는 손수 구운 빵과 핸드드립 커피를 마시고, 오전에는 일기와 여행 후기를 쓰고, 오후에는 운동하고, 저녁에는 드라마를 보면서 하루를 마무리한다. 패터슨의 일상처럼 지루하다는 말 뒤에 가려진 소소한 순간들을 외면하지 않는다면 우리의 일상도 한 편의 시가 되고, 영화가 될 수 있을 것이다.

대구 현풍읍에서 대구 화원읍까지

매일 반복되는 생활이 힘겹고 지루해질 때는 나를 위로하는 풍경이 있고, 일상에선 보이지 않던 내가 있는 곳으로 떠나는 것이다. 일상으로부터의 탈피, 그것이 바로 여행이다. 일상으로부터의 탈피는 언제 어디에서나 가능하지만, 놓고 버리고 비우려는 마음의 여유가 없으면 실행에 옮기기가 쉽지 않다. 여행이란 그런 것이다. 여유를 느끼기 위해 여행을 떠나는 것이 아니라 또 다른 나를 만나기 위해 여유를 가지고 떠나는 것이다.

또 '여행은 장소를 옮기는 것이 아니라 생각을 바꾸는 것이다'라고 했다. 자주 들었던 말이다. 사실 자유로운 영혼이라서 여행을 떠나는 것은 아니다. 그저 현실을 모른 척, 눈 질끈 감고 미친 척, 떠나는 것일 뿐이다. 여행은 오고 가는 것이다. 귀의(歸依) 즉 돌아와 몸을 의지할 것이 있어야 여행이다. 돌아올 것이 없다면 그것은 여행이 아니라 타향살이다. 늘 그렇지만 떠나면 돌아오고 싶고, 돌아오면 떠나고 싶은 것인 여행이 아닐까 한다.

6월 어느 날. 나를 위로하는 풍경이 보고 싶어 홀연히 길을 나섰다. 현풍버스터미널에서부터 도보여행은 시작된다. 이젠 자전거길을 따라 홀로 걸어가는 것도 편안하다. 벌써 7일째 낙동강을 따라 홀로 도보여행을 하고 있다. 홀로 길을 걷고, 홀로 낙동강 풍경을 보고, 홀로 세상에 관해 물었다. 그리고 그 질문에 대한 답을 찾을 수 있을 때까지 생각하면서 또 걸었다. 처음에는 익숙하지 않은 일탈이 불편했다. 하지만 시간이 지날수록 점점 더 불편할 줄 알았는데 이젠 길에서의 삶이 일상처럼 편안해졌다. 혼자 걸어가는 것도, 모르면 길을 물어보는 것도, 혼자 식당에 들어가는 것도, 혼자 모텔에 들어가는 것도 모두 편안해졌다. 처음에는 '혼자'라는 것때문에 어디를 가든 쑥스럽고 어색했다. 이젠 '혼자'라는 느낌에 익숙해졌다. 어디를 가든 낯설지 않았다. 낙동강 자전거길을 가다가 마음에 드는 식당이나 카페 같은 쉼터가 있으면 자연스럽게 들어간다. 이것이 도보여행자의 또 다른 즐거움 중 하나이고, '느림이 주는 느긋함' 같은 것이다.

여행은 대부분 누군가와 함께한다. 나도 지금까지 함께 여행했다. 혼자 여행해 본적은 한 번도 없었다. 항상 가족 아니면 친구들, 직장 동료들과 같이 여행했다. 영산강도, 섬진강도, 금강도 그리고 남한강도 함께 다녀왔다. 부득이 북한강 자전거길부터는 처음으로 혼자 다녀왔다. 혼자 여행하는 사람은 왠지 쓸쓸하게 보이고 초라하게 보이지는 않을까 하는 걱정 때문에 많이도 망설였다. 자전거길을 걸어가고 싶은 그리움이 간절했지만 계속 미루었다. 그래도 동료들과 서로 시간이 맞출 수가 없어서 혼자 여행하게 되었다. 무척 두렵고 어색했다. 그리고 다른 한편으로는 설레기도 했다.

과연 나는 혼자 걸어갈 수 있을까? 누구나 여행은 함께해야 한다는 고정관념을 깼다. 그 순간 오히려 혼자만의 시간을 가질 수 있어서 좋았고,

자립적인 태도를 키워 전보다 더 강해지는 느낌도 좋았다. 혼자 떠나는 도보여행은 자아실현의 첫걸음이 되었다. 물론 때때로 자유롭지만 외롭기도 했다. 하지만 혼자 있는 시간에 익숙해지자 오히려 홀가분함으로 다가왔다. 혼자 있는 시간이 많아지자 무심해지는 시간이 많아지고, 가끔은 멍해지는 시간도 많아 좋았다.

여행은 함께 하든 혼자 하든 목표는 하나이다. 자신을 행복하게 만들고 싶어 여행을 한다. 그러나 행복은 특정한 물건에 있는 것이 아니다. 자전거길에서 만난 풍경 속에서 그런 행복을 느낄 수도 있었으면 한다. 세상에서 가장 낮은 길을 걷는다는 느낌도 좋고, 강물은 앞에 장애물을 만날 때마다 서로 다투지 않고 부드러운 곡선의 휘어짐도 보기 좋고, 언제나 변함없는 강물의 푸름도 좋고, 긴 강둑에 피어나는 야생화의 싱싱한 빛깔도 보기 좋고, 들판에 자라는 곡식들도 보기 좋고, 언덕 위에 옹기종기 모여 있는 마을의 흔적도, 삶의 고단함도 보기 좋다. 자전거길 위에 서서 바라보는 모든 풍경이 예쁘고 정겹다. 행복은 긍정적이고 기분 좋은 감정이다. 그리고 깨닫게 된다. 행복은 작고 소소한 것에, 내 가까이에 있다는 것을.

낙동강 자전거길로 들어선다. 일정은 화원읍까지 대략 24km 정도의 거리다. 다리교각 밑으로 선명하게 자전거길 표시가 보인다. 다리 이름은 '박석진교'이다. 이곳은 옛날에 '박석진'이라는 나루터가 있던 곳이다. 낮선 곳에서 방향을 찾았다. 한동안은 차분하게 낙동강 풍경을 바라보면서 달성보까지 걸을 것이다. 가는 길마다 앱 지도에서 보았던 건물이나 지명이 나올 때마다 신기했다. 상상 속에서만 존재했던 가상의 공간이 실제로 내 앞에 나타나는 감동도 도보여행자만이 가질 수 있는 소소하고 잔잔한 행복이다.

낙동강 자전거길을 따라 달성보가 눈에 들어온다. 창녕함안보, 합천창녕보에 이어 세 번째 나타나는 낙동강의 보다. 논공삼거리를 거쳐 달성수변공원으로 들어간다. 공원의 자전거길가에는 일명 노란 코스모스라고 불리는 금계국이 피어있다. 이 꽃은 볼 때마다 도보여행자에게는 달달하면서도 새콤하고 상큼한 기분을 준다. 꽃의 빛깔이 밝고 담백해서 그런가. 보는 이들의 마음을 정화하는 듯했다. 초여름 6월이지만 하늘에는 뭉게구름이 한 아름씩 떠다니고 있다. 뭉게구름은 그늘을 만들고, 푸른 산천은 바람을 만든다. 강바람도 간간이 불어오니 걷는데 크게 힘들지 않았다.

달성보에 왔다. 관리동에는 전망대가 우뚝 서 있고, 2층 편의점에는 자전거 라이더들이 쉬고 있는 모습이 보인다. 달성보는 경상북도 고령군 개진면과 대구광역시 달성군 논공읍에 있는 낙동강의 보(洑)이다. 낙동강을 항해하는 뱃머리를 형상해 건설됐다고 한다. 주변이 넓게 달성노을공원이 조성되어 있고, 자전거 동호인들에게는 국토종주 인증센터가 있는 장소로 알려져 있다. 또 여행자들의 쉼터의 역할도 하고 있다. 달성보 자전거길은 낙동강 가에서 조금 높게 위치하고 있다. 길 아래 잔디밭이 넓게 형성되어 수변공원이 만들어져 있었다. 낙동강의 보는 물의 흐름을 막아 소통에 지장을 준다는 단점도 있지만 다른 한편으로는 주변을 정화해서 강 주변을 단정하고 아름답게 가꾸었다.

　문제는 생태계의 불안과 수변공원의 관리이다. 당장 보를 해체해야 한다는 주장도, 계속 보를 유지해야 한다는 주장도 있다. 보를 설치해 버린 이상 이것은 옳고 그름의 문제가 아니다. 가장 효율적으로 이용할 수 있는 대안이나 묘안이 필요할 때이다. 또 사회적 합의와 공정한 설득이 필요할 때이다. 세상은 무엇을 새로 건설하기도 어렵지만 잘못된 것을 바로 고치는 것은 더 어렵다는 것이다. 그래서 대형구조물일수록 설계부터 시공까지 '느림의 미학'이 필요하다. 진정 무엇이 옳은 방향인지 긴 시간을 갖고 조사하고 연구하고 천천히 기다려야 봐야 하지 않을까 싶다.

　달성보에서 가장 이색적인 공간은 '타임캡슐광장'이다. 다른 보에서는 보지 못했던 공간이다. 달성보가 완공되어 대대적인 행사가 있었고, 지역 주민들의 기대도 많았던 모양이다. 반만년 역사를 유유히 흘러온 낙동강이 이제 대구시민의 품으로 더욱 가까이 다가올 것으로 생각했다. 달성보 주변은 보의 기능 이외에도 오실나루터를 복원하고, 어도를 따라 물고기가 올라가는 모습을 직접 관찰할 수 있는 어도관찰실과 타임캡슐광장이 들어서 있는 논공지구와 도동나루터를 복원하고, 수달 습지, 휴양형 슬로우비치 시설이 조성되는 현풍지구, 생태탐방시설과 수질개선을 위한 갈대 정화습지가 들어서는 옥포지구 등 6개 지구의 생태하천 조성공사가 마무리되고 있다. 지구마다 체육시설 등을 적절히 배치해 시민들이 즐겨 찾을 수 있도록 했다. 문제는 한마디 말이 아니라 실천이고 관리이다. 그리고 그 후 생태계에 미칠 영향이다.

　'타임캡슐'은 후대에 이곳을 평가하라는 뜻으로 현대의 사람들이 소원을 적어 돌탑 속에 보관하는 곳이다. 타임캡슐광장에는 많은 돌탑과 철조형물이 서 있다. 달성보 타임캡슐, 이곳 사람들은 미래를 위해 어떤 소원을 빌렸을까. 그리고 후대 사람들은 타임캡슐을 열어보고 어떤 평가를 할까. 서울 비롯해 몇 곳에도 타임캡슐광장이 있다. 그중 서울에 있는 '남산골공원 서울천년타임캡슐광장'이 으뜸이다. 서울 정도(定都) 600년을 맞이한 오늘날의 시민 생활과 서울의 모습을 대표할 수 있는 문물 600점을 캡슐에 담아 400년 후인 서울 정도 1000년에 후손에게 문화유산으로 전하고자 함이다. 4백 년간의 시간여행을 위해 지금은 깊은 잠에 빠져 있는 타임캡슐은 서울 정도 6백 년을 기념해 서울시가 1994년 11월 29일 높이 2.1m, 직경 1.4m 크기에 특수 재질로 만든 보신각종 모양으로 지하에서 4백 년을 견딜 수 있도록 특수 제작돼 수장됐다. 모든 타임캡슐광장이 흉물스럽게 방치되지 않기를 바랄 뿐이다.

달성보 인증센터를 지나 24.0km 거리에 있는 강정고령보로 향했다. 낮은 내리막길에서 잠시 뒤돌아서서 달성보를 바라본다. 다리 위로 가끔 햇살은 구름 사이에서 고개를 내밀고 도보여행자의 어깨를 따뜻하게 어루만지다 사라진다. 걷기에는 좋은 날이다. 자전거길은 달성노을공원이 있는 낙동강 여울을 빙 돌아 앞으로 나아간다. 강 따라 흘러가는 자전거길은 에움길이다. 자전거길은 길 가운데서 가장 정직한 길이고 겸손한 길이다. 가장 낮은 곳만을 향해 나아가기 때문이다. 언덕이라는 장애를 만나면 다투지 않고 에둘러서 나아간다. 비록 멀리 돌아가기는 하겠지만, 누구에게도 특혜는 없다. 모두에게 평등하게 주어진 길이 자전거길이다. 이것이 이 길을 좋아하는 이유이고, 홀로 힘들게 걸어가는 이유이나.

달성노을공원을 지나 옥포생태공원으로 향한다. 성산대교와 88낙동강교 사이에 있는 담소원을 지나친다. 자전거길은 단조롭고 일직선으로 뻗어 있다. 하지만 그 길에 담기는 야생화들의 다양한 풍경은 아무리 자주 보아도, 오래 보아도 항상 '처음처럼' 신선했다. 오늘따라 유난히 하늘도 고상하고 우아한 품격을 더해준다. 파란 도화지 위에 그려진 뭉게구름이 모였다가 흩어지기를 반복하고, 자전거길을 양옆으로 초록 바탕에 노란 빛깔의 금계국이 낙동강의 스카이블루라는 물빛과 서로 색상의 대비를 이루어 서로를 돋보이게 도와준다. 걷는 길도, 걷는 여행자도 모두 환해지는 느낌이다.

이 길에는 간간이 그늘을 만들어주는 나무가 있었다. 길바닥에 수많은 검은 열매가 떨어져 있다. 나뭇가지에는 붉은색과 검붉은 색의 열매가 수도 없이 매달려있었다. 길에서 얻은 지식으로 무슨 나무인지 금방 알아보았다. 섬진강 자전거길에서 처음 보았고, 이름을 배웠던 뽕나무 열매 '오디'였다. 걸어가는 길 양옆으로 뽕나무가 많이도 심겨 있다. 수령이 수십 년은 됨직했다. 일상에서는 그냥 지나쳤을 사물도 느리게 걷는 자전거길에서는 그냥 무심코 지나치는 법이 없다. 그래서 도보여행은 신비롭다. 도보여행은 천천히 걸으면서 사물을 사랑하는 법을 우리에게 가르쳐준다. 낯설고 물설고 모든 것이 익숙하지 않은 곳을 걸어가는 여행자에게 자연은 말을 하게 만들고, 자신의 열매를 주고, 그늘을 만들어준다. 이런 것이 자연과 여행자 간의 마음을 섞는 사랑하는 힘이 아닐까 싶다.

아침부터 빈속으로 걸었더니 속이 출출했다. 나무 그늘에 서서 달짝지근하고 부드럽고 몸에 좋다는 오디 열매를 따서 먹었다. 자연이 주는 선물이고 축복 같은 것이다. 달성 옥포생태공원까지 가는 내내 길에는 뽕나무가 많았다. 처음에는 야생인 줄 알았는데 너른 공원에 뽕나무가 많다는 것은 아마 공원을 조성하면서 뽕나무를 심은 것 같다. 동네 아줌마들도 자전거를 타고 와서 뽕나무 열매인 오디를 따고 있다. 나도 덩달아 가다 쉬다가를 반복하면서 쉴 때마다 한 아름씩 따서 먹었다. 오디를 따는 아줌마들을 보고 있자니 조금 욕심이 생겼다. 따가지고 가서 숙소에서 먹을까. 하지만 오디는 저장하기가 불편하다. 열매가 너무 무르다. 마땅히 보관할 그릇도 없고 한 주먹 정도만 따서 먹는 거로 만족했다. 그릇이 없어 욕심을 낼 수 없게 된 것이 오히려 다행이라는 생각도 들었다.

대구 금포천이다. 금포천 우회 다리를 넘어 자전거길을 끝없이 걷고 또 걸었다. 시간이 흘러 오후 4시쯤. [낙동강 192km, 안동댐 193km]라는 이정표가 있다. 낙동강 자전거길은 이제 딱 중간 정도 왔다. 아직도 그만큼 더 걸어가야 한다. 이곳은 대구 달성군 화원읍에 있는 '옥포생태공원'이다. 오늘따라 유난히 현풍읍에서부터 '달성보', '달성노을공원' 그리고 '금포천'을 우회해서 '옥포생태공원'까지 단조로운 길을 따라 걸어왔다. 온종일 자전거길은 끝없이 같은 풍경으로 다가왔다. 심지어 자전거 타는 사람조차 보이지 않는다. 하늘 아래 나 혼자뿐이다. 그러다 보니 간간이 뭉게구름이나 들에 핀 야생화와 무언의 대화도 하고, 낙동강 주변의 마을풍경을 바라보기도 하고, 길가에 핀 이름 모를 야생 잡초나 꽃들을 관찰하기도 하고, 뽕나무 열매인 오디를 따서 먹기도 했다. 그리고 무심코 발아래 수많은 생명을 발견하게 된다. 지렁이도 만나고, 애벌레가 파닥파닥 움지이는 것도 본다. 개미는 부지기수다. 우리 눈에 미쳐 보이시 않는 것은 또 얼마나 많을까?

그런 생각이 떠오르자 발걸음을 내딛기가 갑자기 무서워진다. 이처럼 걷기 여행은 자연을 통해서 세상을 배워가는 착한 여행이다. 내가 혼자가 아니구나. 우리 곁에는 수많은 생물들이 함께 살고 있구나. 자연을 알아가는 재미에 걷는 내내 지루하지 않은 즐거운 여행이다. 단조로움은 여행자에게 오히려 세상을 꼼꼼하게 바라볼 수 있는 소중한 시간이 된다. 자연의 소리를 들을 수 있는 나만의 넉넉한 시간을 가질 수 있어서 좋다. 도보여행은 여행자에게 '느림의 삶'을 실천할 기회였다.

'쓰지 신이치'라는 작가가 처음으로 '슬로라이프'라는 말을 만들었다고 한다. 홀로 낙동강 자전거길을 걷는 것도 바로 '슬로라이프' 같은 것이 아닐까. 우리가 살고 있는 사회에서 '느림'이라는 단어는 부정적인 의미로 쓰일 때가 많다. 현대사회에서는 행동이 느린 사람들은 어리석은 사람으로 치부되기 쉽다. 요즘은 '슬로라이프' 외에도 '슬로시티', '슬로푸드'라는 말들도 있다. 오늘날 많은 사람들은 너무 빠르게 생활하고 있기 때문에 생긴 말들이다. 일 할 때도 빨리빨리, 걸을 때도 빨리빨리, 운동도 빨리빨리, 놀 때도 빨리빨리, 먹는 것도 빨리빨리, 심지어 사랑도 빨리빨리. 눈을 맞추고 이야기 나누는 것 대신에 문자를 나누고, 따뜻한 밥 한 공기 대신 인스턴트식품으로 한다. 물론 천천히 걷기, 느림을 즐기기, 절대 쉬운 도전이 아니다. 하지만 '느림의 삶'으로 소소한 행복을 얻을 수 있다는 것이다. 소박하고 느긋한 삶을 즐겨보면 행복은 부산물로 따라온다. 홀로 걷는 것은 그런 삶을 즐기는 것이고, 그 안에서 소소한 행복을 느끼는 것이다. 빠름만을 강조하는 세상에서 느림은 시대의 흐름에 역행하는 것처럼 보인다. 하지만 사실은 가장 건강한 삶을 누리는 것이다. 지속가능한 세상을 후손에게 물려주는 가장 아름다운 행위이다.

'슬로라이프'라는 말 속에는 주말 강 낚시, 바다가 보이는 집, 집에서 직접 만든 요리, 오후의 낮잠, 텃밭이 있는 생활, 깨끗한 물과 공기, 에코

하우스, 채식, 정원 가꾸기, 일요 목공, 아침 산책, 아이 키우기, 이런 것들을 떠올리며 '느림의 삶'을 경험하는 것이다. 또 '슬로푸드'라 하여 음식을 천천히 먹으면서 음식을 통해 공동체적 삶에 대한 성찰을 전개하고, 현실적으로 안전한 음식의 생산과 유통을 추진하자는 것이다. '슬로푸드'란 먹거리를 통해 '기다리며 일의 중요성'을 깨우치고 느긋하게 살자는 것이다. 또 '슬로시티'라는 말로 전통보존, 지역민 중심, 생태주의 등 이른바 '느림의 철학'을 바탕으로 지속 가능한 발전을 추구하는 도시를 뜻한다.

치타슬로(Cittaslow)는 1999년 이탈리아에서 시작된 도시 운동으로, '느리게 살자'라는 뜻을 담고 있다. 슬로시티는 2013년 6월 현재 전 세계 27개국 174개 도시가 지정돼 있다. 대한민국의 경우 전남 신안군, 담양군, 완도군, 경남 하동군, 충남 예산군, 경기 조안면, 전주 한옥마을 등 총 10개 지역이 슬로시티로 지정되어 있다. 결국 '슬로'라는 말이 들어간 삶, 음식, 도시 등은 느림을 통해 지속 가능한 사회를 만들자는 것이다. 도보여행도 느리게 걷기를 통해 생태계를 보존하고 아름다운 산천을 지속 가능하게 보존하자는 것이 아닐까 한다. 최근 목포시도 국제슬로시티에 선정되었단다.

'쓰지 신이치'는 '느림의 삶'에서 경쟁, 속도, 소비를 기반으로 한 성장 위주의 틀에서 벗어나 느린 과학기술, 느린 사업, 느린 음식을 말하고 있다. '느림의 삶'은 '느리고, 간소하고, 작은 것'들에 대한 애정으로 '지속 가능한 삶'을 실천해보자는 것이다. '느림의 삶'은 우리 모두가 제자리에서 내가 할 수 있는 일을 하며 살아간다면 세상은 그것만으로 희망적이라는 것을 일깨워준다. 도보여행은 '느림의 삶'을 실천하는 작은 활동이고, 자연을 사랑하는 일이고, 지속 가능한 세상에 참여하는 일이다. 물론 도보여행자의 느림에 대한 작은 실천이 자연에 큰 힘이 될지는 미지수이지만 세상에 한 가닥 희망을 줄 수는 있다는 것이다.

　낙동강 자전거길은 다른 자전거길과 마찬가지로 단조롭게 이어지는 구간들이 많다. 그 단순함이 좋아서 오늘도 걷는다. 또 자전거길 걷기는 내가 잘할 수 있는 일이어서 좋다. 단순함은 더 이상 무식함이 아니며, 느림은 또한 게으름이 아니다. 물처럼 유연하게 자연과 조화를 이룰 수 있다면 이것이야말로 여행과 삶을 대하는 가장 아름다운 태도가 아닐까 싶다. 벌써 5년째 강변을 따라 자전거길을 걷고 있다. 그리고 마지막으로 낙동강 자전거길을 걸어가고 있다. '느림'이라는 방식으로 걸어가는 도보여행은 처음에 그랬던 것처럼 내 삶을 살아가는 방식이고, 내가 세상과 소통하는 방식이고, '참된 나'를 찾아가는 방식이고, 내가 살아있음을 증명하는 길이다.

　낙동강 기세곡천을 빙 돌아 우회하면 멀리 도심이 보인다. 대구 화원읍이다. 강 주변에 제법 높은 건물들이 보인다. 기세곡천에서 화원읍 천내천까지 가는 자전거길 아래로 너른 간척지에는 수없이 많은 비닐하우스가 층층이 쌓여있는 듯했다. 비닐하우스의 수만큼이나 그 안에 수많은 사람들의 다양한 사연들도 숨어있을 것이다. 슬프고, 기쁘고, 힘들고, 원통하고, 기가 막힌 이야기가 넘쳐날 것이다. 그래도 나쁜 일보다는 좋은 이야기가 더 많았으면 하는 것이 우리들이 사는 세상이다. 낙동강 '사문진교'로 가는 길목이다. '사문진교'를 넘어가지 않고 화원읍에서 머물 생각이다.

　홀로 하는 도보여행은 낯선 공간에 서면 쓸쓸함과 편안함이 동시에 밀려온다. 지금 내가 꼭 그런 기분이다. 담배 냄새가 났던 허름한 숙소 옆에는 도깨비시장 같은 골목시장이 있었다. 사람도 그립고, 사람들의 소리도 그립고, 음식 냄새도 그리워서 골목시장으로 나가본다. 하루 종일 자전거길에서는 사람을 구경할 수가 없었다. 넓은 공간에 혼자였다. 혼자이고 싶어서 자전거길을 걷는데 때때로 사람들의 소리가 그리워지기도 했다. 혼자여서 자유로운데 동시에 혼자여서 외로웠다. 이것이 사람인 모양이다.

길가에 많은 노점상들이 물건을 팔고 있다. 오후 5시가 넘어가자 이곳저곳에서 '떨이'라고 외치는 말이 유난히 정겹게 들려온다. 낯선 곳에 낯선 사람들 가운데 있으니 밤하늘의 별만큼이나 무성한 외로움과 자유가 함께 따라왔다. 홀로 하는 여행 중에 자유는 내가 내려놓지 못한 삶의 가치였고, 외로움은 그토록 버리고 싶었던 것 중에 하나였다. 이젠 자전거길을 홀로 걸으면서 조금씩 혼자라는 외로움에 익숙해지고 있다. 그래도 낯선 공간이라 그런가. 오늘따라 외로움 때문인지 유난히 짜장면의 춘장과 볶음기름 냄새가 그립다. 한참을 돌아다녔다. 어디를 가나 흔히 볼 수 있는 식당이 중국집인데 찾을 수가 없다. 그 대신 낯선 거리를 홀로 배회한다.

혼자일 때 우리는 어떤 장애나 가면 없이 자신과 만날 수 있어서 좋다. 결국, 길 위에서 낯설고 익숙한 것들을 통해 자기 자신을 들여다본다. 우리의 삶은 평생 너무나 많은 관계 속에 잠식당하면서 살아왔다. 이젠 혼자만의 공간과 시간이 절대적으로 필요하다. 남아있는 낙동강 자전거길도 두려워하지 말고 혼자서 낯선 세상 속으로 떠날 수 있기를 바란다. 만나고 헤어지고 다시 만나는 과정을 끊임없이 겪으면 혼자라는 두려움이나 외로움에 단련될 수 있을 것이다. 어쩌면 나에게 외로움은 그토록 버리고 싶었던 감정이나 반드시 채워져야 하는 결핍이 아니라 오히려 오롯이 내게 집중할 수 있는 소중한 감정이 아닐까 싶다.

대구 화원읍에서 칠곡 왜관읍까지

우리는 서로 많이 다르다. 다
르다는 것은 얼마나 멋진 일인
가. 프랑스의 유명한 작가이자

철학자인 보부아르는 다음과 같은 문장으로 개성과 행복을 설명한다.
'다른 사람처럼 평범하게 살되, 그 누구와도 다르게 사는 고유한 삶에 행
복이 있다' 우리는 삶의 모든 순간에 자신의 개성을 의식해야 한다. 왜
많은 가능성을 앞에 두고 갑갑한 코르셋에 몸을 밀어 넣으려 하는가. 함
께 여행하는 것도 즐겁고 행복한 일이지만 가끔은 혼자 여행을 떠나는
것도 자신만의 개성에 따라 시간을 보낼 수 있어서 홀가분하고 편안해서
좋다.

자전거길을 홀로 여행하는 것은 서두르지 않고 느긋하게 생각하고 행
동할 수 있어서 좋다. 시간을 마음대로 줄이거나 늘릴 수 있어 좋다. 누
구나 자신만의 개성을 원한다. 남과 다르게 사는 고유한 삶에 행복이
있다고 했다. 타인과 나를 구별하고 둘의 차이를 인식함으로써 자신을
정의한다. 또한, 우리는 나 자신으로 머물고자 하는 소망을 갖는다. 그
때 '혼행'은 자신만의 개성을 알아갈 수 있는 더없이 좋은 기회를 제공
한다.

아침 일찍 화원읍을 벗어난다. 화원읍 천내천을 따라 만들어진 산책로를 걸어가면 낙동강 사문진교와 만난다. 사문진교를 건너면 고령군 '다산문화공원'이다. 다리 중간쯤에 달성군과 고령군의 경계가 있다. 다리 아래로 화원유원지와 화원체육공원이 너른 낙동강 둔치에 발달되어 있고, 옛 나루터를 복원한 '사문진주막촌'이 자리한다. 그만큼 과거에 이곳은 꽤 번창했던 나루터였고, 주막이었다. 지금은 그 역할을 다리가 대신해주고 있다. 그 흔적을 '사문진주막촌'으로 복원해 관광자원으로 활용하고 있다. 초가의 주막과 나루터 그리고 돛단배 선착장이 그 자리에 있다. 이곳을 찾는 여행자들을 위한 시설이다. 옛 사문진(沙門津)나루터는 경북 고령군 호촌리에 있는 나루로 사문이란 이름은 낙동강 홍수로 인해 마을이 형성된 호촌리에서 '모래를 거쳐 배를 탄다'라고 하여 붙여진 이름이란다. 해방 이후에도 부산의 구포와 경상북도 안동까지 왕래하는 뱃길의 중간 기착지였단다. 최근까지 꽤 유명한 나루터였다. 지금은 역사 속으로 사라져 버렸고 그 흔적만 남아있다.

　낙동강 자전거길을 걸으면서 가장 힘든 것은 낙동강을 가로 지르는 다리를 건너는 일이다. 차량의 통행이 빈번할 때는 유난히 힘들다. 특히 대형차량이 만들어낸 소음과 흔들림 그리고 거친 바람은 도보여행자에게는 크나큰 위협이 되기도 했다. 사문진교를 건너면 '다산문화공원'이다. 소음은 고요로 바뀌고, 흔들림은 차분함으로, 거칠던 바람은 다정하고 시원하게 불어온다. 고령 '다산문화공원'은 다리 위에서 느꼈던 감정과는 사뭇 다르다. 낙동강 물길이 급하게 이곳에서 휘돌면서 안쪽에 넓게 발달한 둔치가 바로 '다산문화공원'이다. 이 근처는 금호강과 낙동강이 합쳐지는 지점이다. 금호강(琴湖江)은 대구광역시를 돌아 흐르는 낙동강의 지류다. 포항시 북구 죽장면 가사리의 가사령에서 발원하여 영천시와 경산시 일대를 지나 대구광역시 달서구 파호동과 달성군 다사읍 죽곡리 경계인 옛 강창 나루터에서 낙동강 본류에 유입된다. 그 옆에 '강정고령보'가 있다. 금호강은 길이 116km의 먼 길을 돌고 돌아 가장 낮은 이곳까지 흘러와 넓은 바다로 나아간다.

'사문진교'에서 '다산문화공원'에 내려서면 자전거길은 오른쪽으로 방향을 튼다. 운동하는 동네 사람들이 간간이 눈에 띈다. 꽤 넓은 둔치가 발달된 공원이다. 4대강 사업 때문인지 주변은 잘 정비되어 있다. '다산문화공원'에는 공원이라는 말 앞에 '문화'라는 말이 들어가서 그런가. 조금 낯설다. 내 느낌에는 공원과 문화라는 말은 서로 엇박자를 내는 것이 아닐까. 보통 공원은 자연 그대로의 상태를 보존하여 관광이나 휴식 장소인 정원, 유원지, 운동시설 등 야외활동이나 육체적 활동을 많이 하는 공간인 데 비해, 문화시설은 박물관, 공연장 등 정신적인 활동을 많이 하는 실내공간이다. 자전거길을 걸으면서 어째서 이곳을 '다산체육공원'이라고 하지 않고 '다산문화공원'이라고 했을까. '문화공원'이라는 말 때문인가. 다른 공원에 비해 자전거길을 따라 시 몇 편, 조각 몇 점, 그리고 사진 찍는 곳 등 다양한 문화공간이 많다.

여러 글 중 유난히 누군가의 「천천히 걷소」라는 글이 내 마음에 든다. 천천히 길을 걷고 있는 여행자들의 심경(心境)을 표현한 것 같다.

걷소
천천히 걷소

앞만 보며 달려온 길

잠깐만 늦춰보소

미처 버리지 못한

욕심을 걷어내소

혹시 챙기지 못한

인정이 따라오도록

걷소

천천히 걷소

잃어버린 것이 많거든

예서 되돌리소서

-

　이 글에서 보는 것처럼 요즘은 방만한 자유와 물질적인 풍요로움만 추구하도록 부추겼으며 그 너머에 도달해야만 '안심(安心)'이 있는 것처럼 믿게 했다. 그러다 보니 모두 앞만 보고 열심히 걸었다. 그럼으로써 사람들은 많은 것을 얻었지만, 또한 많은 것을 잃어버리기도 했다. 지금 도저히 얻지 못한 것이 있으니 그것이 바로 '안심(安心)'이다. 우리가 조금만 천천히 걸어가고, 욕심을 조금만 걷어내면, 세상은 과거처럼 물질적으로 풍요롭지 못해도, 근심·걱정 없이 마음 편히 살아갈 수 있을 것이다. 어쩌면 도보여행자들이 가장 낮은 자전거길을 천천히 걷는 깃도 그러한 '안심(安心)'을 회복하려는 하는 의지표현이 아닐까 싶다.

　'다산문화공원'은 낙동강 자전거길을 걷는 여행자에게는 '읽을거리, 볼거리'라는 심심하지 않은 소재를 주었지만 '문화공원'이라는 말을 쓰기에는 시설이 조금 빈약했다. 그리고 '강정고령보'와 맞닿는 지점에 와서야 이곳이 왜 '다산문화공원'인지 이해하게 되었다. 자전거길에서 보았던 생뚱맞다고 생각한 용맹스러운 용사의 모습도, 고대 유물과 장신구의 모형도 무엇을 의미하는지 알게 되었다. 이곳 고령은 '대가야'라는 나라의 중심지였다는 사실을 뒤늦게 알게 된 것이다. 지금은 역사 속으로 사라진 나라지만 먼 옛날에는 가야국 중에서 제일 큰 '대가야'라는 나라가 이곳에 있었고, 지금도 이곳에서는 가야의 고분과 유물이 많이 출토되고 있다. 고령군은 주민들과 여행자들에게 볼거리와 즐길 거리를 제공하여 흥미와 역사적 고취에 기여하고자 이곳에 '문화공원'을 만들었다고 했다.

또 이곳을 찾는 여행자들이 고령 '대가야 박물관'에 가보지 않아도 대가야의 모습을 가까운 곳에서 볼 수 있도록 '강정고령보' 입구에 '우륵교 대가야 역사공원'도 만들어 놓았다. 그곳에서 대가야의 용맹스러운 용사들의 모습과 철제 무기 등을 통해서 철의 왕국임을 알 수 있도록 했다. 대가야의 문화를 조금이나마 느끼도록 이런 공간을 꾸몄다고 한다. 대가야의 찬란했던 문화를 구경할 수 있었고 대가야에서 출토된 유물과 철기, 장신구 등이 전시되어 있어 대가야를 이해하는 데 도움이 되었다. 내 성씨가 '김해 김가'라서 그런가. '가야'라는 말이 친근하게 다가온다. 또, 대가야 역사문화공원은 대구 도심과 가까운 곳에 있어 아이들에게는 유익한 곳이다. 입구에 '대가야 역사와 문화가 숨 쉬고 있는 고령'이라는 표지석이 있다. '가야'라는 나라의 이름을 이곳에서 오랜만에 들어본다. 한반도 주변에 '고조선, 부여, 고구려, 백제, 신라, 고려, 조선' 등 수많은 나라가 이 공간에서 존재했다가 사라져 갔지만 유독 '가야'라는 나라는 우리들의 기억 속에 희미하게 존재한다. '가야'라는 나라는 실제로 존재했던 나라라고 하기보다는 가상 속의 나라처럼 생각되었다. 동화 속의 나라처럼 생각되는 이유는 뭘까. 너무 빨리 사라져 버렸고 흔적이 많이 남아있지 않기 때문이다. 더 큰 이유는 '신라'라는 천 년의 흔적에 묻혀버려 세상의 관심 밖으로 밀려나거나 사라진 것이다. 김해김씨의 시조라는 김수로왕의 나라 '대가야'는 어떤 나라였을까. 알려진 바에 의하면 문화가 주변 나라보다 발달했다고 하는데 왜 빨리 신라에 흡수되어 버렸을까. 이 근처에 우리가 모르는 작은 부족 같은 나라는 또 없었을까.

'강정고령보'의 다리는 이름이 '우륵교'이다. 이곳 가야에는 가야금과 우륵의 대한 박물관도 있다고 들었다. 그래서 다리 이름조차 '우륵교'라고 했나 보다. 차량의 통행이 제한되어 있어 도보여행자에게는 더없이 안전하고 편했다. 3차선쯤 되는 넓은 다리 위를 혼자 걷는 기분도 쏠쏠했다. 차도와 인도가 구분되어 있지만, 차량의 통행은 제한하고 있다. '강정고령보' 주변에 특이한 조형물 두 개가 유난히 눈에 거슬린다. 하나는 관리동에서 한참 떨어진 '강정고령보' 주변 공원에 설치된 보트 모양의 조형물이고, 다른 하나는 다리 가운데 설치된 돛단배의 돛처럼 보이는 조형물이다. 걸어오는 내내 무얼까 궁금했다.

'강정고령보'는 고령군과 달성군을 연결한 보이다. 강정고령보는 함안창녕보와 함께 웅장한 자태를 뽐내고 있다. 보트 모양의 조형물은 세계적인 건축가 '하니 라시드'가 설계한 '디아크(The ARC) 물문화관'이다. 물고기가 물 위로 뛰어오르는 순간과 물수제비가 물 표면에 닿는 순간의 파장을 표현했다고 한다. 알고 다시 보니 정말 그런 것 같다. 이 건축물은 조형미와 예술성이 뛰어나다는 평가를 받았다. 지하 1층 지상 3층 규모의 '디아크'는 낙동강을 찾는 여행객들을 위한 복합문화공간으로 자리 잡았다. '강정고령보'에서는 특이한 것 또 하나는 '탄주대'이다. 이것은 가야토기와 가야금 12현을 형상화한 기둥과 연결된 전망대로 아름다운 전경을 관망할 수 있으며 물의 선율을 느낄 수 있다. '강정고령보' 가운데 있던 '탄주대'의 12현에 의지하고 있는 전망대에 가까이 다가가 낙동강을 바라본다. 주변 산천의 정경이 맑고 깨끗했다. 하지만 아래를 내려다보는 순간 그 깊이에 머리카락이 쭈뼛해지고 가슴이 철렁 내려앉았다. 보기만 해도 아찔한 기분이 들었다. 그만큼 높은 곳에 강정고령보가 있었다. 다른 보에 비해 주변 공원도 훨씬 넓었다. 금호강과 낙동강이 만나는 '강정고령보' 주변 공원은 낙동강 6경이 속하는 곳이다. 낙동강과 금호강이 만나는 만든 너른 둔치에는 대구 강정유원지도 있다. 이곳은 관리동과 작은 공원이 있던 다른 보에 비해 공원의 크기가 상상을 초월했다. 시간이 지나 이곳에 숲이 울창해지고 인위적인 모습이 사라지면 멋진 공원으로 되살아날 것이다. 그러기 위해서는 많은 관심과 관리가 필요하다.

낙동강 자전거길은 죽곡산에 막혀 한참을 도로를 따라 우회해야 한다. 다행히 4대강 공사로 인해 낙동강 가에 나무다리가 설치되어 있다. 자전거 라이더나 도보여행자에게는 낙동강의 풍경을 보면서 편하고 건너갈 수 있어서 좋았다. 낙석 때문인지 낙석방지 지붕까지 설치된 나무다리는 군데군데 강정고령보와 탄주대를 보고 가라는 듯이 전망대도 설치했다. 가던 길을 멈추고 뒤돌아서서 탄주대를 올려다본다. 탄주대의 가야금 12현의 모습이 웅장했다.

자전거길은 달성군 다사읍 문산리에 접어든다. 작은 마을이지만 낙동강 주변 경치가 좋은지 낙동식당 등 몇 군데 가게들도 보이고, 마을 한가운데 낮은 언덕에는 '영벽정'이라는 자그마한 정자도 있다. 영벽정을 돌아서면 '물고기 마을'이라는 곳을 지나는데 하늘색 담벼락에 누군가의 「나룻배 그리고 기억」이라는 시가 한 수 적혀있다. 이곳은 일명 '낙동강 물고기 마을벽화' 라고 명명하고 있다. 낙동강 가의 작은 마을이지만 푸름이 깃든 소박한 마을이다. 자전거길을 지나면서 마을벽화도 감상하고, 시도 읽고, 마을풍경도 감상했다. 이 시인은 누굴까. 이곳이 고향일까. 여기에 왜 이런 시 한 수를 남겼을까. 이 마을과 어떤 인연이 있는 것일까. 어떤 사연이 있어서 이런 시를 썼을까. 수많은 질문이 쏟아진다. 걷는 여행자만의 가질 수 있는 느긋함이다.

-

기다려야 해

나는 나룻배

버드나무 숲으로 난 오솔길 따라

내게 올 수 없었던 긴 세월 거슬러

네가 내게로 온다면

자박자박

네가 걸어오면 발소리 기억하는 귀가

나보다 먼저

나루터에 나가 앉아 기다리겠지

-

시인의 마음은 나루터에서 누군가를 기다리는 그리움으로 가득 채워져 있다. 그리운 누군가가 나룻배를 타고 언제쯤 올까 기다리고 있다. 기다리는 이가 부모일 수도, 연인일 수도 그리고 자신이 바라던 세상에 대한 기회일 수도 있다. 사람은 살아가면서 수많은 기다림과 머무름과 선택을 강요받는다. 주인공도 자신과 함께할 반려자를, 자신의 꿈이 이루어지기를, 그리고 자신이 살아갈 더 좋은 세상이 오기를 기다리고 있는 걸까. 주인공의 희망은 이루어졌을까. 나는 자전거길에서 먼 길을 홀로 걸으면서 무엇을 기다리고 있는 걸까.

자전거길은 낙동강에서 조금 멀어지더니 문산 정수사업장과 하빈천을 우회하면 바로 '하빈수변공원'이고, 그곳을 지나면 성주대교 아래에 있는 하목정(霞鶩亭)에 이른다. 성주대교는 달성군과 성주군이 연결된 다리다. 성주대교 아래 보수공사가 한창이다. 어수선한 도로를 따라 마을 안으로 들어가면 하목정 근처에는 모텔, 식당, 커피숍 등이 있다. 하목정은 임진왜란 때 의병장이었던 낙포 이종문(李宗文)현감이 조선 선조 37년(1604)에 세운 것이다. 인조가 왕위에 오르기 전 이곳에 머문 적이 있어 그 후 이종문의 장자인 이지영(李之英)에게 '하목정'이라는 정호(亭號)를 써 주었다고 한다. 당나라 왕발(王勃)이 지은 〈등왕각기(騰王閣記)〉 서(序)에 '지는 노을은 외로운 따오기와 가지런히 날아가고, 가을 물은 먼 하늘색과 한 빛이네(落霞與孤鶩齊飛 秋水共長天一色)'라고 쓴 데서 따왔다고 한다. 하목정에서 바라본 낙동강의 저녁노을 풍경이 이런 정경이었을까. 옛날에는 낙동강의 가을 물빛은 하늘의 빛깔과 많이도 닮아있었는가 보다. 그래서 하목정이라고 했을까. 낙동강을 가로지르는 다리 때문인지 하목정의 옛 운치는 퇴색되어가는 듯했다.

오전 내내 자전거길에서 마땅한 식당을 찾지 못했다. 마침 마을이 있어 어디서 점심을 먹을까 두리번거렸다. 그때 혼자여도 부담스럽지 않는 식당을 발견했다. '하빈 밥집'이다. 기사식당 같은 느낌이다. 이곳에서는 밥, 국, 반찬, 국수 등이 무한 리필이 된다. 직장생활 할 때 학교 앞에 있던 '시골 분식'이라는 뷔페식당과 많이 닮았다. 다른 점이 있다면 이 집에서는 완전 뷔페집은 아니고 부분 뷔페 집이다. 처음에는 음식을 주문하면 종업원이 가져다주고, 다음부터는 자신이 필요한 것을 갔다 먹는 방식이다. 모처럼 횡재한 느낌이다. 낯선 곳에서 편안한 식당을 찾았다. 세상일은 걱정한다고 잘 되는 것은 아닌 모양이다. 기대하지도 않았던 곳에서 푸짐하게 먹을 수 있는 행운을 누렸다. 마침 점심시간이라 다양한 사람들이 식당에 모였다. 모두 무슨 일들이 그렇게 급한지 허겁지겁 먹는다. 나도 마찬가지다. 느릿느릿 걷기 위해 이 길에 섰다. '느림의 삶'을 실천하기 위해 여기에 왔다. 하지만 음식을 먹는 내 모습이 정반대였다. 공복 때문이기도 하지만 가장 큰 원인은 무의식 속에 들어있는 평소의 식습관이다. 우리나라 사람들은 대체로 음식을 빨리 먹는 편이다. 어려서부터 음식을 늦게 먹거나 맛없게 먹으면 복이 달아난다고 수도 없이 들어왔다.

'시라무라 나쓰진'의 〈슬로푸드적 인생〉이라는 책에 '슬로푸드란 입으로 들어오는 음식을 통해 자신과 세계의 관계를 천천히 되묻는 작업이라고 했다. 자신과 친구, 자신과 가족, 자신과 사회, 자신과 자연, 자신과 지구 전체의 관계를 말이다'라고 했다. 우리는 한 번이라도 식사하면서 그것을 만든 생산자에 대해 생각해본 적이 있었을까? 슬로푸드란 먹거리를 통해 '기다리는 일'의 중요성을 다시금 상기시키는 것이 아닐까. 식탁에는 여러 다양한 시간들이 혼재해있다. 흙 속의 무수한 미생물이 식물을 키우는 시간, 계절마다 바람과 비, 벌레들의 시간, 비가 땅속에 스며드는 식물의 뿌리가 그것을 빨아올리는 시간, 지형이나 기후, 생물의 성장에 맞추어서 그에 따라 적절하게 베푸는 농부들의 시간, 그들의 삶의 리듬, 그리고 음식물이 도시로 운반되는 유통의 시간 등 모든 것이 지금 이 세상에 없는 사람들의 시간과도 연결되어 있다.

상대가 자연이든 사람이든 우리는 기다리게 하는 일에 점점 더 서툴러지고 있다. 요컨대 함께 살아가는 일에 점점 더 서툴러지고 있다는 뜻일까. 왜냐하면, 함께 살아가는 것은 기다리고 또 기다려 주는 일과 다름없기 때문이다. 천천히 길을 걷는 것은 기다리는 것이다. 한 끼의 식사도 수많은 기다림 속에서 만들어진다. 씨를 품고, 씨를 자라게 하고, 열매를 맺게 해주는 자연의 기다림 그리고 그 잎과 줄기와 열매로 조리하는 수많은 사람의 기다림 속에서 한 끼의 식사가 완성된다. 천천히 식사하는 것도 느리게 걷는 것처럼 자연을 사랑하는 일이고 지속 가능한 세상을 만드는 일이고, '느림의 삶'을 실천하는 일이다. 걷기 여행을 통해 평소의 식습관을 '빠르게'에서 '조금 느리게'로 고칠 수 있었으면 좋겠다.

하목정 입구에 피어있는 패랭이꽃도, 금계국도 유난히 빛깔이 곱다. 시원하게 뚫린 강변을 따라 그림 같은 풍경이 내 앞에 파노라마처럼 펼쳐진다. 천천히 걸어가면 길가에 핀 야생화의 향기가 느껴지고, 하늘에 떠다니는 뭉게구름의 움직임도 느껴지고, 낙동강의 물빛이 선명하게 보이고, 흐르는 낙동강의 물소리도 들리는 듯했다. 하늘과 산천과 마을이 조화를 이루는 이런 풍경을 나는 '아름답다'라고 표현하고 싶다. '아름답다'라는 말은 있는 그대로의 모습을 받아들이기를 주저하지도 자랑하지도 않는다. 그렇다고 타자를 부정하고 타자와의 우열을 다투는 것도 아니다. 있는 그대로 인정하고 받아들이고 보듬어 안는 것이라고 말하고 싶다.

하목정에서 30분 정도 걸었을까. 자전거길 양옆으로 울창한 전나무 숲을 만났다. 전나무 숲길은 길지는 않았지만, 신발을 벗고 걷기 좋은 길이다. 자전거길에서 종종 이런 숲길을 만나면 느리게 걸어간다는 것은 원래 가던 길을 조금 천천히 걸어가는 것이 아니다. 숲 속에 내려오는 햇살의 소리를 들을 수 있도록 걸음을 멈추는 것이다. 모처럼 느긋하게 잠시 머물 수 있어서 좋았고, 그곳에 그늘이 있고 향기가 있어서 좋았고, 강변 풍경을 음미하면서 기다리는 시간을 가질 수 있어서 좋았고, 내면에서 우러나오는 목소리에 귀 기울일 수 있어서 좋았다. 전나무 숲길에서는 '안단테'의 리듬이 들려오는 듯했다. 느린 리듬은 아름다움을 자아낸다. 넉넉한 시공간을 빚어낸다.

도보여행자가 자전거길을 즐기려면 또 길에서 우연히 만난 전나무 숲을 즐기려면 시간이 걸린다. 마찬가지로 산다는 것도 시간이 걸리는 일이다. 먹는 것도, 커피를 마시는 것도, 친구를 만나는 것도, 책을 읽는 것도, 청소하는 것도, 음악을 듣는 것도, 드라마를 보는 것도 모두 시간이 걸리는 일이다. 빠른 것이 빠른 것이 아니다. 느린 것이 느린 것이 아니다. 남들이 조절하는 속도의 굴레에서 벗어나 나만의 보폭을 자각할 때 우리는 인생의 주인이 될 수 있다. 스스로 주도하는 삶의 시간을 추월하고 더 나아가 시간을 창조한다. 빠름에 길든 우리에게 느림의 삶은 심신을 이완시키고 새로운 존재를 만나는 길은 어디에 있는지 그 이정표를 제시해 줄 것이다. 모든 일에서 '느림의 삶'을 실천하면 결국은 지름길을 가려고 애쓰지 않아도 된다. 나는 그런 인생을 살고 싶고, 배우고 싶어서 은퇴 이후에 도보여행자가 되어 이 길 위에 섰다.

낙동강 자전거길은 칠곡 왜관읍으로 이어진다. 이곳은 달성군과 칠곡군의 경계이다. 자전거길은 달성군 화원읍에서 고령군으로, 고령군에서 다시 달성군으로, 달성군을 벗어나 칠곡군 왜관읍으로 들어간다. 그리고 [칠곡 NO 1, 구미까지 23km]라는 이정표에서 보듯이 구미를 향해서 나아간다. 낙동강 자전거길을 따라 걸어오면서 수많은 경계를 넘나들었다. 어쩌면 여행이라는 말도 수많은 경계를 넘나드는 행위일지도 모른다는 생각을 했다. 인간은 본능적으로 크고 작은 경계를 넘나들면서 살아간다. 어릴 적에는 이 집에서 저 집으로, 이 동네에서 저 동네로, 이 마을에서 저 마을로, 그러다가 점점 나이가 들면 이동하는 폭이 커지고 성년이 되면 경계선에서 서서 수많은 고민하고 갈등하면서 어른이 되어간다. 남자와 여자의 경계, 보수와 진보의 경계, 인문학과 자연과학의 경계, 자연과학과 신학의 경계, 젊은이와 노인의 경계 같은 그 모든 경계 말이다. 여행자는 경계를 넘나드는 사람일 수도 있다. 모든 사람은 성장하면서 수많은 경계선에서 고민하고 결정과 선택을 강요받으면서 평범한 일상 속에서 살아간다.

   신문에서 우연히 간첩선고 무죄판결을 받은 송두율 교수의 인터뷰를 보게 되었다. '남과 북' 양쪽에 속한 사람이 되고 싶었던 까닭에 호된 대가를 치른 그는 경계인에 대하여 이렇게 말한다. '어떤 경계의 이쪽이나 저쪽 어느 한 곳에 정착한 사람들은 과거의 추억 속에 살면서 그 속에서 자기 존재의 뿌리를 관습적, 본능적으로 확인합니다. 그러나 이쪽과 저쪽 사이의 경계에서 제3의 무엇을 구한다면 아무도 밟지 못한 미래의 고향에 도달할 수 있습니다. 어쩌면 유토피아처럼 보일 수 있는 이 미래의 고향이 선에서 면으로, 면적에서 공간으로 변화하며 넓어질 때 그 안에서 더욱 많은 사람들이 과거와는 다른 모습으로 공존할 수 있습니다. 그것을 추구하는 사람이 '경계인'입니다' 도보여행자도 결국 일상의 이쪽과 저쪽, 어느 쪽에도 속하고 싶지 않아서 떠나는 사람들이 아닐까? 한 곳에 정착하면서 과거의 추억 속에 살고 싶지 않아서 아무도 밟아보지 못한 미래의 유토피아를 찾아 나서는 행위가 도보여행이 아닐까.

칠곡군 왜관읍으로 가는 강변대로를 따라 자전거길은 끝없이 이어진다. 햇살이 점점 강해진다. 가도 가도 쉴만한 곳이 없다. 길가의 가로수는 아직 그늘을 만들기엔 역부족이다. 딱딱한 시멘트 길에 강한 햇살까지. 여행자는 가다 쉬다 반복하면서 서서히 지쳐간다. 그나마 [낙동강하굿둑 221Km]이라는 이정표가 위로가 된다. 작은 보폭으로 멀리도 걸어왔다. 문득 나나오의 「수학이여, 걸어라」라는 글이 생각난다.

　　　　　　　　　-

하루에 3킬로 40년 걸어서
사람은 지구를 일주한다
하루에 30킬로로 36년 걸어서
사람은 달에 도착한다

　　　　　　　　　-

이 글을 읽어보면서 '느릿느릿', '한 걸음 한 걸음', '싸목싸목'이라는 말을 음미해본다. '느림의 삶', '느림의 문화'란 무슨 뜻일까. 아무리 먼 곳도 욕심을 줄이고 줄여서 느릿느릿 걸어가면 도달하지 못할 곳이 없다는 것이다. 영산강, 금강, 섬진강, 남한강, 북한강, 그리고 낙동강을 걷고 있다. 처음 시작할 때는 과연 걸어갈 수 있을까. 반신반의했다. 하지만 한 걸음씩 내딛다 보니 벌써 여기까지 왔다. 시간도 5년이 지나가고 있다. 5대강 자전거길 도보여행을 마치면 또 다른 길을 걷는 꿈을 꿀 것이다. 원래 인생이란 시간이 걸리는 것이다. 길을 걷는 것도, 살아가는 것도 모두 시간을 들이는 것이다. 그리고 그 시간의 끝에 이르면 우리는 자신도 모르는 사이에 어딘가에 도달해 있다는 것이다. 이것이 기다리는 여행자에게만 주어지는 작은 행운이다.

하목정에서 2시간 정도 걸었을까. 모처럼 자전거길가에 작은 편의점 간판이 보인다. 시멘트 길을 걸었던 도보여행자에게는 사막의 오아시스 같은 공간이다. 강한 햇살에 잠시 쉬어간다. 그늘에 앉아 마시는 맥주 한 모금이 꿀맛처럼 달다. 나는 무엇 때문에 힘들게 걸어가는 것일까. 이유는 단순하다. 길을 걸어가면 즐거워진다. 자유롭고 행복해진다. 그 때문에 낯선 여기에 서 있는 것이다. 또한, 움켜쥐고 있는 것을 내려놓고 길 위에 올라섰을 때 세상은 내가 보지 못했던 것들을 보여준다. 그리고 나는 알아간다. 더 많이 가지려고 할수록 공허해질 뿐이라는 것을. 비울수록 채워진다는 것을. 삶의 질은 많이 갖는 데서 결정되는 게 아니라 '덜 갖되 더 충실한 삶'을 사는 데 있다는 것을. 세상을 바꾸는 일은 내 일상의 작은 변화로부터 시작된다는 것을. 지금 내가 할 수 있는 일을 기쁘게 해나갈 때 내가 사는 세상의 희망도 커질 것을 믿는다. 걷기라는 놀이는 그렇게 삶과 세상을 향한 나의 믿음을 변화시키는 마력이 있다. 그래서 오늘도 길을 걸어간다.

칠곡 왜관읍이다. 동정천을 우회해서 건너고 제2왜관교 밑을 통과하면 왜관읍은 가까워진다. 둑 아래 왜관나루터 이정표가 있고, 둑 위로는 아파트 건물들이 삐쭉삐쭉 고개를 내밀고 있다. 둑바루길 아래로 너른 흰가람 둔치에는 다양한 체육시설이 있고, 그 끝자락에는 호국의 다리와 호국공원이 있다. '호국'이란 말에서 왠지 모를 아픔과 슬픔이 느껴진다. 왜관읍은 낙동강 옆에 발달한 마을이다. 둑바루길 위에 서면 왜관읍이 훤히 보인다. 넓은 도로가 낙동강 둔치와 왜관읍을 가로막고 있다. 지하터널로 해서 왜관읍으로 들어가서 전통시장 옆에 있는 숙소에 짐을 풀었다.

　왜관 전통시장으로 세상구경을 나선다. 비록 전통시장이지만 지붕이 있는 개량된 시장이다. 그래서 시장 안은 시원하고 서늘했다. 무얼 먹을까 서성이다가 발견한 손칼국수 식당이다. 녹차 칼국수 한 그릇 시켜놓고 창문을 통해 전통시장의 바깥 풍경을 바라본다. 시장 안에는 움직이는 사람들이 보인다. 모두가 할 일이 있고, 갈 곳이 있고, 만날 사람이 있어 바쁜 전통시장 안에서 시간은 나에게만 길게 늘어져 있다. 손칼국수로 저녁을 때우고 돌아오던 길에 시장 안에서 토마토 한 꾸러미를 샀다. 잠깐이라도 동네 사람들과 이야기를 하고 싶었나 보다. 토마토가 들어있는 검은 봉지를 들고 그들의 일상으로 들어간다. 내가 살던 일상처럼 낯선 곳에 와서 그들의 숨과 쉼과 삶을 느껴보고 싶은 모양이다. 어슬렁거리며 거리를 배회했다. 작은 마을이라 조금만 걸어도 금방 끝이 보인다. 낯선 곳에서 그들과 함께 숨을 쉬면서 평범한 일상에 동화되어간다.

누군가 '숨'은 '쉼'을 향하고 '쉼'은 '삶'을 향한다고 했다. 우리는 들숨과 날숨이 교차하며 생명을 유지하고 삶을 영위한다. 그런 점에서 숨은 '생명'이다. 인간생존을 위해 가장 기본적인 필수 단위가 '숨'인 셈이다. 날줄과 씨줄이 어우러져 한 폭의 아름다운 비단을 빚어내듯 날숨과 들숨의 어울림으로 인간은 온전한 생을 이룬다. 도보여행도, 전통시장도, 그리고 내가 배회하고 있는 낯선 마을, 낯선 거리도 모두 건강한 '숨'을 쉴 수 있는 공간이다.

낯선 거리에도, 낯선 마을에도, 전통시장 안에는 수많은 노동자가 있다. 그리고 길에도 수많은 여행자가 있다. 그들에게는 '쉼'이 필요하다. 그 이유는 그들도 살아가야 하기 때문이다. '쉼'은 '숨'을 전제한다. '숨'을 쉴 수 있는 자라야 '쉼'이 허락된다. 일상의 노동이 '쉼'과 조화를 이룰 때 우리는 인간다운 삶을 말할 수 있다. '쉼'이 없는 노동은 죽음이다. 도보여행은 '숨'을 통해 '삶'을 혁신하고, '쉼'을 통해 '삶'을 확장하여 매일매일 새로운 길을 열어젖히는 여행이 아닐까 싶다.

칠곡 왜관읍에서 구미 숭선대교까지

인디언 도덕경에 '그대 자신의 진정한 자아를 탐구하라. 다른 누구에게도 의지하지 말고 오직 홀로 자신의 힘으로 하라. 그대만의 고유한 여정에 다른 이가 간섭하지 못하게 하라. 이 길을 그대만의 길이요, 그대 혼자 가야 할 고유한 길임을 알라. 비록 다른 이들과 함께 걸을 수는 있으나 다른 이 그 누구도 그대의 고유한 선택의 길을 대신 가줄 수 없음을 알라'라고 했다. 낙동강 자전거길을 혼자 떠나기로 한순간 새로운 세상이 열렸다. 홀로 길을 나서니 함께 나섰던 도보여행과는 또 다른 세상이 보였다. 그것을 만나기 위해 끊임없이 움직여야 하는 건 결국 나 자신이다. 조금씩 독립적인 인간이 되어가는 자신을 본다. 길을 통해 또 다른 자신을 보았고, 또 다른 세상이 보였다.

언제부턴가 이 세상에 나이테가 점점 사라져 가고 있다고 느껴졌다. 또 언제부턴가 자라는 것이 멈춰버리고 왜소해지는 나 자신을 발견했다. 그 누구를 진정으로 키울 수도, 가르칠 수도 없다는 자괴감이 들면서 나는 은퇴를 결심했다. 요즘은 옥상 텃밭에 이것저것 모종을 사다가 심었다. 옥상 텃밭에서는 자연의 속도가 느껴진다. 기다림의 시간이 느껴진다. 서서히 꽃이 피고 열매가 맺었다. 열매는 햇살에 머무르는 시간이 길어질수록 점점 커지고 튼실해진다. 자연의 속도는 모든 생명체마다 다 다르다. 작은 텃밭에는 수많은 벌레와 식물들의 생장속도가 공존하고 있다. 싹이 돋는 데 오래 걸리는 게 있는가 하면, 자라는 데 더딘 것도 있다. 하나로 규정할 수 없는, 규정할 필요도 없는 그 속도를 조금씩이라도 제 몸속에 옮겨 심었으면 하는 마음으로 텃밭을 가꾼다. 자전거길 도보여행도 마음속의 텃밭을 가꾸는 일과 같은 것이다. 서두르면 열매를 맺을 수가 없다는 것이다. 느릿느릿 길을 걸으면서 기다리고, 그 길에 머무른 시간이 길어야 풍경을 섬세하게 바라볼 수 있다. 그것은 결국 '느림의 삶'이고, 지속 가능한 세상이고, 미래에 물려줄 아름다운 세상이다.

왜관 전통시장, 왜관 북부터미널, 왜관 소공원을 지나면 어제 왜관읍으로 들어왔던 지하터널을 지나간다. 그리고 잠시 목적지와는 다른 뭔가가 이 사이에 존재하는 것은 아닐까 하는 묘한 공상에 빠져든다. 이 터널에는 어딘가로 통하는 비밀의 문 같은 것이 없을까. 이 문을 나가면 마법의 세상이 열리는 것은 아닐까. 느리지만 두 발로 천천히 걸어가는 여행이기에 그런 풍성한 상상이 가능했다. 느린 여행이 주는 재미와 충만함을 맛본다. 짧은 왜관 터널을 빠져나가자 현실로 돌아왔다. 이곳 지명이 왜 '왜관(倭館)'이 되었을까. 몹시 궁금했다. '왜관(倭館)'은 조선 시대 일본인이 조선에 와서 통상(通商)하던 곳이다. 또한, 그곳에 설치한 행정기관을 이르기도 하며, 일본인의 집단 거주지이기도 하다. 요새로 치면 상공회의소와 대사관을 합쳐 놓은 개념이다. 이곳은 이름만큼이나 일본과 관련이 있는 역사도 깊고 오래된 고장이다. 지금도 '왜관(倭館)'이라는 지명에 대한 찬반이 분분하다고 들었다. 혹자는 '왜관읍'을 '칠곡읍'으로 변경해야 한다고 주장하는 이도 있다고 한다. 아마 '왜(倭)'라는 단어에서 느껴지는 불편함 때문이 아닐까 싶다.

왜관 둑바루길에 올라서면 낙동강이 아침 햇살에 반짝거린다. 햇살에 반사된 '왜관철교'는 낙동강에 짙은 그림자를 만들어내고 있다. 오래된 '왜관철교'의 모습이 유난히 선명하게 다가온다. '왜관철교'는 처음에는 일본이 대륙 침략을 목적으로 만든 철골다리라고 한다. 해방 후에는 경부선 단선 철로로 사용되다가 6·25전쟁 당시 유엔군과 북한군의 격전지로 당시 미국은 남하하는 북한군을 제지하기 위해서 철교를 폭파하였고 결국 이를 계기로 북한군의 남하를 저지해 낙동강 전투의 승리에 큰 힘이 되었다고 한다. 이때부터 '왜관철교'를 '호국의 다리'로 부르고 있다. 이곳에 낙동강 7경이라고 부르는 '호국경, 호국공원'이 있다.

낙동강변에 있는 마을 중에서도 이곳은 유난히 육이오의 아픔이 많은 곳이다. '왜관철교'는 건설된 지 100년 이상 된 트러스교로 교각은 I형 콘크리트에 화강암을 감아 의장이 화려하다. 또한, 아치형 장식과 적벽돌로 마감하는 등 근대 철도교에서 보기 드물게 장식성이 화려하고 보존상태가 양호하여 철도사적 가치도 지니고 있다. 6·25전쟁의 상처가 남아있는 건축물로 2008년 10월에 등록문화재 제406호로 지정되었다. 지금은 보수하여 철로로 이용되지 않고 보행자들이 다닐 수 있도록 개조했다. 매년 이곳에서는 호국의 정신을 기리는 시화전도 열리고 있다. 또, 칠곡군은 이곳에 한국전쟁 당시 북한군의 공격에 대해 최후의 방어선인 55일간의 낙동강 방어선 전투를 재조명하고. 전투를 통해 불리하던 전세를 역전시키고 승리를 잡은 것을 기억하며. 낙동강 방어선 전투에서 자유와 평화를 지키기 위해 희생하신 분들께 감사하고 그분들의 호국정신을 계승 발전시키기 위해 '칠곡호국평화기념관'도 세웠다.

자전거길 위에 새겨진 [낙동강하굿둑 230km, 안동댐 155km] 지점에서 '칠곡보'를 향해간다. 자전거길은 '왜관철교' 밑으로 이어진다. 그곳에서 뜻하지 않은 풍경을 발견했다. 태극기가 아닌 성조기가 철조망에 걸려있다. 서울에서는 집회할 때나 보았지만, 시골에서 보니 조금 충격적이다. 어떤 의미일까. 이런저런 생각이 교차한다. 한국전쟁이 끝난 지 70년이다. 하지만 대한민국은 여전히 휴전 중이고 분단 상태이다. 아직도 이곳 사람들에게는 전쟁의 불안과 고통이 남아있는 것일까. 철조망에 걸려있는 성조기에서 아직도 마음속에 남아있는 전쟁의 고통과 갈등의 흔적을 보는 듯했다. 이젠 마음속으로만 기억해도 좋을 만큼 긴 시간이 흘렀는데 말이다.

'칠곡보'는 6개의 탑이 세워져 있고, 탑마다 초승달이 그려져 있었다. 어떤 의미일까. '칠곡보는 낙동강 구간에서 '함안창녕보'와 '강정고령보'에 이어 세 번째로 큰 보이다. 신재생에너지생산과 수해예방을 위해 건설되었다. 디자인은 통일신라 시대 승려 도선이 땅의 기운을 다스리는 가산 바위 굴 속에 쇠로 만든 소와 말의 형상을 묻었다는 철우이야기를 형상화하였다고 했다. 칠곡보에 올라선다. 유난히 다른 보에 비해 칠곡보는 크게 보였다. 아마 6개의 기둥 때문인가 보다. 자전거길은 관리동 앞으로 해서 칠곡보 생태공원으로 나아간다. 생태공원은 넓게 잘 정비되어 있고, 칠곡보 오토캠프장도 있었다.
　칠곡보 생태공원을 지나면 '반지천'으로 가는 우회도로이다. '반지천'은 그 폭이 넓지는 않았지만 '반지천'으로 들어가는 입구에 작은 맹그로브 숲 같은 풍경이 인상 깊었다. 낙동강 다리 밑에 물 위로 고개만 내민 나무 몇 그루가 둥둥 떠 있는 듯했다. 약간 흐릿한 시야 때문인지 낙동강에 비친 나무의 모습이 거울처럼 선명했다. 데칼코마니의 풍경을 만들어내고 있다. 그 풍경 앞으로 때 이른 코스모스가 군락을 이루며 활짝 피었다. 노란 빛깔에 검은 점이 박혀있는 작은 꽃은 군락을 이루자 주변이 훤해진다. 가끔 자신의 아름다움을 뽐내듯이 고개를 흔들고 있다. 또 물가에는 가시연도 때를 기다리고 있다. 하나하나 있을 때도 작고 청초했지만, 함께 군락을 이루니 더 선명하고 아름답다.

슈마허의 '작은 것이 아름답다'라는 말이 생각난다. 느릿느릿 걸어가는 것은 작은 동작이다. 느리고 작은 동작들이 모이면 느림의 삶이 된다. 그리고 느림의 삶은 아름답다고 할 수 있다. 세상의 모든 사물이 각자의 크기에 맞는 보폭과 속도가 있는 것처럼 각각의 삶에도 자신에게 걸맞은 속도가 있다. 또 사람과 자연의 관계, 사람과 사람의 관계에 적당한 리듬과 속도의 완급이 필요한 것처럼 세상만사에도 그에 적합한 시간의 흐름이 필요하다. 자신에게 맞는 시간의 흐름에 맞게 천천히 살아가는 것은 아름답다.

자전거길은 '반지천' 우회도로를 벗어나면 강변을 따라 직선으로 이어진다. 시원하게 뚫린 자전거길을 느릿하게 걸어본다. 갈수록 강둑이 점점 넓어진다. 길가에는 보랏빛 '수레국화'가 군락을 이루어 피어있다. 기다렸다는 듯이 한들거리며 도보여행자를 반긴다. 수레국화의 꽃말처럼 이 길을 걷는 여행자에게 무언가 '행복감'을 가져다주려는 듯 환한 미소를 머금은 채 바람에 살랑거린다. 몽환적인 느낌을 주는 보랏빛 꽃을 바라보면서 나에게도 무슨 행운이 있으려나. 도보여행자에게 좋은 일이란 무얼까. 길과 친숙해지는 일이다. 길과 친숙해지는 일은 길에 오래 머무는 것이고, 오래 머무는 일은 천천히 걸어가는 것이다. 느린 여행은 멀리 돌아가고, 시간이 걸리고 비효율적인 것처럼 보이지만 우리들이 오랫동안 이어온 '느림의 삶'과 직결된다. 결국, 도보여행자에게 가장 큰 행운은 느리더라도 자신만의 길을 묵묵히 걷는 것이다.

왜관 주변 낙동강 자전거길은 둑을 따라 공원에서 공원으로 이어진다. 이 길은 곳곳에 6·25전쟁 때 전투에 대한 안내문이 붙어있다. 우리들의 기억 속에만 있는 6·25전쟁을 잊지 말자는 의미가 담긴 안내문이다. 6·25 때 이곳 왜관 주변 낙동강 전투가 얼마나 치열했는지를 알 수 있었다. 물론 전후 세대인 우리는 몸소 체험하지 못해 절박한 느낌이 없지만, 그 당시 급박했던 사연은 기록을 통해 알 수 있었다. 그런 아픈 사연이 있던 이곳에 지금은 평화가 찾아왔다. 다시는 아픈 역사가 되풀이되지 않기를 바라는 마음이다. 포탄이 날아다니고 총성이 들리던 이곳에는 두드림 공원이 들어섰고, 공원 안에는 '파크골프장'이며 산책로, 각종 운동시설이 들어서 있다. 낙동강을 배경 삼아 시골동네 어른들이 삼삼오오 모여 파크골프를 즐기는 모습이 정겹다. 여가를 즐기는 모습에서 이젠 그런대로 잘살고 있구나 하는 그런 생각이 들었다. 이런 평온함과 화목함이 오랫동안 지속되기를 바라본다.

왜관에서 두 시간쯤 걸었을까. 출출하다. 아침부터 마땅한 식당을 찾지 못해 어제 먹다 남은 토마토 서너 개로 버텼다. 햇살이 점점 강해진다. 마땅히 쉴만한 곳도 찾을 수가 없다. 이곳은 칠곡 끝자락에 있는 '두드림 공원'이다. 이곳을 지나면 구미에 들어설 것이다. 자전거길 둑 아래 너른 둔치에는 정비된 공원이 넓고 길게 발달하여 있다. 그늘을 찾아 '왜관 낙동강교' 아래 설치된 의자에서 잠시 쉬어간다. 홀로 그늘에 앉아있으니 시간이 느리게 흐르는 듯했다. 빠르게 지나쳤으면 보이지 않았을 사물들이 서서히 보이기 시작했다. 공원에는 이름 모를 수많은 풀이 자라고 있다. 하지만 유독 다리 밑에만 풀들이 자라지 않았다. 햇살이 얼마나 중요한지 알 것 같다. 만물은 그냥 자라는 것이 아니구나. 누군가의, 무언가의 도움을 받고 살아가는구나. 나도 마찬가지다. 누구나 태어나면서부터 가족과 수많은 이웃에게서 보고 듣고 배우고 의지하면서 살아간다. 보이는 모든 것은 다 자신의 스승이다. 누구도 혼자서는 살아갈 수 없다. 무언가의 도움을 서로 받고 주고 살아가는 것이다.

우리는 흔히 작물의 성장에 방해되거나 예쁘지 않은 풀을 '잡초'라고 부른다. 사람에게 도움이 안 되는 풀이라는 뜻이다. 그런데 인디언들의 언어에는 '잡초'라는 말이 없다고 한다. 그들은 모든 식물과 동물에는 각각의 영혼이 있다고 믿었고, 모든 것이 존재 이유가 있다고 생각했다 그래서 작물과 잡초를 구별할 필요가 없었단다. 하지만 우리는 사물의 기준을 필요와 불필요로 나눈다. 인간에게 도움이 되는 동식물이 아니라면 그것을 멸종시켜도 괜찮다는 생각조차 서슴지 않는다. 하지만 알아야 한다. 어떤 종을 멸종의 위기로 내모는 일은 결국 자신의 생명을 떠받치고 있는 생태계를 파괴하는 행위라는 것을. 세상은 서로에게 도움을 받고 도움을 주는 공생의 관계라는 것을, 이 세상에 누구도, 어떤 사물도 불필요한 것은 하나도 없다는 것을. 잡초 한 포기에도, 작은 미생물 하나에도, 어떤 사람이라도 다 존재 이유가 있다는 것을 알아야 한다. 누구나 살다 보면 마치 자신이 잡초 같다는 생각이 들 때가 있다. 그럴 때마다 인디언의 생각을 떠올려보면 어떨까.

'남구미대교'를 넘으면 구미공단이다. 자전거길은 낙동강을 넘어 다리 아래로 해서 강변으로 이어진다. 이곳에서 생소한 경험을 했다. 구미시 남구미대교 낙동강변 둔치에 일명 '드론' 면허 시험장이 있었다. 처음 보았고 처음 알았다. '드론'에도 면허가 필요한지. 그 전까지는 왜 이런 시험장이 필요한지 몰랐다. 심지어 '드론'이란 공원에서 어른들이 가지고 놀 수 있는 고비용 장난감으로만 생각했다. 마치 전동 휠이나 전기자전거처럼 말이다. 이렇게까지 빠르게 발달하여 다방면으로 사용하게 될 줄은 미처 몰랐다.

낙동강변 둔치를 따라 자전거길을 걸어가는데 멀리 천막 두 개가 설치되어 있다. 운동회 천막이나 되는가 보다 생각했다. 가까이 다가가니 '안전 조심'이라는 안내 문구가 있다. 천막 앞 잔디밭에는 축구장 반만 한 크기에 철조망이 둘러쳐 있다. 그리고 한가운데 헬기착륙장에서 보았던 콘크리트 바닥에 하얀색의 둥그런 표시가 있었다. 천막 안에서는 시험 감독관이 기기화면을 보면서 드론의 뜨고 내리는 모습을 체크하고 비행하는 모습을 유심히 관찰하고 있다. 너무 신기했다. 그리고 빠르게 발전하고 있는 다른 세상을 보는 듯했다. 한편으로는 드론이 어디까지 발전할까 하는 궁금증 그리고 두려움도 밀려온다.

과학발명품은 처음 용도와는 다르게 사용되는 경우가 허다했다. 특히 잘못 사용되는 경우에는 큰 불행을 초래할 수도 있다. 물론 좋은 점도 있겠지만, 공항과 교도소, 원자력 발전소 및 다양한 정부시설과 인프라 시설에서 잠재적인 안전 및 보안 문제가 제기되고 있는 현실이다. 최근에 〈스파이더맨- 파 프롬 홈〉이란 영화에서 '드론'의 활용을 보면서 깜짝 놀랐다. 걱정과 두려움보다 희망적인 메시지로 있다. 누군가 '희망은 볼 수 없는 것을 보고, 만져질 수 없는 것을 느끼고, 불가능한 것을 이룬다' 라고 했듯이 드론을 활용해 사회 각 분야에 올바르게 활용할 수만 있다면 지금보다 훨씬 편리한 세상을 만들 수도 있을 것 같다. 드론의 미래는 어떤 세상을 만들어 나갈까. 모든 것은 인간의 손에 달려있다.

　구미공단 낙동강변길은 도로를 따라 가로수로 벚나무가 심겨 있다. 벚꽃이 사라져 버린 6월의 벚꽃길은 단조롭다. 그래도 바쁠 것은 없다. 서두를 필요도 더더욱 없다. 느릿느릿 걸어가면서 그리고 낙동강을 바라보면서 3월의 벚꽃을 상상했다. 처음 낙동강 자전거길 도보여행을 시작할 때 부산 낙동제방길에서 보았던 3월의 벚꽃들은 분홍빛 세상이었다. 하늘도, 땅도, 나무도, 공기도 심지어 걸어 다니는 사람들의 마음까지도 모두 분홍빛으로 물들어졌다. 분홍빛 꽃잎들이 실바람이 불어올 때마다 하늘거리며 떨어지는 풍경을 생각했다. 또 물금역과 원동역에서 보았던 벚꽃터널도 생각하면서 걸어가면 단조롭던 구미공단 자전거길도 행복해진다. 지금은 꽃이 다 지고 잎사귀만 무성하다. 벚나무는 꽃향기 대신 도보여행자에게 그늘을 만들어주고 있다. 아무도 없는 그 길을 터벅터벅 홀로 걸었다. 홀로 가는 그 길에 낙동강의 풍경은 친구가 되고 위로가 된다.

　자전거길은 '구미 비산동 산호대교'까지 찻길을 따라 이어진다. 대략 4km는 족히 될 것 같다. 찻길을 따라 걸어가면 변하지 않는 풍경, 자동차 소음, 그리고 공단의 탁한 공기 때문에 무척 힘들다. 구미공단 옆으로 이어진 자전거길은 자동차 소음만이 들린다. 걸어 다니는 사람은 없다.

나 홀로 걸었다. 멍하니 낙동강을 바라보면서 침묵 속에 길을 걸었다. 단조롭지만 무엇이든 즐기려고 노력했다. 침묵을 즐기는 것도 혼자만의 여유이다. 구미라는 곳은 낯선 동네다. 평생 한 번 와 본 일도, 앞으로 와 볼 일이 없는 동네이다. 나는 왜 이 낯선 곳까지 걸어왔을까. 무엇을 찾기 위해 홀로 자전거길을 걸어가고 있는 걸까. 그 답을 찾아간다.

도보여행이란 원래 익숙한 것으로부터의 고립이다. 그 고립은 타인에 대해 더 예민한 감성의 촉수를 뻗치고 주변 풍경을 더 깊이, 더 자세히 들여다보게 만든다. 그리고 새로 만난 낯선 세상에서 혼자가 아니라는 사실을 배워간다. 또 낙동강 자전거길을 걸으면서 많은 만남과 이별이 있었다. 이별은 헤어짐이 아니라 또다시 만나기 위한 약속이라는 것도, 자전거길 도보여행은 낯선 곳을 걸어갈수록 끝이 아니라 새로운 시작이라는 것도, 익숙한 하나의 세계를 벗어나면 또 다른 낯선 세계가 여행자를 기다린다는 것도 자연스럽게 알아간다.

흔히 여행을 '일탈'이라고 한다. '일탈'이라고 하면 사회적 규범에서 벗어난 부정적인 이미지를 떠올린다. 그런데 미국의 한 심리학자는 '소소한 일탈을 해라. 그러면 행복해진다'라고 말한다. 늘 먹던 음식이 아닌 새로운 음식에 도전하고, 한 번도 들어보지 않았던 음악 장르를 들어보고, 낯선 곳을 어슬렁거리는 그런 소소한 일탈들이 모여 단조로운 일상에 생기를 불어넣어 준다는 것이다. 우리도 내일만큼은 심심한 일상에 양념이 되어줄 작은 일탈을 상상하면서 살아갔으면 좋겠다. 오늘 점심은 일탈 속에서 또 다른 일탈을 했다. 젊은 사람들처럼 한 번도 먹어보지 못한 새로운 메뉴에 도전했다. 편의점에 앉아서 빵 한 조각과 음료수 한 컵으로 점심을 즐긴다. 평소 편의점 앞을 지나다니면서 많이 보았던 풍경이다. 한 번도 혼자서는 실천해보지 않은 행동이다. 오늘 낯선 동네 편의점에서 새로운 도전을 했다. 이런 것도 자전거길 걷기라는 놀이에서 만나는 짜릿함이고 소소한 행복이다.

'구미종합터미널' 간다는 운전사의 말만 듣고 거리도 모르고, 방향도 모르지만 무작정 버스에 올라탔다. 이젠 그런 내 모습이 낯설지가 않다. 가는 날이 장날이라고 터미널은 공사 중이다. 사방이 어수선했고, 소음과 먼지 그리고 뜨거운 햇살이 몹시 불편했다. 인생이란 무릇 잡다한 일들의 집적(集積)이 아니던가. 조금 불편하고, 조금 느리더라도 불평하지 말자. 시간이 흐르는 대로 놓아두자. 그리고 거기에 순응하자. 서두르거나 초조해하지는 말자고 다짐했다. 그것이 느린 자전거길 도보여행에서 배운 삶의 지혜였다.

우리들은 지금까지 너무 빨리 움직이는 것에만 관심을 집중해 왔다. 더 빨리 도착하고, 더 빨리 다른 장소로 출발하기 위해 신경을 곤두세우고 있는 가운데 우리는 '멈추는 것'에 대한 가치를 점점 잊어가고 있는 것은 아닐까 싶다. 함께 살아가는 것 또한 멈추는 자들의 아름다움과 지혜로움이다. 빠르게 움직이면 움직일수록 '함께 사는 것'은 더욱 어려워진다. '함께 사는 것'을 인생의 본질적인 가치로 생각하는 사람은 다시 한번 '멈추는 것'에 대하여 새롭게 배워야 한다. 아니면 적어도 좀 더 천천히 '움직이는 것'이 무엇인가를 배워야 한다. '멈추는 것'과 '함께 사는 것'은 우리로 하여금 시간과 정성을 들이도록 하는 것이다. 작은 꽃을 보는데 시간이 걸리는 것처럼 걷기 여행도 자기의 페이스대로 천천히 걸어가라는 의미가 된다. 느릿느릿 그리고 넉넉하게 자신의 속도대로 걸어가면서 자신만의 삶을 온전히 누리는 것이 바로 '느림의 삶'이다.

구미 숭선대교에서 의성 낙단보까지

낙동강 자전거길이 그리워질 때마다 매일 오후가 되면 다람쥐 쳇바퀴 돌듯이 영산강 자전거길을 걷고 걸었다. 나는 언제나 간절한 마음으로 뭔가를 기다렸다. 그뿐만 아니라 나는 때때로 많은 생각에 잠기기도 했고 우울한 심정에 빠지기도 했다. 길고 지루한 여름의 노을이 질 때까지 나는 자전거길의 환상에 빠져 영산강하굿둑 수변공원 주위를 빙빙 돌았다. 그리고 집으로 돌아와 낙동강 자전거길의 미완성된 글을 읽었다. 글을 읽으면서 그때의 풍경 속으로 빠져든다. 낙동강 봄빛을 9일 동안 보면서 걸었다. 낙동강의 여름빛이 그리워진다. 하지만 폭염 때문에 걸어갈 엄두가 나지 않는다. 낙동강의 여름빛은 영산강 자전거길을 걸어 다니면서 상상만 했다. 햇살이 조금씩 힘을 잃어갈 때쯤 해서 가을빛을 보려 다시 낙동강으로 홀로 떠났다.

도보여행은 언제나 자기 자신으로부터 출발한다. 매일매일 시작도 끝도 없는 길 속으로 들어갈 꿈을 꾼다. 낙동강의 가을빛을 기다린다. 가을빛이 짙게 드리워진 그 길에 서면 너무 행복할 것만 같다. 편안해질 것만 같다. 홀로 그 길에 서면 외로울 것 같지만 외로움보다는 해방된 느낌을 더 많이 받을 것만 같다. 이만큼 자유로운 공간이 또 어디에 있을까. 이른 새벽부터 먼 길을 달려왔다. 낙동강 자전거길을 걸어가기 위해서이다. '구미시 해평청소년수련원' 앞에서 자전거길을 찾는다. '숭선대교' 아래로 자전거길이 한 줄기 빛처럼 반짝거린다. 여름 내내 그리워했던 파란 풍경이다. 오늘 걸어가야 자전거길은 낙단보까지 대략 24km이다.

오후에는 비가 온다는 일기예보 때문인지 도보여행자도, 자전거 라이더도 보이지 않는다. 구미시에서도 한참 외진 자전거길을 홀로 걸어가는 것은 처음에는 적응이 안 되었다. 사방은 적막하기 이를 데 없다. 심지어 섬뜩한 느낌마저 든다. 길에 대한 설렘과 두려움, 자유로움과 외로움이 서로 엇갈리면서 마주친다. 하지만 한참 길을 걷다 보면 어느새 길과 친근해진 자신을 본다. 서로가 서로에게 의지하면서 걷는 자신을 발견한다. 길은 나를, 나는 길을 서로 감싸준다. 그러면 자전거길은 더 살갑게 다가온다. 길에서는 작은 것 하나에도 감동받고, 사소한 일에도 감정이 예민해진다. 걷기놀이는 오롯이 자신에게만 집중할 수 있어서 좋다.

낙동강 자전거길은 걸어갈수록 정말 잘 왔구나. 마음에 해방감 같은 것이 느껴진다. 그리고 '가야 할 때 가지 않으면, 가려고 할 때 갈 수가 없단다'라는 누군가의 말이 귓전에 울린다. 오늘 오지 않았으면 다시 올 수 없을 수도 있었겠구나 하는 생각이 순간 들었다. 이젠 더정다짐해진 자전거길은 두 가닥의 흰 선과 가운데 한 가닥의 노란 실선이 끝없이 이어진다. 마치 생명의 줄처럼 나를 자전거길과 이어준다. 또한, 낯선 공간에 서서 이름 모를 자연을 바라보는 재미도 쏠쏠했다. 우중충한 날씨 때문에 마음이 조금 움츠러들었지만, 시간이 지날수록 차분해진다. 조금씩 걸어가면서 나타나는 탁 트인 낙동강의 푸른 물빛, 은빛을 머금은 억새, 갈색을 머금은 갈대, 주변의 차분한 산야의 초록 풍경들로 인해 마음이 한층 여유롭다. 여기까지 먼 길을 달려온 버스 안에서의 고통은 눈 녹듯이 사라지고, 자연의 풍요로움은 온몸의 근육을 활성화 시켜준다.

길가에 서 있는 [낙동강 종주 자전거길]이라는 이정표는 내가 자전거길에 들어섰음을 인증해 주는 듯했다. 모든 것이 정상적으로 주어졌다는 안도감은 춤추듯이 길을 걸어가게 했다. 흐린 날씨도, 남아있는 먼 거리도, 단조롭고 딱딱한 콘크리트 자전거길도 나에게는 더는 걸림돌이 되지 않았다. 내 앞에 보이는 모든 것이 다정다감했다. 더 멀리, 더 넓게 그리고 더 섬세하게 바라보면서 길을 천천히 걸었다. 그러자 빨리 달려갈 때는 보이지 않던 사물들이 하나둘 눈에 띈다. 내 발아래에는 수많은 미물들이 꿈틀거렸다. 천천히 걷는 여행자만이 느낄 수 있는 신비로운 감정들이 일어난다. 지금 내가 혼자가 아니구나 하는 감정 말이다. 주변에 동무들이 많구나 하는 느낌말이다. 홀로 여행하는 도보여행자에겐 개미, 잠자리, 송충이, 지렁이, 사마귀, 여치, 메뚜기 등 비록 작은 미물이지만 그들과 얘기하면서 걸어가는 일도 재미있고, 느림의 삶에서만 체험할 수 있는 풍경이다. 물론 한 발만 삐끗하면 '로드킬'이 일어난다. 세상을 너무 섬세하게 본다는 일이 때론 번거로울 수도 있겠구나 하는 생각도 들었다. 그리고 스스로 질문을 했다. 현미경을 통해서 바라본 세상은 과연 행복할까. 현미경보다는 자신의 두 눈을 통해서 바라본 세상이 더 행복할 것만 같았다. '지금 이 순간'을 보이는 것에 만족하면서 살아가는 것이 행복한 삶이 아닐까 싶다.

낙동강 자전거길 도보여행은 올해만 4번이나 왔고, 10일째다. 아직도 안동댐까지는 대략 120km 정도 남았다. 오늘이 지나면 남은 거리가 세 자릿수에서 두 자릿수 그리고 마지막 날에는 한 자릿수로 변할 것이다. 작은 보폭이지만 남아있는 거리가 점점 줄어들고 있다는 것은 경이롭다. 벌써 265km 가깝게 걸었다. 이런 것도 느리게 걷는 도보여행자들의 즐거움이다. 느리게 걷는 행위는 단순함이다. 단순함은 작은 것이라도 크다는 생각에 바탕을 두고 있다. 서두르지 않고 천천히 걸어가도 언젠가는 자신이 꿈꾸었던 목적지에 도달할 수 있다는 자신감을 얻는다는 것이 도보여행자에게는 큰 힘이다. 다른 일에도 서두르지 않고 정직하게 살면 무슨 일이든지 성취할 수 있다는 자신감과 용기를 얻을 수 있어서 좋다.

송암천 다리를 건너면 처음으로 '오일뱅크 구미보주유소'가 보인다. 그 앞으로 25번 국도가 연결되고 있다. 자전거길에 들어서면서 처음으로 가까운 거리에서 사람 사는 세상을 본다. 그곳부터는 25번 국도인 '낙동대로'가 자전거길과 함께 낙동강을 따라 이어지고 있다. 이곳은 행정구역상으로 구미시 해평면 월곡리이다. 연화봉과 조명산 아래로 남쪽 방향 산기슭에는 월곡리 마을이 알알이 들어서 있고, 그 앞으로 간척지 논들이 펼쳐진다. 낙동강 둔치에는 아직까지는 푸름이 그윽했다. 하지만 여름 내내 맑고 푸르던 빛깔들은 듬성듬성 그 빛을 잃어가고 있다. 낙동강 반대편 논에는 푸르던 벼가 어느 사이 누르스름한 빛깔로 변해가고 있다. 나면 자라고, 자라면 늙고, 늙으면 죽는다. 모든 것은 때가 되면 왔던 곳으로 돌아갈 것이다. 누구도 자연의 이치를 거슬릴 수는 없다.

자전거길에서 세상의 이치를 본다. 그리고 세상의 이치는 너무도 단순하다. 자연에 순응하면서 살아가는 삶은 어쩌면 가장 단순한 삶이고, 단순한 삶 속에 행복이 들어있는 것이다. 사람들은 자연에 역행하려고 하는 욕심 때문에 불행해진다. 인간이어서 다른 미물보다 우월하다는 생각은 버려야 한다. 다만 서로 다를 뿐이다. 지구 상에 있는 모든 생명체는 동등하다. 그리고 다양하다. 서로 다양성을 존중하면서 자신만의 삶을 살아가는 것이 '느림의 삶'이다. '느림의 삶' 속에는 서로 경쟁은 하되 서로 존중하면서 살아가야 한다는 단순한 원리가 들어있다. 이것은 신영복 선생이 말하는 '화(和)'의 원리이다. 다양성을 인정하고 서로 공존하려는 행위를 말한다. '화(和)'가 지향하려는 것은 바로 개별성을 존중하는 것, 곧 개별이 개별일 수 있는 특성과 차이를 인정화면서 함께하는 가치와 문화이다.

구미보가 보인다. 강 한가운데 거대한 기둥이 세 개 서 있다. 구미라는 말은 '거북이 꼬리'라는 뜻이다. 그래서 구미보는 장수와 복의 상징인 거북이와 수호의 상징인 용을 형상화한 고유의 디자인으로 지속 가능한 안전한 강, 언제나 넉넉한 물, 깨끗한 낙동강 수호라는 주제로 설계되었다고 한다. 거북이 형상의 중앙기둥 전망타워는 360도 모든 방향으로 낙동강의 모습을 바라볼 수 있다. 구미보의 거북이 세 마리가 헤엄치듯이 큰 바다를 향해 나아가는 모습이 인상적이다. 요즘 4대강 보 해체 논의가 있는 다음부터는 보의 수문을 조금씩 개방하는지 물 흐르는 소리가 제법 우렁차다. 앞으로 해체냐 유지냐 하는 문제로 한동안 시끄러울 것 같다. 마치 닭이 먼저냐 달걀이 먼저냐 하는 문제처럼 말이다. 모든 사람이 자신의 이해관계만 앞세우지 말고 진정 무엇이 미래를 위한 일인지 깊이 생각해보아야 할 것이다. 구미보는 차량은 다닐 수 없는 보이다. 자전거나 사람만 통행할 수 있다. 우안에는 인증센터. 좌안에는 관리동이 들어서 있다.

구미보 광장에 선다. 한적한 공간이 적막했다. 날씨가 갈수록 꾸물거린다. 4대강 보가 환경을 파괴하고 물의 흐름을 임의로 바꿨다는 사실은 인정하면서도 구미보 건설로 인해 주변의 환경이 깨끗해진 것도 또한 사실이다. 자전거길을 걷다 보면 보 주변이나 둔치가 정비된 곳이 많았다. 자전거 라이더에게나 도보여행자에게는 길을 가는 데 편리했다. 이것은 인간의 입장이다. 과연 인간 이외의 다른 생태계의 입장에서는 어떨지 생각해보면서 해체냐 보존이냐를 생각해보아야 할 것이다. 이것은 남의 문제가 아니라 우리의 문제이며. 현재의 문제일 뿐만 아니라 미래에 더 심각한 문제이기 때문이다. 그곳에 이르자 낙동강 자전거길을 달리는 자전거 라이더들이 하나둘씩 보이기 시작했다. 하나같이 자전거에 짐을 가득 싣고 구미보를 지나간다. 아마 짐이 많은 것으로 보아서는 어디선가 야영을 할 장거리 여행자들이다. 그들의 용기가 부럽기도 했다. 자전거길을 달리든 아니면 나처럼 걸어가든 결국 길을 가는 것은 끝없는 기다림의 연속이다. 출발지에서부터 목적지까지의 한 걸음 한 걸음 짜깁기하듯이 가는 것은 기다림의 결과물이다. 길고 긴 기다림의 과정이 있어야만 목적하는 곳에 도달할 수 있다. 그래서 기다림의 과정은 아름답다. 마치 인내와 집중이 만들어낸 한 장면처럼 자전거길들이 낙동강을 따라 다가온다.

구미보를 한참 지나 걸어온 길을 뒤돌아본다. 저 멀리 거북이 세 마리가 허공을 헤엄쳐 가는 듯했다. 그들은 미래의 어떤 세상을 향해 나아가고 있을까. 그들은 넓은 세상으로 헤엄쳐 나아가 어떤 꿈을 이루고 싶어 할까. 나 역시 자전거길의 끝자락에서 무엇을 얻고 싶어 걸어가는 것일까. 자전거길바닥에서도, 길옆에 세워진 이정표에도 자전거길을 나타내는 자전거 표식이 선명하게 그려져 있다. 붉은 바탕에 하얀 자전거도, 파랑 바탕에 하얀 자전거도 나에게는 꿈을 준다. 나에게 자전거길을 걷는다는 의미는 비록 걸어가고 있지만, 길바닥에 그려진 파란 바탕에 흰 자전거를 타고 가는 하늘을 날아가는 기분이 든다. 그만큼 나에게 자전거길을 걸어가는 것은 꿈이며, 희망이며, 행복이다. 길가에는 군락을 이루고 피어난 하얀 개망초 꽃도, 보랏빛을 띤 구절초 꽃도 손을 흔들면 힘들게 걸어가는 여행자인 나를 응원해주고 있다.

마을이 가까워진 모양이다. 하천 우회길을 지나면 공장의 철조망에 걸린 오색의 바람개비가 그곳을 지나는 도보여행자를 응원한다. 바람개비가 특이했다. 가벼운 플라스틱이 아니고 얇은 쇠로 된 바람개비다. 아마 이 공장은 철물을 주조하는 공장인 모양이다. 서서히 사람의 흔적들이 보인다. 이곳은 도개면이다. 도로 건너편에는 해평농협 주유소, 도개농협 마트 겸 휴게소가 보인다. 출출해서 '농협하나로마트'에 들어보고 싶었지만, 건널목도 없고 중앙에 펜스가 쳐 있어 넘어가기도 '뭐시기' 했다. 그냥 '그림의 떡'을 보는 듯이 지나쳤다. 낙동강 가에는 도개파크골프장과 코스모스 공원이 조성되어 있다. 너른 단지에 코스모스를 많이도 심었다. 울긋불긋한 코스모스가 정갈한 가을을 보여준다. 하늘만 높고 맑으면

천고마비의 전형적인 가을인데 오늘따라 하늘이 우중충하다. 금방 비가 내릴 것만 같다.

도개면을 지나면 지도상에는 신곡천, 동산천 두 개의 우회도로가 있다. 하지만 우회도로는 보수되어 새롭게 자전거 라이더들을 위해 다리를 낙동강에서 가깝게 새로 설치했다. 여행자에게 멀리 돌아가는 수고를 덜어준다. 날씨도 흐리고 비가 곧 올 것 같은 데 다행이다. 옛날 자전거길 우회도로가 까마득히 멀리 보인다. 힘들 때는 이런 작은 것에도 감사했다. 마을 끝자락에 월암서원이 있는 월림마을에 도착했다. 월암서원은 낙동강을 바라보며 산 중턱에 위치했다. 월암서원 모퉁이를 돌자 다시 낙동강 둑길은 끝없이 이어진다. 조금씩 마을에서 멀어진다. 이곳 지형은 살짝 휘어지는 곳이어서 낙동강이 살포시 휘감고 돌아가는 곳이다. 그로 인해 물의 속도가 늦어지면서 이곳에 너른 습지가 발달되어 있다. 이곳은 일명 '구미지구 월림제고수부지'란다. 너른 둔치에는 산책로, 낙정습지원, 주차장, 휴게실이 있다. 물론 지금은 모두 휴업상태였다.

오늘따라 날이 빨리 어두워진다. 거기다 비까지 서서히 내리기 시작했다. 배낭을 방수포로 덮고 우산을 꺼내 든다. [낙단보 인증센터 2km], 나무에 걸려있는 이정표가 너무 반가웠다. 목적지는 낙단보 못 미쳐 의성 낙단보나루터이다. 인적이 드문 빗길을 혼자서 걸었다. 순간순간 적막함이 물밀 듯이 밀려온다. 낯선 공간 속에서 혼자 말을 주고받았다. 노래도 흥얼거려본다. 주변에서 조금씩 울림이 되돌아온다. 이이제이(以夷制

夷)라는 말처럼 울림은 조금은 위로가 되었고, 적막함도 조금은 떨쳐버릴 수 있었다. 그때 앞에서 달려오는 한 무리의 자전거 라이더들의 큰 울림은 너무도 반가웠다. 이 길에 나와 비슷한 생각을 가진 사람이 또 있다는 것에 위로를 받는다. 특히 인상이 남는 것은 세 사람 모두 덩치가 큰 외국인이라는 것이다. 그들은 모두 비옷을 입고 자전거를 타고 달려온다. 앞뒤 짐칸에는 비박을 위해 텐트와 식량이 가득 실려 있다. 무게가 만만치 않을 덴데 힘들이 대단했다. 힘차게 자전거길을 달리는 그들의 표정은 밝다. 무척 쑥스럽지만, 손을 들고 인사를 했다. 종일 자전거길을 홀로 걷다 보니 사람이 그리웠나 보다. 평소에는 하지 않던 행동이 저절로 나온다. '하이' 하자. 그들도 미소를 띠며 '하이' 하면서 빠르게 지나쳐 간다. 그들은 무엇을 위해 비까지 내리는 날 자전거길을 달리고 있는 걸까. 지금 나는 무엇 때문에 이 길을 걷고 있을까.

지금 이 순간 낙동강 자전거길을 걷고, 주변의 풍경을 보고, 세상의 이치에 대해 스스로 묻는다. 그리고 다녀온 후에는 걷고, 보고, 묻고, 답했던 것들을 기록에 남길 것이다. 기록을 남기는 일은 단지 지난 시간을 기록하는 활동이 아니다. 경험을 기반으로 끈질긴 사유와 사유에 대한 답을 찾아가는 과정이다. 그것은 내가 좋아서 하는 일이다. 다만 기존의 관념을 비틀고 경험을 여러모로 해석할 때 내 글이 개인적인 이야기에 그치지 않고 모두가 공감하는 이야기가 되었으면 한다. 낙동강 자전거길에서 〈걷고, 보고, 묻다〉의 여정은 계속 이어진다. 길은 돌고 돌아 이젠 여정의 끝자락에 접어든다. 기척도 없이 이슬비만 조용히 내린다. 석양으로 가는 바람 한 점에 나목(裸木)은 흔들리고 있다. 그런대로 운치가 있다. 강변 풍경이 시시각각 변화한다. 어둠이 내리는 강물 위에는 한 폭의 수묵화가 서서히 그려진다. 산이 솟아나고, 나무가 자라며, 빗방울은 꽃송이가 되어 하나둘씩 피어난다.

구미 고아읍에서 의성 단밀면의 경계에 선다. 자전거길에 두 지역의 경계선이 선명하다. 경계는 보이지 않는 흔적일 뿐이지만 자신의 움직임을 그리는 자취가 된다. 나에게 작은 흔적 하나하나는 즐거움이고 기쁨이다. 저만치 낙단보가 보이고 그 앞으로 작은 마을이 눈에 들어온다. '의성 낙단보나루터 민물 먹거리촌에 오신 것을 환영합니다'라는 환영 문구가 나룻배와 함께 마을 입구 외벽에 그려져 있다. '의성'이라는 공간에 첫발을 내디뎠다. 아마 평생 와 볼 수 없는 공간이고, 올 이유조차 존재하지 않는 공간이지만 낙동강에 자전거길이 생겨 이곳에 온 것이다. 이곳은 오래전에 나루터가 있는 곳이고 번성했던 곳이다. 낙동강에 다리가 놓이고 차량의 왕래가 빈번하면서 서서히 쇠락했다. 다시 낙동강 자전거길이 생기면서 근근이 과거의 명성을 이어가고 있다. 지금 이 마을의 풍경은 작지만 강렬했다. 작은 마을에 식당, 슈퍼, 카페, 모텔, 버스정류장 등 마을주민보다 가게가 더 많은 느낌이다. 가장 큰 감동은 설명하지 않고 그 상황을 담백하게 보여줄 때 나온다고 했다. 지금 내 앞에 나타난 '낙동나루'의 민낯은 그런 감동적인 풍경 그 자체였다. 과거의 영광을 한눈에 보는 듯했다.

의성 낙단보에서 상주 상풍교까지

'언플러그'라는 말이 있다. 이 말은 '이반 일리히'가 1970년대에 제창했다. 그 후 한동안 잊힌 것처럼 보였다. '플러그를 뽑는다'라는 뜻의 이 말은 미국이 주도하는 세계화의 물결이 전 세계를 뒤덮어가고 있는 지금 우리 앞에 더 깊은 의미로 다가온다. 그것은 플러그를 뽑음으로써 시스템에 대한 의존도를 조금씩이나마 줄여나가면서 자족적인 생활을 향해 걸음을 옮겨놓은 것이다. 즉 '언플러그' 운동은 세계화의 압력과 유혹에 저항하여 자발적이고 지속 가능한 발전을 고집하는 것을 의미한다. 도보여행도 '언플러그' 같은 빠름에 대한 저항 행위가 아닐까 싶다. 마치 우리 일상에서 플러그를 빼는 것이 산업사회에서의 일탈인 것처럼, 도보여행도 느림을 통해 바쁜 일상에서의 일탈이라고 할 수 있다. '플러그'한 일상이 편리하고 쾌적한 생활을 즐기는 것이라면 '언플러그'한 일상은 불편하고 끈적거리고 느리다. 하지만 작은 불편을 감수하면 스스로 행복하고, 지속 가능한 세상을 만들어 갈 수 있다는 것이다.

히렐와인트로프의 〈Playful〉의 한 페이지에 있는 글이다. '자신의 콘센트를 좀 헐겁게 만들어 볼까? 그게 없으면 큰일 난다고 여겼던 것. 꼭 이래야 한다고 여겼던 것. 그것을 몽땅 한번 머릿속에서 스스로 뽑아 놓아

볼까? 자신에게로 돌아가 볼까. 자신의 마음의 문에 귀를 대고 한번 들어볼까? 그리고 마음의 문에 노크해볼까?'라고 했다. 도보여행은 이처럼 플러그를 뽑고 자신에게로 돌아가는 과정이다. 도보여행은 편리한 도구인 자동차를 타지 않고 불편하게 두 발로 걷는 착한 여행이다. 비록 조금은 힘들겠지만, 친환경적인 활동이다. 이런 걷기라는 작은 활동이 지속 가능한 세상을 만들어가는 첫걸음이 아닐까 싶다.

　밤새 내렸던 이슬비가 그쳤다. 새벽공기가 상큼하다. 이슬을 머금은 모든 것들은 활기가 넘치는 듯했다. 걷기 딱 좋은 날이다. 도보여행자에게는 날씨만 좋아도 발걸음이 한결 가볍다. 아주 사소한 것에도 감동을 받고, 아주 작은 일에도 감사하는 마음이 저절로 든다. 낙단보를 향해 편안한 마음으로 자전거길을 나선다. 출발점은 상주와 의성을 잇는 낙단교이다.

　이 다리를 중심으로 한쪽은 의성군 단밀면이고 낙단보나루터 민물 먹거리촌이라면, 다리 건너에는 상주시 낙동면이고 낙동강 한우 먹거리촌이다. 상주의 가장 남쪽에 있는 이곳에서 낙동강을 등지고 도로를 건너면 낙동강 유역에서 유일하게 '낙동(洛東)'이라는 지명을 가진 낙동리의 중심지다. 예부터 낙동나루로 유명하던 이곳은 조선 시대 원산, 강경, 포항과 함께 우리나라 4대 수산물 집산지로 꼽혔다. 부산에서 강을 거슬러 올라온 소금배와 상선, 상인들로 북적거렸다. 나루터와 우시장, 객주와 주막은 흔적조차 사라졌고 우체국·파출소·중학교 등의 공공시설과 함께 줄지어 늘어선 다방이 어렴풋이 옛 영화를 짐작하게 한다.

　하루 머물었던 의성군 단밀면에도 작은 마을이지만 강가에는 옛 흔적이 고스란히 남아있다. 식당이며 카페, 여관과 모텔, 그리고 버스정류장 등 다양한 시설이 지금도 운영되고 있었다. 낙동강 자전거길을 걸으면서 수많은 나루터를 지나왔다. 지금으로 말하면 다리 역할을 하는 곳이다. 오래전에는 이곳에 낙동강 굽이굽이 물소리 너머로 들려오는 하나의 소리가 있었다. 저물녘에는 강바람 타고 들려오는 뱃전에 부딪히는 철썩거리는 소리도 있었을 것이다. 마음에 깊이깊이 새겨놓은 음표 하나, 바람이 탄주하는 오래된 뱃사공의 노래들이 '낙동나루'에서 들려오는 듯했다.

　낙단보로 가는 마을 입구에는 '관수루(觀水樓)'라는 2층으로 된 정자가 우뚝 서 있다. 낙동강을 바라보고 있는 모습이 위풍당당했다. 관수루는 낙단교 옆 낙동강변에 위치한 고려 시대의 누각이란다. 의성의 관수루는 안동의 영호루, 밀양의 영남루와 함께 낙동강의 3대 누각으로 불린다. 낙단보 끄트머리 옆 깎아지른 벼랑 위에 낙동강변 3대 누각으로 꼽히는 '관수루(觀水樓)'가 강을 굽어보며 앉아있다. 관수루는 '낙동강을 바라보며 정취를 즐긴다.'라는 뜻이다. 관수루에 올라선다. 이곳은 태백황지에서 시발하여 수백 리를 쉼 없이 흘러온 낙동강물이 머물다 가는 곳이다. 유유히 흐르는 낙동강 위로 좌측에는 낙단교가, 우측으로는 관수루를 닮은 낙단보가 잘 보인다. 자연의 청정 절경이 내려다보이는 격조 높은 누대에 올라 낙동강을 바라보면서 옛 선비들은 여기에서 무슨 생각을 했을까. 그리고 오늘의 여행자들은 여기에 오르면 또 무슨 생각을 할까.

관수루를 내려와 차디찬 아침 강바람을 맞으며 낙동강 제방 자전거길을 타박타박 걷다 보면 어느새 낙단보에 닿는다. 입구에 들어서자 관수루를 닮은 낙단보 기둥 4개가 우아한 모습으로 나란히 서서 여행자를 맞는다. 적막한 이곳에 물 흐르는 소리만이 아침의 고요함을 깨뜨리고 있다. 아직 왕래하는 자전거 라이더도, 도보여행자도 없다. 오직 관리하는 분이 아침 청소를 하면서 손님을 맞을 준비를 하고 있다. 인증센터를 지나 낙단보를 천천히 건넌다.

낙단보는 낙동강에 조성된 8개의 보 중 상류 2번째에 위치한 보다. '자연을 이롭게, 사람들을 즐겁게. 생명이 유익한 생태환경 조성'이라는 주제의 '이락지천(利樂之天)'을 콘셉트로 설계되었다. 낙동강 3대 정자 중 하나인 '관수루'의 처마를 모방하여 전통적인 이미지를 연출한 외형이 눈길을 끈다. 낙단보 처마 아래 창문은 한옥 느낌의 창살문으로 꾸몄다. 느낌이 신선했다. 보통은 일반 밋밋한 창문인데 이곳 창문은 창살 무늬를 넣어서 만든 발상이 돋보인다. 낙단보 기둥에는 우리만의 고유한 아름다움이 스며있어서 좋았다. 양옥집의 딱딱한 느낌보다는 한옥의 부드러운 느낌이랄까. 다른 보에서는 볼 수 없었던 한국의 전통적인 문양이 낙단보에 새겨져 있다. 외형은 낙동강 3대 정자 중 하나인 관수루(觀水樓)의 처마를 모방하여 경상북도 의성군, 경상북도 상주시, 경상북도 구미시 세 지역의 자연과 역사, 문화가 융합되고 사람이 어우러지는 전통적인 이미지를 연출하도록 했다. 특히 낙단보는 야간 경관이 예쁘기로 유명하다고 했다. 미리 알았으면 저녁에 관수루에 올라가 보는 건데.

낯선 곳을 서서히 알아가면서 홀로 걷는 재미도 쏠쏠하다. 낙단보 다리는 차량이 통행할 수 없어서 그런지 자전거길이 더 넓게 보였다. 낙단보 중간쯤에 낙동강을 바라볼 수 있는 전망대가 있다. 한참을 서서 오천 년을 흘러온 낙동강을 바라본다. 시간의 흐름이 느껴지지 않는다. 긴 세월 동안 수많은 사람이 이 강을 따라 왕래했을 것이다. 삶과 죽음을, 기쁨과 슬픔을, 즐거움과 노여움을 모두 포용하면서 오늘도 낙동강은 잔잔히 흘러간다. 아무 일도 없다는 듯이 푸르디푸른 고요함만 강 위에 서린다.

낙단보다리 난간에는 붉은 빛깔의 '사랑의 하트'가 몇 장 걸려있었다. 일명 '희망의 전화 콜센터'라는 단체에서 붙여놓은 것이다. '사랑의 하트' 안에는 짤막한 쪽지가 들어있다. 누군가에게 희망을 주는 글이다. 이런 쪽지는 한강 다리에서 본 적이 있다. 종종 절망에 빠진 사람들이 극단적인 행동을 하는 경우가 있다. 그들에게 희망을 주는 메시지가 낙단보다리 난간에 걸려있다.

밥은 먹었어?

잘 지내지?

바람이 참 좋다.

오늘은 어땠어?

지금 힘드신가요?

당신의 이야기를 들어드리겠습니다.

살아온 기적.

살아갈 기적.

세상에서 가장 고귀한 존재

바로 당신입니다.

지금 힘드신가요?

당신의 이야기를 들어드리겠습니다.

—

평소(平素)에 쓰던 말들이 평소와는 먼 이곳 낙단보다리 난간에 걸려있다. '평소에 노력했더라면', '그러게 평소에 잘하지 그랬어', '평소 같으면 별일 아니었을 텐데'라는 말이다. 평소에는 생각하지 않다가 평소가 아닌 때에 이르러서야 평소를 돌아본다는 것을 알 수 있다. 이처럼 평소는 지나치기 일쑤다. 별다른 의미가 없다고 착각하고 지나고 나서야 기억조차 나지 않는 머릿속을 뒤적이니 때는 늦었고 평소는 사라지고 난 후다. 평소에는 무심코 지나쳤을 짧은 메시지가 어떤 이에게는 삶과 죽음의 갈림길에서 더 나은 선택을 하도록 도와주기도 한다. 또 낙단보 끝자락에 '오천 년을 흘러온 우리 강. 낙동강 오만 년 아름답게 흐르도록'이라는 글귀가 있다. 물고기가 자유롭게 숨 쉬고 헤엄치는 자유로운 공간으로 남겨두자는 의미였다. 하지만 '보'라는 단어와 '자유'라는 단어는 서로 상충되는 말이 아닐까. 낙동강이 오만 년을 아름답게 흐르도록 하려면 우리는 지금 어떤 노력을 해야 할까.

낙단보를 건너 의성군에서 상주시로 넘어간다. 낙동강 자전거길은 낙단보 수상레저센터, 낙동강역사이야기관으로 연결되는 '나각산 숨소리길'

을 따라 이어진다. '나각산 숨소리길'은 낙동리 들판을 지나 나각산을 넘어 낙동강을 허리춤에 끼고 걸으면서 나각산(螺角山·해발 240.2m)을 중심으로 들길과 산길, 강길을 아우른다. 나각산 산길을 내려서면 4대강 사업으로 조성된 길과 다시 만난다. 내가 그 길 가운데 서 있다. 낙동강역 사이야기관은 우리 선조들이 낙동강과 더불어 살아가며 역사 속에 찬란한 문화를 꽃피우기도 하고, 때로는 침략이나 전쟁과 같은 상처를 받기도 한 긴 시간 동안 강을 따라 함께 울고 웃으며 살아왔던 생활문화를 담고 정취를 느껴보고자 2017년에 개관했단다.

낙동강 자전거길은 나각산 자락이 낙동강으로 흘러내린 숲길로 접어든다. 숲길을 휘감고 돌면 외진 길옆으로 커다란 두 눈을 부라리고 서 있는 오래된 장승 한 쌍도 서 있었다. 짧은 순간 섬뜩했지만, 초롱초롱한 두 눈망울이 너무도 선량해 보였다. 마치 홀로 걸어가는 여행자들을 지켜주는 듯했다. 길에서 만난 자잘한 풍경들은 홀로 걸어가는 여행자에게 길동무가 된다. 나각산 자락을 오르내리면서 한적한 숲길을 천천히 동무들과 함께 걸었다. 낙동면 물량리 물량쉼터에서 쉬어간다. 산기슭 아래 옹기종기 모여 사는 작은 마을이 보인다. 마을 앞으로 벼가 누렇게 익어간다. 전형적인 시골 풍경이다. 봄에 시작한 도보여행이 벌써 가을로 접어들고 있다.
자전거길은 '중문교'라는 다리로 이어진다. 다리 옆에는 '옛 토진나루터'라는 표지석이 있다. 낙동강의 화려했던 옛 나루터는 그때의 화려한 영광과 번화함은 사라지고, 표지석에 빛바랜 글씨만 덩그러니 남아있다. 옛날 토진나루터는 상주시 낙동면 물량리에서 중동면 신앙리 사이를 연결하는 나루터란다. 교통이 원활하지 못하던 시절 상주, 의성, 예천지역의 왕래를 이어주던 운송의 요충지로 해산물과 곡식은 물론 차마를 운송하던 큰 도선까지 있었다고 하는데 지금은 중동교가 건설되어 그 역할을 대신하고 있다. 세상은 끊임없이 변화한다. 그리고 사라져 간다. 사람도 예외는 아니다. 세상의 시끌벅적한 소음도 언젠가 시간이 흐르면 자연스럽게 사라지고 그 자리에는 또 다른 소음이 자리할 것이다. 이것이 세상의 이치다. 토진나루터의 화려함도 시간과 함께, 문명과 함께 사라지고 그 자리에는 다리가 건설되었다. 편리함이 새로움을 만들어냈다. 새로운 길을 만들고, 새로운 마을을 만들고, 새로운 도시를 건설하고 있다. 이것이 우리가 사는 지금의 세상이다.

중문교을 통해 다시 낙동강을 넘었다. 중문교는 2차선 다리이고 인도가 구분되지 않아 자전거 라이더에게나 도보여행자에게는 위험한 길이다. 그나마 차량의 통행량이 많지 않아 다행이다. 아슬아슬하게 다리를 건너면 바로 식당이 있다. 혹 식사를 할 수 있을까 이곳저곳을 기웃거려 보지만 오래전에 폐업한 모양이다. 자전거길에 대한 흔적만 곳곳에 남아 있다. 아마 자전거길 특수를 누리려고 했던 모양인데 생각만큼 찾아오는 사람이 없었을까. 도로를 따라 걸어가다가 신암마을에서 180도 방향을 돌려 간상마을을 지나면 산길로 접어든다. 간상마을에서 이색적인 풍경을 본다. 길가에 트랙터 매매하는 안내문이다. 마을 앞에는 트랙터가 놓여 있다. 도시에서는 볼 수 없는 시골만의 풍경이다.

낙동강에서 멀어지는가 싶더니 다시 마을을 돌아 낮은 오르막을 올라 상주 경천교를 향해간다. 길가에 수많은 밤이 떨어져 있었다. 혹 가는 길에 필요할지 몰라 배낭에 한주먹 담았다. 낙암서원이 있던 마을을 관통해서 낙동강이 보이는 강창나루터로 접어든다. 마을을 걸어가는 내내 이

곳이 상주라는 사실을 자연스럽게 알게 된다. 산 중턱은 물론이고 논둑에도 심지어 길가 가로수에도 감나무가 심겨 있고 빨갛게 익어간다. 어떤 나무는 열매의 무게를 이기지 못하고 가지가 휘어지고, 쳐지고, 부러져 있다. 감은 재래종이 아니고 대봉처럼 큼직하다. 곶감의 고장답다. 어디를 보아도 온통 감나무뿐이고 빨갛게 익어가는 감들로 출렁거렸다. 출출해서 길가에 떨어진 홍시를 한입 배어본다. 달콤한 향기가 입안 가득 채워진다. 자연의 단맛이 온몸으로 퍼져 간다. 여행으로 지친 몸과 마음이 충만해진 느낌이다. 이런 것도 걷기놀이의 즐거움이다.

낙동강이 보이는 힘차공원, 강창나루공원이다. 너른 둔치에는 공원이 발달되어있다. 모두 4대강 사업의 부산물이다. 이젠 마을 길과 산길 대신 수변공원 둑길 따라 걸어간다. 자전거길은 크게 휘어진 모퉁이를 돌아서자 서서히 상주보가 머리부터 나타난다. 상주보에는 상모 돌릴 때 나타나는 수많은 원을 머리에 이고 있는 형상이다. 저것이 무얼 의미할까. 그때 떠오르는 생각이 상주는 곶감의 고장이기도 하지만 자전거의 도시였다. 다시 보니 상주보에 있는 수많은 원은 자전거 바퀴를 닮기도 했다.

낙동강 자전거길을 따라 상주보에 왔다. 상주보는 낙동강에 조성된 8개의 보 중 상류 첫 번째에 위치한 보다. 낙동강 자전거길과 문경새재 자전거길의 교차점인 상풍교에서 남으로 12km 지점에 위치한다. 자전거 도시 상주답게 자전거 문양을 여기저기서 발견할 수 있다. 인근에 상주 자전거

박물관과 도남서원 등 문화유적들도 자리하고 있다. 방금 막 도착한 자전거 라이더가 인증센터에 들어가더니 인증도장을 찍고 사진을 기록으로 남긴다. 차로 온 여행객도 주변을 둘러보며 상주보를 건넌다. 주변은 한적했고 풍광이 수려했다. 오직 개방된 보에서 물이 세상과 소통하는 소리만 요란하다. 이곳에서 잠시 쉬어간다. 점심시간이라 편의점이 있을까 하고 관리동으로 발길을 돌렸다. 어디에도 보이지 않는다. 낙동강을 바라보면서 물 한 모금, 하늘을 바라보면서 물 한 모금 꿀꺽꿀꺽하고 말았다.

상주보에서 바라본 세상은 구미보나 낙단보와는 다르다. 그 이유는 상주보 앞에 있는 경천섬 때문이다. 상주보는 낙동강 상류에 가까운 첫 번째 보인데도 강폭이 넓고 한가운데 하중도인 경천섬이 발달했다. 보통 하중도(河中島)는 하천에 있는 섬으로 강폭이 넓어지고, 유속이 느려지면서 퇴적물이 쌓여 강(江) 가운데에 만들어진다. 주로 큰 강의 하류에 많이 생긴다. 낙동강의 을숙도가 대표적이다. 이곳은 상류인데도 꽤 큰 하중도인 경천섬이 발달되어 있다.

강은 인간이 지구에서 살기 시작한 훨씬 이전부터 이 땅에 존재했다. 인류 문명의 시작이 강의 주변을 따라 만들어졌듯 강은 사람에게 보고 즐기는 것 이상으로 중요한 삶의 기반을 제공한다. 홍수를 대비해 수위를 관리하고, 농업용수 확보와 하천 정비의 목적으로 전국에 보가 설치될 때 이곳에도 상주보가 설치되었다. 목적에 부합했는지는 차후의 문제이고, 당장 환경오염, 수질악화, 문화재 소실 등 부작용 등으로 보 해체와 개방 그리고 유지 논란이 끊이지 않고 있다. 어디부터 잘못된 것인지 또 어떻게 해결해야 하는지 아직 아무도 그 답을 모른다. 다만 반대를 위한 반대보다는 이제는 진정으로 자연과 함께 공존할 수 있는 착한 해법을 찾는 것이 필요할 때이다. '필요와 부작용'이라는 두 요인의 갈등이 심각한 이곳은 풍경이 뛰어나고 아름답기로 유명하다. 비록 크고 작은 부작용은 있지만, 경치가 좋아 여행자들의 발걸음이 끊이길 않는단다.

낙동강 자전거길은 상주보를 넘어 찻길을 따라 이어지더니 도남서원에 이른다. 도남서원은 상주 도남동에 위치하고 있으며, 정몽주, 정여창, 이언적, 이황, 류성룡 등의 위폐를 봉안하였다고 한다. 낙동강 자전거길을 걸으면서 보았던 많은 서원 중에서 규모가 제일 크다. 특히 도남서원 가운데 있는 '정허루'라는 누각이 인상적이다. 한양 경복궁의 경회루를 연상시킨다. 도남서원 정회루에 올라서면 낙동강이 한눈에 들어올 것만 같다. 조선의 선비들은 그곳에 올라 무엇을 생각했을까. 백성과 나라의 걱정, 자신의 입신양명 아니면 풍류였을까. 도남서원을 휘돌아 낙동강을 끼고 걸어가다 보면 경천섬으로 들어가는 예쁜 다리가 나온다. 상주보에서 보았던 하얀 색깔의 자전거 형상을 지닌 아치형 난간인 테두리가 인상적이다. 자전거 도시답게 다리 난간도, 화장실도 모두 자전거 형상이다. 온통 자전거를 연상시킨다. 경천섬은 예로부터 낙동강 10경(경천경) 중 가장 아름다운 곳으로 상주보, 국립 낙동강 생물자원관, 자전거 박물관 등 인근 관광 인프라와 연계되어 상주를 찾는 관광객들에게 봄맞이 기쁨을 선사할 것으로 기대되고 있다.

낙단보에서 경천섬까지 걸어오면서 적당한 식당을 발견할 수가 없어 물 한 모금 마시고 여기까지 걸어왔다. 걸어오는 내내 어딘가에 나를 위한 좋은 식당, 멋진 식당, 맛있는 전통식당을 있을 것이라는 희망을 안고 걸었다. 때론 망설이고, 때론 실망하고 지나쳤다. 점심때가 훨씬 넘어서야 비로소 자전거길에서 멋진 식당과 커피 가게를 발견했다. 주인은 친절했고, 식당은 깨끗했고, 음식은 정갈했다. 그 식당에서 늦은 점심을 하고 낙동강 풍경을 보면서 잠시 여유를 즐긴다. 식당 앞에는 '경천섬 유원지'도 있다. 너른 공원에는 있는 동물 모양 친환경적인 '방가로'가 인상적이다. 오리, 암탉 등 여러 동물 모양으로 직선보다는 곡선을 이용해서 '방가로'를 지었다. 마치 건축물에 자연의 숨을 불어넣었다는 스페인 바르셀로나에 있는 가우디의 건축물을 살짝 연상시킨다. 가우디는 어렸을 때 소아마비를 앓았다고 한다. 다리가 불편해서 친구들이 뛰어놀 때 쪼그리고 앉아 주변의 식물이나 곤충을 관찰하는 수밖에 없었고, 그의 건축은 자연을 모티브로 한 형태들이 자주 발견되는 이유도 그 때문이란다.

세상 어디에도 없는 가우디만의 곡선. 그 시작은 '결핍'에서 시작되었다는 것이다. 나에게 없는 것이, 내게 부족한 것이 어쩌면 네게 힘이 될 수도 있다는 생각을 하게 된다. 지금 내가 도보여행을 하고, 그것을 글로 쓰고, 책을 만드는 힘도 '부족함'이라는 힘에서 나온 것이 아닐까 싶다. 언젠가 스페인을 여행할 기회가 생긴다면 바르셀로나에 있는 가우디의 건축물을 보고 싶다. 가우디 건축은 인간이 만든 어떤 기하학적인 건축보다 동물의 건축에 가까워 보인다. 하지만 가우디의 건축물 역시 겉모습이 낯설고 기이한 것과는 달리 내부는 온화하고 쾌적한 느낌을 준다고 했다.

낙동강을 가로 지르는 경천교 앞에는 '상주 자전거 박물관'이 있다. 경천교를 따라 자전거길은 두 갈래로 나뉜다. 어느 쪽으로 가든 목적지 상풍교를 향한다. 자전거길이 양쪽 모두 잘 만들어졌다. 경천교는 이색적이다. 난간이 모두 자전거 라이더들의 모습으로 이어져 있다. 마치 난간 위에는 낙동강 자전거길을 달리는 자전거 라이더들이 끊임없이 자신을 향해 달려오고 있는 듯했다. 생동감이 있어서 좋았다. 이곳이 자전거의 고장인 상주라는 사실을 쉽게 알 수 있었다. 우리나라 최초의 자전거 박물관인 '상주 자전거 박물관'은 상주시 용마로에 위치한다. '상주 자전거 박물관'은 저탄소·녹색성장과 관련해 무공해 교통수단인 자전거에 관한 관심과 이해를 돕고자 2002년 10월 남장동에 전국 최초로 개관했다. 2010년 10월 27일 새로운 모습으로 확장·이전했다. '상주 자전거 박물관'은 넓은 부지에 지하 1층, 지상 2층으로 건립되었다. 지하 1층에는 체험자전거대여소, 수장고, 기계실, 자전거 보관창고가 있고 지상 1층에는 기획전시실, 4D 영상관이 있다. 지상 2층에는 상설전시관, 자전거 체험실, 다목적 홀 등이 있어 박물관을 방문하는 관람객들은 다양한 볼거리와 각종 자전거 체험을 부담 없는 가격에 즐길 수 있다. 박물관 앞마당에는 자전거를 타고 노는 아이들로 가득했다. 원형의 트랙이 있어 놀이동산처럼 아이들이 놀기에는 안성맞춤이다. 그들의 함성에 호기심이 생겨 안으로 들어가 본다. 입구에는 최초에 어떻게 자전거가 만들어졌는가 하는 인간적인 호기심을 그림과 글로 표현했다. '땅을 차다', '방향을 바꾸다' '땅에서 발을 떼다' 등 자전거의 변천사가 박물관 2층까지 벽에서 벽으로 이어진다. 또 이색적인 자전거들도 볼만했다. 외발자전거도 특이했지만, 우리나라에만 있다는 5층짜리 자전거는 보기만 해도 아찔했다.

'상주 자전거 박물관'을 지나면 낙동강 자전거길은 경천대 '이색조각공원'으로 이어진다. 낙동강 자전거길은 조각공원으로 관통하지 않고 우회해서 '상도' 드라마 세트장, 경천대 무우정, 조각공원 입구, 전망대 그리고 경천대 입구를 관통해서 상주박물관 쪽으로 향한다. 나는 도보여행자여서 우회하지 않고 걸어서 조각공원 안으로 들어갔다. 야트막한 야산에 만들어진 조각공원은 아늑하고 포근했다. 제법 나무도 울창하고 산책하기엔 적당한 공간이다. 곳곳에 심겨 있는 소나무도 볼만하다. 운동하는 사람도 보이고, 산책하는 사람들도 보이고, 단체 여행객들도 곳곳에 보인다. 첫눈에도 이곳은 이색적인 공간이었다. 이곳에 조각된 형상은 한결같이 전설 속에 존재한다는 달마대사의 형상을 많이도 닮았다. 그리고 지팡이를 딛고 서 있는 모습은 거지대사를 많이도 닮았다. 모두 비슷한 모습 같은데 자세히 보면 모두 다른 얼굴과 다른 몸동작을 지녔다.

안내문에는 '내가 하고 싶은 이야기는 조각하는 동안 작품 속에 숨어들었고 누군가 이들에게 말을 걸어오면 살며시 다가와 얘길 한다네. 그래서 사람마다 들은 얘기가 다르다네, 자네에겐 어떤 얘기 하던가? 아직 못 들었으면 꿈에서나 듣게나'라는 2012년 작가와 대화 한 구절이 적혀있다. 이곳은 작가의 말을 들려주는 곳이 아니라 스스로 생각하고 자신만의 말을 듣는 공간이라고 작가는 말하고 있는 듯했다. 걸어가면서 서서히 조각을 하나하나 바라본다. 걷는 여행자만이 가질 수 있는 느긋함이고 넉넉함이다. 많이 보아야 할 것도, 바쁠 것도, 빨리 달려가야 할 일도 없다. 그냥 보이는 대로 보면 된다. 소나무 숲, 풍차, 팔강정, 쉼터 그리고 다양한 나무 조각들도 보면 볼수록 이색적이다. 나무 조각마다 작은 설명이 달려있다. '만족(滿足), 다툼, 상념(想念), 안식(安息), 출발(出發), 만남, 소리, 반성(反省), 꿈, 나눔, 과(過), 참아라(인내), 복(五福)' 등 20개 정도 달마와 포대화상의 조각 작품이 설치되어 있다. 달마와 포대화상의 하루 생활을 통해 우리 삶의 희로애락을 해학과 풍자로 담아 무소유를 언출히고 있는 듯했다. 복잡한 인간사가 20개 정도라는 게 허탈했다. 인간관계가 이리도 간단한데 끊임없이 번민하면서 복잡하게 살 필요가 있을까. 무엇이 우리를 그리도 어렵고 힘들게 만드는 것일까. 의문에 의문이 생기고, 질문에 질문이 이어진다. 결론은 너무도 간단했다. 작은 것을 얻기 위해 우리는 너무 많은 것을 버리고 사는 것은 아닌가. 오늘의 자신을 위해서 미래의 자산을 너무 많이 사용하고 있는 것은 아닌가.

자전거길은 경천대 무우정을 지나쳐 전망대로 향한다. 전망대로 향하는 길은 돌담길이다. 천천히 걸어도 시간이 오래 걸리지 않는다. 3층 높이의 건물인 전망대에 서면 낙동강을 훑고 내려온 듯 시원한 바람이 금세 땀을 식혀준다. 상주의 옛 지명인 '낙양'의 동쪽으로 하여 흐르기 시작한다 하여 붙여진 이름이 바로 '낙동강'이다. 어디든 산이고 강을 가진 지역이야 많겠지만, 확실히 낙동강만의 풍경은 오롯이 상주만의 풍경이었다.

상주는 백두대간과 낙동강 생태 축을 중심으로 한 청정생태 도시다. 대한민국 가장 중심에 위치한 상주는 서쪽으로 백두대간 69.5㎞, 동쪽으로 낙동강 34㎞의 생태 축을 끼고 있는 청정생태 도시로, 넓은 들과 풍부한 수자원을 기반으로 예로부터 살기 좋고 풍요로운 고장이다. 상주는 오염되지 않은 청정자연 속에서 자연의 시간에 맞춰 감성과 활력, 여유를 충전할 수 있는 곳으로 2011년 국제슬로시티로 공식 인정을 받기도 했다. 상주의 서쪽, 백두대간 줄기를 따라 펼쳐진 울창한 숲과 청정계곡은 일상에 지친 삶에 쉼을 제공하고 감성을 충전시켜준다. 백두대간 생태 축의 정점인 속리산(문장대)에는 봄·가을 등산객의 발길이 끊이지 않고, 청정 용유계곡과 성주봉 자연휴양림에는 여름철 피서객들이 넘쳐난다. 상주의 동쪽을 굽이쳐 흐르는 낙동강에는 경천대와 회상들, 비봉산과 경천섬, 나각산 등이 절경을 뽐내고 있다.

상주는 낙동강을 낀 비옥한 토지를 가진 곡창지대로서 물자가 풍부해서 성읍 국가 시대에 사벌국으로 고령가야국의 부족국가로 형성했다. 신라 시대에는 전국 9주로, 고려 시대 때는 전국 8목의 한 곳이다. 경주의 '경'과 상주의 '상'이 경상도의 어원이 된다. 상주보와 아람실 공원 근처에는 상주에서도 낙동강 물줄기 중 가장 아름다운 경치를 자랑하는 경천대가 있다. 전망대에 올라 눈에 들어오는 경치는 신선이 와서 놀던 장소라 해도 가히 손색이 없다고 한다. 낙동강에서 가장 빼어난 경천대. 낙동강변에 위치한 경천대는 낙동강 1,300여 리 물길 중 경관이 가장 아름답다는 '낙동강 제1경'의 칭송을 받아 온 곳이다. 하늘이 만들었다 해 일명 '자천대(自天臺)'로 불린다. 낙동강 경천대로 올라가는 입구에 도착했다. 이 일대는 상주의 '경천대국민관광지'이다. 이곳은 지친 일상에 쉼표 하나, 소소한 힐링이 되는 공간이다.

낙동강 '경천대국민관광지'를 벗어나면 삼거리가 나온다. 갈림길에는 하늘을 손으로 떠받는 듯 유리로 된 다섯 구조물이 하늘 높이 솟아있다. 왜 여기에 서 있을까. 무얼 의미하지. 〈2004년 김동주〉라는 작가의 작품이다. 작품에 대한 작가의 설명에는 무언가 간절함이 들어있다. '회합', '통일을 향한 그리움' 같은 미래에 대한 소망 같은 것이 아닐까.

낙동강의 맑은 물을 닮은

순수하고 투명한 유리

기울어진 방향이
화합을 소망하는 듯한
정점을 향한 그리움.

-

찻길 아래쪽으로 가면 상주 시내이고, 위쪽으로 가면 상주박물관과 낙동강 자전거길로 향한다. 이차선 도로가 한적했다. 도로는 낮은 오르막이다. 자전거길 파란 표식이 희미하더니 어느 순간 사라져 버렸다. 상주박물관을 지나면 또다시 갈림길이다. 선택의 연속이다. 길이든 삶이든 끊임없이 선택해야 한다. 자전거길은 다행히 이정표가 있어서 길을 찾기가 쉽지만, 우리 삶에는 이정표가 없다. 그래서 많은 사람은 살아가면서 끊임없이 우왕좌왕, 갈팡질팡하는지도 모르겠다. 물론 자전거길에서도 이정표가 사라져 버려서 갈팡질팡할 때가 종종 있다. 그래도 어느 쪽인가는 선택을 해야 한다. 갈림길에서 몇 번을 망설이고 망설였다. 자전거길에 대한 표식을 어디에서도 찾을 수가 없었다. 사방을 둘러본 다음 도로에서 벗어나 외진 숲길을 선택했다. 자신의 감을 믿어보는 것이다.

다행히 외진 숲길 끝자락에 낙동강이 보이는 전망대가 있었다. 자전거길을 옳게 찾은 것 같다. 전망대에 올라서자 낙동강이 한눈에 들어온다. 낙동강 옆으로 풍요로운 간척지 논들이 펼쳐진다. 주변은 황금빛으로 물들어가고 있다. 그사이에 한 줄기 빛처럼 자전거길이 파란빛으로 이어진다. 오는 내내 마음 졸였던 기분이 이제야 풀린다. 도보여행자에게 길은 언제나 두려움과 설렘으로 교차하는 곳이다. 이런 것이 걷기놀이의 묘미가 아닐까 싶다.

사람 소리가 낙동강 바람을 타고 들려온다. 이 구간은 비록 짧은 구간이지만 자전거 라이더들에게는 난코스라고 알려진 곳이다. 그만큼 경사가 급하고 위험한 길이다. 젊은 자전거 라이더들이 급경사인 그 길을 힘들게 올라오고 있다. 그들의 젊음의 패기가 부럽기도 했지만, 홀로 걸어가는 나의 용기가 자랑스럽기도 했다. 전망대에서 바라본 자전거길은 낙동강 물길을 따라 굽어지고 휘어진다. 자연스럽게 휘어지는 곡선의 아름다움은 선량함, 단순함. 진실함이 숨어있는 듯했다. 강물의 잔잔한 흐름도, 논바닥에서 익어가는 벼들의 흔들림도, 자전거길에서의 작은 미물들의 꿈틀거림도 자연의 아름다움을 만들어내는 구성원들이다. 심지어 그 길을 걷고 있는 도보여행자도, 달리고 있는 자전거 라이더들도 자연의 한 구성원일 뿐이다. 각각의 구성원들이 모이고 모여 낙동강에 절제된 아름다움을 만들어낸다. 아름다운 풍경은 낙동강 둑길을 따라 끝없이 이어진다. 그 길을 한 시간 넘게 걸었다. 걷는 내내 자유롭고, 행복했다.

마침내 상주 '상풍교'에 도착했다. 오랫동안 그리워했고 꿈꾸던 공간이다. 문경새재 자전거길과 낙동강 자전거길이 교차하는 곳. 지도상에서 내가 수많은 상상을 했던 곳. 바로 그 낯선 공간에 내가 홀로 선다. 감회가 새롭다. 오늘 하루도 내 다리가 수고를 많이도 했다. 고집스러운 주인을 따라 쉬지도 못하고 걸어오느라고 고생했다. 낙동강 자전거길은 오는 내내 보이는 것이라곤 똑같은 강물을 따라 걷는 길뿐이다. 거긴 늘 단조로움과 고요함에 젖어있다. 하지만 듬성듬성 둔치에 말뚝린 공원은 모래톱 위에 형성된 강가의 정원 같은 곳이다. 거긴 눈에 보이지 않지만 모든 생명체가 살아 숨 쉬는 공간이다. 살아 움직이는 근육처럼 그곳에는 더 이상 단조로움이란 없다. 그곳에선 고요함조차 어느 고요함과 같지 않다. 조금만 자연의 소리에 귀를 기울이면 그런 단조로움도, 지루함도 사라진다.

그런 이유로 낙동강 자전거길을 홀로 걷는 것이 외롭지 않았다.

상풍교에서 도로를 따라 상주시 사벌면으로 들어선다. 멀지 않는 곳에 '상풍교한옥게스트하우스'라는 간판이 보인다. 도로 옆에 한옥으로 지은 게스트 하우스는 아담했다. 여 주인장은 아주 간단한 인사만 하고는 바로 이곳만의 지침을 알려준다. 그녀의 게스트 하우스는 공동의 공간이니 청결이 제일 우선이란다. 우선 숙소 밖의 세면장에서 하루 동안 걸으면서 혹은 자전거를 타고 오면서 흘렸던 땀 냄새와 먼지 그리고 불필요한 오물을 말끔히 씻은 다음에야 숙소로 입실할 수 있다는 것이다.

주인장과의 이런저런 이야기는 저녁 식사시간까지 이어진다. 전혀 모르는 사람들끼리 공통의 관심사에 관해 이야기를 나눈다. 그리고 어떤 이야기는 공감했고, 어떤 이야기는 생소했다. 자전거길 도보여행은 길에 대한 지식보다는 걸어가면서 길과 길의 풍경과 길을 걸어가는 또 다른 여행자들과 깊은 관계를 맺을 때 더 감동이고 편안해진다. 자전거길을 걸어가는 것은 다양한 풍경, 다양한 마을, 다양한 사람들과 만나는 것이다. 그 만남은 자신만의 완고한 고집을 흔드는 것이다. 갈대처럼 흔들리는 것이야말로 우리를 단단하게 만드는 원동력이다. 늘 흔들리고 있어야 새로워질 수 있다. 그 흔들림으로 인해 새로운 세상을 또 다른 방식으로 바라볼 수 있다. 오늘도 걷기놀이라는 흔들림을 통해서 새로운 세상을 보고, 묻고, 그 답을 찾아가는 중이다.

상주 상풍교에서 안동 구담교까지

누구나 일상을 기록해 나가는 일은 쉽지가 않다. 더 나아가 일상에서 순간순간 떠올랐다 사라지는 작은 생각들을 붙잡아두는 것은 더 어렵다. 그래서 나는 일상에서든, 어디를 여행하든 평소의 시간, 평소의 관찰, 평소의 풍경, 평소의 질문을 스마트폰에 문자나 사진으로 기록한다. 그리고 시간이 지난 후 문자를 통해 그때의 생각을 회상한다. 또 사진을 통해서 시간을 기록하고, 그 시간 속의 '지금 여기'를 관찰한다. 시간이 한참 지난 후에는 문자나 사진 속의 기록이나 풍경을 음미하면서 하나하나 생각들을 정리해 나간다. 어디서든 틈나는 대로 생각의 재료들을 쌓아둘 수만 있다면 기록할 때 망각의 고통스러움은 조금 줄어들 것이다.

게스트 하우스에서의 아침은 평소의 아침이다. '아침 식사는 7시'라고 미리 알려주었다. 40대 정도 되는 여주인은 '자전거 마니아'라고 했다. 상풍교를 중심으로 이어지는 주변의 낙동강, 문경새재, 남한강 자전거길에 대해서 해박한 지식을 갖고 있었다. 시간이 날 때마다 자전거 타는 것을 즐긴다고 했다. 아마 자전거 마니아여서 국토종주 자전거길의 한가운데인 이곳 상주시 사벌면 '상풍교' 앞에 자전거 라이더들을 위한 게스트 하우스를 열었을까.

게스트 하우스에서의 아침은 김밥에 야채샐러드 그리고 미역이 들어간 떡만둣국이다. 평소의 음식이다. 평소의 가족 같은 분위기에서 식사 했다. 식당과 다른 가정식이어서 좋았다. 어제 예약을 할 때는 아침은 괜히 신청했나 했는데 정말 잘했다는 생각이 든다. 어제저녁까지는 자전거로 여행하는 부부 2명과 남자 한 명 그리고 나까지 4명이 함께 저녁을 먹었다. 하지만 아침에 식당에 나오니 모두 8명 대식구이다. 우리가 잠든 사이에 도착한 모양이다. 사람들이 모여드는 것을 보니 이 숙소는 자전거 라이더 사이에 꽤 알려진 모양이다. 두 사람은 아빠와 아들이고 두 사람은 친구 사이 같다.

어제저녁은 차분히 소주에 삼겹살 그리고 소박한 반찬으로 먹었다. 이런저런 이야기를 했다. 대부분 자전거길이니 자전거를 타고 여행을 온 분들이다. 대부분 자전거길에 관한 이야기다. 나 혼자만 도보로 여행하고 있다는 내 말에 모두 살짝 놀라는 눈치들이다. 식당에서 가장 눈에 띄는 여행자는 아빠와 중학생 아들이 함께 온 가족이다. 다정했다. 나에게도 저런 적이 있었을까. 후회도 되고, 반성도 하고, 이젠 아쉬움이 남는다. 지금 같으면 더 잘할 수 있을 텐데 지나온 모든 일이 아쉽고 후회뿐이다. 또 아빠와 그 아들에게서 볼 수 있었던 이색적인 풍경은 김밥에서 단무지를 일일이 제거하고 먹었다. 단무지 알레르기가 있는 모양이다. 김밥의 핵심은 단무지와 햄인데 말이다. 부전자전인가. 아버지와 아들의 닮은꼴이 신기하면서도 섬뜩했고, 또 한편으로는 우습다.

하나둘씩 식사를 끝내고 일어선다. 여 주인장은 '자전거 마니아'답게 이 근처 자전거길을 달릴 때 주의사항, 길을 잘못 들었을 때의 길을 찾는 방법 등 맞춤형으로 개인에게 일일이 설명해준다. 좋은 정보들이었지만, 자전거길은 파란 선과 이정표를 따라가면 될 것 같아 대충 들었다. 그것을 귀담아듣지 않고 대충대충 들었던 것이 뒤에 두고두고 큰 고생으로 되돌아왔다. 어디서든 길에는 항상 위험이 도사리고 있다는 것을 뒤늦게나마 알게 되었다. 길을 한번 잘못 들면 자전거 라이더들은 보통 10km, 도보여행자는 2~3km는 금방 지나간다. 왕복하면 두 배이다. 길을 가는 여행자에게 그런 실수는 빨리 지치게 한다. 갈림길은 여행자를 끊임없이 유혹한다.

상주 '상풍교'에 서면 자전거길 여행자들이 가야 할 방향은 낙동강하굿둑 방향, 문경새재 방향, 안동댐 방향으로 세 갈래이다. 대부분 낙동강하굿둑이나 문경새재 방향으로 가는 국토종주 자전거 라이더들뿐이다. 나처럼 홀로 걸어가는 여행자는 없다. 더구나 목적지가 안동댐인 낙동강 종주 도보여행자도 나뿐이다. 처음 시도하는 일이기에 어리바리하지만 설렘을 선물로 받은 기분이다. 태어나서 처음 하는 일이다. 굉장한 떨림과 엄청난 울림이 나를 들뜨게 만든다. 모두 의아해하는 눈빛으로 나를 쳐다본다. 순간 나도 모르게 우쭐했다. 낙동강 자전거길은 거리가 무려 385km가 넘는 길이다. 그 길을 걸어서 종주한다는 것이 쉽지 않고 그런 도보여행자가 많지 않다는 것이다. 무모한 도전이라고 생각한 사람도 있다. 하지만 나에겐 즐거움이고 기쁨이다. 또 다른 한편으로는 살아있음이고 도전이다. 내가 지구에 처음 발을 디딘 것처럼 내 앞에 펼쳐진 모든 것들은 처음 보는 것이고, 처음 만지는 것이고, 처음 느끼는 것이다. 여기에 오지 않았다면 매 순간 이렇게 아름다운 것들이 내 주변을 가득 채우고 있다는 것을 모른 채 살아갔고 있을 것이다. 이런 길을 걸어갈 수 있다는 것만으로도 나에게 축복이다.

　모두 어떤 사연이 있는지는 모르지만, 부부간에, 친구 간에, 부자간에 혹은 나처럼 혼자 온 사람도 있다. 도보여행이든 자전거 여행이든 어딘가로부터, 무엇인가로부터, 누군가로부터, 혹은 자기 자신으로부터 떠나려고 하는 사람들이다. 우리는 그들을 여행자라고 부른다. 모든 여행자는 반복하는 일상에서 벗어나 여행하는 동안만큼은 길 위에서 시간과 공간에 집중하게 된다. 미루어둔 과제나 지난 일이 드리운 그림자로부터도 일시적으로는 자유롭다.

　하나둘씩 숙소를 떠난다. 자전거 라이더들은 아주 빠르게 멀어져간다. 나도 배낭을 메고 천천히 길을 나선다. 서서히 주변을 관찰하고, 마을 구석구석 돌아보고, 마을의 평소 모습을 본다. 상풍교 입구 삼거리에 사벌면이라는 커다란 표지석이 있었다. 오래전부터 만남과 헤어짐이 있었던 상풍교 삼거리에서 서서 낯선 세상을 바라본다. 자전거길을 걸어오면서 나는 다른 세상을 상상했다. 하지만 막상 그곳에 도착해보면 어디에도 다른 세상은 없었다. 다만 다른 삶의 방식이 있을 뿐이다. 길에서 여행자들은 자연스럽게 만났고, 자연스럽게 헤어진다. 이것이 길의 방식이다.

　안동댐 방향으로 가기 위해 상풍교를 넘자마자 전망대가 나타난다. 아침에 바라보는 낙동강은 고요했다. 아침의 소리에 귀를 기울이려고 숨을 죽일 때는 예리한 고요함은 우수에 젖는다. 지금까지 살아온 날들에게 대한 향수 그리고 앞으로 살아갈 날들에 대한 작은 소망 같은 것들이 생각났다가 사라져 간다. 우리는 평생을 무언가를 위해, 누군가를 위해, 혹은 자기 자신을 위해 애쓰는 사람들이다. 그리고 끊임없이 움직이고 이동하는 삶을 살아간다. 인간의 삶은 끊임없이 움직이는 성좌와 같다. 우리가 사는 장소, 우리가 지닌 이름은 잊혀도 무방한 아무 의미 없는 귀속의 수단일 뿐이다. 그래서 우리의 삶을 방랑이라고 말하기도 한다.

전망대에서 인적이 없고 한적한 자전거 둑길을 따라 한 시간 넘게 홀로 걸어간다. 이정표는 낙동강을 벗어나 논길을 가리킨다. 점점 강에서 멀어지는 느낌이다. 낙동강하굿둑에서부터 상풍교까지는 자전거 라이더들이 간간이 오고 갔지만, 상풍교를 지나자 안동댐으로 향하는 자전거여행자는 하나도 보이지 않는다. 진정 나만의 여행 즉 '나 홀로 여행'이 되었다. 심지어 마을도 듬성듬성 보일 뿐이고 마을 사람들의 그림자조차 보이지 않는다. 숙소 주인의 충고처럼 조심조심 이정표를 따라 걸었다. 이정표가 보이지 않으면 멀리 또는 뒤돌아보면서 자전거길의 흔적을 찾았다. 자전거길 여행자에게 가장 중요한 팁 하나는 길을 잘못 들었을 때 또는 이 길이 맞는지 틀리는지 반신반의했을 때는 반드시 뒤를 되돌아보는 것이다. 그러면 또 다른 풍경이 다가온다는 것이다. 같은 공간이라도 앞에서 직선으로 바라본 것과 뒤돌아 곡선으로 바라보는 것은 다르다고 말한다. 그리고 그 차이점을 제대로 인식하면 올바른 길을 찾을 수가 있다고 알려주었디.

구불구불한 시골 마을 길을 지나 59번 국도와 만나는 청운삼거리에 왔다. 걸어오는 내내 의문이 있었다. 이곳 두메산골까지 사람이 살고 마을이 있다. 지금은 길이 있고 차가 있어서 편리하지만 먼 옛날에는 모두 나룻배나 걸어서 다녔을 것이다. 그런데도 이런 깊은 산골에 집을 짓고 마을을 열었다. 산기슭 마을은 언제 왜 생겼을까. 어떤 연유로 이런 산골

까지 사람들이 들어와 살게 되었을까. 이런 생각들이 떠다닌다. 이 마을
에는 한 박자 느림의 삶만이 존재하는 듯했다. 느림의 삶은 단순함의 예
찬이다. 단순함의 예찬은 낭비 없는 삶을 예찬하고, 참된 기쁨으로 가득
찬 삶을 예찬한다. 이처럼 자전거길 걷기놀이도 느린 것은 섬세하다는 생
각에 바탕을 두고 있다. 현대사회를 구성하는 빠르고 복잡한 것들과 결
별하고 단절하는 것을 의미한다. 이것이 느리게 걷는 여행의 기쁨이다.
그 기쁨이 한 박자 느림의 삶을 실천하고 있는 산골 마을에 스며있었다.
이 마을에는 어느 것 하나 빠름은 없다. 오로지 기다림만이 존재하는 공
간이다. 시간이 멈춘 듯이 정적만이 이곳에 머문다.

　청운삼거리 앞 도로는 59번 국도이다. 낙동강 삼강주막에서 풍천읍으
로 가는 길이다. 삼거리 앞에 있던 자전거길 이정표를 보고 국도를 따라
무심하게 걸었다. 그리고 머릿속에 있던 지도를 거울삼아 혼자 길을 상
상하고, 혼자 길을 추측했고, 혼자 그 길을 찾아간다. 한참을 걸어가서야
이 길이 낙동강 자전거길이 아닐 수도 있겠다는 느낌이 왔다. 순간 머리
가 복잡해지고 마음이 초조해졌다. 그래도 별일 없겠지, 주변을 살폈다.
아무리 살펴보아도 자전거길에 대한 어떤 표시도, 이정표도 없다. 그래도
잃어버린 길을 혼자의 힘으로 찾아보려고 했다. 이쪽 길, 저쪽 길, 낯선
시골길을 헤맸다. 순간 그 길에서 미아가 된 기분이었다. 내가 가야 할
길을 어디에 있을까. 방향감각을 잃어버렸다. 도저히 안 되겠다 싶었는지
그때야 동네주민에게 물어볼 생각을 한다. 소심한 사람들의 전형적인 모

습이다. 하지만 길에는 물어볼 사람들도 없는 한적한 시골이다. 간혹 길거리에서 사람을 만나도 자전거길에 대해 아는 마을주민도 없다. 내가 원하는 답을 얻을 수가 없었다. 그런 길을 걷고, 그런 길에 관해 묻는 내가 오히려 이상하다고 생각하는 눈치다. 59번 국도를 수차례에 오고 가기를 반복했다. 길을 잃어버린 나. 한참을 걸어도 미로 같은 자전거길. 도대체 어디에서 잘못된 걸까?

다행히 낙동강 자전거길에 대해 알고 있는 사람을 만나서 올바른 길로 들어서게 된다. 상풍교에서 청운삼거리를 오는 자전거길이 두 갈래라는 것이다. 하나는 와룡리, 청운리를 거쳐 '우리밀 식당' 삼거리로 해서 가는 길과 하풍리 구룡동으로 해서 '우리밀 식당' 삼거리를 가는 길이다. 두 길은 결국 59번 국도에서 만난다. 숙소 주인은 첫 번째 길로 가라고 했다. 그리고 길이 이상하다고 생각되면 반드시 뒤를 돌아보라고 했다. 주인의 조언을 가볍게 흘려버린 것이 후에 크나큰 화근으로 다가왔다. 작은 것에 주의하지 못해 올바른 길을 코앞에 놓고도 59번 국도를 따라 한 시간 가깝게 헤매는 오류를 범한 것이다.

자전거길 걷기 여행 역시 인생을 닮았다. 단조로운 둑길과 둑길이 절벽에 가로막히면 마을을 돌고 돌아 먼 길을 우회해서 새로운 마을과 낯선 공간을 걸어간다는 점에서 우리의 삶과 같다. 우리의 삶도, 자전거길을 걷는 것도 낯선 장소를 여행하는 것이다. 낯선 공간과 새로운 마을을 경험하는 것이다. 자전거길 걷기 여행에서 가장 주목해야 할 것은 순간의 방심과 자만이 자신을 고통과 위험에 빠뜨릴 수도 있다는 것이다. 반대로 길에 대한 신중함과 겸손은 올바른 길로 인도하고 더 나아가서는 안전한 귀향을 가능케 했다는 사실이다. 여행을 인생에 그리고 인생을 여행에 견주는 것이야 진부한 비유라 할지 모른다. 그만큼 확고한 진실을 담은 생각이라 하겠다. 그렇게 도보여행자는 어디에선가 오고, 여러 가지 일을 겪고, 결국은 어디론가 떠난다. 그것은 여행자의 숙명 같은 것이다.

'잘못된 이정표 하나 때문에'라는 말은 핑계일 뿐이다. 자신의 소심함과 부주의 때문에 한 시간 넘게 주변을 돌고 돌아 원래의 제자리로 돌아왔다. 한 시간 넘게 아스팔트 도로를 헤매었다. 발바닥이 화끈거린다. 도로의 열기로 몸도 마음도 뜨겁다. 정상체온이 넘어버렸다. '쉼'이라는 공간이 필요했다. 원점으로 돌아와 청운삼거리 '우리밀 식당'에서 잠시 쉬어간다. 비닐하우스 같은 천막으로 된 식당이다. 우리 밀로 만든 잔치국수 한 그릇으로 허탈한 마음과 허기를 채운다. 양도 푸짐하고 맛도 좋다. 거기다 가격은 시중보다 싸다. 시원한 멸칫국물 한 사발 들이키고 나니 힘이 난다.

'우리밀 식당' 청운삼거리에서 우망리 쪽으로 해서 삼수정 방향으로 올바르게 길을 잡았다. 이제야 걸어가면서 뒤를 자주 돌아보게 된다. 모퉁이에 자전거길 이정표가 아주 선명하게 보였다. 앞에서는 보지 못했던 이정표다. 사람 사는 일도 이와 마찬가지다. 항상 앞만 보고 걷다 보면 순간 길을 잘못 들 수도 있다. 또 위험한 상황에 빠질 수도 있다. 가끔은 좌우를 잘 살피고 종종 뒤도 돌아보면서 천천히 걸어가야 올바른 길로 갈 수 있다. 마을주민이 알려준 요양원 건물, 정 씨 제각, 마을을 지나 30분쯤 걸었을까. 낙동강 둑길과 다시 만났다. 시원한 그늘 아래 자전거

쉼터와 자전거 라이더들이 보인다. 그 앞으로 낙동강이 흐르고 있다.

오전 내내 흔들렸던 마음이 차분해진다. 느긋한 마음으로 낙동강 자전거길을 따라 천천히 앞뒤 좌우를 살피면서 걸었다. 시야가 넓어지는 느낌이다. 낙동강 풍경이 시시각각 변하고 있다. 모퉁이를 돌아서자 저만치 불룩하게 솟아오른 언덕배기에 정자 하나가 보인다. 낙동강 풍경이 잘 보이는 위치에 서 있다. 이름하여 '삼수정(三樹亭)'이다. 삼수정은 커다란 나무들에게 둘러싸여 고고한 자태를 뽐내고 있다. 청운삼거리에서 그토록 길을 헤매면서 찾았던 '삼수정(三樹亭)'이다. 앞뜰에는 낙동강을 배경으로 노거수 회화나무와 소나무가 함께 어우러져 운치 있는 정경을 만들고 있다. 삼수정보다 큰 회화나무와 소나무가 일품이다. 한 걸음 떨어져서 삼수정과 주변의 풍경을 바라본다. 누군가 '풍경의 아름다움은 관찰하는 것이 아니라 관망하는 것이다'라고 했던가. 길 위에서 아름다움은 몽환적이어야 하고 몽환적 풍경을 보려면 시선을 높게 해야 한다. 풍경은 너무 가까이 다가가서 보면 균형 잡힌 아름다움은 사라진다. 적당한 거리를 유지하는 것이 무엇보다 필요하다.

이 정자의 주인 삼수(三樹) 정귀령(鄭龜齡)은 고려 말에 태어나서 정6품 승훈랑(承訓郎)으로서 1424년(세종 6년) 9월 지금의 충남 홍성군 결성 현감으로 부임했다가 곧 벼슬을 내려놓고 이곳에 자리 잡았다. 모란은 부귀(富貴)를, 석류는 다산(多産)을, 소나무는 절개(節槪)를 그리고 회화나무는 학자나 정승을 상징한다고 한다. 삼수(三樹)의 세 그루 회화나무는 일순간의 이익보다 먼 미래를 내다보는 성실과 정직과 진실의 가치관 정신에서 나온 것으로 보인다. 수많은 세월과 환란을 거치며 소실되었다가 다시 중창을 거듭했다고 한다. 삼수 정귀령이 정자를 지을 당시 심은 세 그루 회화나무 중 한 그루만 다시 회생하여 웅장한 자태를 보여주고 있는데, 그 옆에 세 그루의 잘 생긴 노송이 서 있어 혹자는 이곳의 소나무 세 그루가 정자 이름과 관련 있는 것으로 잘못 알고 있는 이들도 있다고 한다.

약속이나 한 듯 정자의 부활에 시작을 같이했던 회화나무도 회생하는 기이한 인연을 보여준 낙동강을 내려다보는 예천의 아름다운 정자가 바로 '삼수정(三樹亭)'이다. 삼수정은 보는 것만으로도 기품이 있는 옛 선비들의 기상이 엿보인다. 선비들이 이곳에 앉아 세상의 이치를 논하고, 시를 음미하고, 곡차를 마시던 모습을 상상한다. 조선의 고고한 선비들이 조금만 빨리 세상의 흐름을 알았더라면 우리나라는 지금 어떤 모습으로 변했을까.

상주를 지나 의성에서 예천으로 넘어간다. 그리고 마지막에는 안동으로 넘어가면서 수많은 경계를 넘나든다. 강을 따라 자전거길을 걸어갈수록 경계에 대한 의식이 희미해진다. 어쩌면 이 세상에는 경계라는 것이 없다는 사실을 자연스럽게 깨달았는지도 모르겠다. 오직 이 세상에는 높고 낮은 자연의 길만이 존재했다. 그 길에서 빈부도, 귀천도 없다는 것이다. 자전거길을 처음 걸을 때 경계에 대해 느꼈던 설렘이나 놀람, 그리고 호기심은 차츰 사라져 간다. 처음 영산강, 섬진강, 금강, 한강 자전거길을 걸으면서 도가 다른 도, 시군과 다른 시군, 면과 다른 면, 그리고 이 마을과 저 마을의 경계를 넘을 때마다 설렘도 함께 했다. 스스로 이곳과 그곳에 의미도 부여했고, 이곳과 그곳이라는 작은 선 하나가 만들어내는 수많은 차이와 갈등에 대해서도 생각을 했다. 수많은 경계를 넘나들면서 내린 경계에 대한 결론은 '자연 속에는 경계라는 것은 없다'라는 것이다. 그뿐 아니라 사람 사이의 구분도 없다. 다만 자신을 지키기 위해 만든 하나의 작은 의식일 뿐이다.

낙동강 자전거길 [안동댐 48km, 낙동강하굿둑 337km] 지점에 왔다. 이제 남은 거리가 두 자릿수로 줄었다. 점점 마지막에 다가간다. 일직선으로 열린 자전거길이 끝없이 이어진다. 날씨는 어제보다 좋고 시야도 넓다. 자전거길을 따라 홀로 걸어가기에 더없이 좋은 날이다. 멀리 일직선으로 이어지는 소실점 위에 신기루처럼 하나의 물체가 점처럼 나타났다 사라진다. 자세히 보니 자전거가 아니라 말이다. 자전거길에 웬 말이야. 승마하는 사람들이 일직선으로 다가온다. 근처에 승마장이 있는 모양이다. 여행자가 있어서 뛰어가지 않고 서서히 걸어간다. 내 옆으로 지나는 말은 생각보다 컸다. 그 위에 앉으면 어떤 느낌일까. 시선에 따라 세상은 달라 보일까. 높은 곳에서 바라본 세상은 또 어떤 모습일까.

자전거길은 둑길을 따라 계속 이어진다. 한 시간쯤 걸었을까. 마을이 보이기 시작했고, 낙동강을 가로지르는 다리 두 개가 놓여 있다. 하나는 풍지교이고, 또 하나는 지인교이다. 풍지교는 오래된 다리이고 지금은 자전거길과 인도로만 사용한다. 그 옆에 지인교라는 새로운 찻길이 열렸다. 풍지교를 넘으면 낙동강 자전거길은 구담교까지 이어진다. 일직선으로 열린 둑길을 따라 2시간 넘게 낙동강만 바라보면서 걸었다. 지루함이 느껴질 만큼 풍경은 단조롭다.

이런 길을 걷는 도보여행자의 심리는 어떤 상태일까. 지금 이 순간 나는 무엇을 위해 이 길을 걷는 것일까. 도보여행자가 간절하게 바라고 원하는 '그 무언가'는 무엇일까. '그 무언가'가 도보여행자 자신에게 이동성과 방향성을 부여하고 무작정 어딘가로 향하려는 성향을 일깨워주는 것일까. 어쩌면 도보여행자에게 그런 욕망 그 자체는 무의미하다. 단지 그저 방향만을 가리킬 뿐 목적지를 드러내진 않는다. 목적지는 신기루 같은 것이고 불확실한 것이다. 가까이 다가갈수록 더욱 애매해지고 수수께끼 같아진다. 그 어떤 방법으로도 목적지에 다다르거나 간절하게 바라고 원하는 것을 충족시킬 수는 없다. 이러한 고군분투 과정을 뜻하는 딱 한마디는 바로 '향하여'라는 의미의 전치사가 아닐까. 오늘도 무작정 어딘가를 '향하여'를 향해가는 것이 도보여행자의 피할 수 없는 운명 같은 것이 아닐까.

오늘 하루는 다른 어느 날보다 유난히 혼란스러웠지만 무탈하게 구담마을까지 걸어왔다. 그리고 그 길에서 값진 체험을 했다. 그 값진 체험은 홀로 여행하는 여행자에게 길에 대한 두려움을 조금씩 없애주었다. 오전이든 오후이든 자전거길을 걷다가 가끔 한 모퉁이에서 서서 낙동강 둑길을 바라보는 것. 그건 세상을 그저 파편으로 바라본다는 뜻이다. 거기에 다른 세상은 없었다. 순간들, 부스러기들, 존재를 드러내자마자 바로 조각나 버리는 일시적인 배열뿐이다. 인생 그런 것은 여기에 없다. 내 눈에 보이는 것은 선, 면, 구체, 그리고 시간 속에서 그것들이 변화하는 모습뿐이다. 구담마을에서의 '오후 5시 반'이라는 평소의 시간은 그렇게 흘러가고 있다.

안동 구담교에서 안동댐까지

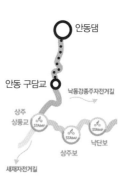

'베르나르 올리비에'의 〈나는 걷는다〉에서 '도
보여행의 모든 결과는 정직하다. 몸 전체를 던
지는 일이다. 내 몸을, 내 기억과 약과 옷, 식량,
침낭을 짊어질 사람은 오직 나뿐이다. 모든 실수는 곧바로 혹은 이튿날
그 대가를 치러야 한다. 혼자 걷는 이상 그 무엇에도, 그 누구에게도 기
댈 수 없다. 낯선 언어와 엉터리 지도 그리고 내가 택한 길로 인해 나는
고립상태일 수밖에 없다'라고 말했다.

자전거길에서는 모든 것이 생소하기 이를 데 없는 존재이다. 어제 오전
내내 엉터리 지도와 소심한 행동 그리고 잠깐의 방심으로 인해 길을 잃
고 헤맸던 생각들이 머릿속에 떠다닌다. 그 결과는 정직했다. 한동안 낯
선 공간에서의 고립상태가 지속되었고, 도로 위에서의 고통도 한동안 이
어졌다. 그곳에서 안전을 해결해주는 것은 거창한 국제교류도, 몇 푼의
돈도 아니었다. 스마트폰도, 현금카드도 의미가 없었다. 그것은 불안한
가운데 쭈뼛거리며 다가가는 나와 정말 비슷하지만, 또 매우 다른 인간
형제들의 손에 달린 것이다.

길에서 만난 동네 사람들의 도움이 있었기에 올바른 길을 찾아갈 수
있었다. 또한, 낙동강 가에 있던 토종 순댓집에서 먹었던 저녁 식사도, 동
네 구멍가게에서 사서 마신 맥주 한 캔도, 그리고 잠자리를 제공했던 동

네 작은 숙소도 나에게는 커다란 도움이 되었다. 그들이 있었기에 바른 길을 찾을 수 있었고, 무사히 쉴 수 있었고, 다시 걸어갈 수 있는 용기를 얻었다. 혼자서 걸어가는 도보여행자에게는 오직 자신의 판단력과 용기 그리고 이웃의 도움이 필요할 뿐이다.

아침 일찍 배낭을 메고 구담마을 안으로 들어간다. 이곳은 예천 지보면과 안동 풍천면의 경계에 있는 마을이다. 교통이 편리해서 그런지 생각보다 큰 마을이다. 마을 앞으로 낙동강이 흐른다. 오늘은 일정이 안 맞아 시내버스로 안동 시내까지 간 후 낙동강 자전거길을 따라 안동댐까지 걸어갈 것이다. 조금 반칙했던 것은 여행을 다녀온 후에 두고두고 마음에 짐이 되었다. 버스를 타기 위해 마을 안으로 들어간다. 구불구불한 거리의 마을풍경을 본다. 이곳은 자연스럽게 발생한 오래된 마을인 모양이다. 마을 길은 삐뚤빼뚤하고 가게들은 시골 장터처럼 규칙을 잃었고, 진열된 상품에서는 감각이나 패션을 상실했다. 하지만 잃어버린 공간에는 이웃 간의 정으로 가득 채워진다. 아침에 일어나면 마주치는 사람들은 모두 이웃이고 동료이고 가족일 것이다. 심지어 서로 간의 숟가락의 숫자까지 아는 사이일지도 모른다. 도시에서만 살아온 나에겐 조금 생경한 느낌이다.

또 작은 마을에는 교회, 절, 모텔, 장터, 시장, 식당, 신협 등 다양한 시설들이 들어서 있다. 마침 가게 문을 열고 아침 청소를 하는 아주머니에게 안동 가는 버스 시간을 물었다. 예천과 안동은 시내버스가 다닌다. 첫

버스가 7시 20분에 온다고 해서 기다린다. 아침에는 기온이 많이 내려간다. 기다리는 내내 춥다는 생각을 한다. 이곳은 어느 시골의 면 소재지 정도의 마을이고 아침을 여는 소리가 들린다. 앞마당을 청소하고, 문을 열고, 사람들의 소곤거리는 소리가 들린다. 마을 모든 사람들이 서로 알고 지나는 듯이 오고 가는 사람들은 모두 서로 인사를 하고 지나간다. 마을은 조금 어수선함, 흐트러짐, 낡음으로 색이 바랬다. 그래도 구석구석 작은 틈바구니에는 사람들의 온기가 느껴진다. 사람이 사는 것은 이런 것이다. 삶의 모습은 어디서나 똑같구나.

시내버스가 소리 없이 다가온다. 여기에서 안동버스터미널까지는 한 시간 정도 걸린다. 버스가 멈출 때마다 처음에는 시골의 노인들이 타더니 점점 젊은 학생들이 타기 시작한다. 구담을 출발한 버스는 풍산면, 안동하회마을, 경북도청, 안동대학, 안동터미널 그리고 한국생명과학고까지 이어진다. 학교 앞 큰 도로를 건너면 굽이굽이 낙동강이 흐른다. 걸어갈 자전거길은 약 12km 정도이다. 낙동강 상류로 올라오니 강폭은 많이 줄었다. 안동댐까지 걸어가기 위해 강변으로 내려섰다. 하나둘 운동하는 사람들이 보인다. '강변시민공원'에 이르자 운동하는 사람들이 많아진다. 안동 시내를 관통해서 흐르는 낙동강은 안동의 젖줄 같은 곳이다. 마치 북한강을 끼고 도는 춘천 같은 인상을 받았다. 또 남한강을 끼고 도는 충주, 영산강을 끼고 도는 담양, 금강을 끼고 도는 대전을 연상케 했다.

부드럽고 부드러운 아침을 여는 사람들의 발걸음과 자동차 소리 그리고 분주하게 움직이는 열기들이 도시를 가득 채운다. 낙동강을 가장 가까운 거리에서 바라본다. 바로 낙동강 곁에 만들어진 산책로를 따라 걸었다. 하늘에는 양털 구름이 가득 채워진다. 붉은 색깔의 자전거길과 초록빛의 인도가 선명하게 구분되어 있다. 잠시 바닥에 선명하게 새겨진 자전거길 표시 앞에 선다. 붉은 색깔의 길에는 푸른 바탕에 흰 자전거가 선명하다. 자전거길은 산책로와 함께 안동댐까지 이어지고 있다. 너른 공원의 초록빛도 신선했다. 안동 금계국 테마단지를 지나면 낙동강과 더 가까워진다. 아침과는 다르게 걷는 내내 마음이 차분해지고 여유로워진다. 낙동강 위로는 도심을 관통하는 수많은 교각이 세워져 있다. 자전거길이 통과하는 철교 다리교각에 누군가의 절절한 외침도 있다. '항상 행복하길!'이라는 가장 소박한 희망이 적혀있다.

우리들이 바라는 삶의 궁극적인 목표는 행복일까. 행복을 찾아가는 길은 멀리 있는 것이 아니다. 바로 내 가까이 있다. 바로 일상 속에서의 '기다림'이다. 기다림은 쉬운 일이 아니다. '평소'에 참고 견뎌야 하는 인내가 필요하다. '평소'를 그냥 흘려보내지 않으면, '평소'를 만끽하다 보면, '평소'는 슬그머니 우리 곁에 다가와 반짝거리는 행복을 선사할 것이다. '평소'는 지금 이 순간, 이곳이다. 지금 이 순간에 최선을 다하면 그것이 '평소'의 행복이다. 도보여행도 마찬가지다. 누군가 '여행의 궁극적인 목표는 행복'이라고 했다. 낙동강 자전거길을 걷고 있는 지금 이 순간이 가장 편안했다. '평소'에도 느림의 삶을 실천하면서 자신의 삶을 묵묵히 살아간다면, 단순한 삶을 살아간다면 거기에 행복이 깃들지 않을까 한다.

빛바랜 철교 교각도 아침에는 운치가 있다. 아침이라 그런가. 내가 조금 센티해지는 느낌이다. 그때 마침 화사한 꽃들이 공원에 피어있어 기분전환을 시킨다. 공원에는 하얀 마거릿과 분홍빛이 감도는 핑크 물리그라스가 군락을 이루며 피어난다. 특히 분홍빛이 감도는 핑크 물리그라스는 처음이다. 미국에서 온 풀이란다. 하지만 군락을 이룰 때 분홍빛이 가을 색깔과 잘 어울린다. '너에게 물들다'라는 주제와 잘 어울리는 풍경이다. 그 안에 들어가면 핑크빛으로 마음이 물 들 것만 같고 그 핑크빛으로 물든 몸과 마음은 사랑으로 형상화될 것만 같은 느낌을 자아낸다. 그래서 이곳에 이런 꽃을 심었는지도 모르겠다. 혼자는 연약하지만 함께하면 가장 강력한 느낌을 주는 이 꽃처럼 남녀 간의 사랑도 그런 것이 아닐까. 둘이 함께할 때 더 큰 힘을 발휘하는 것이 사랑이 아닐까. 강변시민공원에는 '핑크 물리그라스'를 배경으로 오색 바람개비가 돌고 있다.

강변시민공원을 벗어나 [안동 No 43], [낙동강하구언 379km, 안동댐 6km]라는 이정표 앞까지 왔다. 이제 남은 거리는 한 자릿수로 줄었다. 그곳에는 낙동강의 마지막 보인 '낙천보'가 있었다. 보 아래로 흐르는 물소리와 함께 아침 물안개 피어오르는 장관을 넋 놓고 바라본다. '낙천보'는 징검다리같이 걸어서만 다닐 수 있는 작은 보이다. 아침의 뿌연 물안개 속에서 폭포수 같은 물소리만 우렁차다. 하늘도, 수면 위도 모두 잿빛으로 내 주변을 감싸고돈다. 이곳에 어둠이 깔리면 LED 불빛이 찬란히 켜지면서 환한 세상으로 변해갈 것이다. 그러면 멀고 가까운 곳에서 색소폰 연주 소리도 들리고, 황홀경에 빠져드는 사람들로 북적거릴 것이라고 했다. 나는 조용히 눈을 감고 그 모습을 상상해 보았다.

낙동강 자전거길 걷기놀이도 동료들과 함께했으면 좋았을 텐데 하는 아쉬움이 남는다. 오늘 같은 날 동료 샘들의 마음속에도 내가 그려지고 있다면 참 좋겠다. 낙동강 12개의 보와는 규모가 다른 아기자기한 '낙천보'를 지나면 자전거길은 도로와 만나 함께 나아간다. 강폭은 조금씩 줄어들고 있다. 강은 어딘가에서 하나가 되어 만날 것이다. 도로 건너편에는 철로가 보인다. 그 철로 너머에 '안동 법흥사지 칠층전탑'이 아슬아슬하게 서 있고, 굴다리 밑으로 들어가면 '고성이씨 탑동 종택'이 나온다는 이정표가 허공에 흔들거린다. 안동 소수력발전소를 지나 한없이 도로를 따라가다 보면 어느 사이 낙동강 안동댐 인증센터에 도착한다.

2019년, 올 한 해 동안 꿈꾸어 왔던 일이 눈앞에 있다. 낙동강하구언 을숙도와 안동댐 인증센터 앞에 서서 인증사진을 찍는 일이다. 누군가 '세상 흔한 것을 갖고 싶은 게 아니라면, 남들 다 하는 것을 하고 싶은 게 아니라면 나만 할 수 있고, 나만 가질 수 있는 것들은 오직 혼자여야 가능하다'라고 했다. 처음에는 불가능할 것처럼 여겨졌던 5대강 자전거길 걷기놀이가 정말 기적처럼 완성되었다. '느림, 겸손, 파란선, 이정표, 낮음, 에움길, 기다림, 머무름' 등의 단어가 있었기에 가능했다. '낙동강 종주 자전거길 총 385km'라는 먼 거리를 두 발로 걸어왔다는 사실이 믿어지지 않는다. 비록 길을 걷다가 힘들 때는 집에 돌아서 휴식을 취했고, 때때로 길을 걷다가 날이 저물면 차의 힘을 빌렸다. 그러면서 세상에는 서두르지 않고 천천히 하면 못할 것이 없다는 사실도 알아간다. 첫째 날 을숙도 앞에서의 감동이 생각난다. [낙동강 자전거길 시작점 0km]라고 써진 표지석 앞에서의 설렘도 되살아나고, 마지막 날 안동댐 [낙동강 자전거길 종점 385km]라는 표지석과 마주했을 때의 떨림도 생생하다. 목적지에 도달했다는 뿌듯함에 나는 실없이 웃었다.

낙동강하구언 을숙도 앞에서 섰던 3월의 봄날이 풋풋한 아침이었다면 10월의 가을날 낙동강 안동댐 앞에 선 나의 모습은 저녁 같은 아늑한 느낌이다. 마치 홀로 아침부터 두 발로 걸어서 저녁녘이 다 되어 이곳 안동댐에 도착한 기분이다. 낙동강 을숙도공원에서부터 안동월명공원까지 처음에는 '벚꽃 엔딩'이라는 노랫말이 생각나게 하는 벚꽃길을 따라 걸었고, 마지막은 설익은 가을낙엽을 바라보면서 헝클어진 머리를 정리하고 걸어온 시간과 앞으로 다가올 길에게 말을 걸어본다. 많은 사람들이 길을 걷고 또 걸어가는 이유가 죽을 때까지 떠다니는 방랑자의 숙명을 벗어날 수 없어서가 아닐까. 또 지금 내 모습이 어떤 모습일까. 거울을 통해 보고 싶었다. 하지만 상상만 했다. 그리고 그 상상의 거울로 나를 바라본다. 낙동강 자전거길의 끝자락에 서서 나 자신이라는 깊이와 나 자신이라는 풍경과 나 자신이라는 넓이에 대해 생각한다.

낙동강 자전거길 도보여행도 막바지에 이르렀다. 집으로 돌아갈 시간이다. 참으로 먼 길을 걸었고, 많은 사람들의 '사소한' 일상과 마주했다. 그리고 그들과 길지도 않은 짧은 대화가 오고 갔지만 길을 걸으면서 그들과 소통했고 많은 꿈을 꾸었다. 걷는다는 것은 나에게는 자유였다. 동시에 느긋함이고 넉넉함이며 세상과의 소통이었다. 몸과 발의 상태도 더는 고통이 느껴지지 않았다. 오직 내 정신만이 초원 위를 날고 있었다. 나는 걸으면서 선 채로 꿈을 꾸었다. 걷는다는 것은 꿈꾸는 자에게 더욱 관대하다. 낮은 곳을 향해 흐르는 강물, 비 오는 날의 몽환적인 잿빛 하늘, 하늘을 날아다니는 뭉게구름, 아름다운 산천의 정경, 길바닥의 수많은 벌레들의 열심히 사는 모습, 푸름으로 덮인 산과 들, 타는 듯이 붉은 진홍빛 해, 강가의 노란 빛깔들의 야생화들, 신발에 부딪히는 콘크리트 바닥의 딱딱한 촉감 등은 오히려 상상력을 자극하기 때문이다. 길에는 생명도 있고, 풍경도 있고, 색깔도 있고, 감각도 있다. 더 나아가 시가 있고, 음악이 있고, 사유가 있고, 신앙이 있다. 인류의 위대한 생각들은 벽돌이나 시멘트로 된 건물에 있는 것이 아니라 때 묻지 않은 자연의 숲 속에서 움텄다는 사실을 길은 여행자에게 알려준다.

걷는 일은 아주 단순하고 평범한 일이다. 평소에 누구나 할 수 있는 사소한 일이다. 우리는 '사소한'을 '시시한, 별것 아닌, 하찮은'과 혼동하곤 하지만 카프카는 우리에게 있는 것은 일상뿐이고 '사소함'이야말로 세상에서 가장 어려운 것이라고 했다. 자전거길을 걷는 일은 심각한 사건이 일어나지도 않는다. 위대한 인간이 등장하지도 않는다. 걷는 일은 그 자체만으로 아름답고 눈부신 이야기다. 누구나 할 수 있는 일이지만 누구나 경험할 수 있는 일은 아니기 때문이다. 오직 자전거길에는 '사소한' 행복만 있었다. 걷는 일은 나에게 꾸밈이나 거짓이 없는 순수한 놀이였다. 그렇게 나는 길이 되었고 길이 내가 되었다. 길은 나를 더 단단하게 만들었다. 그리고 완보(緩步)로 낙동강 종주 자전거길을 완보(完步)했다는 기쁨은 집으로 돌아가는 길이 멀게 느껴지지 않았다. 이것이 낙동강 자전거길 안동댐 인증센터 앞에 선 나의 모습이고, 느낌이다.

낙동강 자전거길을 닫는 풍경

2019년 올 한해. 나는 '갈망과 겸손'이라는 애틋한 마음으로 한 걸음 한 걸음 낙동강 자전거길을 걸었다. 끝이 보이지 않는 길을 걸으며 막막할 때도 있었지만 생각지도 못한 곳에서 단비를 만나듯이 뜻하지 않던 장소에서 큰 깨우침과 기쁨을 얻기도 했다. 그리고 자전거길의 마지막에 서서 행복은 필요한 것을 얼마나 갖고 있는가가 아니라 불필요한 것에서 얼마나 자유로워져 있는가에 있다는 것을 알게 된다. 그 사이 시간은 흐르고 흘러 한해가 기울고 있다.

우리는 시간이라는 강물 위를 흔들리면서 살아간다. 누군가 '인생의 파도를 만드는 사람은 나 자신이다'라고 했다. 낙동강 자전거길을 대략 13일 동안 '홀로' 걸었다. 결국, 스스로 '홀로'라는 인생의 큰 파도를 만든 셈이다. 그리고 그 '홀로'라는 심하게 흔들리는 파도를 넘어서 마침내 낙동강하구언 을숙도공원에서 안동댐 월명호수공원까지 걸어왔다. 혼자 있었던 그 긴 시간 동안 오롯이 혼자 그 시간을 사용했다. 혼사 자전거길을 걷고, 혼자 산천의 풍경을 보고, 혼자 세상에 대해 질문을 했고, 혼자 그에 대한 답을 얻기 위해 천천히 사유했다. 혼자만의 시간을 통해 여기까지 걸어왔다. 혼자만의 시간은 나를 더 단단하게 만들어주었다. 그 과정에서 외로움은 어쩔 수 없었다. 가끔은 길을 잃고 헤매기도 했었고, 가끔 혼자라는 막막함에서 탈진될 때도 있었고, 가끔은 발에 생긴 물집에 너무 힘들어서 주저앉고 싶었던 때도 있었다. 나는 그 외로움 앞에서 의연해지기 위해 혼자 있는 시간을 즐기면서 써야 했다. 혼자 있는 시간을 소중하게 써야 했다. 낙동강 자전거길 도보여행은 그런 일을 반복하면서 그럴듯한 사람으로 나를 성장시켰다. 한번 두 번 여행의 횟수가 많아질수록 혼자라는 파도에 견딜 수 있는 저항력이 생기기 시작했다.

아주 긴 시간 동안 낙동강 자전거길을 홀로 걸어왔다. 혼자 여행을 하면 오롯이 나만의 이야기를 하고, 오롯이 나만의 이야기를 듣고, 오롯이 나만의 이야기를 생각하게 만든다. 혼자 여행을 한다는 것은 나를 보호하고 있는 누군가한테서 가장 멀리 멀어지는 일이다. 어쩌면 자신에게서도 벗어나 자신만의 새로운 성(城)을 쌓아가는 것이 아닐까 싶다.

낙동강 을숙도에서 안동댐까지 낙동강 종주 자전거길 도보여행을 마치고 집으로 돌아가는 길이다. 우연히 버스정류장에 걸려있던 「세상에서 가장 긴 1센티」라는 짧고 긴 울림을 주는 글을 발견했다.

　　1년이 365일로 나뉘어 있는 것은 365번의 기회를 주기 위해서다. 태양이 매일 떠오르는 것은 매일 새 힘을 북돋워 주기 위해서다. 세상을 위해 무언가 할 수 있다고 믿는 것, 나로 인해 세상이 나아짐을 보는 것은 인생에서 가장 값진 것이다.

　　낙동강 자전거길에서 '세상은 한없이 넓고, 자신에게 주어지는 기회도 또한 한없이 많다'라는 것을 알게 되었다. 그러므로 세상을 확장하거나 늘리기보다는 줄일 필요가 있다. 도보여행은 느림의 삶을 실천함으로 세상을 줄이는 행위이고, 줄임을 통해 자연과 더 친숙해지는 것이다. 도보여행을 통해 세상이 더 나아져 감을 볼 수 있었으면 좋겠다.

　　　　　　　　　　　　　　　　　　　－ 안동댐에서 2019년 10월 10일 목요일

◦ 자전거길 걷기놀이를 마치고

5대강 자전거길 걷기놀이가 끝이 났습니다. 하지만 낙동강 자전거길 마지막 인증센터 앞에서 마침표를 찍지는 않았습니다. 여기서는 잠시 휴식하기 위한 쉼표만을 사용합니다. 이 과정이 또 하나의 끝나지 않는 과정 속으로 들어오도록 또 다른 길을 계속 걸어가기 위해서입니다. 아무리 힘들더라도 두려워하지도 않을 것이며 밀어내지도 않을 것입니다.

영산강하굿둑 첫 번째 인증센터에서부터 섬진강, 금강, 남한강, 북한강, 그리고 낙동강 자전거길 마지막 인증센터까지 수많은 날을 동료들과 함께 또는 혼자 걸어왔습니다. 영산강하굿둑에서 마지막 낙동강 안동댐까지 걸어가는 과정은 한마디로 말하면 누군가의 광고카피처럼 '모든 것을 할 자유. 아무것도 하지 않을 자유'라는 말과 많이도 닮았습니다. 5대강 자전거길 도보여행은 나에게 모든 것을 할 수 있는 용기를 주었고, 아무것도 하지 않아도 되는 자유도 동시에 주었습니다. 은퇴 이후 자전거길을 걷는 것은 내가 존재할 이유가 되었고, 내가 살아가야 갈 즐거움이 되었습니다. 또 한편 혼자 또는 함께 길을 걸으면서 진정 원하는 것은 구속이 없는 자유를 넘어 내가 사는 일상과의 완전히 분리된 아무것도, 아무생각도 하지 않아도 되는 시간과의 만남이 아닐까 싶습니다. 이것이 대략

5년 동안 내가 자전거길을 걸어야 했던 이유이기도 합니다.

 '아무것도 하지 않아도 되는 시간'이 존재하지 않는 요즘, 그런 시간의 가치가 더 소중하게 느껴지는 요즘입니다. 그런 가치를 더 소중하게 느껴보고 싶어 도보여행을 시작했습니다. 그리고 이젠 또 다른 새로운 시작을 준비하려고 합니다. 마치 우리는 생각이 멈춰야 비로소 전혀 다른 새로운 생각을 할 수 있게 되는 것처럼 결코 무(無)는 무용(無用)하지 않는다는 사실을 '느림의 삶'을 실천하는 도보여행을 통해 배워갑니다. '아무것도 하지 않을 힘' 바로 그것이 느리게 걷는 힘의 원천입니다. 곧 노자가 말하는 '무의 유용함'이 아닐까 싶습니다.

 나탈리 골드버그는 〈뼛속까지 내려가서 써라〉라는 글쓰기 책의 에필로그에서 '이 책을 완성하는 데 1년 6개월이 걸렸어요. 적어도 절반은 처음에 썼을 때 나온 것들이죠. 가장 힘든 것은 글쓰기 행위가 아니었어요. 내가 과연 괜찮은 것을 쓸 수 있을까. 하는 두려움과 싸우는 게 제일 힘들었죠'라고 고백합니다.

 작가는 두려움과 싸우면서 책 한 권을 완성했습니다. 나만 겪는 두려움이 아니구나. 그리고 그의 용기에 힘입어 나도 다시 용기를 내기로 했습니다. '과연 괜찮을까. 뭔가 부족한 것은 없을까?' 하면서 글쓰기에 매달린 지 벌써 1년이 지나갑니다. 그 시간은 두려움과 고통의 시간이었습니다. 그리고 오늘에야 〈자전거길 걷기놀이 상, 하〉라는 책의 마지막 페이지를 쓰고 있습니다. 한 사람의 용기는 여러 사람의 용기와 연결되어 있습니다. 지금의 내 용기도 누군가의 용기로 연결될 것이라는 믿습니다.

빌 브라이슨은 〈나를 부르는 숲〉에서 '발로 세계를 재면 거리는 전적으로 달라진다. 1km는 머나먼 길이고, 2km는 상당한 길이며, 10km는 엄청나며, 50km는 더 이상 실감할 수 있는 거리가 아니다. 당신이나, 당신의 얼마 안 되는 동료들이 경험하는 세계는 어마어마하게 넓다. 지구 넓이에 대한 그런 계측은 당신만의 작은 비밀이다'라고 했습니다. 2014년 은퇴 후에 일탈이라는 작은 무모함으로 시작된 걷기 여행이 벌써 5년이 흘러갑니다. 영산강을 거쳐 섬진강, 금강, 남한강, 북한강 그리고 마지막으로 낙동강 안동댐 인증센터 앞에 섰습니다. 감회가 새롭습니다. 처음에는 두려워 용기를 낼 수가 없었습니다. 두 발로 걸어서 그 먼 길을 갈 수 있을 것이라곤 아예 생각하지도 않았습니다. 불가능하다고 생각했습니다. 하지만 주변에 그런 일을 하는 여행자들이 하나둘 늘어나자 나도 용기를 냈습니다. 누군가 했던 '용기란 두렵지 않은 것이 아니라, 두려움에도 불구하고 하는 것이다'라는 말에 힘을 냈습니다.

영산강에서 시작된 무모한 걷기 도전은 낙동강까지 1,011km나 이어졌습니다. 한 걸음 보폭이 60cm라면 우리들은 168만5천 번의 걸음으로 자전거길을 걸어서 이어온 것입니다. 참으로 엄청난 거리입니다. 두 발로 직접 강변을 따라 이어지는 자전거길을 걸었다는 사실이 믿기지 않았습니다. 이것은 우리들이 걸었던 41일간의 기록이고 즐거움입니다. 오래도록 5대강 자전거길을 걸어갈 수 있도록 물심양면으로 도와준 내 가족 최광례, 김록, 김미현, 김현승, 그리고 자전거길을 함께 걸면서 옆에서 용기를 주고 힘이 되어준 샘들 김경태, 김대회, 김승호, 김연진, 엄성엽, 전민홍 님께 고맙다는 말을 하고 싶습니다.

2021년 2월 28일

오룡산 자락 남악에서   기ㅁ조ㅇ호

〈자전거길 걷기놀이 마침〉